張文環　著

地に這うもの

（滾地郎）

東京 現代文化社
台北 鴻儒堂出版社

目次

第一章の一

うらさびれた雑木林の木の間がくれに、季節はずれの山芙蓉が咲いていた。桃色とは場違いな感じだった。そのせいか花の色合いははでに見えたが寂しげに思われた。千田真喜男は切り通し坂の薪場で日向ぼっこをしていた。朝の九時頃は、山の部落からその土地の産物を担ってくる百姓たちがもう梅仔坑庄市場におりている。朝陽をうけた山や丘は、眠りからさめたばかりのようにひっそりとして、竹鶏だけが時々けたたましく啼く。貉におどろかされたのかも知れない。

千田真喜男の本名は陳啓敏というのである。養父の陳久旺が保正（注、庄の下部構造である。約十戸が一甲、約十甲が一保、一保は一村に該当する。）で、実子の陳武章が国民学校の訓導になっていた。立身出世のため陳訓導は改姓名することになった。

昭和十三年、総督府の発表によると、台湾人の家庭は、納税額による資格で、日本人名に改姓名することができた。保正の実子の陳訓導は、あわよくば将来校長になれるかも知れない、それで卒先、庄役場を通じて改姓名を申請した。この梅仔坑庄では最初に許可された台湾人の改姓名者である。陳啓敏は貰い子で、陳家からいえば長男にあたるのだが、啓敏が陳家の養子にきてから、武章が生まれ、あいついで長女の淑銀が生まれた。実子の二人が公学校にはいれる年頃を待ってから、啓敏も一緒に公学校にいれてもらった。そのために、公学校の一年生の時、陳啓敏は十六歳、武章が八歳、淑銀が七歳であった。この山麓街は、人口一万近くあるが、公学校は一個所しかない。学校への山路が遠いために、公学校の一年生が十六歳なのは珍しくない。公学校とは台湾人児童のはいる学校のことで、日本人児童のはいる学校は別に小学校があった。大正時代の末頃から昭和十六年頃に小学校名は統一されたが、日本人児童の学校と台湾人児童の学校はやはり別々になっていた。啓敏はちょうど大正と昭和の中間の生徒である。公学校の生徒は、教員より歳の多いのはざらにあった。公学校三年で結婚している子もいた。そういう子を教える女の先生はやりにくかった。未婚の女の先生は、そういう男の子にじろじろ見られると、視線をそらして、棒切れで黒板を叩いてごまかしたものだ。家の中で押えつづけられていた陳啓敏は、学校にくるとすべてが珍しく、教室で黒板の字を睨(にら)んでいる子供たちや、校庭でさまざまな遊びにさわぎ興じている子供たちを見るのがたのしかった。まして唱歌というようなものは、家では聞いたことがない。そのために、毎日、学校へくるとうきうきして、先生に教えられたことはなかなか頭に残らないが、目のまえで遊びにふけっている子供たちの有様は面白くてたまらない。国語の教科書の第一課から、暗誦はできるが、眼は字面(じづら)とはまるで別なところを走っている。ハタ、タコ、イト、とすらすら読めるが、さてハタの字はどこかね？と先生に聞かれると、手に持った棒切れはあてずっぽに黒板の別の字を指すのである。先生が、「違う！」というと、今度は指で字数をかぞえてから、棒切れの先がおそるおそるハタの字のところでうろうろする。自分の席に戻って、坐わるつもりで腰をまげたら、先生は刺(とげ)のある声で、「立っとれ！」と怒鳴る。こういう状態がつづくので、武章が父親に訴える。啓敏がいたら、恥をかくからイヤだというのである。それで啓敏は一年を終えて、二年生になった時、公学校を中途退学した。

陳家の実子、陳武章が梅仔坑国民学校を卒業する年、この学校としては始めて台南師範学校の入学試験にパスした。陳武章の名前が地方新聞に出たとき、梅仔坑庄の名士たちは、庄の名誉だと言って放課後の学校の教室で、祝賀会を開いた。しかし淑銀は嘉義市官立の女学校には入れず、台南市の私立の女学校にはいった。師範学校を卒業した陳武章が母校の国民学校に帰ってきた時も、街ではまた盛大な宴会を開いて歓迎した。改姓名が許されるようになったとき、武章は、父陳久旺を、千田久雄、母陳呉氏錦を、千田正子、養子である兄の陳啓敏は、薪取りだから、千田薪夫とつけようとしたが、いよいよ申請書類を庄役場に提出するとき、派出所の日本人巡査に、名前まで差別待遇をすると言って、厭味を言われるかも知れないと思って、とっさに、真喜男とあらためた。そして、陳武章自身は千田武夫、妹の陳氏淑銀は千田米子と名乗ることにした。改姓名が許可されて、庄役場の戸籍謄本を見たとき、薪取り男にすぎない兄の名前が、れいれいしく真喜男と書かれているのを見て、今さらのように後悔した。字面があまりによすぎるのである。しかし、街の人たちは、それはそれとして、息子が親爺の名前をつけるって法があるかね、世も終わりだと言って、眉をひそめた。それに千甲歩の水田がほしいという欲望が名前にあらわれている。一甲歩が二千九百三十四坪だから、千甲歩と言えばぼう大な土地だ。千田家はそんな土地の地主になりたいのだ。

ところが、養子の啓敏にとっては、日本人の名前をつけられたのが憂鬱だった。第一、日本語がわからない。なまじっか保正の養子であるがゆえに、日本人なみの名前を頂戴したのはいいが、啓敏にとっては、日本人でもないうえに台湾人でもなくなった。現に、改姓名第一号と街じゅうに知れわたると、啓敏は野良仕事をしていても、薪取りの子供たちから、「チータ」と呼ばれた。千田の「千」は「君が代」の千代に八千代にの「千」である。啓敏は「チータ」と呼ばれてもぴんと来ないが、「センタ」と呼ばれても、はっとするほど厭だった。うっかりハイとこたえても、後の日本語がつづかない。弟の訓導の奴、くだらないことをしてくれたものだ。自分だけ改姓名すればいいのに、要らんおせっかいのおかげで、自分はこれから名前ばかりでなく、生活までちぐはぐになりそうだ。

訓導の父、保正の陳久旺は、日本人の名前に改めるのに、息子の武章とずいぶん議論をした。千田は台湾語で発音すると、子音と鼻音が立てつづけに四つ組み合わせになるので、語呂がわるい。太田の方は、日本語では千田よりも発音しにくいかも知れないが、台湾語では、語韻がいい。しかし息子の訓導は、台湾人の場合、訓読と音読の区別がむずかしいので、いろいろと呼びやすいように頭をひねった。嘉義市にいる師範学校の同窓生の父親の藩秋徳先生が、神田徳太郎と改姓名をした。すると町の人たちは、シンダラトクダロウ、と言って、ひやかした。あるとき藩先生の通ったうしろで、シンダラトクダロウさん、と言う者があった。おりから通りかかった息子の訓導が、その男をつかまえて、思うさま打ちのめした。藩君親子は都市にいるからまだいい。自分は田舎にいるから、陰口を聞いても、叩くわけにいかない。それにしても神田徳太郎という名前にけちをつけられるとは藩君も思わなかったろう。

「馬鹿たれ！　学校の先生ともあろうものが、自分の父の名前を、死んだら得だろう、ってつける奴があるか？　お前はいったい何のために勉強したのだ！」とさんざんに父親に叱られたそうだ。自分もうかつだった、と同窓の藩君が述懐したものである。自分はその二のまいを踏んではいけない、と陳武章は用心ぶかく慎重を期した。太田とつけたらどうだろう。きっとフトッタモウケタと言われるにちがいない。陳の字の扁を除いて東（あずま）にしてはどうか。しかし父親から、馬鹿言え！と言われた。東とつけたら、きっと阿（あ）東哥（とんにいさん）！と呼ばれるだろう。トントン阿東哥、と香具師がよく歌う言葉がある。千田なら一千甲とあだなをつけられても、それほど厭でない。俗っぽいかも知れないが、語呂は悪くない。考えに考えたあげく衆議一決、千田にきまった。

植民地台湾には民族問題がある。当局者はそれに頬かむりしている。現地民の提灯持ちたちも当局者を喜ばすために、台湾には民族問題なんかない、一視同仁だという。違っているのは姓名だけだ、それさえ日本式な名前にかえれば、同化政策は軌道に乗る。

ところが改姓名を申請してから何か月かたって、梅仔坑庄役場から改姓名が許可されたことが発表されると、山の物産と日常雑貨の店を経営している保正はたちまち庄民から、雑種（あいのこ）みたいだと陰口を言われた。翌日から店へ来る客たちは台湾語で、「千田兄（ちえつてひやん）！」と呼んだり、日本語をよく知っているような顔をして、ちたさん！と呼んだりした。そして正確に、センタさんと呼んでくれた客は一割もない。こうなると何のために改姓名をしたのか、わからなくなる。にわか造りの日本人になるのはけっして容易でない。五十何年間も呼びなれた名前をすてて、父子が苦心して捻出した日本人名前を呼ばれても、ぴんと来ない。台湾人の癖に名前だけ日本人になっても、若いものならともかく、初老に近い身にとって、心からの生まれかわりができるはずはない。日本国内にいるならこういう苦労もあるまいが、台湾にいては、マイナス面こそあれ、プラス面はほとんどない。生活の基礎は台湾人社会であるから、名前だけ日本人になっても、どういうことはなく、保正は息子訓導の出世のためにしたことが恨めしくなった。店に来る客たちに向かって、改姓名は戸籍の上だけのことですから、今まで通りに呼んでください、と頼むわけにもいかない。自分が千田久雄になり切るまでには、何年かかるかわからない。そう思うと、心細いかぎりである。

　保正の妻君はまた妻君で、夫以上に悩みがある。川へ洗濯に行くにも気がひける。市場での買物はいつでもはらはらする。保正さんの奥様！といきなり日本語で呼ばれると、耳まで赤くなってしまう。自分は日本語がひとこともしゃべれない。日本人のお巡りさんや学校の日本人訓導の奥さんに出会ったらば、どうしようかと思う。台湾人のあいだは、日本語の奥さんという言葉は、日本人の妻君を意味する。だから台湾人である保正の妻君は困るのである。もっといやなのは、街の悪たれ小僧たちが、菜っ葉売りの口まねをして、奥さん！桃（もも）いいか？ということである。モモという音は台湾語では、子供をだっこすることを意味する。だから、奥さんモモいいかというのは、奥さん、抱いてもいいかという意味にとれる。この言葉が自分にむけられるのは多分にひやかしの意味がある。桃は年がら年じゅうあるわけでない。だのに、奥さん！桃太郎さん！と自分の背後で歌ってる声を何度も聞いたことがある。だから奥さん！といきなり呼ばれると、お尻を撫でられたようでぞっとする。歳が歳だし、日本人にならなくてもいいから、気楽に死にたい。しかし子供の将来を思えば我慢もしなくてはならない。泥棒は秀才よりも頭がいいと言われている。街の悪たれ小僧は日本語と台湾語をちゃんぽんにつかって、妙な意味をもたせる悪智慧にたけている。にくらしいくらい巧妙な言葉をつくるのである。人の口に蓋（ふた）をするわけにはいかない。改姓名後の保正夫人は、盛り場に出ても、こそ泥みたいに、さっさと用事を片づけて逃げだしてしまう。

これに反して息子訓導と娘の米子は改姓名が大いに気に入っている。役所への出入など、日本式名前で呼ばれると、重みがあって、日本人並な待遇をうけているようだ。しかし改姓名者は「丸台日本人」と呼ばれていた。ほんものの日本人と混同しないため、戸籍名簿の上に、丸の中に台という字のはいった印が押してある。これがたちまち街じゅうに知れ渡った。庄役場内の戸籍のことを、どうしてまた街の人たちが知っているのか。まさか戸籍係が街の者に言いふらしたわけでもあるまい。自分が改姓名者でもないのに、改姓名者の悪口をいう街の人たちも気に食わないが、当局者もなぜそんなあげ足をとられるようなことをするのか。保正は夕食後、息子をつかまえて不平を言わずにはおれなかった。

「お父さん、それは民族思想のためですよ」「うむ、わしもそう思う。しかし、そんなら何のための改姓名だ、日本人の名前になったら、日本人なみの待遇になる、というのではなかったのかい？」

「お父さん、そんなことを考えたところではじまらない。世渡りの便宜上、これも一つの手段だと思えばいいでしょう。大東亜共栄圏だ、八紘一宇だ、などとというてい、実行不可能なことを唱える。要するに言葉、言葉にすぎない。お父さんが、澎湖島で出来る煮干を山の百姓に、日本の北海道から来たのだと言うのと同じことですよ」

保正は一本まいった。世渡り上、正直なことばかり言ってはおれない。なるほど学問のある伜だけある、と保正は思った。街の人たちは、秀才の息子だ、とよくほめてくれた。学問は人間の狡猾さをカバーするために学ぶのか、それとも、真理を追求するために学ぶのか、保正はそこがよくわからない。

「お父さん、民族思想って、植民地では、為政者のつごう次第でどのようにでも解釈されるものなんですよ。そんなものを本気で相手にしていたら、米びつが空っぽになりますよ。だからね、お父さん。そんなむずかしいことは考えないのがいいですよ。それよりもね、日本の風習ではみな老いて子に従うから、時代おくれにならないように、老人は隠居して、若い者を立てるのですよ」

保正はうむとうなったが、息子の真意がつかめなくて、警戒の目をみはった。

保正も同年輩の間ではひとかどの知識階級であったが、日本教育をうけた息子と比べると、時代おくれと言われても仕方がない。息子と話していると、その頭のひらめきはよくわかるが、ところどころ釈然としないことがある。しかしうまく指摘してとっちめてやることができない。そのために陳家は息子が主体になって、時代の波に迎合するように動いたが、これは養子の千田真喜男こと陳啓敏にとっては、迷惑千万なことだった。

第一章の二

陳啓敏は自分の人生に機会らしい機会があろうとは思ってなかった。生まれてこのかた三十年近くなるが、まだ幸運にめぐりあったことがない。草木の芽が大地から生えだして、自分の力でのびていくように、人間も自分の手と足によって生きていくほかない。これまで薪取りや野良仕事をしながら、いたずらっこをひっくりかえしたり、逆立ちをさせたりして、面白おかしく暮してきたが、二年前の夏に、ふと魔がさして夕立に濡れた女に手を出して、すっかり人生が変わってしまった。

陳啓敏が千田真喜男になって以来、一層、家庭のだんらんからのけ者にされて、わびしい毎日だった。

子供時代からしいたげられて、物心のつく頃、お葬式の行列を見ても、他の子供たちは心の中で桑原桑原と言ってこわがっているが、啓敏だけは、羨やましいな、あんなにらくに死んで、みんなに泣いてもらえる。自分なら犬や猫のように捨てられるにきまっている。しかし、それでいいのだ。自分は独りでいた方がいいんだ。誰もかまってくれない方が気楽だ。どうせ、世話してくれる者があるわけではないし、食べるものもろくに与えられないで、こき使われるのがせきのやまだ。そういう陳啓敏は公学校を中途退学してから、薪取り専門の仕事をするようになった。この仕事は一般に軽蔑されるが、啓敏はむしろほっとした。この仕事だとすくなくとも半日は陳家を離れて、独りで森や竹林のなかを歩き回ることができた。ひと抱えの薪を拾うのには、半日とかからない。これまで陳家では薪は市場で買っていた。雑木で百斤が五十銭。店員と合わせて一家十五人もいる家庭につから薪は、月に数百斤をくだらない。風呂を焚く薪のほかに、豚を五頭も飼っているので、その餌を焚く薪も要る。もっぱら薪を取って生活を立ててる百姓がいるために、近くの山の薪はほとんど取りつくされていた。枯れた木や枝なら、官有地でも民有地でも、自由に取れた時代であった。最初、薪取りに出かけるときは、炊事婦が啓敏に同情して、こっそり弁当をつくってくれた。しかし、山でのらくらされては困るという養父の差出口で、弁当も持てなくなった。昼前に帰ってくれば、昼食が食えるかわりに、水汲みをしなくてはならない。石油缶二つに満々と水をみたして担って帰るのも容易でない。水道と電気のない山麓街の梅仔坑庄は、これが毎日の大きな仕事の一つになっていた。石油ランプのホヤをこわして、いきなり背中を叩かれたこともあった。家で雑役夫のような仕事するよりも、薪取りの方がどれくらい気楽であるかわからない。しかし昼食にありつこうとすれば、水汲みの仕事を余分にしなくてはならない。水汲みは朝夕二回だけでは足りない日が多い。啓敏のいない時は、若い店員の仕事になっていた。昼食さえぬけば、夕方のぶんだけ自分が汲めばいい。十七歳から薪取り専門になった啓敏は利巧になった。山にはいろいろ金になるものがある。季節はずれの筍子(たけのこ)を取って、こっそり売れば五銭や十銭はすぐ手にはいる。啓敏は十九歳になってから、銭の必要を特に感じるようになった。空腹のときは、いくら山の水を飲んでも、手足のねじがゆるんだようで、薪を担うどころか、歩行さえ困難になる。銭さえあれば、人の注意しない隙を見はからって、こっそり駄菓子を買って食うこともできる。しかし、ひと抱えの薪を取るだけで、一日じゅう山にいるわけにはいかない。それで彼は養父に申し出るように炊事婦にたのんだ。お祭りなどの年中行事のためにも、薪をたくさん貯えておかねばならないのだから、一日にふた抱えの薪を取ることにしたい。そのためには帰えりが遅くなるし、どうしても弁当が必要だが、啓敏は弁当のことだけは口のなかでにごって言葉にならなかった。

田舎では俗に「鴨母(あひる)のあとずさり」ということがある。二人ぶんの薪を運ぶのに、まず一人ぶんだけ半キロくらい先に運んでおき、またもとのところに戻って、もう一人ぶんの薪を運んで行く。走っては戻り、戻ってはまた走りだすような運び方である。体力ばかりでなく、精神的にもよけいに疲れる。陳啓敏からそのことを聞いた炊事婦がその話を養父にすると、養父は啓敏の奴、外でさぼりたいのだな、と思ったが、必要な薪の数量を思えば、文句も言えなかった。

六、七年も毎日こんな仕事をくりかえしていたら、山のどこに薪があるかすぐわかるものである。二人ぶんの薪を拾うのに三時間とはかからない。あとは雑木林から竹林に入り、それからまた椿畑にはいって、椿の実をさがせばよい。椿の花は茶の花と同じである。梅の花よりもすこし早目に咲いて、あくる年の冬に椿油をしぼる実ができる。その実のなかに、ときどきピンポン玉くらい大きな実ができる。どの木にもできるわけではない。一丈あまりの椿の木をあちこちさがせば、枇杷と同じ色の実が花のように椿の枝にくっついているのにぶっつかることがある。実のなかは空っぽで、香ばしい匂いがする。ひと口に食べてしまうのが惜しいので、ちぎって口に入れ、ゆっくりと吟味しながら、またこの木からあの木へ、首が疲れるほど眼を光らせる。時には鳥に半分つつかれたのに出あうこともある。また啓敏はどこに野生のざくろがあるか知っている。これも黄色くなった甘そうな実は、きまって鳥がさきにつついている。鳥は人間よりも眼がいい。

啓敏は薪取り仲間の餓鬼大将だった。子供たちが彼のあとからついてくると、彼は果実がいっぱいはいったふところをたたいてみせる。子供たちは嬉しそうに笑い声を立てて、彼の前にあつまる。すると啓敏は腰の帯を解き、着物の裾をはたいて、子供たちの前に果実をばらばらとおとす。子供たちは歓声をあげ、あらそって木の実を拾う。やがて啓敏は着物のほこりを払い、帯をしめなおして、餓鬼たちと輪をつくり、余興がはじまる。この楽しい仲間にはいるには、まず啓敏にでんぐり返しを打って見せなければならない。これが彼を喜ばすことになる。彼を喜ばせば山での仕事は、彼がどんなことでもいとわずに面倒を見てくれる。また学校での出来事や街の噂話を彼の耳にいれることも、彼の孤独を慰める一つの手段である。さきに仲間入りした子供があとからきた子供にそう教える。

「阿敏に初めでんぐり返しを打って見せれば、それからは阿敏が何んでも教えてくれる。彼の後へついていけばいいんだ」

啓敏は早くみんなで遊びたいために、子供たちに必要な薪を彼はいそいで拾ってやる。何年かの歳月が流れているうちに、いつのまにか、子供たちが啓敏をチータと呼ぶようになった。たしか、街でさかんに軍歌をうたっているころだった、と彼は記憶している。子供たちは、阿敏！あんたの名前は日本人名前のチータにかわったってね、と言われた時、阿敏は冗談ごとではないと思った。

「チータって何んだい？」

子供たちは彼のこわばった顔を見ると、あわてて台湾語で、千田真喜男という意味だと言った。千甲歩の田圃をもらって喜んでいる男という意味だ、と歳かさの子供がまた説明をつけたした。

「名前だけだと思うが、まさか日本政府が田圃をそんなにくれやしないよ」

啓敏は妙な気持になって、子供たちの顔を睨みつけるように見くらべながら言った。

「誰がそんな名前をつけたのか」

「あんたの弟の訓導先生がつけたというんだが――」

見るみるうちに啓敏の顔が不機嫌になって、子供たちは不安になった。

「台湾人が特別待遇になるんだっていうぜ――改姓名したら――」

啓敏はそういう子供たちの顔をまじまじと見つめて、考えこんだ。やがて彼の眼差しがぽつりとゆるんで、またもとのなごんだ顔になった。日本人が物資の配給制度を設けたと同じように、名前まで配給したとばかり思っていたが、弟のしわざだと聞いて、気がぬけた。祭日に弟の両肩につけている金モールやサーベルと同じことだ。自分の知ったことではない。

その頃、啓敏の憂鬱なのは、改姓名されたことよりも、前から薪取り仲間にはいっていた七つの女の子の阿蘭が最近、来なくなったことである。彼女は初めて仲間にはいってきたとき、でんぐり返しを打って見せてくれた。彼女はたちまちこの仲間のペットになった。それが急に来なくなったので、啓敏は彼女の母が阿蘭を山へ連れてきても、彼の仲間にいれないのだと思っていたが、後になってから子供たちの話によると、足に傷ができたために、山へこれなくなったのだそうだ。それで彼の胸に空洞ができたみたいで、これまでのように張り合いがなくなった。彼は今まで自分の歳が三十になったのを考えたことがなかった。家のなかに閉じこめられていた頃は不自由だったが、野良仕事に出るようになってから、ただ果てしない路をまっすぐに歩いているようで、自分のことをふりかえってみたことがない。弟が結婚してから、自分も隙をみて適当にさぼったが、鞭で叩かれることはなくなった。

「チータ！帰ろうか」

餓鬼たちはそう言ったが、彼は黙ったまま動こうとしなかった。それをみると子供たちはそれぞれの薪束を背負って、坂を降りていった。啓敏の眼はそのあとを追うでもなく、さればと言って、どこにも焦点が合うようすもなかったが、やがて黄ばんだ刺竹の葉に夕陽が赤く染まって、竹鶏が雛鳥たちを呼ぶ声が聞こえてきた。それに気がつくと彼はゆっくり立ち上がって、二つの薪束の置いてある坂道の方に歩き始めた。

第一章の三

梅仔坑庄（ばいしこうしょう）は山麓街である。今から四十五年前までは、電気も水道もなかった。面積は、約一万九千平方キロで、人口は一万以上あるけれども、庄役場の所在地の人口は二百戸余りにすぎない。州行政区の街役場にはならないが、商業面から見れば街に相当する。午前八時から午后一時頃までの間に梅仔坑庄市場に出入する人々は、季節によっては、一千人をくだらない。梅仔坑庄から縦貫鉄道の大埔林駅まで十二キロあまりある。交通は州道を毎日牛車が通っているだけである。州道を軍道とも言われている。梅仔坑庄の山の産物の運搬は、主として製糖会社の鉄道にたよっていた。会社線の梅仔坑駅まで、街からまた三キロ近くもあるので、トロッコを利用しなければならない。台湾南部の製糖業と木材の重要市場である嘉義市へ行くには、トロッコで川沿いの梅仔坑駅へ降りて、会社線に乗り、大埔林駅で縦貫線に乗り換えなければならない。会社線は、朝の六時と午後の一時の二往復だけである。会社線の客車は、往く時はそれほど感じないが、帰ってくるときはがたがた揺れて、牛車とあまり変わらない感じだった。

梅仔坑庄の街のたたずまいはひっそりとして、竹ぶき屋根の平屋が行儀よく立ちならび、街路の真ん中にはトロッコのレールが敷いてあった。どの家も平屋ではあるが、廊下がついていて、清潔な田舎町だった。そして竹屋根にはいつも猫が日向ぼっこをしていた。山の産物は朝六時の会社線に間にあわせるために、トロッコに積み込む人夫の掛声が、夜明け前からひびきわたっていた。庄内の派出所は明治時代は三個所だったが、大正時代になってから五個所になった。保は十三保あったが、公学校は一つしかない。だいたい十戸余りが一甲、十甲余りが一保になっていた。梅仔坑庄内の文化人と称する人たちは、日本人警部補が一人、巡査が四人、台湾人巡査が五人、日本人校長が一人（国民学校）訓導が一人、台湾人訓導二人に準訓導三人、台湾人女教員一人、農林関係の日本人一人。梅仔坑庄の庄長は明治から大正まで台湾人であったが、昭和時代の戦争前から日本人の停年官吏にかわった。それから庄役場や信用組合（今日の農業会の前身）の六十名余りの職員などが梅仔坑庄全体の政治、経済、教育などを牛耳っていた。隣り町の大埔林街に製糖会社があるために、会社の敷地内に日本人小学校が設けてあった。梅仔坑庄にいる日本人の子供たちは、朝六時の会社線に乗ってその小学校に通っていた。梅仔坑庄は明治時代は日常雑貨店が三軒あったが、大正時代になると六軒にふえた。小料理屋も明治時代は市場近くに一軒だけだったが、大正時代になると、女郎屋兼料理屋みたいな店が一軒できた。台北から流れてきた女が八人もいて、彼女たちが廟詣りに街を通るときは、家々の窓から家庭の主婦たちが覗き見た。市場の若衆たちは妙な声をあげてひやかした。ひやかされた女たちは肩をよせあい、絹のハンカチで口を押さえてしなをつくった。静かな町の通りを濃艶な花籠行列がとおっているみたいだった。家庭の主婦たちはこういう商売女たちは神様にどんなお願いをするのだろうか、と不思議に思った。男の畑を食い荒らす白い貉とはこんなものだろうかと。

　陳久旺の金源成商店は、明治時代から三軒あったうちの一軒の老舗である。梅仔坑庄一の古い老舗は漢方薬店だった。明治時代から大正にかけて、庄長はこの薬屋から出ていた。この薬屋の姓も陳姓なので、金源成商店の先代は独り息子の陳久旺の嫁をさがすのに骨が折れた。同姓結婚は出来ないし、同じ門構えで姓の異なる者には、庄内に適当な娘がない。どこそこの娘がよさそうだと聞いても、調べてみると貧乏くさくて、万一、嫁にもらったら、鼠のように、店のものを実家（さと）へ持ってかえりそうだった。危険をさけるに越したことはない。どうしようかと思いまどっているときに、隣りの竹崎庄で名の知られた薬屋の呉家のひとり娘はどうかという話が持ちこまれた。その話を持ち込んできたのは、先代の、すなわち陳久旺の母の里の親戚からである。母の実家はやはり竹崎庄だった。竹崎庄は梅仔坑庄から十キロほど離れていて、阿里山鉄道駅のある所である。竹崎庄と嘉義市は阿里山鉄道が直通しているけれども、竹崎庄の背後はけわしい山ばかりで、平坦地の方も梅仔坑庄ほど土壌が肥えてない。人口は梅仔坑庄より多いが、部落が散在しているために、交通が便利であるにもかかわらず、一日じゅう人通りがまばらであった。ただ竹崎庄の庄役場の所在地にある派出所は分室と称せられて、主管が警部であるため、梅仔坑庄でつかまったばくちうちなどは、みなひとまず竹崎庄の分室の留置場へぶち込まれることになっていた。梅仔坑庄と竹崎庄は州道があって、交通は昭和のはじめ頃まで牛車を利用するか、さもなければ徒歩だった。

陳久旺と呉氏錦との縁談がまとまったのは、ちょうど阿里山鉄道の敷設が決定した頃で、竹崎庄と梅仔坑庄の住民たちは高い山の奥に汽車がはいってくる話でもちきっていた。阿里山踏査に入山する日本人技術者は大人（たいじん）と言われ、十いくつもの轎（かご）に分乗して、すごい大名行列だった、と竹崎庄で見た出来事を梅仔坑庄民が市場でくわしく伝えていた。轎かきが交代するので、轎かき人夫と食糧品を運ぶ人夫が、阿里山へはいる山路にあふれていた。轎には大人の名札と番号がついていて、轎かきの胸にも番号札がつけてあった。明治四十三年頃のことである。阿里山鉄道の工事がはじまると、竹崎庄はにわかに活気にみち、女郎屋兼料理屋ができて、梅仔坑庄の若者も遠路をいとわず、商用を口実に、夕方に出かけて夜中に帰ってくるものがふえた。花柳の巷とは、言葉では聞いていたが、この眼で見るのは初めてである。堅気の女はめったに表に出ないのに、女郎屋兼料理屋の女たちはわがもの顔に町の通りをのさばり歩いた。彼女たちの粋な髪の型や派手な着物に田舎町の若者たちの胸はおどった。文化の潮流は鉄道に乗ってきたが、花柳の波もそれにともなって打ちよせてきた。台北から流れてきた女たちの顔はいつもほんのりと桃の花に似て、唇は一点の紅(べに)をつけていた。そのためどの女も口が小さく見えて、目ぶたはいつも男の視線をうけて、ほんのり紅(あか)らんでいた。保守的な山麓街の若者たちは、遊仙窟から抜けだしたようなこの女たちの出現に悩まされた。そんな美人を金さえ出せば自分の自由になるのだから、女のいる料理屋の出現は、街の親たちにとっては脅威だった。

竹崎庄の余波をかぶったせいか、梅仔坑庄にもまもなく女のいる料理屋が出来た。

陳家と呉家の縁談がきまり、結納はすでにすませていた。しかし金源成商店の夫婦の間に議論がはじまった。息子はいま二十四歳である。結婚式は二十五歳がいいというのが、妻君の意見であり、二十四歳でもいいではないかというのが主人の意見である。占師に見てもらうと、早婚は息子の体によくない、二十五歳まで待て、という。しかし主人はこの頃、豆腐屋の娘が朝豆腐を頭の上にのせて市場へ持って行く姿を見る息子の目つきがかわったことに気がついていた。それに自分が商用で嘉義市に泊ったとき、得意先の主人に料理屋へ案内してもらったことがある。そこの女とひと晩ねたが、とても楽しかった記憶がいまでも頭に残っている。田舎に帰ってきても、二、三か月うつろな気持で仕事に手がつかなかったくらいである。万一、息子がそのような女にひっかかったら、取りかえしがつかない。しかしこれは男の秘密で、妻には言えなかった。二十四歳は田舎ではすでに晩婚の方である。来年の正月、いや今年中に、と言いあらそった結果、妻が譲歩した。それで明治四十二年の旧暦の十二月中旬に、陳久旺と呉氏錦が結婚式をあげることになった。

呉家はやはり竹崎庄の漢方薬店の老舗で、呉氏錦は三人の兄に弟が一人いる。実家（さと）にいては紅一点というところで、まさに掌中の珠だった。陳家にとっては申し分のない嫁だ。多産系で、しかもあまり女を生まないような系統である。陳家はいつも息子が一人しかなく、後継者の点で心細かった。子孫をふやす点でも呉家にあやかりたい。恋愛結婚はもとより、見合結婚さえなかった時代である。結婚といえば親同志が調べてとりきめるのである。しかし今度の金源成商店の縁談は、母の里方から持ちこまれたものであり、仲人の御祝儀をめあての縁談とちがって、信用のできるものである。娘のお尻は瓢簞型で、おっぱいはれんぶう型（茶碗をふせたような型の果実）だという。これは美人の標準型である。背の高さは五尺以上ある大柄なお嬢さんだが、歩き方は戯姐（女優）のようだ。この話をしているのは、縁談を持ってきた里方の従兄である。話があまり露骨になったので、

「あなたも仲人口調になったのね」と売りこまれる側の母親からたしなめられた。

「いやほんとだ、どうせ話を持ちだした以上、知ってる限りは言わないとね」

従兄は内心ほくほくである。赤包（あかつつみ）（仲人のお祝儀）は聘金の一割というしきたりがある。一方、優秀な嫁候補の話を聞いて、陳久旺の父親は心のなかで手を叩いて、しめしめと思った。産めよふやせよだ。

「さあ乾杯」と盃をかち合わせて目を細めた。

「お尻大きいか」

「もちろんのことだ」

お尻の大きい女は多産系である。しかし自分の妻のお尻も相当なものだが、いっこうききめがない。それでもやはり多産系の女がよい。話がどうしてもお尻にゆくので、妻にたしなめられて、嫁の話は中途半端になった。

当時の縁結びは、男女双方の名前と生年月日を赤紙に書き、それを交換して、祖先の位牌の前に置き、十二日間たって、双方に意外な不祥事が起こらなかったら、仲人がそのまま縁談をすすめることになっていた。不祥事というのは、どの範囲までをいうのか、家によって違う。たとえば家の家畜が死ぬとか、両親が病気になったとか言ったようなことも不祥事のうちにかぞえられる。したがって、家によって、その不祥事の解釈がいくらでもひろげられるし、縮められもする。朝、祖先の位牌にそなえるお茶の茶碗を落しただけでも、不吉と考えることができる。男女相愛の仲であった場合、この時期は、身の痩せ細る思いで、家じゅうのことに注意をはらわなくてはならない。幸い、陳久旺と呉氏錦の場合は、生年月日を書いた赤紙が、無事に祖先の位牌のまえを通過した。旧暦の十二月に入るひと月まえから、陳家は花嫁を迎える気分がみなぎっていた。

第一章の四

台湾の町の家の造りは都会から田舎に至るまで、ほとんど様式が同じである。トンネルのように奥行が深い。そのために、店から奥の台所までのあいだに二坪くらいの庭をつくって明かりを入れるようになっていた。店の表の方に向かっている部屋を大庁（ひろま）として神壇をもうけるべきか、その方角は家相学のわかる人に見てもらわなくてはならない。陳家は店の表に向かっている部屋に神壇を設けていた、中庭から青空が見えて、神様がそこから神壇に通ってくるように考えられた。陳家は二棟の店を持っていた。金源成商店の隣りの家は表が倉庫で、裏は店員の宿舎や来客の寝室になっていた。造りや奥行は二軒とも同じだった。台所から裏の豚小屋に通じるところには、店員の風呂場が設けられていた。また中庭には植木鉢がおかれていた。

店の帳場の部屋は中庭をはさんで、神壇のある大庁と向かいあっていた。大庁の隣りの部屋は主人夫婦の部屋で、そのつぎの部屋が改造されて、新郎新婦にわりあてられることになった。表から見れば、二棟のようにに見えるが、裏の方は棟つづきで、台所が共通になっていた。その台所が兼食堂にもなっているのである。裏は石段を五段降りれば、二百坪くらいの広い物干場になっていて、囲いには刺竹をめぐらしてあった。石段の両側には古い石油缶に土を盛って、ローウエや葉芙蓉を植えて、千日草の鉢もいくつか置いてあった。囲いの刺竹の籔には、山鳩がいつもきて鳴いていた。表は街らしい人通りでにぎわっているが、裏は小鳥が鳴いて、いかにも山里らしい風情だった。裏にこんな広い庭があるのは、梅仔坑庄内では漢方薬店の陳家と金源成商店だけである。刺竹の囲いの檜木の扉をあけて、二百メートルくらい歩けば、小川に出る。そこはこのあたりの女たちの洗濯場にもなっていて、何か虚脱したような感じだった。

今年の気候は例年よりもはやく、十一月の中旬から寒くなった。そのために嘉義市の海産物商人から早々と烏魚子（からすみ）を届けてきた。十二月の初旬に一度霜が降りて、庭先に植わったバナナの葉は火であぶられたように焦茶色になった。黄道吉日にきめられた花嫁の入轎時刻（かごいりじこく）は厳格だった。朝の九時から十時までのあいだがこの儀式にあてられていた。

梅仔坑庄から竹崎庄まで徒歩で三時間くらいかかるので、おそくても朝六時には梅仔坑庄を出発しなくてはならない。その準備は一日前から整えられていた。縦四尺横三尺の箱に入れられた礼物が二十四籠、ひと籠を二人でかつぐから、四十八人の人夫がいる。仲人夫妻のうち、夫の方は親戚だから轎（かご）に乗るよりも徒歩で行きたいと言い、妻だけ轎に乗ることになった。花嫁を迎える行列の管理人が三人、爆竹を鳴らす係が二人、チャルメラ楽隊が十人、かれこれ合わせて七十八人の人たちが、朝三時ごろから陳家の庭に集まった。店や裏庭はランプに灯をつけてお祭さながらのにぎやかさだ。隣りの倉庫になっている入口には、赤紙で披露宴入口と書いてある。電気のない山麓街にあるだけのランプを借りあつめて、一日前から裏庭に臨時調理場をつくり、そこから煙が出ていた。テントが張りめぐらされた。五時頃には朝食をすませて、六時まえには行列が出発することになった。神壇や祖先の位牌の前の燭台には火のついた真紅な大蠟燭が立てられ、香爐から線香煙が立ちのぼっていた。出発の合図である爆竹が鳴って、チャルメラ楽隊が音楽を奏しはじめた。街の通りはトロッコに荷物を積む人夫以外に動く人影とてなく、空には青白い月がかかり、朝風が襟もとに冷たかった。森の中を通るための用意に、松明に火がつけられた。チャルメラ音楽の中にときどき爆竹が鳴った。

町はずれにくると音楽がとまって、人夫たちのがやがやいう話声にかわった。話声が川を渡り、森をぬけて、丘にのぼったときは、東の空は白みかかり、その下の部落はまだ朝闇の底に沈んでいた。鶏の鳴き声がのどかに聞えた。丘のうえでひと休みすることになった。一時間余りぶっ通しで丘にのぼったので、人夫たちは額の汗を拭いていた。見るみるうちに闇がうすらいで、盆地にある部落の家が見えはじめた。間作の菜畠は青い絵具をこぼしたようにあざやかだった。

「さあ、みなさん!また出発だ」総管理人の声が聞こえると、爆竹の音は静かな山の空気を突き破って、チャルメラ音楽隊はまた奏楽をはじめた。顎をつきだした音楽隊員たちは、暁を告げる鶏の役目を引き受けたようだった。

花嫁を迎える行列が朝の九時まえに竹崎庄に着けば、実家と別かれの式をしてから、花嫁は轎に入って梅仔坑庄へ向かう。そして梅仔坑庄に着いてから、花嫁が轎を出る時刻もあらかじめきめられていた。実家の人たちは、花嫁を迎えにきた人々に食事を出すために、朝早くから準備をして待たねばならない。管理人はその時刻にまにあうように万事をとりしきり、仲人は時間のことばかり気にする。轎を出るまで花嫁はすくなくとも六時間近く便所へいかれない。そのあいだに、もし花嫁が便所にいくようなことがあると、彼女は寝小便の花嫁と言われる。そのために花嫁は一日前から、水っぽい食べものを慎しむ。

花嫁を迎えにきた人たちが食卓に箸をおくと、爆竹が鳴って、楽隊の吹奏がはじまる。花嫁行列はまたいそいで帰り路につく。さっき通った楽隊が戻ってきたと聞くと、部落の人たちは、道ばたに飛び出してきて、花嫁道具を値ぶみしたり、持参金をあて推量したりする。爆竹を鳴らして、たかってくる子供たちを飛び上がらせるのも、爆竹係の役目である。野良仕事をしている百姓までが、手を休めて見まもる。こんなにぎやかな行列はめったにあるものでない。農家から犬まで飛びだして吠えつく。土蔵造りの家の庭先に梅の花が静かに咲いているのが見える。

婚家のがわについて言えば、披露宴の招待状は一家のうちの達筆な者が引き受けるか、漢文書房の先生に頼んで書いてもらう。招待状に漏れた人は、随意にお祝儀をだせば、後から招待状がとどくことになっていた。ただしお祝儀は式をあげる前に持っていかねばならない。香奠は後からでもいいが、お祝儀は前日でないと縁起が悪い。

お祝儀をもらった花婿は、披露宴の日に、親友やその他しかるべき者にともなわれて、朱ぬりの竹籠を腕に下げ、町じゅうの親戚や友人の家を訪ねてまわる。

「どうもありがとうございました。午后六時ですから、早目にお越し願います」とお伴の人が代わって言ってくれる。花婿はただ頭をさげればよい。恥かしさで言葉がうまく出ないための思いやりである。

花婿の町まわりには二つの型がある。一つは新調の黒ドンスの着物を着て、茶碗みたいな帽子をかぶり、新しい布鞋(ぬのぐつ)をはいてねり歩く型。もう一つは木綿の新調の着物をきて、弁髪を頭のまわりにまき、新しい布鞋をはいて、そと股で歩く型である。後者の方はふだん鞋(くつ)をはいたことがないので、五匹の子豚が小さな籠に押しこまれたように、足の五本の指が鞋のなかで悲鳴をあげる。こういう花婿は、道で誰にぶつかっても、きまりわるそうに笑う。華燭の夜が恥かしいのか、はいたことのない鞋をはくのがきまりわるいのか、いかにも恐縮したように、街を歩いていく。

花嫁が轎（かご）を出るときは、町で一番仕合わせなお婆さんに手を引いてもらうのが習慣になっている。このお婆さんにあやかりたい意味である。花婿と花嫁がそろって神様と祖先のまえで頭をさげて拝めば、いちおう式が終わることになっている。そこで花嫁は寝室にはいる。寝室では、実家（さと）からついてきた年輩の婆さんが面倒をみてくれるので、花嫁は初めてほっとする。

いよいよ披露宴であるが、花嫁は宴席へちょっと顔を出して、来賓一同に挨拶をするだけで、すぐ引っ込んでしまう。そして花婿だけが酒豪の友人に付き添われて、宴席をまわり、来賓にいちいち酒をついで、お礼をのべる。お客が盃をあげて乾杯といえば、花婿は盃を口につけるだけで、酒豪の友人がかわって乾杯してくれる。ひとまわり宴席の乾杯がおわれば、花婿は宴席の上席の卓に戻って、腰をおろすことができる。

女客の宴席は男客とは別のところに設けてあるので、花婿はそこへも回わらねばならない。花嫁はこの間どこへも出ずに寝室で、実家（さと）からきた婆さんに面倒を見てもらって、食事を取ることになっている。披露宴が終われば、近親や親友だけ大庁に集まって、姑が花嫁を紹介することになっている。

「阿錦！」と姑はうやうやしくお茶を持ってきた花嫁を呼んで、「この方は、お前、姨媽（おば）さんと呼ばなくてはならない」（姑の姉妹）

「この方は姨丈（おじ）さんだ」というふうにいちいち紹介してまわる。紹介された人は、花嫁のささげるお盆からお茶を取り上げながら、花嫁の顔を無遠慮に見上げる。そのかわりに目上の者からの思いやりとして、花嫁にお祝儀をださないといけない。お祝儀は自分の飲んだお茶の茶たくにのせる。このお祝儀はそっくりそのまま花嫁の臍くりになる。

「この方はお前、姑母さん（舅の姉妹）と呼ばなくてはならない」

「はい、姑母さん」と花嫁は姑に教えられたとおりに呼ぶ。

これが終わって来賓や親戚、親友などがかえってしまうと、花婿と花嫁が初めて二人だけになって、洞房華燭の儀式をあげる。これは仲人と里からきた婆さんが面倒を見てくれる。寝室で二人だけが食べる滋養分の多い豚や鶏の臓物でつくった料理が出されると、仲人と里から来た婆さんは何かと言い残して、部屋から出てしまう。そこで花婿と花嫁は小さな食卓に向かうのであるが、花婿がまず箸をとって、話のきっかけをつくらねばならない。その話の内容は花婿とある程度花嫁の教養の程度によってきまるのである。

陳久旺は当時としては教養のある花婿だった。彼は青年時代に青雲の志を抱いていた。それを母親に邪魔されて、志をとげることができなかった。清朝時代の科挙制度（国家試験）によれば、まず秀才という最初の試験に通らなくてはならない。これにパスしたら、海を渡って福建省の福州で試験をうける。さらにそれにパスしたら、またお城のある首都にのぼって試験をうける。全国からあつまった挙人のなかから最終試験にパスした唯一人の状元は、あらゆる読書人のあこがれの的だった。しかしこれは奇蹟に近い夢のような話で、実際問題として、せめて秀才の資格がとれれば、地方の名士になれる。日本の植民地になってから科挙の制度はなくなったが、その代わり、公学校を出て師範学校に入れれば、判任官になれる。そこで頭のよい陳久旺は四年制の公学校を卒業すると、嘉義市の六年制の公学校に入ろうと思った。荷物までまとめて出かけるばかりになった時、母親の頑強な反対にあって、断念せざるをえなくなった。

その後、大正から昭和にかけて、台湾人名士のほとんどが当時の中等教育をうけた者であることを知って陳久旺は地壇駄をふんで口惜しがった。しかし彼とても漢文書房から公学校四年まで教育を受けていたので、当時の田舎ではりっぱな知識人だった。おまけに彼が今日もらった花嫁は当時としては珍しく読書好きだという評判である。何かそういう方面の話でもと思ったが、とっさによい考えも浮ばない。仕方がないから黙ったまま相手の方に眼をやると、花嫁はピンクの着物を着て、真っ黒い髪に真紅の花をさしていて、いかにもういういしい。そして蠟燭の灯にちらついている金の耳飾りは頬ともみあげを一層可愛らしく見せる。どうすればこの花嫁の口をひらかせることができるかと、花婿は考えあぐねた末、花嫁に礼にあらざればいうなかれ、礼にあらざれば動くなかれ、――話を無難な話題に向けた。

「錦妹（ギムメエ）！今日は疲れたでしょう！長い途中の轎は大変ですからね」

そう言われて花嫁は顔を赤らめた。妹だと呼ばれたので妙に感じたのである。一般に男は知らぬ娘を大姐（タアチイ）と呼び、親しい娘は妹々（メエメエ）と呼ぶ。（日本式に言えば錦ちゃんくらいの意味である）花嫁はそう言われてハイと答えたら、相手にどう解釈されるかわからない。結婚するために、実家（さと）の両親や兄弟と別かれて、喜んでいるとも言えない。かと言って、もちろん、悲しいわけではない。めでたいことではあるが、卒直に嬉しいと顔に出せば、はしたない女と思われるかも知れない。黙っていた方が無難である。

台湾では一般に夜は屋内の灯を消すことになっていた。屋内に灯をつければ、そとから内部がまる見えで、不用心からである。しかし結婚式の夜だけは、貧しい家庭でも、灯を煌々とつけておかねばならない。一生明るい家庭をつくるという意味である。またそうすれば、花婿は十分に自分の妻になる女の顔を見ることができ、花嫁もはじめて自分の男の顔を見ることができる。

「僕はあの轎に乗るのは苦手だ」

花嫁がほとんど食べずに茶碗と箸をおいたので、花婿もそれにならって、茶碗と箸をおいて、話しはじめた。花嫁はすこしうちとけた感じになって、顔をあげた。採光のために天井につくった窓から月がまんまるく見えていた。

陳久旺の子供時代のある正月に姑母（父の姉妹）を迎えに行ったときの話である。

「轎の両側に窓がついているでしょう。それをかわるがわる覗くので、子供の腰がおちつかなくて、轎かきの肩のうえの梶棒が安定しない。それで轎かきに叱られたが、僕はむしょうに腹が立ってね」

それを聞いた花嫁は、初めて笑顔を見せた。その顔が灯と月の交叉した光でぱっと花が咲いたように美しい。

「僕は轎に乗るのは厭だ、歩くよ、と言っても、轎かきは聞いてくれない。子供の足がおそくて困ると言うんだ」

花嫁はとうとう声をたてて笑いだした。

「でも可愛らしい子供ですわね」

当時の若者は結婚してから恋愛がはじまる。陳久旺と呉氏錦との間にも新しい感情の芽ばえがあった。

眼のやり場に困った呉氏錦が天井の採光窓を見上げたとき、ふと異様なものの影に気がついて胸がどきんとした。猫が窓ガラスから下を覗いているのだ。呉氏錦は自分の心のなかまで見すかされるような気がして、頬が赤くなった。しかし猫は何の感興もわかないらしく、やがてのそのそ立ち去った。

花嫁は翌朝、誰よりも早く起きなければならない。みなが起きているのに、花嫁がまだ寝室に残っているのは、恥かしいことである。誰よりもさきに起きて、髪をくしけずり、身なりをととのえて、神前や祖先の位牌の前に三杯の熱い清茶をそなえるのが、主婦の務めである。呉氏錦は神前に立ったら、昨夜の猫のことなどは忘れてしまった。重要な今日一日の仕事が待っているのである。

第一章の五

結婚式から一週間たつと、花嫁は花婿といっしょに実家(さと)がえりをしなくてはならない。新婚一か月未満は、花婿と花嫁は床を別にしてはいけない。したがってどこに出向いても、目がえりが多い。里がえりは初夜の二人がうまくいったかどうか、実家の両親に顔を見せに行くようなものだ。嫁は轎で、婿は徒歩、それに十人くらいのお伴がついて行く。実家はまた近親や友人たちを呼んで迎える。嫁と婿が昼食をすませて、また婚家へ帰るには、実家の手でたくさんのおみやげを用意しなければならない。

阿錦は帰途の轎のなかで、夫から聞いた子供時代のことを思い出し、そっと轎のすだれを押しあけて、外を眺めた。田圃には菜の花が咲き、畔路にはよもぎがいっぱい萌え出ていた。師走(しわす)が迫って、畠の大蒜(にんにく)は掘りくりかえされているが、それでもまだまばらに残っているのが見える。夫はお伴の人たちと耕作の話をしていた。実家に集まった友だちが夫をほめていたことが思いだされた。商人のひとり息子というよりも、美男子の読書人だというのである。その夫の顔を思いだすたびに、阿錦は顔がほてってくるのである。あんなおとなしい顔をしているくせに、ずいぶん激しいいたずらもする、と阿錦は轎にゆられながら、人に言えないことを考えていた。

嫁の里帰りがすむと、陳家の正門の鴨居にかけてあった八仙人を刺繍した真紅の横幟がはずされ、これで婚家のあらゆる行事が終わる。阿錦はこれからはもはや嫁ではなく、陳家の主婦としての役割を果たさなければならない。戸籍上も呉氏錦が陳呉氏錦となった。申し分のない嫁だった。家事を上手に切りまわし、洗濯婆さんと二人の炊事婦を能率的につかって、台所も従来よりはきちんと整っていた。店員たちにも受けがいい。嫁さんがきてから、若旦那は仕事に身を入れるようになった、と老番頭は折にふれては大旦那に言うのであった。大旦那の立ちいふるまいは大儀そうで、顔はいつも酒気を帯びているように赤い。番頭にそう言ってほめられると、大旦那はうれしそうに、そうかね、まあ、うまく指導してやりなさい。あの子はほんらい商売が好きでない。公学校を出たころ、途方もない希望をいだいて、私も困ったと思っていた。お前も知っての通り、台湾人が役人になりたがっても、めったにうまくいかない。所詮、人間は金さえあれば、何でもできる。私も兄弟がないので、相談相手がなくて心細かった。あの子も一人ぼっちだし、生活の安定上、家業につくのが一番よい、と大旦那は身の上ばなしをまじえながら言った。そういえば若旦那はこのごろは朝も夜明け前から起きて、トロッコに積む荷物の手伝いまでします、と老番頭は図にのってほめそやす。そうかい、それはよかった。主人がしっかりさえしておれば、こんな店は黙っていても必ず儲かる商売だ。山から来る産物の値段はこの店できめるのだから、損のしようがない。大旦那と老番頭は帳場の椅子に腰かけて、お茶を飲みながら、話が尽きない。

このあたりの山の産物は、南北の都市へ積みだすにも、いちおうこの町の商店をとおさねばならない。山村の百姓たちは毎日、山の産物を町の商店に運び出し、また、帰りに日常雑貨を買って帰る。これは売り買いともほとんど掛けである。したがって商店は資金が豊富でないと切りまわしができない。ひと月かふた月に一度清算するのだが、売り買いの値段はみな店で勝手にきめるのである。さればと言って商人は、むやみに暴利をむさぼるわけにもいかない。そんなことをしたらお客はみな別の店に行ってしまう。そこに店の経営者の苦心がある。

明治時代の植民地台湾は、言葉の違った異民族がはいってきたわけであるが、清朝時代の台湾も統治者は台湾語を知らなかった。役人と庶民とは通訳を通さないと、鴨が雷を聞いているようなものだった。そして役人と庶民とのあいだには、官庁という高い垣根があった。今度はそれにさらにもう一つ異民族の垣根がふえたわけである。町の空気はいつもうすい煙につつまれているような感じだった。その煙のような潮流に若い者は乗ろうとし、年長者はそれをとめようとした。これが当時どこの家庭にも見られたことである。治安が急によくなって、土匪や泥棒は姿を消した。政治的に安定したので、商売はよくなる。——金源成商店の主人はそう感じた。息子の考えはすこしちがっていたが、美人で読書のたしなみのある妻はもらったし、いまさら、両親にさからっても仕方がない。そう思って結婚後の陳久旺は、商売に身をいれるようになった。

嫁はよく姑につかえた。陳呉氏錦は上手に使用人を指揮して家事のきりもりをし、手のすいたときは、寝室の天井の採光窓からもれてくる明りをたよりにして、西廂記のなかの詩を低く吟じながら、わずかに郷愁をいやしていた。それを聞くたびに夫は得意に思い、姑は感心した。阿錦は嫁という務めが案外らくだと思った。今の願いは子に恵まれることだけだった。子宝さえさずかれば、嫁としての責任はいちおう果たされることになる。それにしても早く男の子を産みたい。しかし春がきて、夏がすぎても、いっこうにその気配がない。台所の裏に立つと、竹藪にきて啼いている山鳩の声がうつろに聞える。襟もとに冬の風がうすら寒く感じられたとたんに、竹の葉がはらはら散った。

阿錦は姑（しゅうと）の火籠（てあぶりかご）を倉庫から出し、拭巾（ぞうきん）で丹念に拭いた。その音に気がついたのか纏足（てんそく）でなよなよしている姑が台所に現われた。そして片手で卓につかまり、もう一方の手で長い煙管（きせる）を杖がわりに使って、檳榔（びんろう）をかみながら、嫁のうしろに立った。

「お前、それはおばさんたちにまかして、私の部屋へおいで」――

姑は娘をあやすようなやさしい声で言った。

「はい！」と答えて阿錦は前掛をはずし、姑の手を引いて、姑の部屋にはいった。姑の部屋は玉蘭やジャスミンの花を置いてあるので、いつはいってきても、それらの花の甘い匂いがたちこめている。嫁は姑を腰かけさせると、机上の茶籠のなかで保温されている土瓶（どびん）を出し、お茶をついで、姑の前においた。

「お前もかけなさい」

嫁はかしこまって姑の前に腰をおろした。姑の部屋はほかの誰の部屋よりも明るい。天井の採光窓と大庁を区切っている窓があるからである。それでこの六十近いお婆さんの顔が白く見える。どんなことを言い出すのであろうかと嫁は待った。

「お前は里でずいぶん古書をならったそうだね。女でも字がよめないと不便なものよ。私はこのごろ目がかすんできた。そのため、お祭りどきに廟前で芝居がかかっても、出て見るのがおっくうになった。夜おそく寝ると、翌日はすぐ眼にこたえるからね」

嫁はほっとした。子供が生まれそうかどうかについて聞かれるのではないかと、はらはらしていたのである。

「お母さん、もしたいくつする時は、私を呼んでください。でも私の知っている物語は、たいていみなお母さんは知っていると思うわ」

「そうでもない。私のは芝居で見たものだけで、お前のように書物がよめないから、範囲がひどくせまい」

そこへ舅が部屋の入口に顔をのぞかせたが、嫁がいるのを見ると、台所の方へ立ち去った。

姑はその後たびたび嫁を寝室に呼びつけて、話をさせた。それは単なるたいくつしのぎだと甘く見てはならない、と阿錦は感じていた。姑は嫁の体の兆候をうかがっているのだ。嫁の話を聞くふりをしながら、姑の視線は嫁の体じゅうを撫でまわしている。家事の手伝いは雇えるが、孫を産む女を雇うわけにはいかない。このごろ商売は順調のようだが、いくら店が繁盛しても、後継ぎがなくては何にもならない。その後継ぎを産むのが嫁の役割である。阿錦は嫁としての役割を果たせないまま、空しく月日がたっていく。

結婚してから丸一年もすぎ、裏の庭の竹藪の陰にある桃の木の花が咲きだした。去年見た新婚当時の桃の花とは感じが違っていた。去年はいかにも明るくのんびりしていたが、今年はまだかまだかとせきたてるような感じがする。阿錦は自分のお腹のいくじなさが恨めしくなった。それにこのごろ幾晩も夫の帰りがおそくなるのが気になった。他の商店と競争する必要上、嘉義市からくる問屋の番頭や主人を招待するために、夫が料理屋へ出入していることは阿錦も知っていた。しかし女のいるところへ夫が行くことは安心ができない。夫は他の店の主人や番頭と違って教養があるから、容易にそんなところの女に迷うようなことはない、しかし万一ということがある、と阿錦は気をまわすのである。昼間の夫の操行を監督するのは両親の責任である。夜は妻の責任になる。しかし寝室でいざこざを起こすのはみっともない。話によると、水商売の女には男を迷わすまじないがあって、ナムナム来る時は阿呆みたいで、帰りはふらふら、と毎晩、種豚（たねぶた）の神様を拝むのだそうである。だから商売女の手にかかると、男は来る時は馬鹿みたいになって、銭勘定などは忘れてしまい、帰りは虚脱状態になって、足もともおぼつかなくなるのだそうである。天井の窓から漏れてくる月の光がさえて、猫が、屋根のうえでけんかをしている。喉からしぼりだすような鳴き声を立てて、屋根のうえでとっくみあいをしているかと思うと、お尻でも咬まれたのか、悲鳴をあげて、窓のガラス板のうえを、こけつまろびつして逃げだしていく。うちの雌猫もあの仲間に入っているのかも知れない、と阿錦はやりきれない気持になる。もう何時かしら、と床を降りて、マッチをすって時計を見ると、一時半だ。彼女は灯を吹き消し、床に入って、眠れぬ眼を閉じた。そこへ夫が泥棒猫のようにはいってきた。阿錦は起きて夫を迎える気になれなかったので、眠ったふりをしていた。やがて夫は着換えをすますと、灯を吹き消し、できるだけ音を立てないようにして、床にすべりこんできた。すると今までの夫とはちがった女くさいにおいがして、阿錦は闇のなかに口惜しさでもみあげまで涙にぬれた。ことによると夫は何か言いわけを考えているのかも知れないと心待ちにしていると、そうではなくて、夫はまもなくいびきを立てて眠ってしまった。それを聞くと、阿錦はいちずに腹がたってきた。いっそ夫を起こして、問いつめてやろうか、とも考えたが、それもはしたないと思って、やっとがまんした。鶏の鳴き声が聞こえた。

それを合図のようにして、やがて表通りでトロッコの動く音が始まった。家の倉庫から運びだした荷物を廊下に置く音がそれにまじる。夫は眼をさます気配もない。もはや夫を相手にする気持もなく、阿錦は床を離れて、化粧台の鏡の前に坐わり、髪をとかしはじめた。

第一章の六

陳久旺が半年ほど前から梅風亭の若い芸者に熱をあげていることは、老番頭も前々から知っていたが、気の短い大旦那に告げていいものかどうか迷っていた。琵琶を抱えて歌のうたえる娘は芸者で、枕代しか稼げない娘は酌婦と言われていた。秀琴という二十歳（はたち）の芸者は、売面不売身という触れこみで、半年前から梅仔坑庄の料理屋にきていた。田舎町は枕代が安いし、琵琶のひける娘は芸（げい）があるから高慢ぶって、そんなことを言いふらしているのだ、と老番頭は考えていた。また老番頭は、若旦那がその若い芸者にうつつをぬかしているのは、おまじないのせいだとも考えていた。しかし陳久旺はそうは思っていなかった。濁水渓以南の水商売女は、夕方、化粧が終わって、客席に出る前には、ハリコ人形みたいな神様を拝んでから出るのは事実だが、男をとりこにするような呪文をとなえはしなかった。それが多くの人たちからそんなふうに思われているのは、むしろ雇主の料理屋やそういう女を抱えている婆さんたちにとっては思うつぼだった。商売女といえども人間にかわりはない。時には情にほだされることもある。ところが、そういう女がほんとに恋愛しだしたら、雇主にとっては元も子もなくなってしまう。だから、おまじないはお客にかけると言うよりも、商売女自身の心理的な牽制のためだと言った方が適当かも知れない。男たちはおまじないにとりつかれてやってくるのであって、女を愛するからではない。来るのも迎えるのも遊びごとであり、愛情を問題にするのはやぼである。こう思わせるのが雇主の狙いである。

「阿旺！」

老番頭は陳久旺を若旦那とは呼ばない。子供時分から背負ったりなんかしていたので、その頃の呼び名が癖になってしまった。

「ああいうところの女は、顔と芸だけ売るというのは嘘ですよ」

帳場で二人きりの時に老番頭は言うのである。

「阿旺は真実の恋愛について書物に書いてあることを、そのまま芸者にあてはめているのですよ」

陳久旺は黙ったまま顔もあげずに、老番頭の言うのを聞いていた。

「ああいうところの女は、水あげなどというけれども、同じ女が三度も処女だと名乗るそうですよ」

「そんな馬鹿なことがあるもんか」

はじめて陳久旺が顔をあげて老番頭を見たので、老番頭は口をつぐんだ。しかしこれで引きさがるわけにもいかないと思って、言葉をつづけた。

「いや、それがあるそうですよ。何んでもおんどりのとさかをつかってごまかすのだそうです」

「どういうふうに………」

「それは私にもわからないけれど――」

「それ見い！」

「阿旺がそんなにやっきになるのを見ると心配ですね」

「心配なんかする必要はないよ。子供じゃあるまいし、僕は商売のことで行っているのにすぎないんだ」

老番頭はこれではらちがあかないと思い、機会をみて大旦那に言うことにした。

大旦那はうむとうなったが、しばらくして、あの子は大丈夫だ、と言った。

「どうして大丈夫なんですか、旦那様！」

「まあ、もうしばらくようすを見ることにしよう」

老父は息子が店で商売をしているようすを注意ぶかく見まもった。そして自分の若い時分と比べたら、息子の方が一段うえだと感心した。山の百姓が煮干を買うのに、自分で紙袋をもちだし、籠のうえの煮干をよりどりにして、袋に入れようとする。そんなことをされたら、煮干のかすだけが残って大きな損になる。ところが息子はそんなことはさせない。二斤ください、と百姓が紙袋を息子に突きだす。すると息子はすかさず煮干籠から煮干をわしずかみにつかんで、紙袋に入れて秤にかける。秤の尻がぴんとはねあがって、超過したことを示す。それを見ると息子は紙袋を叩いて、紙袋のうえに浮きあがった煮干を籠にもどす。二、三回もそれをくりかえしてやっと注文通りの目方になる。そこでその紙袋を月桃の糸でからんで、百姓に渡す。その動作はすばやく、いかにも手慣れていて、百姓は煮干のかずだけ渡されたことに気がつかない。こんなやり方を誰も教えたわけではないのに、息子はちゃんと心得ている。息子は生えぬきの商人だ。こんな商人が商売女に迷うことはあり得ない。

老舗金源成商店の若旦那、陳久旺はたしかに生まれつきの商人だ。彼は女といえば妻しか知らない。貞淑な教養のある妻は、フライパンにはいった魚と同じだ。フライパンの柄をもった夫が思うままにその魚を焼くことができる。しかし、芸者の阿琴は人形のような美人で、頬を琵琶にもたせて、白玉のような指で弦をかきならすことができた。そしてその弦にあわせて歌う声が透きとおるようで、聞く者の関節の一つ一つにしみとおった。彼女は歌いつかれると、琵琶を寝台に置いて、詩吟をはじめた。

勸君莫惜金縷衣、勸君惜取少年時、
花開堪折直須折、莫待無花空折枝、

君よや金縷の衣を惜しむなかれ、
青春を惜しむべし、
花は折るに堪える時に折るべし、
空しい枝になってから折るべからず。

若旦那は普通の商人とちがって、学があると自負していた。芸者の歌や身振りの意味や、それらのもののかもしだす余韻を味わうことを知っている。無学者の鴨が雷を聞くのとはわけが違う。彼は阿琴を相手にして心からたのしむことが出来た。まるで国家試験の壮途に上った秀才が、途中で美しい才女に出会ったようなものだった。秀才が路銀をつかい果たし、今度は逆にその路銀を芸者に出してもらった物語が、若旦那の脳裡に浮かんだ。これに反して世の中で一番鼻もちならぬ者は守銭奴であろう。そのような守銭奴にだけはなるまいと若旦那は思った。彼が陶然となった眼を近づけると、阿琴はちょっと身をひくようにして言った。

「いやね、そんなに人の顔ばかり見て……」

「阿琴！だって僕は君が大好きなんだ」

「嘘！おっしゃい！口先きだけのお世辞を言って――」

そういう女の口を封じるように、自分の唇をおしつけると、若旦那は彼女を抱きしめた。彼女は急に抵抗することをやめて、彼の手のなかでぐったりした。

「僕は君のものだ。僕のものは何でも君にあげるよ」

そう言うと若旦那はふところから妻の刺繍した財布をとりだして、阿琴の手に押しつけた。

「金は君のお母さんに、財布は君へ僕の記念（かたみ）としてさしあげる」

「じゃ私、何をさしあげようか知ら」

彼女は髪からかんざしを取って彼にわたした。陳久旺はおどろいた。昔から、女のかんざしは心を許した男にしかわたさないからである。これで二人は記念をとりかわしたことになった。財布のなかには竜の紙幣が二十元入っていた。十五年間つとめた老番頭の月給が十五元の時代である。阿琴の母は大喜びであるが、刺繍の財布が気にかかった。かたみをとりかわしたことは、遊びごとにしては大げさすぎる。商売をぬきにした遊びは、命取りの危険性がある。落籍して妾にしてくれるのなら、考えようもあるが、恋愛ごっこは危険な火遊びである。

「おや？きれいな財布だね、ちょっと私に見せてごらん……よごすともったいないから、私があずかっておこう」

財布には黄色いドンスに鴛鴦（おしどり）がひとつがい刺繍してあった。このような贈物に情が移るのは、もらった人に心が走ったことになる。もしまたこの品物におまじないでもかかっていたら大変なことになる。阿琴の母はそれが心配になって、阿琴についてきた婆さんに相談してみた。

「みごとな財布ですこと、でも、おまじないがかかっていたところで、お前さんがあずかっているんですもの、お前さんにとっついたって、かまいやしないじゃないか」

しかしこの婆さんの口を通して、財布と大枚二十元の話は店じゅうにひろまった。

料理屋の女たちの洗濯物は、付近の洗濯女が集めにきていた。人気芸者の話は、その洗濯女の耳に入らないはずがない。川端で洗濯している女たちの一番聞きたいニュースは、料理屋で遊ぶ男と女の噂話である。陳久旺と阿琴の艶聞は、たちまちのうちに金源成商店の洗濯女から若奥様の耳に伝えられた。

「ほんとに若奥様、若旦那に気をつけなくてはなりませんよ」

洗濯婆さんが忠義顔をして言うのを聞いて、若奥様の阿錦は心のなかまで寒気を感じた。そしてその日の午後、姑がひとりだけ寝室にいるのを見はからって、駆けこんだ。

「お母さま!」と彼女は姑の膝にすがりつき、泣きながら訴えた。夫は商売女に夢中になって、ここ半年来、妻の寝室に入って来ない——阿錦はやや誇張してそう言った。姑はおどろいたが、なんとかおんびんにおさめたいと思い、嫁の手をとって言った。

「もういい、わかったから泣くでない。今夜お父さんと相談してみましょう」

嫁の阿錦はこれでいくらか胸がかるくなった。半年も夫が自分を抱いてないというのは嘘である。彼女は自分に子供ができないことを、夫の責任にしようとして、そう言ったのである。しかし、それはそれとして、もし阿琴という芸者に、先を越されて、子供でもつくられたら、自分は絶対絶命である。それに息子がぐれだしたことは、両親にも責任がある。それに対して両親がどういう処置に出るだろうか、と阿錦は明日の姑の返事が待ち遠しかった。

ところが、姑が舅に息子の話をすると、父親は少しもあわてるようすがなかった。父と子がなれあいで、女遊びを弁護しているみたいで、姑はしだいに腹がたってきた。

「まあ、そうあわてなさんな、阿旺は馬鹿ではない」

と父親は母に、日常、店で立ち働いてる息子のすばしっこさや抜けめのなさを妻に話して聞かせた。

「それに、もうひとつだね、商売仇が悪意で根も葉もないことを言いふらすということもありうるからね」

夫にそう言われると、妻も、あるいはそういうこともあろうかと思った。女に惚れることを、俗に、女に財布のままやるという。息子の話もそういうことからきた作り話かも知れない。しかしそうは思っても、やはり心配だ。夫も同じ考えらしく、妻に言った言葉とは裏はらに、浮かぬ顔をして、妻から眼をそらした。二人の間に重苦しい沈黙が落ちてきた。

第一章の七

姑から、もうしばらく、がまんしなさい、いずれ何とか処置をするから、と言われて、阿錦はじれったさに涙が出るような思いだった。ひとり息子に気がねして甘やかすから、こんなことになるのだ。事態は急を要する。いますぐ手を打たねばならない。そう思って彼女は昨晩から考えていたことを、すぐ実行に移すことにきめた。

洗濯婆さんが洗濯物を持って川から帰り、裏の台所口からはいってくるのを見ると、阿錦はそちらの方へ飛んで行った。

「おばさん、洗濯物は私が干すから、あんたはすぐ私がお願いすることをしてください」

阿錦は婆さんにぴったり寄りそうようにして、耳打ちした。婆さんは浮かんだ汗も拭かないで、そのまま、また足早やに、扉の外へ出て行った。

夫が芸者にやった財布を五元で買いもどすのだ。それに成功したら、お礼として別に五元、洗濯婆さんにやる。一か月分の月給が三元のときである。婆さんが喜んで飛んでいったのも無理はない。

阿錦は洗濯物を竿にかけながら考えた。財布を買いもどしたら、姑に渡そう。姑はそれを舅に見せ、舅はそれを久旺に突きだすだろう。久旺もそれで眼がさめるであろう。それでも夫の眼がさめなかったら、自分は実家に帰るほかない。夫の両親が嫁の自分を可愛がっていることは、阿錦も知っている。老父は満足して、いたわるように言うのである。

「お前、親家(チンケエ)（嫁の父の尊称）に、手紙をだしなさい。遊びにおいで下さいと言ってね。大舅仔(トアクウア)（嫁の長兄のこと）が立派に代診ができるから、患者はそちらに任して、御老父はたまには、こちらの親家（自分自身を指す）をも診(み)に来て下さい、と書くのですよ、何しろ私は筆不精でね」、と嫁に笑いかけて言うのである。手紙の書ける嫁はこの町では二人しかいない。老舗の漢薬店の嫁と自家(うち)だけである。老父はいつもそれを自慢にしていた。だからときどき嫁をつかまえて、嫁の実家(さと)に出す手紙を書かせるのである。しかし今朝はいつもとちがって、自分を患者にたとえたのが気にかかる。舅はすこし体の調子が悪いのではなかろうか。それとも久旺のことを姑から聞いて、間接に嫁をなぐさめようとしているのだろうか。しかし阿錦は夫の久旺に関する限り、弱気になってはいけない、ここで手を打たねば取り返しがつかなくなると思っていた。

　端午節にはまた二週間あるけれども、竿にかかる日ざしはまぶしくなった。台湾の気候は端午節のちまきを食べ終わらないうちは、いくら暑くても、あわせをしまってはいけないと言われていた。洗濯物をぜんぶ竿にかけ終わると、背中に汗がにじんできた。台所にはいると、飯炊き婆さんは、私が干しますのに、と言いながら、若奥様の顔色をうかがった。今朝はふだんと違っているのだ。阿錦は自分の部屋へはいって汗を拭き、着物をきかえた。ものの一時間もたたないうちに、洗濯婆さんが帰ってきた声が台所に聞えた。

「おばさん！ここへきてちょうだい！」と阿錦は寝室から呼んだ。うまく行っただろうか、と不安な気持で婆さんの顔を見たが、その顔色から察して、うまくいったことがわかった。

「これでしょう？」

と言って婆さんがさし出す財布を阿錦は受け取ると、自分がひと針ひと針、精魂をこめてつくった刺繡のあとを見て、涙があふれてきた。財布には手あかがついていた。夫のものか女のものか、知れたものではない。どうにもがまんができなくなって、彼女は両親の居る大庁に飛びこんで、老父の前にひざまずいた。「お父様！」と彼女は泣きながら、財布を舅の前にさしだした。舅はそれを受け取って、目を見はった。そして、「これはお前が刺繡したのかい」と言った。

「はい！」

「よろしい、久旺を呼んで聞きただしてみよう。けしからん奴だ」

舅はそう言って、膝まずいている嫁の手を取って、やさしく自分のそばに立たせた。

「ほんとにしょうのない子だね」

姑も同感の口調で、溜息をついた。舅は心のなかで思った――口達者な息子のことだ、何んとかうまく弁解するだろう、そうしたら嫁の気持のおさまるよう、うまく仲直りさせてやろう。そう考えながら舅は店の小僧を呼んで、若旦那を大庁へ来るように言いつけた。

陳久旺はお客と応待していたらしく、いそがしそうにはいってくると、父に何か御用ですか、と言った。しかし父のそばに立っている妻の顔が涙にぬれているのを見ると、不吉な予感がした。

「これは何んだ?」と老父は妻の手から財布を取って、息子の前に突きだした。久旺はそれを見た瞬間、恥と怒りを同時に感じた。愛し愛されていると信じた女に裏切られた証拠が、皆の前にさらされているのだ。そしてすべての背後に妻の策動があることが感じられて、阿錦の顔を睨みつけた。父と母がそばに居なかったら、今にもつかみかからんばかりの勢いだった。それに気を呑まれて、阿錦は舅の肩によりかかった。恐怖におびえた彼女の身ぶるいが、舅にも感じられた。

「お前、この場にのぞんでも、なお、あやまろうとしないのか!」

老父に一喝されて、久旺はますますいきりたち、脅かすように、妻のそばに歩みよった。阿錦は舅にしがみついた。舅はたまりかねて立ちあがると、力一杯に叫んだ。

「お前、恥かしくないのか」

しかし、そのとたん、年とった彼の体がのけぞって、椅子の背に倒れかかった。

「お父様!」阿錦は舅を抱き起こそうとした。舅は口から泡を吹いていた。老番頭が大庁のただならぬ気配を聞きつけて、店員たちといっしょに飛びこんできた。そして若い者たちに手伝わせて、大旦那を寝室に運んだ。そのとき初めて事の重大さに気づいた久旺は、皆の後について父の寝室にいそいだ。そして覗きこむようにして見ると、寝台に横たわった父の眼はすわったまま宙をにらんでいた。そこへ使いの者といっしょに漢方薬店から、医者が往診中とのことで、若い代診がやってきた。彼は型の如く診察したあとで、またそそくさと帰っていった。それからしばらくたってから店の小僧が薬をもって帰ってきた。薬が喉を通れば助かるが、通らねば何ともしようがない、と医者が言ってた、と小僧が言うのだった。

「阿旺！お父さんはもうだめらしい」と老番頭は声をつまらせながら言った。久旺は両手で静かに老父の頭を抱きあげた。息はもう通っていないようだった。女たちは声をあげて泣きだした。久旺は急に目先きが真暗になったように感じた。そしてくずれるように膝まずくと、「お父さん！すまなかった」と言って泣きだした。母と妻がさっきから声をあわせて、空中にただよっている老父の魂を呼びかえそうとしていた。久旺も夢中になって、「お父さん、お父さん」と叫んだ。しかしどんな手段もすでに手遅れであることが皆にわかっていた。

中国語には気死了（チイスウラ）という言葉がある。あまり腹がたって気絶し、そのまま死んでしまう、というのである。しかしそれを実際に見た人はない。ところがそれが今度、現実に起こったのである。金源成の老主人が気死了で死んだという噂は、たちまち町じゅうにひろまった。脳溢血で死んだというなら病死であるが、気死了なら死因をつくった人がいることになる。いったいそれは誰だろう——この話はものの一時間もたたないうちに、芸者阿琴の母の耳にはいった。金源成の老主人の死がまわりまわって財布にあることが娘の阿琴に知れたら、母娘（おやこ）の縁はおしまいになるかもしれない。婆さんはそう思うと恐くなって、娘の阿琴にしがみついてわっと泣きだした。

「ああどうしましょう、あんないい若旦那をどうしましょう。老旦那様！若旦那を許してやって下さい」と言った意味のことを狂気のようにくりかえして泣きわめいた。阿琴はそういう母が厭で、体をよけると、母は地べたに倒れ、そこでのたうちまわって、なおも泣きつづけた。これはこの老婆の一つの策戦でもあった。彼女がそうして阿琴にとりすがっておれば、誰も阿琴に近づくことができず、従って阿琴が金源成の老主人の死にかたの詳しい事情を誰からも聞く機会がなかろう、というのが老婆の考えであった。

しかし料理屋の主人は直感で、婆さんに何か秘密があると睨んでいた。一方、阿琴は詳しい事情はわからないながら、金源成の若主人が彼女に夢中になったため、その老父が怒って死んだということは、うすうす聞いていた。しかし、だからと言って、すぐ彼女が悪いとは言えない。大事なことは、これから先きの若主人、久旺の出方だ。そこへ料理屋の主人が出てき、苦労人らしく阿琴に忠告した。

「あんたはしばらく台北に帰ったらどうだろう。ここでは金源成商店の若主人のまわりに老母や妻君がいて、事がめんどうだ。若主人とのことも、今のどさくさが静まった後の方が解決しやすいよ」

阿琴はしかし、若旦那の老父の告別式にも顔を出さないで、このまま台北に行ってしまうのは卑怯なようでもあり、名残り惜しくもある。それで料理屋の主人に、せめて香奠でもおいて行こうか、と言ったので、主人が笑いだした。

「あんたは玄人の女にもかかわらず、考え方が全くお嬢さんだ。香奠をだして皆の衆を刺激するよりも、この際はしばらく黙ってひっこんでいた方がいい。そして台北へ帰ったら、若旦那にお見舞の手紙を出しなさい」

それで阿琴母娘は一時間後に、場末にある主人の私宅へ身を寄せ、翌朝六時の汽車で台北へ帰ることになった。阿琴の母はそれでも安心ができないで、娘につきまとって、誰をも近づけないようにした。阿琴も自分が原因になってこんなことが起こったのであるから、誰にも会いたくなかった。

町から梅仔坑庄駅まで二キロ余りの道のりがある。トロッコに乗るよりも徒歩でいった方が、人に会わないですむ。それで阿琴親子は翌朝の四時に起きて出立のしたくをして、歩くことにした。店の主人の思いやりで、親子の荷物は縦貫線の駅に乗り換えるまでボーイに持っていってもらうことにした。阿琴の朋輩も四、五人、梅仔坑庄駅まで見送るため、夜明け前から場末の主人の私宅に押しかけてきた。朋輩たちはたったひと晩で、阿琴の顔がやつれているのを見、彼女が若旦那との色恋に真剣にはまりこんでいるのを知っておどろいた。阿琴の母は纏足を解いた小さな足に鞋をつけ、杖をたよりにして歩く姿が心もとなかった。阿琴は地味な白地に竹の葉模様の着物を着て、いかにも服喪中の感じだった。朋輩二人が母親の両側から抱くようにし、他の三人が阿琴につき添った。母は娘の友だちが言わでものことを娘の耳に入れはしないかと、気が気でなかった。そこで彼女はそれをふせぐために、用もないのに何かと娘の友だちに話しかけた。うす暗い路の石ころは婆さんの鞋よりも大きく見えた。東の空は白みかかって、白鷺は田圃のあいだにちらばった百姓屋の竹藪のうえを真綿のように飛びかい、闇のよどんでいる田圃には蛙がしきりに鳴いていた。町で吹奏されている葬式の哀楽が、風に吹かれて遠いこの道端まで聞こえてきた。それを耳にすると、阿琴の頬に涙が流れ、おさえていた感情がむせび泣く声となってほとばしり出た。母と朋輩たちは驚いて両側から阿琴をはさんで口々に慰めた。

「泣くんじゃないよ。これが私たち女の運命なんだから」――

しかし、そう言った若い女たちが、自分の言葉に感動して泣きだした。そのそばをトロッコがごうっと砂煙を巻きあげてすぎて行った。暗闇がうすれて、丘から汽車が見えてきた。荷物人夫たちが忙しげに荷物を汽車に積みこんでいた。阿琴の一行は口をつぐんで足を早めた。駅で汽車を待っている客はまばらだった。しかしその客たちや駅の人夫たちの視線は、いま梅仔坑庄の話題になっている女主人公の阿琴に集まった。阿琴は悲しみと屈辱に耐えかねて、ハンカチで顔をおおった。やっと朝日が連山の峯にあらわれて、乗客たちはぞろぞろと汽車の箱に乗り込んだ、阿琴と母親が客席に坐わると、そこまで送ってきた朋輩たちは車から降りて、プラットホームに立ちならんだ。彼女たちの顔は涙でぬれていた。阿琴は青い顔を汽車の窓に押しつけていたが、見送りの人たちにあいさつをする気力もなかった。みなの気持について いけない母親だけは、一人しょざいなさそうにしていたが、ここで窓から身をのりだすようにして、阿琴の朋輩たちに、

「体に気をつけるんだよ」と言った。彼女たちはうなづくだけで黙っていた。

汽笛が鳴って、汽車はゆっくり動きだした。沈んでいた野原の空気が波立って、明るい朝の風景が流れてきた。見送りの女たちは小さくなり、やがて駅のプラットホームから見えなくなった。阿琴はハンカチを振っていた手をひっこめた。汽車のなかの客たちの視線も阿琴親子に見あきたらしく、目を窓外の風景に移した。阿琴の母は汽車が梅仔坑庄から離れて、ひと安心したものの、財布を売ったことが娘に知れたら、どうすればいいか、それが気になって、心が重かった。

第二章の一

金源成商店の老主人の盛大な葬式は、初七日までつづいた。一人の人間の死を見て考えこまない者はない。まして父親の死の原因になった若旦那の陳久旺は、居ても立ってもいられない気持だった。漢方薬店の老主人があとから駈けつけてきて、老母や若旦那を慰めて言うには、人間の生死は運命だから、いまさらどうしようもない。あのとき自分がいたら、あるいはたすかったかもしれないが、なんとも言えない。頂八掛(ティンパックワ)、すなわち、胸から肝火が脳天に迫ったときには、人は卒倒する。卒中風のときは、そっとしといて、薄荷の葉か、それがなければよもぎの葉を、できるだけたくさんすりつぶして頭につける。うまくいけば、それで脳天に迫った肝火が鎮まる。これが、注射のない時代の漢方医の治療方である。そう言われて、若旦那はいくらかなっとくしたが、老母はいまさらどんなことを言われても仕方がない、と、あきらめかねたようすである。

葬式が終わって、端午節もすぎたが、雨つづきのせいか、家のなかがじめじめして、いつまでも本格的な夏にならない。百日の供養が終わるまで、もし主婦が姙娠でもしたら、親戚ばかりか町じゅうの人たちのそしりをうける時代である。妻の阿錦は父の亡くなった日から、母につききりで、夜も同じ床に寝て、母の起居のこまかい所まで面倒を見ていた。一方、若主人の久旺は、店のことは全部老番頭にまかせて、毎日ぼんやりすごしていた。昼間は外を出歩くのは気がひけるので、家のなかで居眠りばかりしていたせいか、夜になると頭がさえてくる。天井の採光窓を見ているうちに、老父の宙を睨(にら)んだ目つきが心に浮かんできた。お父さん、ごめんなさい。僕さえあんな料理屋の女に惚れなかったら、こんなことにはならなかったろう。それにしても商売女は薄情だ。かたみにやった財布を金にかえるなんてあんまりだ。その財布の一件には妻も関係している。そう思うと妻も憎くなる。しかしこのごろ母がやっとすこし元気を回復しつつあるのは、妻の献身的な世話があるからだ。陳久旺はそう思うと、女には二種類あるのだろうかと考えて、やっと眠りに落ちた。

　隣りの部屋で母と枕をならべて寝ている阿錦は、意識のどこかで、財布を両親に見せさえしなかったら、こんなことにはならなかったろうと思い、それが夢のなかまで現れた。料理屋の裏口は薄明りがさして、女たちが歌を歌ったり、拳(けん)をして酒を飲んでいる声が聞こえてきた。そこへ阿琴らしい女が出てきたので阿錦は呼んだ。

「みなあなたのせいよ、あなたが悪いのだ。いくら商売とはいえ、なぜ人の夫を手練手管でだまさねばならないの？」

「えらそうなことを言うでない！」と阿琴らしい女の眼がけわしくなって呼んだ。「私はあんたの家へ乗りこんで、あんたの夫をおびき出してきたのではない。あんたの夫の方から来たのだ。悪いのはお前さんの方だよ。こっそり金を出して、財布なんか買い戻して見せびらかすから、こんなことになったんだ。雌鶏(めんどり)をちゃんと籠に入れておかないで、雛鶏をさらった鷲を恨んでもしようがないじゃないか」

　すると他の女たちがどやどや出てきて、こんな厚かましい素人女は痛い目にあわせて教えてやれ、と罵りながら、寄ってたかって阿錦をつねりはじめた。阿錦は恐怖におびえて叫んだ。彼女のうなり声を聞いて、姑が阿錦をゆすり起こした。それで初めて夢だったのかと目が醒めたが、阿錦はくやしくて、姑にしがみついてすすり泣いた。

「恐わい夢でもみたの！」

「はい、大勢の賤しい女たちにいじめられた夢ですの」

「もういい、泣くことはない。ただの夢なのだから」と姑は実の娘をあやすように、やさしく嫁の肩を叩くのである。そうされると阿錦はいっそう悲しくなる。そしてもう眠むれそうもないので、起きて洗面所のタオルで顔をふき、おくれ髪をかきあけて、大庁に設けてある老父の霊卓をのぞく。

「お母様！お線香が消えていますよ」

「いいよ、明日つければいい」

「でも、やはりいまつけた方がいいわ」

彼女としては百日の供養が終わるまで、舅の霊前に線香の煙を絶やしたくない気持である。そこで彼女は出ていって線香をつけなおし、その移り香を体につけて再び床についた。殊勝な嫁だ、と姑は思った。若い人は夜中に霊卓の前を通るのも恐わがるものだ。ところがうちの嫁は舅や姑を実の親のようによく仕える。こんな嫁を自分の息子がもし大事にしなかったら、罰があたる。そう思って、姑は嫁の横で眠りについた。

初七日、二七日、三七日と霊前の法事がつづいた。百日に近くなると、家のなかはいくらか落ちついてきた。店の重要な問題は老番頭がひとまず老母の所へもっていって相談し、その後で若旦那に話すことになっていた。すると老母はまた嫁の意見を求めるのである。そのため二十名近くの家の人たちの目は嫁のうえに集中し、彼女に対して畏敬の念を感じるようになった。嫁は老母と枕を並べて寝ながら、いろんな話を聞かされた。

「主婦がしっかりしておれば、家が駄目になることはない。私もこの家へとついで来たとき、店そのものはしっかりしていたが、肝心な夫の足が宙に浮いて、苦労しました」

そういう話がつづいたある晩、阿錦は姑の顔色を見ながら、養子を貰いたいという話をもちだした。

「お母様、養子を貰うと、すぐ弟ができると申しますが、お母様はそういう話をお聞きになったことがありますか」

「ある、よくある話だ。もしお前にそういう気があるなら、養子をもらってもいい、お父さんが亡くなって、家じゅうが寂しくなったから、子供が一人いた方が、にぎやかでよいかも知れない」

老母も乗り気になって言うのである。阿錦は心強くなって、翌日そのことですぐ里に手紙を出した。里の両親や兄弟たちも陳家のことで気をもんでいたので、できるだけ探そうという返事がきた。そこで阿錦が初めて夫と相談した。夫に異存があるはずがない。老父の亡くなった後、久旺は老母にすまなく思って、小さくなっていた。したがって、家のなかは妻のひとり舞台だった。また久旺は妻に一目も二目もおいていた。彼女の立ち居ふるまいに一分の隙もなかったからである。

当時の台湾の家庭では、女の人は寝室で入浴したものである。そこへたらいを持ちこみ、お湯をはって入浴する。阿錦はまず姑を入浴させ、それがすんでから、自分が裸になってお湯につかる。ある日そうしている時、夫が帳場の鍵を忘れたと言ってきたので、阿錦は戸のすきまから鍵を渡そうとした。すると久旺がいきなり戸を押しあけてはいろうとした。

「あなた！」と阿錦はたしなめて、戸をぴしゃりと閉めた。服喪中をわきまえないで、という妻の無言の叱責が夫に感じられた。しかしそのとき瞬間的に戸の隙間から見た妻の裸体は、今まで気づかなかったほど美しかった。かつて阿琴をカナリヤにたとえて、妻を鵞鳥くらいに思っていたのがまちがっていた。阿琴はなよなよした可愛らしさがあったが、妻は均斉の取れた豊満な美しさを持っていた。彼女は鵞鳥でなく鴛鴦（おしどり）だつたのだ。しかし父の亡くなった日以来、彼女はとりすました態度をとりつづけている。いったい彼女はいつになったらもとの妻になり、女になるのだろう。

「阿錦、すぎ去ったことをいつまでも根にもつのは、どうかと思うね。それでは少し、しつこすぎるじゃないか」

たまたま寝室ですれちがったとき、阿旺は妻の手を取って言った。しかし彼女はその手をふり払って言った。

「あなた、喪章をつけてることを忘れないでね」

「わかった。だからすぎ去ったことは忘れてくれと言うんだ」

「あら、そんなに簡単に忘れられるものかしら」

「何を言ってるんだ、再出発だ」

それを聞くと、彼女は身をかわして寝室から出ていった。その後姿は彼女の言葉とは裏はらに、ひどく仇っぽく見えた。

百日供養の終わった日、姑は嫁に自分の寝室へ戻って眠るように言った。しかし阿錦は姑の体がまだ回復していないからと言って、姑の寝室から離れようとしなかった。姑は嫁が自分の部屋に戻ろうとしないのを見ると、にわかに不安になった。そこへ嫁の里の父から手紙がきた。百日法事も終わったから、気分を変えるために、夫婦で遊びにきてはどうか、養子のこともあるし、また、母が子宝をさずけるおまじないもしたいと言っている――そういう意味の手紙である。それで阿錦は日帰りで、一度里に帰りたいと姑に願い出た。姑は心よく承諾した。

「それがいい、お前はここ三、四か月の間、いろいろ気を使って疲れている。よい機会だから泊まりがけで行っておいで」

「いいえ、すぐ帰ってまいります」

「いいよ、そんなにいそがなくても」

姑にそう言われると、阿錦は胸がいっぱいになって、思わず目がしらが熱くなった。姑は嫁の手をさすりながら。

「いい子だ、私はお前が一番たよりなんだからね」と姑も涙ぐんだ。

阿錦は夫には、夫婦で来いという里の手紙は見せなかった。そしてただ、日帰りで行ってくる、とだけ言った。しかし、久旺が自分もいっしょに行くと言いだした。阿錦がそれを断わると久旺はむきになって言った。

「まさかお前は俺に恥をかかせるつもりではないだろうね。お前ひとりで行ったら、俺の顔はまるつぶれだ。お前の御両親にお礼も言わなくてはならないし、それに遠い路をひとりで行けると思うか」

「私、轎（かご）で行きます」

「阿錦、何と言ってもお前をひとり里にかえすわけにはいかない。夫の立場ということも考えておくれ」

そう言われて、阿錦も、折れざるをえなかった。

「じゃあ、いいわ、いっしょにまいりましょう」

「ほんとにお前は世話のやける人だ。頑固で手のつけようがない」

「あら、頑固だなんて。わたし、これでもすなおなつもりよ。じゃあ、明日の朝は五時に立つのよ。いいですか」

朝の四時には店の荷物をトロッコに積みこむ仕事が始まる。夏は五時になると森のなかでも松明の必要はない。久旺は両親に遠足を許された子供のような浮きうきした気持である。彼は手提げの籠に妻の兄たちの子供におくる菓子や、父の亡くなった時にもらった布で老人向きなのを二着ぶん、入れるのを忘れなかった。布は妻の両親へのみやげである。久旺の着物の上下は白で、鞋は黒である。彼は明治四十年ごろから弁髪を切ることをすすめられていたが、父の亡くなったのをしおに、思いきって切ってしまった。彼は妻と日よけの相々傘で行くつもりだった。阿錦は四時から起きて、朝食を準備し、霊卓を取りはらわれた大庁（ひろま）に出て、神壇に線香を立てた。母が髪をきれいにすいて、神壇に手を合わせているの見て、久旺もあわてて母のうしろに立った。

「行っておいで。途中は気をつけるんだよ」

老母がそう言って注意した。若夫婦は母にうなづいて家を出た。老番頭や店員はもう表でトロッコに積む荷物を通帳に記入していた。夜明けの風はひんやりと襟もとに入って、里がえりにはもってこいの日和だった。

「来福おじさん、お願いします」と久旺は老番頭に言った。

「いいとも、泊っておいでなさい」

「そうしたいのだが、何しろ若奥様が駄目というから、夕方ごろまでには帰ってきます」

若奥様と言われたので、阿錦は初めて笑顔を見せた。

「来福おじさん、では行ってまいります」

「久しぶりに御両親様にお目にかかるんだから、ゆっくりしておいでなさい」

「はい、でもお姑さまがおひとりですからね」と阿錦は戸口に立って見送っている姑の方をふりかえった。自分はそっと起きるつもりでいたが、姑は前から眼がさめて、じっと嫁の起きるのを待っていたようであった。嫁をいたわる姑の思いやりが胸にこたえて、阿錦はたとえ一日でも姑に淋しい思いをさせるのがつらかった。阿錦はうすいクリーム色の着物にズボンをはいて、鞋は黒だった。かしわもちの形をした髪には飾りをつけず、もみあげの上に見える小さな耳飾りだけが、百日の喪あけを示していた。阿錦は百合の花のように美しかった。姑はほれぼれと嫁のうしろ姿をいつまでも見送っていた。

第二章の二

阿錦の里の父は、呉守邱という漢方医である。前代が邱家からきた養子だったので、生まれた長男に呉守邱という名前をつけた。妙な名前である。早く両親が亡くなったからいいようなものの、もし在世中だったら、馬鹿ったれ、呉家に養子にきて、もとの邱家を守るつもりか、と叱られたかもしれない。ところが、その名前は漢方医としてあたった。邱が丘に通ずるので、皆が彼を阿丘仔仙（あきゅうあせん）と呼んだ。仙は仙人ばかりでなく、先生の略称でもある。それに仔がついているから、ちょっとした先生の意味になる。丘は孔子様の名である。そんなだいそれた名前を自分で名乗るはずがない。人が勝手にそう呼ぶのである。六十歳になったが、羊ひげを生やして、人がよくて、ユーモアもある。顔はオリーブの種子のような形をして、医者らしくないので、ひげを生やして医者らしく見せようとした。ところが妻は夫がまだ三十歳にもならないのに、ひげを生やすのは台湾の習慣にそむくことだし、おまけに刷毛のようなひげで自分の顔をなでられるのはかなわない、と言って反対した。しかし阿丘先生は男の心、女知らず、とうそぶいて、あまり見ばえもせぬひげを生やしてしまった。しかし夫婦仲がよい証拠に阿丘先生夫妻は三男一女をもうけた。しかし嫁に行った娘の方にはいっこうに子供ができないので、夫婦は気をもんでいた。この頃長男は父親のかわりに、店で患者の脈をとるようになった。だから老父はもっぱら往診に出かけた。お祝儀をあてにしないかわりに、できるだけ轎（かご）で行くことにした。その方がずっと楽だからである。赤包みの御祝儀をあけてみると、小使いにもならない程度の礼金しかはいっていないこともある。しかしそんなものはあてにせず、轎に乗って遊山看水の気持であれば、日々これ好日である。そのうえ、こうして外出すれば、娘の養子を物色するにも便利である。娘の婿が一時、遊蕩したことがあったがそれも今となっては、かえって雨降って地固まるのたとえの通りだ。このうえは娘が男の子を産んでくれれば文句はない。そのまえにまず養子をさがそう、養子をとれば実の子が生まれる機会も多い——そう考えている阿丘先生は、娘が里に帰ってくる一週間前、町から三キロ離れた部落へ往診に出かけた。長年、病人を見てきた直感で、この病人はたいしたことはない、すぐなおる、とわかると気がかるくなる。反対に、これは容易ならんとわかると、気が重くなって一刻も早く帰りたくなる。その日は前者の方で、気がらくだった。そこでいつもの通り、州道に面した竹ぶき屋根の店で、上等のお茶をいれてもらって、ひと休みすることにした。そして水煙管（みずきせる）を手に取ると、こよりに火をつけてもらって、うまそうに吸い始めた。そこへ顔見知りの、五十がらみで自作農の、陳進財がはいってきた。

「先生、御覧なさい、棚の瓶につまった酒はあんなに行儀よくならんでいます」

「なるほど、だってあたりまえじゃないか」と阿丘先生は顔をあげて言った。

「ところが先生、それをお腹に詰めかえると、ひどくにぎやかになって、そうは行儀よくしてませんよ」

店に居合わせた百姓たちはどっと笑いだした。笑いがおさまると、そのうちの一人が言った。

「おい、進財兄、今日は話がすこし違うようだな。いつもの話だと、酒は人をにぎやかにする薬ではなく、夜、自分の枕と妻の枕をかちあわせないようにする薬だと言ってたではないか」

「そうだ、全くその通りだ。しかし今日、私はにぎやかになりたいために、やっぱり酒に友情を感じるね」

「おやおや」と丘先生は水煙管を吸うのをやめて、陳進財の顔を見上げた。

「どうですか、先生、轎かきを少しお待たせになって、酒の友情を楽しみませんか」

「それもいいが、酒と枕とどういう関係があるのかね」

「おやおや、先生の医法宝鑑にも書いてないと見えますな」と言われて、丘先生や店に居合わせた人たちがまた笑いだした。

「夜、灯を消すと、ほかにすることがないから、つい子供を生む仕事に手を出す。生みたい人はいくら力んでもいっこう恵まれないくせに、私の場合は、もうたくさんだと思っていながら、妻の枕と私の枕がかちあっただけで、妻の奴、すぐお腹をふくらませてしまう。だから私はこのごろ、田圃路でお腹の大きいよその女の人に出会っただけでも、はっとしておじけづいてしまいます」

「枕と枕をかちあわせなければいいじゃないか」と店の主人が口をいれた。

「冗談じゃない、枕って奴は人間の頭がその上に乗っかっているからね。枕が勝手に動きだすと、人間の頭もいっしょについていく」

店の人たちはまたどっと笑いだした。

「それでね、私は酒の友情をかりて、枕が動いても、頭がじっと動かないようにしてもらおうと思うのです」

「お前さんは働き者で、床に入ってからもじっとしていないから、酒の力くらいでは、どうにもなるまい」

「どういたしまして！まだ、にぎやか薬を棚の瓶からお腹に詰めかえていないうちから、こんなに皆がにぎやかなんだもの、酒の力はあらたかなものさ」

枕の話に足が生えて、行儀よく棚にならんだ酒をおろすことになり、丘先生もついに皆と割り勘で酒宴に加わることになった。そこで患者の処方箋を書いて、病家の人にわたし、轎かきには、帰りの賃金は余計に支払うから、と言って、しばらく待ってもらうことにした。稲刈りまえは農閑期なので、百姓たちはよくこのような小さい雑貨店で、はげしい日ざしをさけて、よもやまの話をたのしむのである。丘先生もこれに加わって、農村ののんびりしたひと時をたのしむことになった。そとは豊かにみのった稲穂が日の光を受けて黄金色に輝き、熱さに蒸された青蟬が、われを忘れて鳴いていた。このような所で酒杯をかたむけていると、ひとはすぐにも陶然として、山高く、皇帝遠しの気分になってしまう。

ここらあたりは段々畑に水を引いて水田にしたところが多いので、二甲歩くらいの自作農は豊かとは言えないが、生活費が安いので、なんとなくゆとりがあった。おもしろおかしい話のなかで、陳進財が五十歳あまりで、男の子が八人、女の子が三人あることがわかった。そんなに子供が多いのなら、そのうち一人や二人養子に出しても、後が淋しくなるということはない。それに陳進財なら人がいいし、町へ出るとき、呉家の薬店へちょいちょい顔を出すので、なじみでもある。この人の子供なら貰ってもいい、と丘先生は思った。自分の娘が結婚してから一年たったが、いまだに外孫ができない。婚家の姑も気をもんでいる模様だし、娘からも養子がほしいという手紙がきていた。これはいいめぐりあわせだ、と丘先生は思って、その話を持ちだした。すると陳進財は気前よく、びりから三番目の男の子なら、ただであげましょう、と言った。口べらしのためにもなるし、また町の金満家へ養子にやることは、子供の将来のためにもなる、と陳進財は思った。丘先生にしてみれば、養子の生家の姓が陳でもあるし、いろいろと条件にかなっているので、即座に、よかろう、娘が里に帰ってきたら、相談してみる、と話がとんとん拍子にはこんだ。

「それでは君、娘や婿が帰ってきたら、その子を店へ連れてきて、みんなに見せてくれないか」

「いいとも」

「酒がさめたら、忘れてしまうのと違うか」

「忘れるものですか」

それで酒宴の連中全部が仲人になり、話がまとまったら、ここで一席設けるべきだ、と提案する者が出てきた。丘先生はひげをしごいて、わしが責任をもって一席設ける、と約束した。昼さがりに轎かき二人が顔を出したので、丘先生は身をかがめて轎に乗りこんだ。そしてすぐ気持よさそうに、こくりこくりと居眠りをはじめた。

「先生、轎のなかでひっくりかえったら、お駄仏ですよ」と後方の轎かきが丘先生に注意した。

「馬鹿言え！轎のなかで眠るのは慣れている」

いつのまにか轎が店に着いて、丘先生は轎から下ろされた。ひと眠りして機嫌のいい丘先生は、店の者に言いつけて熱いお茶を轎かきにふるまいながら言った。

「わしがあの店で一席設けるときは、またお前さんの轎に乗る。なかなかうまい轎屋さんだ」

「はあ、どうも、先生の居眠りに拍子をあわしていますから」――

「轎の中でひっくりかえってもいいか」

「そういう気配がしたら、私たちが駆けだせば、先生は轎からころげ落ちないですむんです」

轎かき二人はきまった賃銀のほかに、チップをたんまり貰って、どっこいと轎の梶棒を肩にかつぎあげて、帰っていった。

しかし丘先生が奥にいって、陳進財の子供の話をすると、奥様はあまり乗り気でない。男というものは、お酒のうえでどんなことを言いだすかわかったものではない、そんな話はあてになりません、と奥様は言うのである。あてになるかならないか、向こうの子供を見てからの話だ、と丘先生は反駁する。実を言えば、奥様としては、先生が患者を見に行ったのか、お酒を飲みに行ったのか、それがわからないと言いたかったのであるが、さすがにそれは言えなかった。

そういうことがあって、丘先生から娘夫婦に手紙を出し、それを見て阿錦が夫とともに里に帰えることになったというわけである。朝五時前に梅仔坑庄を出て、里に着いたのは八時をすぎていた。三時間で着くはずが四時間もかかったのは、途中、森で休んだり、小川で赤い沢蟹に見とれたりしたためである。二人は特に陳久旺は新婚旅行気分だった。最初、家を出たとき、阿錦は三か月あまりも夫と事実上、別居生活を送った後なので、ぎごちないようすだったが、相々傘で歩いているうちに、うちとけて、口をきくようになった。木々の梢で蟬がしきりに鳴いている。山路は草息れでむしあついが、森に入るとひんやりして涼しい。陳久旺は妻の機嫌をとることに熱心で、歴史上の美人をひきあいに出して、妻をからかったりした。時たま顔見知りの百姓に出会ったりすると、久旺は愛想よく話相手になる。

「お嫁さんと里帰りかね、若旦那！」

「はい、私は今日ね、若奥様の用心棒ですよ」

やっと里の町に近づいた。いつ来てもなつかしい町だ。町の入口で阿錦はちょっと夫の顔を見上げて、それまでいっしょにさしていた傘から離れた。そして二人がすました顔をして里の店のそばまできたとき、早くもそれに気づいた兄たちや店員たちなどが店から飛びだしてきて、二人を迎えた。店の奥に入ると両親は待ちかまえていた。

「もう着く時分だと思っていたところだよ」と母はうれしそうに娘の手をとって、婿に言った。岳父は婿の顔を見て、やれやれと言った気持で、お母さん元気かね、と挨拶した。阿錦はたちまち子供たちにかこまれて、姑母さん、姑母さん、とひっぱりだこだ。そこへ嫂さんたちが出てきて、久旺のおみやげ籠を受け取ると、子供たちを奥へつれて行った。今度は兄たちが入ってきて、妹夫婦を接待した。

昼食前に、陳進財が五つくらいの男の子の手をひいて、はいってきた。久旺は、ははあ、これは岳父と阿錦がしめしあわせて計画したことだな、と思った。しかし相好をくずしてほほえんでいる岳父の顔を見ると、久旺もつりこまれて笑いだした。陳進財のつれてきた子供は、人見知りと場所ちがいのせいか、うわ目つかいばかりして、ちぢこまっていた。阿錦はその子の頭を撫でて抱きあげようとしたが、子供は尻ごみして白い目をむきだした。

「名前は？」

「ほら、自分の名を忘れたか、啓敏と言いなさい」と父親にうながされたが、子供はますますおじけづいて、これから自分の養母になるかもしれない婦人の方は、見て見ぬふりをした。それでも阿錦は子供に近づき、子供を抱きあげて、頬ずりしてから、

「可愛いこと」と陳進財に言った。

それを見て、「これはいい、愛嬌がある」と久旺が言ったので、阿錦は心のなかで、夫が承諾したも同じだと思った。久旺は妻が喜ぶなら何んでも賛成するつもりだった。昼食はみんなで食卓をかこんで、臨時のお祭りのようなにぎやかさだった。啓敏は父のそばに坐わったが、こんな大勢見知らぬ人の前では、食欲がすすまなかった。お碗に大好物の鶏の肉がはいっていたが手が出ない。それでも父親に食べろ食べろと言われたので、しぶしぶお碗を取りあげた。親の陳進財の方は、酒がまわって、上きげんである。これで話がまとまれば、子供の養育費が一人分軽くなり、上流の家庭と縁ができて、自分の株もあがる。

「さあ、進財君、にぎやか薬だ」と丘先生がお酌をしてくれたので、進財は恥かしさとうれしさで顔が赤くなった。何も知らぬ婿は、「なるほど、酒はにぎやか薬だ。酒を飲むと歌の一つもうたいたくなる」と言った途端、はっとして妻の顔を見た。阿琴とのことがあって以来歌は禁句になっていたのだ。しかし、幸い妻は子供に気をとられていて、気がつかなかった。食卓の婦人といえば阿錦とその母だけである。当時は、婦人たちは親戚でない男客とは、食卓を共にしない習慣だった。しかし今日は養子のことがあるので、特別に阿錦と母が加わっていたのだ。嫂たちは別卓にいた。食事の半ばごろになってから、母と娘が

奥の嫂たちの食卓に行くことになっていた。

「どうだ、話をまとめようじゃないか」と岳父は婿の顔を見て言った。婿は阿錦の顔をうかがった。阿錦は子供の顔を見ながらほほえんでいた。

「はい、私は結構です。阿錦！」と夫は妻の顔を見ながら言った。岳父は笑った。さては娘の方が押えているのだな、と岳父は思って、老妻の顔を見た。老妻は知らぬ顔をしていた。そのとき阿錦が言った。

「私、この子の顔を見た時から、なにかしら、縁があるように感じましたのよ」

それを聞いて岳父は杯をあげた。

「それゃよかった、進財君！それでは中秋の日にきめよう。その日は団々の日だ。君が梅仔坑庄へ子供をおぶって行ってほしい。その手はずやお礼は私がするから」と岳父が言うと、食卓を囲んでいる人たちは手を叩いた。

「さあ、にぎやかな前ぶれだ」と丘先生がまた進財の杯に酒をつごうとすると、娘がかわってその酒瓶を取って立ちあがった。阿錦は進財にお酌をしてから、母といっしょに奥の食卓に行った。丘先生はまた娘のおいた酒瓶を取り上げて、

「どうぞ、進財君！今日からは親類になったのだから、遠慮をしないで飲んでください」

「はい、もうずいぶん胃袋へ流しこみました。これ以上いれると、この子をおんぶして帰る途中、親子もろとも田圃へおっこちてしまいます」と言いながら、また杯を突きだして、満々とついでもらった。

「酒だけはすすめられると、けっして遠慮しないことになっていますので」と言ったので、みんなが明る

く笑った。

「昼酒の方がやはり友情がうすいですか」と丘先生に言われて、進財は照れてしまった。二人だけの隠語を使うところを見ると、この二人はすっかり意気投合しているにちがいない。

昼食が終わると、進財は子供を連れて先きに帰っていった。阿錦の里の家の中庭に植わっている仙丹花やもくせいに雀の群がとまって、かまびすしく鳴いていた。廊下へ椅子を出して腰かけると、雀がばたばた飛びたった。中庭からはいってくる風が涼しく、軒先の日蔭がのびてきた。

「夕立の来ないうちに、帰ることにしようか」と阿旺は妻に言った。

「まあ、そう急がないでもいいじゃないか」と阿錦の兄たちはひきとめようとしたが、阿錦は最初から日帰りのつもりだったので、帰り仕度を始めて、母と奥に入ると、すぐまた出てきた。彼女は母に、夫の荷物になるといけないから、ほかの物は遠慮しますが、母の漬けた豆腐漬と瓜漬だけは姑へのおみやげにいただいてまいります、と母に言った。阿錦が娘時代に里にいたとき、親類たちから、漬物も呉家のりっぱなお菜の一つだ、と言われたのを思いだしたのである。そのために籠の中は、子宝を授けるおまじない以外は、ほとんど姑への土産物ばかりだった。

夫婦は昼さがりに、また日よけの相々傘で里の家を出た。停仔脚（ていしきゃく）（街の通りに面した深い軒先き）には両親はじめ嫂たちや姪たち、それに店員まで出てきて、にぎやかに見送っていた。

第二章の三

若夫婦が町はずれに出たとき、もみを担っている百姓に出くわした。

「錦ちゃん、里帰りですか。どうして泊って行かないの」

「このつぎに来たとき泊るわ、嫂(ねえ)さんによろしく。お暇のおり、嫂さんと御一緒に梅仔坑(ばいしこう)へも遊びにいらっしゃい」

従兄である。久旺も妻の言葉についで、どうぞ、と頭をさげた。

「阿旺さんはまだ私の、かやぶきの家にきてくれないね」

「このつぎに参ります。みなさんによろしく」

久旺と阿錦は挨拶もそこそこにして、また帰途についた。並木の蟬は煎(い)るように鳴き、樹々の枝には小鳥が飛びかっていた。すぐそばの埤圳(ひしゅう)の水溜りには、水牛が気持よさそうに首だけ水面に浮かべて、まぐさを反芻していた。久旺はこんどの里帰りで妻にすっかり押され気味だった。相々傘で町はずれに出ても、今朝家を出たときのようなはしゃぎ方はできなかった。阿錦はそういう夫の気分をまぎらすように、

「ほら、ごらんなさい、可愛いでしょう?」と言いながら、小さい手さげ籠の蓋をあけて夫に見せた。そこには、玉蘭の花がいっぱいはいっていた。姪たちが摘んでくれたものである。阿錦はそのなかからひと房とって、そのにおいをかいてから、耳にはさんだ。そして夫の顔をのぞきこむようにして言った。

「里帰りしてよかったと思いますわ」

「そうだね」

「あなたと一緒に帰ってくるように、お父さんから手紙がきてたのよ」

「ずるいな、阿錦、今までそれを隠しておくなんて、実はね、阿錦、いつぞやのことでは僕もすまなく思っているんだ。人間って、一時的な迷いというものがあるのでね」

　阿錦はほほえんでやさしく言った。

「ええ、もういいわ、あたし、忘れようとつとめているの」

　路の照りかえしが蒸（む）れて、夫の額に汗がにじんでいた。

「錦（ギム）！ほんとに僕は両親に対しても、君に対しても、申しわけないことをしたと思うよ」

「もういいってば……」と妻はあたりを見まわしてから、夫の腕を強くゆすぶった。二人は坂を降りて、野原に出ていた。川べりのガジマルの樹は頑丈な幹を四方にひろげていた。

「君の家に行って、胸を打たれたな」

「そんなこと……お父さんとお母さんはね、あなたの顔を見て、とても安心していましたよ」

「そう、それはありがたい」

　阿錦は話題を変えるように言った。

「うちの大嫂（トアソウ）ね（長兄の嫁）、先日里へ帰ったら、親家（チンケエ）（兄嫁の父の尊称）から、あなたとあたしに掛軸を一対書いてほしいと言われましたって」

「これは困った。僕の字はまだ人前に出せるものではない。君だけ書いてあげなさい」

「いやだわ、あなた」

商人の子ではあるが、なかなか学問があるという評判で、そのため二人は教養のあるおしどり夫婦と言われていたのである。

「どんなことを書けばいいのかね」と夫は傘を妻の方へ傾けて言った。

「どんなのがいいか知ら」

「錦姐娘家花満園、とはどうか」と夫は唐詩選の、李四娘家花満渓、をもじって言ったので、妻は笑いだした。

「あら、そんなふざけたものでなく、もっと教訓的なのがいいわ」

「じゃあ、子曰人不知而不慍不亦君子乎、はどうかね」

「それがいいわ」

「じゃあ、君の対を一つたのむ」

「ゆっくり考えときますわ」

そのとき久旺が阿錦の耳にはさんだ花の方に顔をよせて言った。

「いいにおいだね」

「玉蘭ですか」

「そうだ」

「あなた、このにおいをどう感じますか」

「僕はね、夏の匂いと言った感じだね、涼しい風が吹くような」と久旺が言うと、阿錦はうれしそうに、
「あたしも全く同じように感じますわ」と言った。

二人はすっかり打ちとけて、四か月来のわだかまりは消えさった。久旺の右手は籠を下げ、左手は傘を持っていた。人通りのないときは、阿錦の右手は阿旺の傘を持っている左腕に重ねられた。二人はときどき道ばたで休んでは、久旺の籠から瓶に詰めたお茶をだして、喉をうるおした。久旺は森にはいって泉水で顔を洗いたいと言ったが、阿錦は、森のなかは盗賊が跳びだして来そうでこわいから、休むなら丘に上ってからにしましょうと言った。丘のうえは真昼のしじまがひろがって、蟬は強い陽射しに堪えかねたように鳴き、鳶は中空で旋回して、ときどき笛のような啼き声を立てていた。

「蕃石榴（ばんざくろ）を採ろうか」

久旺は傘を脇に妻の手を強くはさんで、横道へそれていった。真夏の樹影はひっそりして、梢からもれる日ざしはきらきら光っていた。久旺は傘と籠をおくと、いきなり妻を抱きよせて唇をあわせた。妻は黙って夫の肩によりかかった。長いあいだとだえていた夫婦の感情が高潮のようにもりあがって、二人をおし流した。

それからしばらくして二人は身じまいをしてから、またもとの路に出た。昼さがりの照りかえしが強いので、阿錦はまぶしいように目を細めて、夫の顔を見上げて笑った。それから二人は丘から降りて、相思樹の並木路に出た。蟬は相変わらず耳鳴りするような鳴き方をしていた。ゆるやかな坂をなして梅仔坑庄まで見える州道は、水銀を流したように光っていた。

「錦（ギム）！いい新婚旅行だったな」

そう言うと夫の腕を妻は強く自分の脇へひきよせた。

二人が家に着いたのは、夕方の五時すぎだった。姑は店先の椅子に坐って、嫁の帰りを待ちわびていた。息子と嫁が近づくと、姑は椅子から腰をあげた。

「お帰りなさい、疲れたろう」

「すみません、おそくなって」

「いいえね、昨日から夕立がぐずついていて、夕方に降りだしはしないかと心配していたところだよ」

そう言う姑を嫁は手をかして、いたわりながら奥へつれていった。

姑が神壇のある大庁（おおひろま）の椅子に腰かけると、嫁はその前で里帰りの報告をはじめた。息子は嫁のそばに立って、絶えず母にほほえみかけながら、妻の報告が全くその通りであることをうなずいてみせた。報告が終わると、嫁は恥かしそうに籠から子宝を授けるおまじないのお供え物を出して、神壇の前においた。

「よかった、じゃあお前たち、汗を流したら、みんなで拝みましょう」と姑が言った。それから自分のおみやげばかり持ってきた嫁に、

「ほんとにお前、娘の泥ちゃん（娘泥棒の意）とはこのことだね、何んでもほしがって里から持ってかえる」と嫁をひやかして言うと、今度は息子の方を向いて注意した。

「岳父母に、すぐ手紙を出しなさい。私に代わって御礼を言い、おみやげは私の大好物ばかりだと書いてね。それからお暇のおり、ぜひお遊びにいらっしゃるように、とも書くんだよ、わかったかい？」

息子は母にうなずくと、老番頭に留守中のお礼を言うために、店に出ていった。

嫁は神壇の前で姑や夫とならんで拝んでから、御供物を持って台所に行った。そのお供物を料理につくって、夫婦で食べることになっていた。そのとき夕立は雷をともなって激しく降りだした。見るまに庭が雨水で池になったかと思ったら、雨脚が止まって、夕日が庭先にさしてきた。すると竹藪にひそんでいた油蟬が一斉に鳴きだして、阿錦に里のことを思いださせた。何かしゅんとした気持になって、台所の裏口から、黄昏（たそが）れどきの空模様を眺めていたら、姑の呼び声が聞えてきた。

阿錦がいそいで姑の寝室にはいると、姑は櫃の錠をあけて、中から絹のハンケチで包んだ装飾類の包みをとり出した。そしてその包みから一対の青玉の耳飾と同じ青玉の指輪二つ、それに白玉の腕輪一対を選んで言った。

「錦仔（きんちゃん）！かねてからお前にやろうと思っていたが、お父さんのことがあって、すっかり忘れていました」

嫁はうけとったが、胸が詰まって、すぐには言葉が出なかった。それからすこしたって、やっと気持が静まると、装飾品を姑に押しかえして言った。

「お母様、わたし、お母様がおつけになっているのを見るのが、一番好きなのです」

「お馬鹿さんだね、人は百年生きることはむずかしい。私はお前がいてくれたお蔭で、どんなに助かったかわからない。私が持っているのと、お前が持っているのとは同じことですよ」

嫁は涙をかくすためにすこし顔をそむけ、手では姑を抱くようにして言った。

「いやです。お母様が百年生きていてくれなかったら、この家はつぶれてしまいます」

「ほんとに、お前は子供だね」と姑は笑って嫁の頬を流れる涙を拭いてやりながら言った。「歳をとるとね、持っているものを好きな人にやるのがうれしいんですよ。なにも私がいま死にそうだから形見わけをしているわけではない。大げさに考えないでいい。さあ、持っておいでなさい」

そう言われて、嫁はすなおに受けとって、自分の寝室にさがった。そして坐わりつけた椅子に腰かけると、また新しく涙が流れてきた。それに誘われるようにして、なぜかしら、この家が左前になるのではないかという不安な気持になった。

その夜、久しぶりに自分の床に戻って、夫と枕をならべたが、阿錦は姑からもらった贈物の話をした後、家庭の経済状態や、これから先きのことを夫と語り合った。陳久旺も話に実がはいって、しんけんに越しかた行く末のことを考えた。父は死んだが、嫁と姑の仲がよいのが、陳家の強みだった。そのために老番頭もはりあいがあって、店は相変わらず景気がよかった。家の中心は若主人にちがいないが、店のことはほとんど老番頭が一人できりまわしていた。将来、のれんを分けてやるよりも、共同経営の方がよくはないか、と陳久旺は考えることもあった。自分は商売はできないこともないが、生まれつきの商人とも思えなかった。さりとて家業以外、この田舎になんの仕事があろう。そんなことを思うと、気立てもよく、頭も悪くない妻が頼りになった。

中秋の日がきた。一周年の喪明けにはまだなっていないので、この日のお祝いは表向きはひかえめであるが、内輪は盛大にやることになった。中秋節は年中行事のうちでも最もたいせつな行事の一つである。昼近くに陳進財が子供をおんぶしてきた。これが若主人の養子になるというので、店じゅうの店員まで珍しがって、五つになったばかりの啓敏を囲んで、手をたたいて歓迎した。そして、黒砂糖の鉄砲玉やお節句にとっておいた香袋を与えたり、色紙で作った風車をぐるぐる回わして見せたりした。生まれて始めてこんな場所に出て、啓敏は体がすくんだようになって、動けなくなった。やがて食卓を囲んでいる大人たちは、杯をあげて酒盛りをはじめた。低い小さな竹椅子に坐わらされた啓敏の前には、竹筒で作ったお碗に、大好物の鶏のもも肉がのせられていた。しかし気おくれした啓敏は、どこから箸をつけていいかわからなかった。その時これから養母になるはずの阿錦は、食卓のことが一段落したので、もう一つの低い椅子をひきよせて、啓敏の前に坐った。そして

「さあ、啓ちゃん、食べさしてあげるわね」と啓敏の持っているお碗を取って啓敏の口につけると、御飯を箸で口に押しこんでやった。

それから「お手々を見せてごらんなさい」と言って阿錦はタオルで子供の手を拭いてから、鶏のもも肉を持たせてやった。その時だいぶ酒のまわった父親の陳進財が向こうの食卓から声をかけた。

「そんなに甘やかすと、つけあがりますよ。うちではほったらかしにしていますからね」

「でも、ね、啓ちゃん」と言って阿錦はまた別のお菜を啓敏の口に入れてやった。

こうしてやっと一杯の御飯を食べおわったとき、啓敏は片手を養母に引かれて、台所の裏口から外に出た。そして石段のある所まで来ると、養母が抱きあげてくれた。汗とおっぱいのにおいのする実の母親とちがって、このおばさんは花のようなにおいがして、どこか別の国へ来たような感じがした。その時うす闇のなかに突然、父親の陳進財が現われて啓敏に頬ずりした。息のつまるような酒のにおいに、子供は顔

をそむけた。

「お母さんに抱かれていいな」と、やや呂律のまわらぬ父は、そんなことを言い残すと、また、そそくさと姿を消してしまった。おばちゃんがお母ちゃんになったのか、と啓敏は幼な心にも、はっと思ったが、後は考えようがなかった。

こうして五つまでの世界が急に遠のき、啓敏は新しい世界に投げこまれた。それでも子供はいつか酔っぱらいの父が迎えに来ると思っていた。しかしその父が来ないので、夜はひどい孤独と不安に襲われて、涙があふれてきた。それを見ると養母がいそいで近づいてきて涙をふき、風呂に入れてくれた。そのあとで啓敏を抱きあげて、子守唄らしいものを歌いながらゆすってくれたので、子供は実母の記憶を養母の新しい感覚のなかで眠りにおちた。

第二章の四

部屋のなかに玩具がちらかったり、子供の声が聞えたりするようになったので、鴨居のうえに喪灯さえかけてなかったら、陳家の家のなかはむしろ前より明るくなった。老母まで時おり台所に出てきて、「おばあちゃんが、おまんまを食べさせてあげようか」と言うのである。甘やかしてはいけない、と言った陳進財の言葉が思い出されて、阿錦はできるだけ啓敏を一人で食べるように仕込もうと思った。後になって、もし弟ができたら、それだけ手数がはぶけるからである。

「阿敏ちゃん、おりこうだから、一人で食べられるわね。さあ、早くすませて、祖母ちゃんに遊んでもらいなさい」と養母が言うのである。啓敏は勝手の違ったところにおいてきぼりにされたくやしさが、小さな胸にしこりとなっていたが、生まれてから、不平不満をうったえる習慣がなかったので、毎日ただ黙って、酔っぱらいの父が今日は来るか、と待ちあぐんでいるだけだった。昼が夜になり、幾度かの夜がくりかえされたが、父の姿はついに現われなかった。そして、自分はこの家に貰われてきたことが次第にわかってきた。今度の家は以前の自分の家とちがって、何もかもりっぱに見えたが、箱に入れられたようで、自由勝手に飛びまわれないのが欠点だった。猿が檻に入れられたようで、山が恋しくてならなかった。そしてこれといってすることのない啓敏は、低い竹椅子に坐ったまま居眠りをしたり、柱に寄りかかって立ちんぼしたりして、大人たちがいそがしげにたち働いているのを眺めていた。店員たちはこの田舎から貰われてきた子供が、親恋しさでぼんやりしているのを見て、あわれに思ったのか、通りがかりに、氷砂糖のかけらを小さな口に押しこんでやったりした。そうされても啓敏は黙っていた。あれ、この子は何の感じもないのかな、と店員は啓敏の口もとを見た。やっと啓敏の口が動いて、甘唾を飲みこむのが見えた。

「うまいでしょう?」と店員が言っても、啓敏は何も言わない。

「あれ、この子は唖らしい」と誰も見てないのをいいことにして、店員は啓敏の耳もとにささやいた。子供はくすぐったくなったのか、口をあけた拍子に、氷砂糖がよだれといっしょに飛びだした。

「もったいない」と店員はおかしくなって、地べたにおちた氷砂糖を拾いあげ、ほこりを払ってから、また啓敏の口に押しこんでやった。そこへ阿錦が出てきた。

「敏ちゃんに口をきかせようと思って、さっきから御機嫌をとっているところです。でもなかなか答えてくれません」と店員が若奥様に言った。

「田舎育ちだから、いつになったら、人見知りしなくなるかわかりません」阿錦はそう言って、啓敏の胸にたまった涎を拭いてやった。

中秋祭りは土地公様の誕生日に行われる。だからこのお祭りは、それぞれの地方のお地蔵様祭りみたいなものである。お盆祭りとちがい、中秋祭りの日はどこでも同じなので、お祭りをあてこむ田舎の劇団は、一つの町から別の町へいそいで回る必要はない。そのために出しものは、いつも続きものばかりである。一つの出しものに興味を持った見物客は、その続きが見たくて、劇団を町に引きとめるように、町の世話役に頼む。世話役はそのための費用を集めるために、町のおもな商店や篤志家の家をまわって歩く。このようにして芝居の連続物が終わるまで、廟の前に臨時に設けられた舞台は人気の中心になる。このような芝居を啓敏は店員に抱かれて、はじめて見に行った。舞台で赤や黒で隈取った顔の荒武士がわたりあっているのを見た啓敏は、ふるえあがって、顔を店員の胸にかくした。店員は面白がって、無理に啓敏の顔をもちあげて芝居を見せようとするので、とうとう啓敏は声をあげた。

「こわい、こわいよ、かえる、かえる」そういう啓敏の声を初めて聞いた店員は、いっそうおもしろがった。そしてそのことを家に帰って若奥様に報告した。

「まあ、お前、そんなことして、子供がびっくりして病気にでもなったらどうします?」

「大丈夫ですよ、奥様、田舎の男の子はそれぐらいのことではへこたりませんよ」

店員の腕からおろされた啓敏は、また隈取りの男の顔が目に浮かんでこわくなり、助けを求めて養母の胸にしがみついた。

啓敏は養父母の寝台の前の壁際に設けられた小さい寝台に寝かされていた。寝室が養父母と同じというだけでも、啓敏のこの家における地位が高いことがわかる。旦那様につぐ地位である。そのために店員たちは、小さい啓敏をちやほやした。そうしているうちに啓敏の感情は次第にほぐれて、酔っぱらいの父親が迎えに来るのをあきらめた。そして自分の生家の人たちは、自分が要らないので、養子に出したのだ、と思うようになった。

冬服に着かえて、小さい弁髪のうえに初めて茶碗のような帽子をかぶせられたとき、啓敏はうれしかった。黒い着物にズボンをはいて、臍に風がはいるといけないから、着物のうえから短かい兵子帯をしめて、前で結んだ。そのいでたちを見て養父母は満足した。周囲の人たちもその可愛らしい服装を見ると、この子はこの大店の坊ちゃんだとわかった。しかし子供の顔は日焼けしてうす黒いうえに、目鼻だちがごつごつして、田舎の農家そだちがすぐわかった。まず御飯の食べ方が豊かな町家の子供とは違っていた。啓敏は食事のとき、初めに御飯だけむしゃむしゃ食べ、その後でお碗に残ったお菜を少しずつ食べる。生家でそういう習慣がついたのである。生家では御飯は制限しないが、お菜は制限していた。うっかりお菜を食べてしまうと、二杯目の御飯は喉を通らなくなる。そのため食卓から離れて庭に出たとたんに、お腹がすいてしまう。そんな時に未熟の野いちごと蕃石榴をつんで食べ、それがあたってお腹が痛くなり、食べたものを全部吐きだしたところを父親に見つけられて、お臀にみみず腫れができるほど棒切れで叩かれたことがある。それなら貧しい農民は情が薄いのかというと、必ずしもそうではない。彼たちが家畜にまで思いやりがあることは、お祭りなどの年中行事のとき、農家で家畜をつぶしているところを見ればすぐわかる。農家の女たちが鶏をつぶすとき、彼女たちは片足で鶏の両足を踏みつけ、庖丁をいれる鶏の首のところの毛をむしりながら、鶏はかわいそうなもの、早く死んで富豪の子に生まれ変われ、とぶつぶつ念仏を唱えながら、鶏の首をねじまげて、庖丁をあてる。陳進財が啓敏を手離したのも、子供が憎かったからではない。町の金満家の養子になれば、将来、奴隷になる危険もあるが、立身出世する望みもある。そういう親の気持が子にわかるはずはないが、子供の運命は子供にまかせるほかない。

ひと月たち、ふた月たつうちに、旧暦の正月近くになると、啓敏はすっかり陳家に慣れて、養母を母ちゃんと呼ぶようになった。そして養父のいそがしい時は、養母に手をひかれて市場へ買物に行ったり、黒砂糖の入っている甕（かめ）の蓋をあけて、勝手に砂糖のかたまりを取って食べることもあった。当時の買い出しは男の毎朝の仕事の一つで主婦はめったに市場へ出なかった。そのため、教養があって美人のほまれの高い阿錦が子供の手をひいて市場にあらわれると、そこに集まった人々の視線が、いっせいに彼女に集まった。若い主婦にとっては晴れの舞台に立たされたようなものである。阿錦は里がえりから帰ってきて以来、すっかり主婦らしい貫録がつき、家事を切りまわす自信もついてきた。彼女は月々の収入と支出をこまかく書きとめ、夫と相談して、姑に報告するのだった。姑はそんな嫁が気に入り、すべてに満足して、すっかり楽隠居となり、ほとんど一日じゅう、店先の竹椅子に坐わって、表通りを行きかう山の百姓たちを眺めていた。啓敏も台所から店先や裏庭を駆けまわって、ひとりで遊んだ。しかし表通りへ出るのは禁じられていた。トロッコが走っているから危険であり、また人の群にまぎれこんで迷子になる恐れもあった。

「阿吉！敏ちゃんのズボンをなおしておやり」啓敏があまり激しく駆けまわるので、ズボンがずりおちそうになったのを見て、祖母が店員の阿吉にそう命じた。実際、啓敏はほがらかになった。機嫌のよい時は、右足を後ろへまげて、左足だけで廊下をぴょんぴょん跳ねまわりながら、田舎でおぼえた歌をうたうこともあった。

お碗のかけらが
　　泣いたとさ
なぜ泣くの
　　お嫁に行く
どこへ行く
　　木のうえ
空のうえ

祖母が目をほそめて、うれしそうに聞いているのを知って、啓敏はいっそう得意になって歌った。養母も楽しそうである。養父だけはいつもむっつりしていた。久旺はせっかく妻と仲がよくなったのに、自分たちの寝室によけいな小僧がはいってきて、しゃくにさわっていた。そのため妻ほど啓敏をちやほやする気になれなかった。

旧暦の正月がすぎて、元宵の日に、妻の里の長兄が、母へのおみやげのほかに、安産の神符を持ってきた。久旺がおどろいてたずねると、妻が里に、お産の時どんな準備をしたらよいか、という問い合わせの手紙を出したことがわかった。さてはというので、家じゅうはたちまち喜びに溢れた。老母はすぐ老番頭を呼んで言った。

「来福、今日から、家じゅうの重そうなものを動かしてはいけませんよ。壁に釘を打ってもいけない。わかったかい、嫁がおめでたなんだからね」

「老頭家娘（大奥様）おめでとうございます」

嫁が身重になって、姑は急にいそがしくなった。彼女は嫁にかわって家じゅうの仕事の指図をしなければならなかった。しかしそれがたのしいらしく。彼女はすこし若がえったようだ。それを見ると嫁もうれしくなり、姑の前でわざとお腹をつきだして見せたりした。いままで老隠居はすることがなく、ひねもす街の人通りばかり眺めて暮らしたが、嫁が身重になったのを聞いてからじっとしてはいられない。嫁の仕事を分担したい気持だった。嫁も姑が明るくなって、家じゅうのことをいろいろと意見を言ってくれるのがうれしかった。彼女は姑の前へ来ると、いっそう、お腹を突きだして見せたい気持である。姑はそれを見るのがたのしいからだ。里の町と嘉義市との間は阿里山鉄道が通るようになり、両親から嘉義市で買った蜜餞（砂糖菓子）や珍しい菓子などを時々届けてくれた。それを姑に分けてあげるのも楽しみの一つだった。

お節句もすぎて、月夜の裏庭に螢がすいすいと飛ぶ季節になった。啓敏が来た翌年の旧暦の六月中旬に、養母に男の子が生まれた。陳家は喜びにわきたった。老父が亡くなって、陳家が左前になるのではないかと心配されたが、これで家運がもりかえしたような気分だった。その赤ちゃんが陳武章である。武章が産まれて二月目の中秋のころ、養子のみじかい幸福の夢が一瞬にして破れるようなことが起こった。台湾式の寝台は小さい舞台に帳をかけたような型をしていて、壁にくっついた方の側のうえに長さ一丈、幅一尺くらいの棚がついている。その棚は寝衣や日常品などをおく場所になっている。啓敏は大人をまねて、お節句にもらった香袋や玩具をそこにたいせつにしまっておいた。ある時それを取ろうとして、いそいで寝台にはいあがったら、赤んぼうらしいものがぎゃっと言った。啓敏はびっくりして、寝台の下に尻もちをついた。阿錦が物音を聞いて、いそいでやってきて、赤ちゃんを抱きあげたが、赤ちゃんは顔がむらさき色になっていて、声も出ない。しばらくして、やっとかすれた声が出て、みんなをほっとさせたが、ただごとではない。阿錦が赤んぼうを抱いて大庁（ひろま）に出ていくのとひきかえに、久旺が飛びこんできて、あいかわらず寝台の足もとにうずくまっている啓敏に、どうして赤ちゃんを泣かしたのかと聞いても、啓敏は何も言わない。久旺はじれったくなって、啓敏を台所へひきずり出した。啓敏はまっさおになったが、あいかわらずおし黙っていた。怒りに燃えた養父は藤の杖で啓敏をなぐった。なぐられても何の反応も示さないのが憎くて、なぐりつづけていると、啓敏は気を失なってぐったりしてしまった。さあ、大変だ、旦那様は啓敏をなぐり殺したというので、家じゅうがまた大騒ぎになった。そこえ、飯たきの阿春婆さんがやってきて、啓敏を抱きあげ、やっと息を吹きかえさせた。いささか手荒すぎたと後悔していた陳久旺もそれで安心した。しかし彼が啓敏をあれほどひどく折檻したのは、この養子が阿錦に赤ちゃんが生まれて、養母の愛情が実の子に移るのを嫉妬して、赤ちゃんを殺そうとしたと思ったからだった。いずれにしても、このことがあってから、啓敏の寝室は、養父母の部屋から飯たき婆さんの部屋へ移された。

第二章の五

炊事婦の阿春婆さんは、夜、啓敏の着換えをしているとき、折檻された啓敏のお尻や背中の傷を見ておどろいた。そして、

「お前も悪い星の下に生まれたんだね」と嘆息して同情した。啓敏は子供心にも、自分の運命が一変したことがわかった。そして彼の表情は陳家へきた当時の、かたつむりのようなお面にもどった。阿春婆さんは出来合いの薬をつけてやった。薬は傷口にしみて、針でさされたような痛さに、啓敏は飛び上がった。

「お前、お薬をつけないで、傷口が腐ったらどうするんだ」婆さんはそう言いながら、啓敏の体をおさえつけて、薬を塗った。啓敏は涙を流しながら、お腹を風船のようにふくらませたり、へこませたりして、がまんした。戸の隙間から忍びこんでくる秋風は、傷痕をぴりぴりさせた。その夜は御飯が喉を通らなかった。そして白湯(おゆ)を飲まされて、炊事婦の寝室につれていかれた。真暗な寝台の隅にねかされると、疲れていた啓敏はすぐ眠ったが、傷口が痛んで、ときどきうつらうつらして、うす暗い野原を一人で歩いている夢を見た。狂犬が、赤い口をあけて自分に吠えついてくるのを見て、かみ殺されると思ったが、別に恐わいとも思わなかった。そのうち吠えている犬が見えなくなって、また暗闇のなかで一人だけになった。

阿春婆さんは台所の仕事をかたづけてしまうと、小さな手提げランプを持って寝室に入ってきた。そし

て壁の釘にランプをかけると、蚊帳に首をつっこんで、眠っている啓敏の顔を覗きこんだ。蝸牛の表情がゆるんで、眠っている顔が可愛く見えた。これからこの子のために仕事がよけいにふえたが、ひとり寝よりもにぎやかでよいとも思われた。寝小便があるといけないので、阿春婆さんは啓敏を抱きあげて、小便桶へ立った、婆さんの腕が啓敏の枕もとへきたとき、啓敏はぴくっとしたが、婆さんとわかって安心した。案外、重い子だ、と婆さんはつぶやいた。おしっこがすむと、啓敏はまたすぐすやすや寝息をたてて、眠ってしまった。

啓敏を折檻した翌日、陳家はもとの平和な家庭にもどった。啓敏だけはぼろきれか何かのように忘れられて、阿春婆さんの部屋の隅っこの低い竹椅子に坐わっていた。そして、居眠りしたり、時には思いだしたように台所の裏口に立って、庭先の刺竹の竹藪をながめたりした。御飯時は、阿春婆さんがお碗一杯に御飯をもり、そのうえに塩魚をのせて与えた。啓敏は大人たちが見てないのを見すまして、急いで御飯を口一杯にかきこんだ。朝夕の風がひえてきたので、養母は去年の啓敏の冬物を出して阿春婆さんに渡した。しかしどれもみな短かくなっているので、婆さんはその上に大人の古着をきせ、ひもでしばってやった。そのため風呂敷包みが歩いているような格好になった。店員の啓敏を見る目もかわってきた。啓敏自身もなんとはなしに可愛らしさを失った。そのため陳家で啓敏と口をきくのは、阿春婆さんだけになった。啓敏も自分から進んで大人たちに話しかけようとはしなかった。彼は天性孤独な子のように見えた。みんなに嫌われないように、阿春婆さんは啓敏にほうきやぞうきんを持たせて、掃除の手伝いをさせた。寝室の鏡台のまえで眉を描いている養母は観音様のように美しかったが、このごろは、啓敏の方を見ようともしなかった。彼女は毎日いそがしそうに立ち働いていた。赤ちゃんの世話をしたり、御飯をたいた後のかまどの火を利用して、里からもらってきた強壮剤を蒸したりした。そしてその強壮剤を夜中のおやつがわりにしていた。夫にお碗一杯、姑に七分、自分は半分いただくのが毎日の習慣だった。赤い豚肉の入っている薬種は香ばしい。阿錦は夜中に姑を起こし、湯気が立っている薬種をさし出すのである。

「毎晩のことで御苦労さま。夜中は寒いし、蒲団の中から起きだすだけでも大変だよ、私はいいから」と姑は辞退しようとした。

「お母様のお体には必要なの。あたしたちはそのおこぼれをいただくだけでいいんですわ」

姑は嫁が気にいり、嫁の生んだ赤んぼうをかわいがった。姑をよろこばす一つの方法は、昼間の授乳を彼女の前ですることだった。嫁のゆたかな胸から乳房をだして、赤ちゃんの口にふくませるのを見ると、姑はなんとなく、ほのぼのとした気持になった。そして、

「可愛いことと」と言って赤ちゃんの顔をのぞきこむのであった。

阿錦が再び身ごもった翌年の冬、姑がぽっくり亡くなった。狭心症である。毎日毎晩、滋養品ばかり食べて運動をしないうえに、夫に死なれてからは、生活範囲もせばめられていたので、早く死ぬのがあたりまえである。それを町の人たちは、陳家が二年の間に二度も葬式を出したのは、地相学上、家の方角が山にぶつかっているためとか、孫の生まれた星が祖母と相剋しているためとか、いろいろと噂をした。しかし陳家はつぶれなかった。それは老番頭がしっかりしているうえに、若主人が頭がよく、その若主人の背後に、若主人よりもいっそう頭のよい若奥さんがひかえているからだと噂された。

陳啓敏が陳家にきてから、弟と妹が生まれた。陳家にとっては一男一女の実子と養子合わせて三人の子女がいるわけである。養子はたいてい家の後継として貰われるのではなく、実子を設けるための刺激として利用されるので、実子が生まれると養子の待遇がちがってくるのが普通である。ことに啓敏の場合は、不覚にも弟を踏んだために、積極的に家に仇をなすもののように考えられた。こんな養子はいっそ早く死んでくれた方がいい。ところがそう思われている子に限って、雑草のようにずぶといところがある、飯炊き婆さんの阿春は、毎朝、啓敏の弁髪を梳かすのがめんどうになったので彼の弁髪を切ってしまった。尻尾を切られたお猿だと店員にひやかされたが、阿春婆さんは、大人でさえこの頃はたいてい切ってしまったのだから、子供だって切っていいわけだと弁解した。養父母は何も言わなかった。啓敏のことはすでに炊事婦にまかしてしまったのだから、彼女の勝手にすればいいのだ。月三元の月給を五十錢ふやしてやったのも、啓敏の世話をするためである。

啓敏は六つの時に掃除からはじまって、豚や鶏に餌をやる仕事もするようになった。阿春婆さんの言い草によれば、みなに可愛がってもらうためには、黙って坐わっていたり、遊んでいてはならなかったのだ。そして啓敏は仕事を苦にしなかったので、自然と誰にも気軽にこきつかわれるようになった。風呂敷包にいが栗頭をくっつけたような啓敏の髪をつむのは、定期的に裏路をふれて歩く床屋の仕事だった。髪つみ道具を入れた箱を肩に下げ、剃頭呀！と呼びながら通ってゆく声を聞きつけると、阿春婆さんはその年とった理髪屋を裏庭に呼んできた。工賃は五錢である。その理髪屋の呼び声を聞きそこなったら、啓敏は山荒らしみたいに鼻と顎だけの顔になる。啓敏は町の床屋へ行ける身分ではなかった。それでもその年とった理髪屋に髪を剃ってもらうのはうれしかった。専門家だけあって痛くない。時には阿春婆さんが、五銭の工賃を倹約するために、低い竹椅子を二脚、台所の裏庭に持ちだし、その一脚に啓敏を坐わらせ、もう一脚には自分が坐わり、啓敏の頭を両膝にはさんで、斧型のかみそりで頭をそる。その痛さときたら何とも言いようがない。あまりの痛さにもがいたために、剃られた後の坊主頭は傷だらけである。それを見て阿春婆さんは嘆息する。

「ほんとにこの子はよく動くから、傷だらけになってしまうんだよ」

頭は軽くなったが、冷たい冬の風が吹きつけて、臍までぶるぶるふるえる。鼻水が出るので、袖口はなめくじの這った跡のように光っていた。

「阿敏！薪を持ってきて！」

阿春婆さんが言うと、啓敏は走っていって、薪をかまどのまえに運んでくる。最初は一度に二本しか持てなかったが、そのうちに三本から四本持てるようになった。台所の手伝いから、店のランプのほやを拭く手伝いまで言いつけられるようになった。ランプのほやをこわした時、鞭がお尻でぴしっと鳴った。冬はたくさん着こんでいるからまだよいが、夏になると鞭の音を聞いた途端、頭のてっぺんまでじんとなった。

裏庭の竹藪や竜眼の梢で蟬が鳴く季節となった。啓敏は大人の世界がどんなふうに動いているのかわからなかった。ただ家のなかで行われる年中行事に季節を感じるだけだった。祖母が亡くなってから月日がたった。一つの法要があったかと思うと、また別の法事があったりした。実子の武章も大きくなって、ひとりで家のなかを駆けまわるようになった。町の十五歳になる女の子を雇って、武章や小さい赤ちゃんの子守りをさせることになった。そのため家のなかは急に、にぎやかになった。武章が駆けまわるとき、ひよっとしたはずみで啓敏に抱きつくことがあった。そんなとき、啓敏は何かしら照れくさいやら、うれしいやらで、どうしたらよいかわからず、武章に抱きつかれたまま、突っ立っていた。その時のまのぬけた啓敏の顔が面白くて、子守娘の素麗はそばでえへらえへらと笑っていた。啓敏は弟と遊びたいが、気がひけて、いつもすこし離れたところから、素麗が武章と遊んでいるのを眺めていた。そういうとき、養父がそばを通りかかると、啓敏は身を守ろうとして、本能的に両手で頭をかくした。それがまた面白いと言って、素麗が笑った。素麗にはいがぐり頭におへそ丸だしの啓敏のようすがおかしかった。啓敏のおへそは武章の注意までひいた。この三つになったばかりの男の子は、母のおっぱいを連想したのか、啓敏のおへそを小さい指でつついた。啓敏は生まれてこのかたこんなくすぐったい思いをしたことがない。顔をゆがめて白い歯をむきだした。それを見て素麗は手をたたいて笑った。その物音に養母が部屋から飛びだしてきた。そして坊やが啓敏のおへそをおっぱいとまちがえているのを見て、いそいで武章を抱きあげて、その口を拭いてやった。

「素麗！きたないじゃないの」と養母は子守をたしなめた。

「だって、坊やとてもお利巧さんなのよ。阿敏のおへそを見て面白がるんですもの」

「おへそをかくしてやりなさい」と養母が言うので、素麗は啓敏のずりおちそうなズボンを持ちあげてひもをしめなおしてやった。啓敏は鼻にくる女の子の髪の匂いとくすぐったい余韻を感じた。

ある夏、武章が螢こい螢こい、と手をたたいて歌をうたったりする頃、養母は淑銀ちゃんを抱いて、轎で里へ遊びに帰った。ふた晩泊って帰ってきた。若奥様に忠実な阿春婆さんは若奥様の耳にかじりつくようにささやいた。

「奥様！うまくやるのよ、私が言ったって、旦那様にわかったら、たちまち、私がお払い箱になるところか、たたかれるかも知れない」

「だいじょうぶよ、私が居る」

炊事婦の話を聞いて、阿錦はあおくなった。この色気ちがいめ、と心のなかでうなった。

「誰も知らないうちに、かたつけた方がとくなのよ」

「それやそうよ、ほんとに、ありがとう。あんたがいてくれたんでたすかります」

阿春婆さんの密告をうけてから、阿錦は夜まで待つのがつらかった。そして子守の素麗を見なおして、はじめて自分もうかつだったと後悔した。いつのまにか素麗は胸もふくよかになって、腰もまるみを帯びてきた。歩き方も娘らしく色っぽくなった。阿錦は、夜は子供二人を寝かしつけてから、ひと風呂浴びたが、食卓の椅子に腰をおろしても、夫のずうずうしい顔をみると癪で腹が立った。御飯など喉へとおらない。

「どうしたのか」

久旺は泥棒のような目つきをして妻にきいた。阿春婆さんははらはらして、遠くから主人夫婦のようすをうかがっていた。阿錦は寝室にはいったきり出て来ない。久旺は気になって、知らぬ顔で寝室にはいって妻のようすを見ようとしたが、気おくれを感じてやめた。店の門の閂（かんぬき）をいれる音が大庁（ひろま）にきこえて、店員たちもそれぞれ自分の宿舎へさがっていった。古い英国製の時計がだるそうに九時を打った。まさか、と久旺はたかをくくって、わざと大きなあくびをして、

「やれやれ、今日は忙しかったぞ」と言って寝室にはいった。早速、着物をきかえ、寝台に這い上がろうとしたら、妻の声はひくいが、力がこもっていた。

「待ちなさい、話がある。そこに坐ってちょうだい！」

「へえ？浪が荒いようだな」

「ばかばかしい、冗談はやめてください。一日や二日を留守にしただけで、すぐまた泥棒猫の根性をだしたのね」

「誰が言った？」

　と久旺が言ってから、しまったと思った。こんなことはいくら折檻されても承認してはいけないことだ。ところが、妻の剣幕についまずいことを言ってしまった。

「誰が言ったでもない。あの娘（こ）の目つきがそう言っている、おろおろせぬでもいいではないか。かねてから注意していた。ためしに留守してみたら、まさかこんなに手が早いとは思わなかった。野良猫はいくら飼いならしても野良猫しかならない。四書五経が泣く……」

　陳久旺は妻の気勢を見て、観念せざるを得ない。ごまかしきれそうもない。

「白状するから、怒るのはちょっと待ってくれないか。お前もそこへ坐ってくれないか。実は、魔がさし

て、できてしまったことだから、お前が帰ってきたら相談しようと思っていたのだ。それが先手を打たれて、話がつまってしまった」

「ごまかされやしない」

「いやほんとだ、くわしく白状するから、お前も気を静めてくれないか」

　妻の阿錦は夫の話に腹が煮えくりかえった。夫の久旺が言うには、はじめ、そのつもりはなかったが、坊やを寝かしつけてる素麗の丸っこい可愛らしいお臀に手をだして撫でたら、素麗はひょっとふりかえって恥かしそうにはにかんでるだけで怒ってもいない。あまり可愛いのでふところに抱いて、蜜柑のような乳房をもんでるうちに、ついそんなことになってしまったのだ。泣いてるので、まさか、すぐ隣り部屋へ追いかえすわけにもいかないから、ひと晩、添え寝してやって、夜明け頃に起こして隣り部屋へかえしてやったみたいなもので、後悔はしたが、まにあわなかった。と言うのである。

「嘘言いなさい、あくる日の晩はどうした？」

「ん、どうせ、一度と二度とは同じようなもんだ、と思って不覚にもまたくりかえしてしまったんだ。仕様がないから、お前が帰ったら、白状してまかすつもりでいたんだ、妾に納めておくか、かえすか、一切合財、お前にまかす」

　妻はくやしい、と言って泣いた。彼女は余りのくやしさに、しゃくりあげて地壇駄を踏んだ。

　阿錦は翌朝、阿春婆さんが仕事がかたついたのを見ると、彼女を素麗の家へ走らせた。素麗の両親を阿春婆さんの寝室へ呼ばせてきたのである。店員の手前もあるし、またそとへもれて町の噂になるのもいけない。手っ取り早いところで話をつけた方がいいと思った。自分の留守にこんなことになったんだから、そんなわけで、阿錦は十二個の一円銀貨を労働者風な素麗の父親の膝のうえにおいた。

「こちらが悪るいんだから、誰も知らないうちにかたをつけた方がいいと思って……。これだけの金銭をお前さんにやれば、娘の将来のためになるだろう」

と阿錦は卒直に言った。生まれてこの方、こんな大金を見たことのない労働者風な男は、いっしょにきた妻の顔に目をやっただけで、手を出さなかった。妻はすぐかんづいて目くばせした。せくな、あわてるな、と言う妻の目つきだった。二人はただ顔を見合わせて黙って坐っていた。

「今の所、誰にも気づかれないで、こんな大金がはいるのは、素麗ちゃんも運がいいよ」と阿春婆さんはそばから口をいれた。

「こまります。やっぱりこんなことになったんだから仕方がない。妾に納めてくれた方がいい」と素麗の母はやっと口をひらいた。労働者風な亭主はそれを聞いて、ぱっと顔が明るくなって妻の顔を見た。でかしたぞよく言ってくれた。妾に納めてくれれば、子供が出来る、そのときこの若旦那はいやが応でも私の婿になるわけだ。しかし若奥様の顔色は動じなかった。

「可愛い娘だから、それにまた十五、六でしょう?妾になるなら、いつでも出来るんですもの」と阿錦が妾に納めるのはもったいないような言い方である。素麗の母は言葉につまったが、すぐ、本人に聞いてみましょう、とへまな言葉がでた。すると父親が言葉をはさんだ。

「ばかな、子供に何がわかるもんか」

「お前さんは黙ってなさい。子供でも今はひとりまえの女になったんですよ。ここにいたいか、家へかえりたいか、聞いてみなくては」——

阿春婆さんはそれを聞いて、素麗の部屋へいそいで出て行ったが、すぐ素麗の手をひいてはいってきた。素麗はいきなり両親や奥様の前に立たされて、彼女は両手で顔をおおって泣きだした。母にそう聞かれても肩をふるわして泣きつづけてるだけである。これでは、時間がかかって仕様がない。ひそかにかたづけるなら今のうちだ、もっと奮発しなくてはかたづきそうもない、と見てとった阿錦は、ぷいと部屋を出て行くと、すぐ戻ってきた。そして、また十二個の銀貨を素麗の裾をもちあげ、彼女の手をひいてそこにいれてやった。

「十二個は両親にあげて、十二個は素麗にあげるから、話はこれくらいにしましょう」

と阿錦は押えつけた。一か月完全に働いても入る賃金は四元や五元しかならない男である。父親の顔色がうごいた、と阿錦は見た。しかし素麗の母はつめよったように言うのである。

「もし娘が妊娠でもしていたら、どうします?」

「それくらいのことで、身ごもったら、縁あってのことだと思って、妾にもらいます」

阿錦はあっさりとこたえた。素麗の両親の顔色がなごんで、母親が立ち上がると、両手でまくしあげられた裾を抱えてる娘の肩を押し、かえりましょうと言った。阿春婆さんは、こんな格好で外へでてはいけない、と言ったので、母親は娘のまくしあげられた裾にはいっている銀貨を取って、涙を拭いてやった。

「素麗ちゃん、よかったじゃないの」と阿春婆さんはなだめる口調で、素麗の肩に手をかけた。婆さんは自分がいいことをしたのか、悪いことをしたのか、いささか見当のつかない思いがした。素麗は何が何んだかわからないけれど、自分の一身上のことで大人たちが談判した結果をどうしようもなく、胸がつまって言葉が出ない。できればいつまでもここにいたい、かえっても妊娠したい、と思った。しかし、何んとも意見を述べずに両親につれられて、裏庭の戸口から出て行った。阿錦はほっとして、阿春婆さんにも一元銀貨を赤紙に包んで賞金としてやった。阿春婆さんはきまりわるそうに、赤包みを取ると包みを解き、赤紙だけ取って、中身の一元銀貨を奥様にかえそうとした。赤紙を取るのは縁起かつぎからである。こんな面倒な男女関係の労をとりもって、赤いものをもらわなかったら運がわるくなるしきたりがあるからである。それで阿春婆さんは、赤紙はもらうが、奥様から金を取るのは水くさい、と二人は一元銀貨を押しあっていた。

「いいから取っときなさいよ」と、奥様に言われて、阿春婆さんははじめてその一元銀貨をふところに納めた。話がそういうふうにまとまったことを陳久旺が知って、腹のなかで悲鳴をあげた。こんなでたらめな解決方法があるかい。大金をやって娘をかえす。金をつかって女をかえしてしまう。両手とも空っぽになる解決方法ではないか。ばかばかしい。そのため、妻と一日じゅう出くわしても口をきかない。夜、二人が枕をならべて眠ていても黙っていた。しかし妻の阿錦は夫の気持をよみとった。

「まだ話が終わってないのよ、身ごもったら妾に納めてやると約束したの。しかし、家に帰って、よその虫がついたら承知しない。ここ三か月内、その娘はまた家のものと思って、私が厳重に監視する、と言ってやった」

「じゃ……すると……」

「……じゃって、なあに？」

　夫は言いかけたが口をつぐんでしまった。じゃまた会ってもいいのか、阿錦は夫のその〝じゃ〟と言いかけた言葉を邪推（じゃすい）したが無理にききただそうとは思わなかった。しかし、陳久旺は腹が立ってならない。人ごとだと思って、妻の気前がよすぎたのを恨んだ。夫は黙秘権をつかって寝てしまった。妻の阿錦は心のなかでいい気味だと思って、いささか溜飲がさがった。

　翌朝、天井の採光窓が白らんだ時に、陳久旺は妻のそばはわずらわしくて我慢ならないので起きてすぐ表へとびだして行った。店員さえまだ起きてない時である。戸の閂（かんぬき）の棒をぬき取って壁に立てかけた。老番頭と店員一人だけがトロッコに積みこむ山の産物の荷を通帳に書きこんでいた。

　油揚（あぶらあげ）を売る小僧の売り声は寝室まで聞えた。阿錦は起きて、いそいで髪を梳（す）かし、顔を洗ってから丹念に化粧した。目ぶたはほんのりと紅をはいて、口紅をつけた。当時の口紅のつけ方は今とちがって唇の真ん中を一点赤くつけるだけである。化粧がおわると、薄い藤色のドンスの上下の着物をきかえて、めったに穿（は）かない桃色の布鞋をはいた。着物の縁は濃い青色で色どって身体全体の線をひきたてて見せた。阿錦が正装して大庁（ひろま）の神壇や仏壇に灯をつけた。今は旧暦の八月一日である。毎月の一日と十五日は、阿錦はいつも朝早くから神壇や仏壇に線香を立てて拝んだ。炊事婦もそれを心得て清茶を準備し、神前にそなえることを忘れなかった。しかし陳久旺はそれを忘れていた。めったに正装しない妻を見ておどろいた。こ奴またどんな芝居を仕出かすかと思って用心した。すぐ今日は初一日だと気づいたが、女優みたいに正装して大庁（ひろま）にあらわれた妻に気押されて、自分もそのそばに立って神前に手を合わせた。三分咲きの薔薇も可愛いいが、満開の牡丹もすてがたい。年増女の濃艶な美しさである。陳久旺は妻の美しさに目を見はって、端麗な姿ではあるが、と思って、心の奥であきれていた。この妖精奴！いったい、今日はどこへお出ましになるのか、と思いながらきいてみた。

「どこへ出かけるんだ？」

「どこへも行きゃしませんわ、今日、初一日でしょう?何かしらすべてを片付けて、おめでたい日のような気がするの。これから家が平和であるように、神様に感謝して、祈ってるのよ」

久旺はそれをきいて、ふんと鼻を鳴らして台所に去った。家のなかは毎日のようにうごいていた。通い女の手伝いもきて、店員たちはみな起きて、店の窓板がはずされ、お客を迎える準備ができていた。朝食がおわって店先にでてきたときは、町の通りには山から出てきた百姓がぼつぼつふえて、町はにぎわう時刻である。店の軒先に陽脚がのびてきたときは九時になるだろうか。取り締まり巡査の中山新二郎が店にはいってきたのを見て、陳久旺はぎょっとした。あわてて大庁（ひろま）前の帳場に出てきて迎えた。胸がどきどきした。いそいで奥に声をかけて、烏竜茶（うろんちゃ）を持って来いと言った。帳場においてある茶巣籠にあるお茶を出すのがぐあいがわるいと思ったからである。お金を取られて、娘を手ごめにしたと派出所に訴えられてはたまったもんではない、と心でまごついた。中山巡査はおもむろに帳場の椅子に腰を下ろし帽子を机のうえにおいた。

「なかなか気持のいい部屋だね」と中山巡査は室内の明るさと清潔さをほめたてて言った。陳久旺は、どういたしまして、と日本語をつかって恐縮した顔で両手をこすりあわせた。阿錦は夫の烏竜茶をもってこいという声で表を覗いてみたら、中山巡査がきていた。で、自らお盆にお茶をのせて持って出た。日本語が言えないために胸がどきまぎした。時が時であるためにいやな予感が脳裡をかすめた。

「いや、どうもありがと、陳さん、君は仕合わせものだな、こんなきれいな奥様をもって」

阿錦は中山巡査の目付きで自分をほめてることがわかった、けれど日本語が言えないために頭を低く下げると逃げるように奥にはいった。陳久旺はそう言われてもじもじして愛想笑いをもらした。こんな場合どんな日本語をつかえばいいかわからないのである。こんなきれいな妻をもってなお小娘に手を出すのか、とそう言われてるようで陳久旺は早くも背中に汗がにじんだ。

「ここ二、三日、雨も降らないし、あたたかいですね」

「うむ、それでは早速ですが、陳さん！」

陳久旺は、はあと言って、壮丁団で訓練した軍隊式の返答で中山巡査の顔をみた。

「前月、西保の保正さんが亡くなったんだろ？」

「はい」

「それでわしが考えた結果、その後任は、君になってもらうつもりで推薦したいんだ。君の店はなかなか評判もいい、人望もあるからまずまちがいがないでしょう。夫婦相和し、模範家庭ではあるしね、とにかく一生懸命にやってみるんだね、お願いするよ」

急転直下、凶変じて吉となったので、陳久旺は飛び立つ思いである。立ち上がって直立不動の姿勢で中山巡査にお礼を言った。前ぶれもなく、日本語のお礼の言葉も準備してない。ただ、御指導、お願いします、と言ったが物足りないような気がする。

「もちろん、とにかく、そのつもりでやってください」と言いすてて、中山巡査は机の帽子を取ったので、陳久旺は日本語でありがとうございますとくりかえして頭を下げて、中山巡査を表へ見送った。中山巡査が金源成商店を出たのを見た通りの人たちはふりかえった。陳久旺のかくしきれない喜びの顔を見て、老番頭がきいた。

「僕を西保の保正になってくれと中山さんが言うんだ。僕はまだ若くて、その任に堪えないと遠慮申しあげたが、肯かないんですよ」

台湾語だとこうしてすらすら言えるが、日本語だと心でそう思っても言葉が出ない。陳久旺は奥に跳び込むと妻の手をつかんで、保正になることを告げた。

「よかったわね」妻の顔はほほえんで明るく見えた。

「お前のお蔭だ」

陳久旺は昨日、でたらめに気前よく解決した小娘のことが思いかえされて、妻の良識に兜をぬいた。自分が料理屋の芸者に迷い、父を死なしていなかったら、五年前の壮丁団長は自分にまわしてきたに違いない。子守と出来てしまったことをもし早く解決しなかったら町では噂が立って、どんなに町の人たちに言いふらされるかわからない。危うく西保の保正の名誉ある職を棒にふるところだった。ほんの一歩違いで踏みはずれるところだ。危ぶなかった。彼は妻を寝室にひっぱりこんで、強く抱いて頬へ接吻した。

「お前はやっぱり俺の福の神だ」

「あんたが偉いのよ、ただ、多情がいけないだけ。これから、四書五経は話術をあやつる方法としてではなく、精神をみがくようにしてちょうだい！」

「はいはい、奥様、お仰せの通りにいたします。多情は物の理解にとどめるだけにします。」と陳久旺はおどけて妻の唇を吸ってから、表に誰かあいさつに来そうな感じがするので、いそいで表へ出ていった。

山の百姓たちは大勢店で買物をしていた。陳久旺は機嫌よくみなに愛想笑いを見せて、山の百姓たちをおだてた。

「これから、景気がよくなるぞ」

「どういうふうに景気がよくなるんです？頭家（だんなさん）」

「大林街と梅仔坑庄の州路を修繕してるんでしょう？交通がよくなれば山の産物はよく売れるから、景気がよくなるに決まってる」

「どういうふうに交通がよくなる？」

「そのうちに嘉義市で、トラック会社が出来るそうだ」

「どうかな、州路の労働奉仕で、余計に仕事の負担が重くなる」

「そういう気持をもってはいけない。自分の町をよくするには、力をお互いに供出しなくてはならないじゃないか。おおやけの仕事をするのに、工賃にこだわっていたら、いつまでたっても自分の町はよくならない」と陳久旺は老番頭の顔を見ながら言った。早くも保正口調にかわったので老番頭は面映（おもは）ゆい顔をした。語る相手の百姓は、日稼ぎで生活してる百姓は困っていると言いたかったが、口をもぐもぐさせてるだけで聞き取れなかった。しかし陳久旺はそれには気がつかない。ただ、心のなかでこれから一生懸命にやるぞと力んでいた。

第三章の一

養子の陳啓敏は、養父が西保の保正になったことはもっけの幸いである。保正は庄民の指導的な地位にある。そのため体面のことをたえず頭におかなくてはならない。それだけ啓敏を人目にあまるような待遇をするわけにはいかない。保正は名誉を維持するために金が余計に要る。金の偉力が痛切に感じると、一心不乱に金儲けに専念するものである。庁官とよく連絡し、役人と密接に往来することが利益に通ずる路であると心得るようになった。しかし、台湾の庶民のあいだには、二つの寓話がある。一つは、役人と交際すればいつか貧乏になる。鬼とつきあえばしめ殺されるときがくる。ルンペンとつきあえば飯を喰われて損をするだけである。もう一つは、ある日、閻魔王が、地獄の模範鬼を呼び出した。お前は模範鬼として、地獄の掟では、俗界に降りて人間に生まれかわって、娑婆の生活をたのしんで来なくてはならない。と閻魔王が宣告した。ところが、地獄の模範鬼は娑婆とはどんなところかよく知っていたので、閻魔王の宣告をきいても閻魔王の顔をまじまじと見るだけで、はいとは言わない。閻魔王の顔は色めいて怒鳴った。

「どうしたのだ、なぜ黙ってるんだ。不平があるのか?」と怒鳴られても模範鬼はなおもじもじして口をひらかない。おしまいになると閻魔王も手をやいて言葉をやわらげた。

「どうした?不平があったら言ってみろ!」

「いいえ、私は鬼の仕事に慣れてるので、娑婆へは行きたくない」

「そうはいかぬ、これは地獄のおきてだぜ！」

閻魔王の顔がなごんだのを見ると、模範鬼はずうずうしくなった。

「閻魔王様、どうしても娑婆へいかねばならないなら、私の望みを聞いていただけませんでしょうか、その条件なら娑婆へ行きます」

「言ってみろ！」と閻魔王は模範鬼を睨みつけて耳をそば立てた。

それで模範鬼が言うには、それぞれ有能な息子が三人ほしいことと、同じく絶世の美人が三人、妻にもちたいことを申し出た。閻魔王は我慢して聞きおわると、腹が立って跳び上がり、机を叩いて怒鳴った。

「馬鹿ったれ！そんな口があったら俺がさきに行っちまう」

こんな寓話は、単なる民間の笑話だけではなく、陳久旺には実感があるのである。角度はちがうが二つとも身を守る寓話である。陳久旺は自然と金と名誉には権力の擁護が必要であることを痛感する。それをのみこんだら生活はこの線に沿ってゆけばいい。金があり子宝がたくさんいたら、植民地だから偉い役人は望めないが、弁護士、医者、実業家に仕向ければいい。娘なら、やはりこんな弁護士をもっている婿を選べば、人生は天下泰平である。弁護士がそばにおれば、ちょっとやそこらで警察や憲兵にいじめられるようなことはない。後は、地獄の沙汰も金次第だ。

大正八年、陳久旺の実子陳武章は九つになって、長女の淑銀が八つになった。陳啓敏は十五歳になったのである。保正の手前上、養子の啓敏もいっしょに、梅仔坑庄公学校へ入れなければならない。当時の台湾人の入る国民学校は公学校と言って、一つの街庄にたいてい一つしかない。街庄役場の所在地に、各部落から通って来なくてはならない。遠い部落になると、徒歩で二時間以上もかかるところがある。したがって、国民学校とはいえ、入学年齢は二十歳になった生徒もいるし、結婚した生徒もいる。公学校を出て上の学校へ行く目的よりも、字が読めることと日本語をおぼえるのが大方の目的である。上の学校を目ざしているのは町にいる人か近郊の人たちが多い。山奥にいる児童で上の学校へ上がりたい篤志家がいたら、子供を町の親戚の家に下宿させるか、四、五人篤志家だけの子息をあつめて自炊させるほかはない。そのために、この辺鄙(へんぴ)な梅仔坑庄公学校は入学適齢期を越えてるものが多い。女生徒もずいぶんいたが、親の許しを受けずに、つづけざまにお腹が大きくなった女の子が出たので口の悪い庄民が、公学校へ種子(たね)つけに行ったと陰口を言ったために、一時、公学校に入る部落の女の子が途絶えたくらいだった。

陳久旺が生めよふやせよと力んでも、娘淑銀を生んだ後はぱったりとうめなくなった。妻も脂肪ができて夫婦ともふとりだした。満開の牡丹さながらの妻の姿は、脂肪質でこのごろスマートではないが、一見して押しのきく柄の大きい奥様になった。保正になってから、たびたび嘉義市へ行ったついでに、陳久旺は先輩保正仲間にけしかけられて女郎屋にしけこんだことがある。結局、妻以外の女に興味がなくなったことを悟った。それで夫婦はいっそう仲よくなったが、子宝はやはり一男一女しか生めなかった。そのために実子二人をしっかり教育しなくてはならないと思った。啓敏を実子の用心棒みたいに学校へ行かせたが用心棒どころか、啓敏は阿呆みたいで、先生に呼ばれるたびに、立ちんぼしなければならないから、武章は養子の兄と学校へいくのをいやがった。中途退学させるのも、保正の体面上ぐあいがわるい。しかし、武章は一年生の第二学期から級長になった。実子の武章が級長になったことを知って、父親の陳久旺は内心大得意だった。ひとり息子ではあるが粒よりだと思った。養子の陳啓敏は弟を嫉妬するような利巧な子供ではない。頭の反応がおそく鈍重(どんじゅう)な子供である。学校ではいつも弟に馬鹿にされるのがいやになって、啓敏は公学校の二年生に上がってからまもなく、自分で学校へいかなくなった。こんな馬鹿な子供にも将来、保正の体面上いくらかの財産をわけてやらねばならない、と思うと養父母は啓敏を見るたびに邪剣になった。学校を中退してから、啓敏を見る目が養父母ばかりでなく、店員までいっそうつめたくなった。家じゅうのものが無遠慮に啓敏をこきつかうようになった。

あるお祭りの日、田舎からきた婦人客が、炊事婦の阿春婆さんの寝室の床下に男女の穿きものが揃えてあるを見て、阿春婆さんの夫もいっしょにねている部屋だと間違えられて、阿春婆さんの顔が真っ赤になった。彼女は十数年来の未亡人だった。

「ご主人さんもここに泊っているのかい」

「ちがうよ、養子の小僧が私の部屋にねてるんだよ」

小僧の藁(わら)スリッパが大人ものをつかってるから見まちがえられたのである。

「五つから押しつけられて、私が世話したんで、いま、学校へ行ってんだよ」

「そうかい」と山の婦人客は田舎者特有の好奇心とおせっかいな口のきき方をするのである。阿春婆さんは憎らしいやら腹が立つやら、とかく田舎者の口がいけすかない。

事実、阿春婆さんはこのごろ啓敏を男くさく思った。それで何か知らいきなり腹をさぐられたようで癪にさわるのだった。阿春婆さんはすぐ奥様に、田舎女にひやかされたことをくやしがって訴えた。たちまち、啓敏の寝床は店員の宿舎へ移された。阿錦もかねてから思っていたが、阿春婆さんが黙ってるからつい言いそびれてしまった。

「そう？今日から、阿敏のもちものを全部店員宿舎へもっていかせなさい」

「ありがとうございます」

阿春婆さんはこれで養子を世話する仕事がとかれたが、その夜、床に空洞ができて、余計なことをして損をしたくやしさが涙になりそうだった。何年間も手塩にかけただけあって、阿春婆さんだけは阿敏を必ずしも馬鹿だと思わない。たとえば阿春婆さんが焼けどでもしたのを見ると、たのまれもせずに阿敏は薬をもってくるのである。甲斐性のある子だと思った。公学校に入学する姿を見て、阿春婆さんは心ひそかに祈った。勉強ができるように。ところが期待を裏切って、中途退学になったので、この子はやっぱり不仕合わせにできている、と阿春婆さんは放りだした気持になった。啓敏が店員宿舎に移されたことは、この家にいる地位が顚落したことになるのである。公学校を中途退学した後、啓敏は帽子に櫻の蕊に公という字の浮きぼりになっている帽章を取ってしまったら、ただの帽子になった。帽章のない帽子ほど間がぬけて見えるものはない。当時の公学校の生徒には制服はなかった。跣足でも帽子をかぶってると多少生徒らしい厳しさを見せていた。しかしその帽章を取ってしまうと、単なる牛飼いか薪取りの陽よけや蚊よけの帽子にしかならない。啓敏が最初この帽子をかぶったとき、内心得意に思っていたが、結局、自分にそぐわないものとなった。学校に入ったとき、数百名の子供たちはほとんど同じいでたちで壮観に見えた。ただ、自分と同じ歳くらいの王仁徳一人だけ、まだ弁髪をのこして帽子のうしろから尻尾のように背中にたれていたが、ひと月も立たぬうちに先生に、「切れ」と言われたので全校の生徒は弁髪がなくなった。その王仁徳は活発な子で、逆立ちが上手だった。逆立ちで歩いてると帽子が落ちて、弁髪が地べたのうえをひきずって髪の毛が砂だらけになっても気にしなかった。その王仁徳が級長になりはしないか、と啓敏は思ったが、遊び呆けて成績はいい方ではなかった。豆腐屋のひとり息子で金持の子ではないが、口がたえずうごいているから啓敏の印象にのこった。学校を去ってから啓敏は、賃金のない使用人みたいになった。夏休みが終わって登校日の九月がくると、啓敏は学校へ行くのは気おくれを感じたし、ひとり家に残されるのは何よりもつらい、阿春婆さんを通して、薪取りに行くことを養父母に願い出た。弁当をもたない条件でゆるされた。弁当をもって山でのらくらされては困るというのである。

朝、表通りから野良へ行くには、途中で登校する生徒にでっくわすおそれがあるから、弟や妹は表から出て行くが、啓敏は庭の裏口から出かけることになった。それを見て阿春婆さんは嘆息した。人生の別かれ路みたいだ。

柿の葉陰に取りのこされた柿の実が朱くなっていた。薪を束（たば）ねる麻縄を肩にかけて、啓敏の腰にゆわえつけた刀架（なたかけ）は歩くたびにかちかちと鳴った。足は山へいそいでいるが頭のなかは、まだ学校の庭で遊んだ思い出をなつかしく追っていた。

第三章の二

後藤新平民政長官の台湾旧慣調査は、むろん台湾の植民地政策に資するためではあるが、俚諺にいたるまでくわしく調べられて、よい文献である。それだけ台湾の植民地政策は、たしかに、台湾の盲点を突いていた。台湾総督府の官吏から学校教員の準訓導にいたるまで全部文官服を着られるように制定していた。日本海軍の士官みたいに、腰に短いサーベルを下げて、訓導先生は登校するのである。祝祭日になると、長いサーベルにかわって、肩にはしゃもじ型の金モールの肩章をつけ、帽子には金すじひとすじが光っていた。町で胸をはって登校する姿はまさに男の本懐よろしく、と言ったような顔だった。これが大いに大当たりにあたった。嫁に行くには、金すじか医者か、という言葉がはやりだした。

毎日、短いサーベルをがちゃつかせて登校するのはさすが面倒くさくなったと見えて、大正初期ごろから丸腰になり、祝祭日だけ礼服姿の長いサーベルをつけることになった。これが第二次世界大戦になってから、金モールの材料が欠乏して、そんなしゃれたいかめしい教員姿が見られなくなった。西保の保正はその金すじを見のがすわけにはいかなかった。自分に出来なかったことを息子にさせたいのが親心である。しがない田舎商人よりもその方が人生の生甲斐を感じるものだ。だからうんと金儲けをして不動産をつくり、人生の生甲斐をたのしみたい。しかし、大正八年に第一次世界大戦がおわって、日本も民主主義思想がさかんになり、その波が植民地台湾にまで流れこんできた。大正十年ごろには民族運動の文化団体が、台湾の北部や中部にできた。ところが言論機関がゆきわたってないために、こんな辺鄙な山麓町は噂にすぎなかった。

幸い、陳武章の学校の成績はいつもトップになっているので、陳久旺は息子に全希望を傾けていた。息子を文官方面へ向けさせるとして、娘はやはり女学校を出ないと理想的なところへ嫁げない世代になったのはすこし不思議に思った。万が一、女学校へ行けなかったら、家つき娘なら理想に近い婿が見つかるだろう。息子に商売の興味がなくなったら娘に店をやろう。むろんこれは老番頭と共同経営になれば娘夫婦には大した苦労はさせないで済む。あとは楽隠居で、日本から大陸を股にかけて、夫婦二人で旅行する。左団扇だ。養子の啓敏は保正の手前、一甲歩あまりの竹林や段々畑を開墾した約一甲歩の水田をやれば、町の噂雀も口がきけないであろう。陳久旺はこんな理想の幻影を追って、日夜、こればかりが悩みの種子になった。

陳啓敏が国民学校を中退したのは大正十年で、十六歳になった。彼には希望なぞ念頭になかった。ただどういうふうに、毎日、鞭をくぐっていけばいいか、それだけである。赤ちゃんの弟をひどく泣かせた六つのときから、啓敏は家の前を通っていく葬式の行列を見ると、あたりの子供たちは恐わくて、桑原くわばらと唱えてにげるが、啓敏は、羨ましくてならない。棺桶を見ても恐わくない。うまく死んでみなに泣かれるのは愉快なことだ。自分なんか誰も泣いてくれないにちがいない。阿春婆さんとは名残り惜しいが、自分のポケットからマンゴーの実を取り上げられた日から、この情も疑わしい。裏庭でうまくマンゴーの樹から落ちた実をひろった。皮をむいて、いっぺんに食べてしまうのは惜しいのでゆっくりたのしみたいため、マンゴーの尻の方に穴をかじりあけ、おっぱいを吸うようになかの汁を吸ったら喉がごくごく鳴るくらいおいしかった。そこへ用を言いつけられたので、あわててマンゴーをポケットに突っ込んだ。用を片付けたところ、マンゴーの黄色汁がポケットの外へでてしみができた。阿春婆さんは目ざとくそれに気がつくと怒鳴りだした。

「おや、まあ、この子、蟻がたかる、しみが取れない」といきなり阿敏のポケットに手を突込むとマンゴーを取り上げて庭へ投げすてた。阿敏の目はマンゴーを追ったが、用がすめばまた拾って食べるつもりだった。しかし鶏の群は餌とまちがえて、マンゴーにたかりつつきだした。鶏まで憎らしくなる。生家の農家にいたとき、墓場近くにいけばマンゴーや蕃石榴はいくらでも自由に取って食べられた。ここの裏庭のマンゴーは、家じゅうのものが一緒に食べることになっていた。むろんマンゴーのことは問題にならないが、食べかけていたものを取り上げられて捨てられたのが頭にひっかかって恨めしかった。それがいっそう阿敏を孤独にさせた。しかし、公学校を中退して、薪取りになってから、山で自由に駆けまわることができたので、これも生活の一つの飛躍に思われた。死を恐れないが死ぬ気になれない。苦しければ苦しいほど死ぬ気になれなかった。台湾には一つの俗語がある。死皇帝不如活乞食。死んだ皇帝は生きた乞食にしかず、万事死んだらつまらない。もう一つのたとえ話がある。朝起きて、乞食孫がむずかるので、乞食爺いが言うには、孫や、おいらの生活はこれからよくなることがあってもわるくなるようなことはない。さあいい子だ行こうや、とよく聞かれる話である。待てば海路の日和という言葉がある。啓敏は別にその日和をあてにしているわけではなく、毎日、ただ追われるような昼と夜がくりかえされてるだけで考える余裕がない。世の中の言う、いいとか、悪いとか、人の立場によって解釈が違うだけだ、自分の利益になることならすべていいことに決まっている。それならば、いいことも悪いこともない。言うだけ煩わしくなるばかりだ。だから、その煩わしさをさけるために、なるだけ人と口をきかないことと、あまり人とぶつからないことである。よそ目から見れば、啓敏は保正の養子である。しかし、いくばくかの恵みを得んがために、毎日、精神的に痛めつづけられるのなら、むしろ、のびのびと働けたら、人生はそれ以上の意義があるのではないか、ところがいったんそんな鎖につながられるとそう簡単には断ち切れない。むろんこれも彼自身がそんな具体的な意識があって人に説明出来るものではない。ただ、町で目だった徹底的な孤独ものの阿呆みたいな生活態度は実はそれである。後に、阿敏が事件を起こしたために、町の人たちは彼を吠えない狗は人に咬みつくと批評していた。

ひさしのついてる帽章のない帽子をかぶって、薪取りにいくのは陳啓敏だけだった。夏から冬になり啓敏は薪取り仕事に慣れて、背負って帰るひとかかえの薪を取るのに、二時間とはかからない。官有林でも私有林でも枯木や枯枝を取るのは自由である。したがって町近くの山林の薪は取りつくされて、次第に薪取りにいく路が遠くなった。往復十キロ近く歩かねばならない。いそげば家の昼食にまにあうのである。しかし昼食後、飲料水を汲まなければならない。それは薪取りよりも単調で骨の折れる仕事である。学校へ行ってるあいだは若い店員が水汲み仕事をうけもっていたが、学校を中退してからその仕事は啓敏にまわってきた。この山麓町の梅仔坑庄の燃料は全部薪をつかっていた。山の百姓で、薪取り専門で生活を立てているのがずいぶんいるため薪場が遠くなった。ひとかかえの薪を取るのに半日もかかるので阿春婆さんまで文句を言った。

「早く帰って来ないと、また叩かれたら私知らない。昼食も食べずに山で何してるんだい？」

啓敏は黙っていた。山で泉水を飲んだり季節はずれの果実をさがしたりしていた。山で親しくなった餓鬼たちと遊ぶのが面白い。山の仕事ならこのごろの啓敏は猪のようにすばしこい。この餓鬼仲間に、加わるには、啓敏にでんぐりかえしを打って見せなければならない。この入会掟のでんぐりかえしを見てから、啓敏は薪拾いの手伝いをしてくれる。餓鬼たちは薪拾いの仕事が終わると山の薪場で遊べる。みんなが薪場で遊んでも啓敏は見ているだけで加わったことがない。跳びまわる動作がにぶくて口が重い。啓敏はみんなのように活発に遊べなかった。しかし、啓敏は黙って見ながら、いかにも餓鬼大将はどちらにも片よってはならない態度である。彼はときどき白い歯を見せて手を叩いて喝采することもあった。彼がはじめて弟と同じ着物と同じ帽子、同じワシントン靴をはいて学校に入った当時が、懐しく思いだされた。時には、子供たちに学校ごっこをして見せてもらうこともあった。五、六人の餓鬼たちが一列横隊にならんだり、縦隊になったりして番号をかけてあそんだこともある。その号令をかける級長は啓敏が指名するのである。ところがこうして遊んでいても、みなが弁当をひらいたとき、啓敏はすごく自然に欑（くさむら）の鼡（ねずみ）小路にはいってしまう。弁当のふくわけだ、とすすめられても決してうけつけない。

　そういう啓敏がいつも阿春婆さんに注意されるので、ついに、一日に二人分の薪を拾って帰るから、養父（おとう）さんに伝えてほしいと阿春婆さんにお願いすることになった。

「昼飯はどうするんだよ」

「要らない」

　それを聞くと阿春婆さんも顔をしかめた。昼食をぬいてそんなきつい仕事ができるはずがない。啓敏は五か月近くも山に日参したから、山で金目になるものがわかるようになった。たとえば、金銭草、これは貴重な薬草である。雪の下のような草だが、金銭草は葉がかたくつるつるして草の模様は銭のような模様がある。それを見つければ薪束のさきにぶらさげておいて、町の通りをわざとゆっくり歩けばすぐ見つけられ、言い値で売っても五十銭や一元がすぐ手にはいる。血液循環の特効薬だというのである。その他にもいろいろと金になるものがあった。罠をこしらえては竹鶏をつかまえる。一匹十銭ですぐ売れる。スープにつくれば一匹がちょうど丼一杯である。こっそりと売り上げた金をふところにしのばせて、人の見てないところで駄菓子を買って弁当がわりに山へ持って行く。しかし阿春婆さんや養父母は、啓敏が山で餓鬼たちに弁当をわけてもらって喰ってるとばかり思っていた。そのころ、家から五キロはなれてる水田を取りかえして、自作することになっていた。いままでその水田は山の百姓に貸して、田圃小屋に一家が住んでいた。田圃以外の桂竹林の筍まで勝手に取って売るので、地主の陳久旺から文句がでた。その竹林の小作料も納めろというのである。山の百姓は、一甲歩そこらの山手水田では一家の生活がささえられない。竹林の収入は水田の不足をおぎなってほしいとたのんだが、地主は肯んじなかった。それで山の百姓はその田圃小屋から一家をひきあげていった。それでその水田は田植え時や収穫期は百姓を雇って自作することになった。もみは年に二期できるが間作をしなかった。第二期の収穫後、山の部落の百姓が間作の大根や芥菜などを植えたい人があれば無償で植えさせていた。啓敏はその水田耕作を手伝うようになった。野良仕事や家事手伝いにおわれて、弟が国民学校の何年生になったかも啓敏は知らなかった。彼の学生帽はすでにぼろぼろになり、坊主がり頭にたかってくる蚊をふせぐために、いつのまにか大人の古い中折帽をすっぽりとかぶって、腰に帯をまわし、跣足で野良仕事にでていた。田圃仕事は笠の方がいいが、山の仕事は笠はじゃまくさくて、やはり袋のような帽子が便利だった。山の広場で居眠りするときは折りあげた前縁をおろせば、強い光線が目にはいらない。真夏などは帽子をかぶらないと頭にひびがはいるほど陽ざしは鋸の歯のようにするどい。第一期作の稲穂が実のりかけてるころに、弟が台南師範学校に合格したことが地方新聞にでたと言って、梅仔坑庄の有志が学校の教室に集まって盛大な祝賀会をあげた話を啓敏は店員からきいた。昭和二年の四月のことである。

啓敏は二十歳(はたち)をすぎていた。この年に梅仔坑庄ではじめて電灯がひかれて、夜なども町は活気づいて見えた。何かしら闇から町の家並が浮いて、しんとしていた町の通りがにぎやかに見え、市場のそばにあった飲食店から茶碗を叩く音が聞えるようになった。廟前の広場は街灯がついてお祭りがなくても、夕涼みに出てくる庄民があった。夜、めったに町に出たことのない啓敏も電気のついてる夜の町を見に出た。蛾が、しつこく街灯に戯れて死ぬであろうと、啓敏は面白くながめた。まばらになって散歩してる人たちは静かな影のように動いていた。夕立のない夜は風までむしむしして素手で歩いても汗が吹き上がってくる。かえってトンネルのような家の廊下に竹椅子を出して坐わっている方が涼しいくらいである。廟前の細路の欉(くさむら)で火の子のようにとんでいた螢が電気のために埃のように流れていた。螢はやっぱり闇のなかでないと面白くないと思った。これがはじめて見た電気のある梅仔坑庄の夜の町の印象だった。

夏休みになったのか、啓敏が野良仕事から帰ってきたとき、台南師範学校に行っていた陳武章が、台南長老教女学校に行っている妹の淑銀と一緒に帰ってきた。真っ白い制服に金釦がついて、帽子に白いカヴァーがあり、黒靴をはいてる姿はいさましく見えた。淑銀ははかまをはいて娘々していた。とっさに啓敏はどう挨拶していいか言葉が喉にひっかかった。

「陳啓敏（ちんけいびん）！帰ったぞ！」と弟は昔の級長口調で啓敏を呼んだ。啓敏は白い歯を見せて頭をペコリとさげた。弟は日本語をぺらぺらとつかったが、啓敏は鴨（あひる）が雷にでもでくわしたような顔で、かなわないからみんなから離れて、裏庭へ薪割り仕事のかたづけにいった。おそらく弟は留守中元気にやってくれてるかどうかを言っているに違いない。

段々畑を開墾した水田の稲の収穫後は、啓敏が田圃小屋に泊らなければならない。昼間はもみを干し、夕方頃からもみをかきあつめて藁をかぶせておく。翌朝にまた庭にひろげて干すのである。夕立がきそうな気配を感じると、ひとりでてんてこ舞いしながらもみをかきあつめ藁をかぶせる。もみが干し上がるまで、啓敏は田圃小屋で一週間や十日間くらいひとり生活をはじめる。ひとりで自炊し、谷間の小川で水を浴び、油灯（ランプ）の下で自分の炊いた飯やおかずに箸をつけるのはこれまたたのしいことである。誰にこだわる必要もなく、庭ですいすい飛びかわしてる螢を眺めながら、晩食をたのしむのが何よりも体がくつろぐのである。闇一色にぬりつぶされた森のなかで、ふくろが陰気な声をあげて羨ましがって鳴いている。夕食後のあとかたづけをすまして、しばらく軒先に竹椅子を出し団扇（うちは）で蚊をはらいながら、くっきりと闇の曲線を描いてる山のうえの星空を眺める。無数の星はきらめいて、神様の財産を見せつけられたような気がしてならない。星一つもらって、人間に生まれかわれば金持になるのだ。自分のような人間は何一つもらわずに、蹴とばされて生まれてきたにちがいない。星空を見てるうちに、明日も天気になる自信がつくと、竹椅子を持ちこみ田圃小屋の扉のかんぬきをおろし、ランプの火を吹き消して蚊帳の中にもぐってしまう。蚊は蚊帳の外で雷のように唸っている。ざまあ見やがれ、こいつらいくら唸っても駄目だ、いい気味のような気がして、胸が軽くなりいつのまにか眠ってしまう。

もみ干しのときに一番こわいのは雨である。もみが雨にぬれたら、乾かす時間が長びくばかりでなく、曇りがつづくともみ堆に熱気がこもり、もみに芽が吹きだすおそれがある。そのために夕立の早く来そうな昼さがりの空もようを見て、いそいでもみをかきあつめ、藁をかぶせてしまう。そういうときは手持無沙汰になることはない。前の小川へ降りて、魚釣りをすればいい。釣られた魚はバケツのなかで面喰らって泳ぎまわってるのを見るのがたのしいうえに、夕食のお膳をにぎわすことにもなるので一石二鳥といいたい。啓敏は家で渡された自炊材料以外、自分のふところ銭をだして買うのは馬鹿らしくて、その金がだせない。自分だけが食べるのには違いないが、家の仕事だから、当然家がだすのがあたりまえだ。もし自分が遊びに行くのなら自分の金を出しても惜しくはない。そういう人生哲学をもってる啓敏を店員たちはよくからかいたくなる。彼の臍のあたりに結わえてる帯の結びめに手を出す意地悪の店員がいる。店員たちに秘密をさとられるのはなにかしら嫌悪を感じる。そのころから啓敏は、まとまった金がたまると、牛乳の空缶に入れ、そしてそのブリキ缶をまた陶器の壺にいれて、田圃小屋の裏山の雑木林のなかに埋めることにしていた。埋めたところのうえに糞をしてあるので、地面の兜虫と蠅が地下を守ってくれる。この行為がなにかしら一つのたのしい秘密でもあり、また精神的な反抗の一つの抜け路でもあった。

もみ干しが終わると、もみを麻袋に詰めて室内に積んでから、養父に報告し、牛車をやとって、州路と保甲路へそれる広場まで運びだす。第一期作の収穫後は第二期作の田植えがじきにはじまるので農閑期の期間が短かい。そのために弟たちは夏休みのあいだどういうふうにすごしてるのか啓敏にはわからない。

第一期作の稲刈りのときに武章と妹が田圃小屋へ遊びにきたことがある。稲刈りどきの百姓たちにまじって昼飯を食べるのがたのしいのである。真っ白な御飯に、おかずも豊富に町の家から啓敏が担って来なくてはならない。当時の習慣は稲刈りどきだけ御飯が真っ白で、ふだんは薯などまぜて炊くのである。山小屋で豊富な昼食を取るのは、遠足気分以上にたのしい。そのときに弟たちと昼食をともにしたことがある。

第三章の三

西保の保正陳久旺の妻は字が読めるし、その息子が師範学校、娘が女学校へいっているだけ家庭がひらけていると言われていたが、東保の保正はそれとちがって、山の産物と日常雑貨の商売に固定してひっそりと暮らしていた。息子は二人もいるが長男は頭がいいうえに人々のうけもよい。しかし読書人にしむけることは保正にとっては、あまり喜ばしいことではなかった。次男は生えぬきの商人気質だが、一日じゅう帳場と商売にばかりかじりついてるせいか体が弱い。娘二人とも美人で、公学校へやるのが心細いから国民教育さえうけさせず、もっぱら家事の手伝いをさせていた。

「人間は静かに暮らせるのが一番仕合わせなのだ。要らぬ欲望に苦しむよりも〝大富由天、小富由勤倹〟と天命を悟ることがかんじんである」と東保の保正は口ぐせのようにいうのである。

奥様は字は読めないが、がむしゃらでユーモアがあるので有名である。いくら保守的な時代でも女が五十歳になったら、家の奥にばかり引っ込んでいたのでは退屈でしかたがない。それでつい店先の手伝いにでてくる。家事は嫁と娘たちがいるし、婆さんは自然と店先の陣頭指揮みたいな仕事が一番ふさわしい。さばけて気のおけない婆さんは人気がある。それで東保の保正夫人は聞きかじっておぼえた日本語をよく活用する。その一つの例をあげればこんなことがあった。昼まえに派出所の取り締まりの巡査の中山さんの奥さんが買いものにきたのを見ると、相好をくずして鴨の玉子を一個もちあげて、

「おくさん！これオバケ！」

「へえ？お化け？」と中山さんの奥様は目をまるくして保正夫人のもちあげた鴨の玉子を見つめるのである。するとその玉子を自分の紙袋のなかにいれてくれたのを見て中山さんの奥さんははじめて納得した。

「ああ、おまけ、……保正さんの奥さん、それ、オバケではなくて、オマケ、と言うんですよ」

「オマケ、オバケ」二人はたのしそうに声を立てて笑いだすのである。どうせ同じようなものと保正夫人はあまりこだわらない。好感のもてる中山さんの奥さんが立ち去ろうとしているのを見て何を思いだしたのか、

「チョット待て！」と保正夫人は中山さんの奥さんの袖をひいて、〝マンコやる〟と言ったので中山夫人は思わず顔が真っ赤になった。奥からでてきた保正夫人は、紙袋一杯に檬棵（マンゴー）の実がはいってるのをもってきた。

「ああ、それマンゴーなのよ」と教えてやったが、保正夫人はまたまえの言葉をふたたびくりかえそうとしているので、中山夫人はあわてて彼女の裾をひっぱって帳場のすみっこで、

「あんた、その言葉だめよ」と台湾語で耳打ちした。保正夫人は右手で胸を叩き、また日本語で、山ある、

というのである。すなわち自分の山で出来たマンゴーの実だという意味だ。

「ちがう、今のあなたの言葉は」と仕方なしに急を要するので中山夫人は保正夫人の耳にかじりついて、保正夫人の手を自分の股のそこへもっていってさわらせた。こんどは保正夫人が自分の言葉がとんでもないところへ脱線したことに気付いて真っ赤になって跳び上がった。だから中山夫人は大好きだと保正夫人は思った。自分のものを突っついてくれたらすぐわかったのに、そうせずに自分のものをさわらせた謙遜さが胸にこたえた。恥しいやら、愉快やら見当がつかない。二人はそれでいっそう友情を深めた。

台湾はいたるところで、言葉上のまちがいが、日本人と台湾人のあいだのギャップになってることが非常に多い。そのうえ台湾人は日本語があまり上達しない反面、繊細な感情をあらわす台湾語もやがてなくなるであろう。いつまでも蜜柑皮式な日本語をつかいながら台湾語の語彙が失われつつある。密柑皮式日本語とは、台湾中部のある富豪が日本旅行から帰ってきた自慢話に、自分は言葉のことで不自由なく日本をたのしく旅行してきた、というのである。洗塵会（歓迎会）席上の友人たちはふしぎに思った。しかもあやうく日本人の女中を妾にもらいそこなったというのである。すでに妻妾を六人ももっているのだから、まさか私の第七番目の妻になってくれとは口に出せなかった、というのである。

「それはまたなぜだね」と友人はふしんに思って聞く。いや、実にその女中はやさしかった。私は蜜柑の皮をむいて食べさせてくれとたのんだら、はいと言って、蜜柑の皮をむいてひとふさひとふさ食べさせてくれた。わしは蜜柑を食べながらその坐っている女中のまるい腰を見てるうちに、言おうか言うまいか迷った、というのである。

「蜜柑の皮をむいて食べさせてくれって、日本語でどう言うのかね」

「かんたんじゃないか、蜜柑、皮、サヨナラ、と言ったらちゃんと坐って密柑の皮をむいて食べさせてくれた」

宴席の友人たちがみな声をあげて笑った。

「なるほど、たしかに日本人の女中は頭がいい、密柑と皮がサヨナラと言ったら、密柑の皮をむくに決まっている」

それで文法を無視した日本語を密柑皮式の日本語だと言われるゆえんになったのである。

東保の保正は妻ができもしない日本語をつかって、中山さんの奥さんと笑いころげてるのを見ておどろいた。女はやはり語学の天才だと思った。中山夫人が立ち去ったのを見ると、いったい、どんな話でお前たちがあんなによろこんでいたのか、と夫は妻にきいた。老妻は顔を赤くして夫に耳打ちした。東保の保正は顔が蒼(あお)くなった。

「バカヤロだね、できもしない日本語をつかうからいけないんだ、老女でも日本人は正直だから、もし夜もらいにきたらどうするんだ、冗談もいいかげんにせぬとひどいめにあうぞ」と夫はにがい顔をして注意した。

「いやもうコリゴリだよ。ちょっとのちがいでこんなにもケタはずれになるとは、恐わくなった」

しかし、西保の保正夫人の場合だと、漢文がよめるだけあって慎重である。できもしない言葉をむやみとつかわない。そのせいか人によってはとっつきにくいと感じる。ところが西保の保正は訓導の息子にすすめられて、日本人名前に改姓名することになったのだから、慎重とひょうきんの奥には何がひそんでるのか誰も想像がつかないと批評していた。東保の保正の方はあくまで台湾人名前に踏みとどまってるが、保正夫人と中山巡査夫人とはばかに仲がいい。そのうちに西保の保正の令息が師範学校を出て梅仔坑庄の母校の訓導に帰ってきたので梅仔坑庄は盛大な祝賀会をひらいて歓迎した。そのころに、中山巡査が嘉義市へ栄転することになったので、これはまた盛大な送別会が催された。送別会というのは、男方だけで婦人は参加しない慣例であるが、中山巡査夫人をただで見送るわけにはいかないという東保の保正夫人の思いやりで、自分の家だけで一席を設けて、中山巡査夫人を招いて別かれを惜しむことにした。それで中山和子が新任取締巡査の吉田さんの奥さんをつれてきて東保の保正夫人に紹介することになった。吉田巡査の奥さんは中山和子よりも台湾語が達者なので、その夜の婦人同志の一卓だけの歓送迎会は男方の十数卓の形式ばったものではなく、情味のあふれた歓送迎会だった。東保の保正夫人はたえず、涙を拭きふき、中山和子に盃をすすめたり、おかずをすすめたりする。陪賓は二人の娘と二人の嫁だけの水いらずの家族的なものである。吉田巡査夫人はこの五十がらみの台湾人婆さんと四十くらいの中山和子の友情がほほえましく思った。中山和子は心から梅仔坑庄が名残り惜しいうえにこの気のおけない婆さんをおいて行くのはつらいようだった。保正夫人はいまでも絹綿のような指先の中山和子の感触が、異民族を越えた友情に思われてならなかった。

そのうちに日本と中国が大陸で戦火をまじえてるニュースが庄民の耳にはいった。陳啓敏が三十歳になった。弟も結婚し妹も嫁にいった。いつのまにか町で流行歌が軍歌にかわった。昭和十二年の夏ごろである。梅仔坑庄の山の部落の若者、曽得志が軍夫に応募して合格した。その朝、国民学校の児童、各役所関係の団体、庄民などがかりだされて、出征軍人並みに日の丸の手旗をふって曽得志を見送った。梅仔坑庄有史以来の英雄を見送るようなにぎやかさだった。軍夫曽得志は日本兵と同じ服装をし、赤いたすきをかけていた。しかし軍夫は皮靴ではなく地下足袋をはいていた。日本兵と軍夫の区別は皮靴と足袋だったのか、いや、軍夫は戦場へ行っても丸腰だ、と陰でいうものがあった。丸腰で弾丸にあたって死んだところを思うと庄民はばからしく、暗然とした顔で軍夫を見送っていた。しかし同じ漢民族の敵兵が、こんな丸腰の軍夫の死体を見れば許せるかもわからないと陰でささやくものもいた。軍夫のマラリヤあがりの黄色い顔はすぐ台湾人と見分けられたが、曽得志は口を堅くひきしめ顔をしかめて武士（さむらい）の顔をしていた。映画で見た日本武士の表情と壮丁団訓練のときにおぼえたことを強くあらわした姿勢だろう。

赤いたすきに　誉（ほま）れの軍夫
嬉しい僕らは　日本の男

日本人作曲家に軍夫の作曲をたのむ閑（ひま）もなく、当時、基隆の三宅警察署長がさかんに台湾民謡などを日本語歌詞にかきかえて皇民化運動につかった。台湾人作曲家鄧雨賢作の〃雨夜花〃の曲をもじった軍夫の歌をうたわせていた。したがって軍夫の歌は寂しい哀調を帯びた歌だった。薪取りの餓鬼たちは薪場で歌って啓敏にきかせた。いつもなら、陳啓敏は餓鬼たちの歌う寂しい歌にいくらか胸のしこりをとかれもしようが、この頃の彼は生まれてはじめて虚無的な気持になっていた。豆腐屋の養女であり嫁でもある王秀英の七つになったばかりの娘の阿蘭が来なくなってから、すべてが空虚に見えてどうにもならない。その阿蘭がいつのまにか来て、いつのまかに来なくなった。阿蘭が迷いこんできたように薪取り仲間に加わってきた。彼女は臆するところなく逆立ちやでんぐりかえしを啓敏に打って見せた。啓敏はもったいなくてこんなうれしい経験をしたことがない。阿蘭は前髪をして弁髪をしていた。藍色の粗末な台湾服を着て腰に紐（ひも）をまわして跣足であった。逆立ちのときは弁髪を口にくわえて、ちょうど可愛い女俠客のようだった。ぱっちりした目付きとまるい顔がたえず好奇心に輝いていた。唇は花びらのようで口もとはひきしまっていたずらっぽく見えた。私はこんな子供がほしい。啓敏は阿蘭が餓鬼仲間に加わってきてから生甲斐を感じた。歳がふえて自然と子供がほしくなったのかもわからない。啓敏がひとりでいるとき阿蘭を思いだしながら考えた。眼のなかに入れても痛くない阿蘭の可愛いさの理由がとけない。あの子が眼のまえにいてくれただけで、その立ちいふるまいを見てるうちに気分がなごんでくる。弁髪のある男の子が逆立ちのとき弁髪を地べたの砂のうえをひいてたが、阿蘭は弁髪を口にくわえて女俠客のような姿である。その姿が見られなくなって啓敏はがっかりした。それでふしぎに阿蘭の母の秀英に心をひかれた。

啓敏と豆腐屋のひとり息子の王仁徳とは同じ年で、公学校は王仁徳が二年うえである。王仁徳は秀英に阿蘭を産ませたがいっこうにかえりみようとしない。嘉義市に勤めてる自動車会社々長の妻の親戚の娘をもらって、二人の子供までありながら秀英に手をつけた話は梅仔坑庄の人なら知らないものはなかった。そのため秀英は豆腐屋の養女であるか嫁であるか地位が決められない。その女はいままでみすぼらしい女としか目に映らなかったが、阿蘭の母であると知ってからは、啓敏はひそかに心をひかれて、その薪取り女の姿を注意するようになった。まだ二十五歳であるが、それ以上に老けて見えた。胸はゆたかだが、お面をかぶってるような表情が固定してるためにまるで色気がない。それが去年の夏のある昼さがりに、ひどい夕立が降って、山の部落へいく州路と圳頭村へそれる境界に東屋があった、啓敏はその山小屋に駆けこんで雨をさけようと思ったら、びっしょりぬれたまま肩から薪束をおろそうとしてる秀英にばったりでくわした。着物は体にはりついて裸体のままのような姿である。秀英のむっちりむきだした乳房に啓敏が思わず手をだした。秀英はかあっとなり薪束を放りだして、力まかせに拳で啓敏の鼻っぱしらを打った。不意に眉間を打たれた啓敏は後へのぞけかえって尻もちついた。鼻血がでて、啓敏は顔をあげ顎を突きだし、立ち上がったまま雨に打たれて鼻血をとめようとしたが、鼻血は顎から胸へ流れてとまらない。雨の中で啓敏はすごい形相で突っ立っていた。秀英はすばやく腰の刀架から刀をぬきとり、啓敏がふたたび跳びかかってくるのをまち構えたまま睨んでいた。この下郎まで私を侮辱する気か、秀英の憎悪の目が燃えていた。ふたたび啓敏がかかってきたら殺してやるつもりで睨みつづけていた。啓敏はすでに闘争意識を失い、いつまでも顔を仰向けたまま雨に打たれていたが、鼻血はとまらない。啓敏は二、三歩あとずさって右手をうしろへまわし、蔓草の葉っぱをさぐった。両手でそれをもみくちゃにすると鼻血のでてる鼻へ押しこんだ。啓敏は眼の前の女など考えていなかった。夕立のなかに立たされた啓敏は、天ぷらにするうどん粉をつけた蝦のように突っ立っていた。彼は秀英に一瞥も与えずすぐ雨のなかを立ち去っていった。刀をもったまま構えていた秀英は気がぬけて、刀を刀架に納めると自分の裸体同然に濡れた姿に気がついて、身ぶるいした。また誰が来るかもわからない。彼女は着物のあちこちをつまみあげてしぼってから、細路をたどって家へいそいだ。

三十歳になって予想もしなかった罪を犯かし、阿蘭に恥かしいうえにすまないとも思った。啓敏はそれでいっそうふさぎこんで、以前のように、切り通し坂の広場で、薪取り餓鬼たちと遊び興じることがすくなくなった。町では戦争の話でもちきり、山の段々畑を開墾した約一甲歩の水田の仕事はほとんど啓敏がうけもつようになった。そのため朝はやく家をでてもすぐ仕事が手につかない。

夏が終わって、蜻蜓(とんぼ)がさかんに稲穂のうえで飛びかうころになると秋の収穫がまじかに迫った。啓敏は毎朝、町はずれの山腹の切り通し坂で、しょんぼりと考えこんでいる姿は餓鬼たちに不安をおぼえさせた。啓敏のこんなことはやがて秀英にもわかるようになった。啓敏はもう死ぬのではないかと思われた。人間が急に性格がかわることは死の前兆だとも言われていた。啓敏はいっそう口が重くなり、瘦(や)せて元気がなくなった。着物の上下は灰色にはげて、腰にまわした帯はいつも泥がついていた。啓敏は悪い人ではない。娘の阿蘭からもときどき山の叔父さんの話をきかされたことがあった。そのつど秀英は山で衝撃をうけた夕立の有様が思いだされた。悪い人ではないが魔がさしたのだろうか、秀英にはいつのまにか啓敏を呪う気持が次第にうすらいでいった。

第四章の一

王氏秀英二十五歳、養父王明通五十五歳、養母王頼氏媛(ルワン)五十三歳、夫になるべき運転手の王仁徳が三十歳である。秀英が満一つのときにこの家へ養女にもらわれてきた。大きくなったら息子の王仁徳とめあわせて夫婦にさせるつもりでいたが、王仁徳が公学校を出て十六歳のときに、嘉義市の自動車株式会社の小僧として奉公にでた。ひとり息子だから嘉義市に行くことはないが、轎(かご)かきの息子では村で出世する糸口もありそうにないから、言われるままに嘉義市へでて働くことになった。案の定、五、六年も立たぬうちに王仁徳が運転手になって帰ってきた。王明通の家のまえは見物人の子供でにぎわった。大正十三年に梅仔坑庄にはじめて自動車株式会社ができ、中古のフォード二台だけ買って、梅仔坑庄と大林街の州路を走っていたときである。貸切の新しい自動車はめったに通ったことがない。したがって王仁徳は庄内ではじめてのトップ運転手になって真新しい自動車をあやつって帰ってきたんだからまさに錦をかざっての帰郷になった。轎かきの息子が志を立てた、というのである。梅仔坑庄自動車株式会社社長は早速、故郷で働いた方が何かと便利だから、梅仔坑庄の会社に帰って来いと王仁徳にたのんだ。ところが王仁徳は嘉義市に勤めてる会社の社長夫人の従妹に見込まれて、その娘の婿になった。轎かきの王明通は得意に思った。最初の女孫と嫁がその貸切車で帰ってきたとき、王明通は轎かき仲間や得意先、親戚などを呼んで三卓も設けて、嫁や親戚や友人の初顔合わせをにぎやかにした。轎かき夫婦は各一着の布地のおみやげを嫁にもらい、秀英まで竹葉模様のメリンスの布地一着分をもらった。しかし秀英は心でまごついた。地位が嫁からはっきりと養女に変ったのはいいが、嫁つぐ先が突然渺茫としたはてしない広野に思えてならなかった。王仁徳の妻は田舎娘とちがって、あでやかなだけではなく、じょさいなく姑夫婦とあたかも十年前から知っているような口のきき方をしていた。それを見ると、秀英はやはり女中以下の娘にしかならないと思った。彼女が台所にはいってきても秀英は顔を上げられなかった。

「秀英さんでしょう?」

「はい」

阿徳から聞いたにちがいないと秀英は思った。

昼食後、女が赤ちゃんを抱いて自動車に乗りこんだとき、養父母や来客が車を囲んでるところを秀英は台所の扉の陰からながめた。阿徳は細い鉄棒を自動車の鼻先に突っ込んで車を発動させていた。自動車が爆音をたてると、阿徳はその鉄棒を運転台に放りだしハンドルのまえに坐った。車が威勢よくすべりだしたとき、見送り人たちは一斉に声をあげた。羨ましい身分の人たちを見送った思いはしたが、ほっとしてきたあとに空しさが胸に迫った。

その年の暮だった。平安祭りの夜、両親が廟前の芝居を見にいった留守に、表で自動車のとまった音を聞いたが、ちょうど秀英が裸体になって風呂にはいっていた。それですぐ跳びだしてみるわけにはいかない。お父さんを呼んでる阿徳の声がきこえた。

「廟前の芝居を見に行ってんのよ」と秀英がこたえたかと思ったら、阿徳はもう風呂場の竹扉の前にきていた。十五、六の娘とはいえ大柄な秀英の裸身は成熟していた。女が裸体になったらみな絶世の美人に見えるものである。ぽきっと竹扉の耳にさしこんだ枝切れが折れた瞬間、秀英は阿徳に抱かれていた。声もあげられず体だけでもがいた。

「阿秀ッ！俺はお前の夫なんだぞ」

酒くさい息と言葉がつよく神経にささったが、一生懸命にもがいても離してくれそうもなかった。秀英は女体を知っている運転手の手にはかなわなかった。

自分の一生は駄目になった、運命づけられていたのかも知れない、と彼女はあきらめなければならない。その夜、両親は芝居が終わるのをまだ見ないで帰ってきた。

「お酒を飲んでるから、明日の朝早く帰えればいいでしょう」

そう言われて阿徳はひさしぶりにはじめて家に泊った。しかもずうずうしく、秀英の寝室にはいって着物もぬがずに横になった。秀英はそれを見て寝台の端に坐ったまま、いつまでも阿徳が起きるのを待った。養父母はこれに対して一言半句も言わず老夫妻は自分の寝室に入ってしまった。老人二人の姿が憎らしく秀英は歯を喰いしばった。自分の生んだ子だけが人間なのだ。私をどうしてくれる？人生の片隅へおしこまれて奴隷みたいに働いてもまだ足りないのか、臍の下がうずくような痛さで秀英は思わず涙が出てきてどうしようもない。首を吊って死んでやろう、そして庄内がさわぎだしたらいい気味だと思う。しかし、ふと去年、料理屋で脾臓の腫(は)れてるボーイがお客に打たれて死んだことを思いだした。嘉義市の法院の法医がきて検査をしないと埋葬はできないと言うのだった。衆人の前で一糸まとわずに裸体をさらけだして検屍する有様を秀英は聞いた。死んでからまた恥をさらけださなければならない。それを思うと思い切って首吊りもできない。口惜しくて頭が割れそうだが、ままよどうともなれというほかはない。家のなかはしんとして、あたりに虫がしきりにすだいて、路をへだてた向こうの溝で雨蛙が孤独を鳴いてるように聞えた。扇で蚊をはらって蚊帳をおろし、自分は阿徳の足先の端に坐って考えつづけた。夜はだいぶ更けたようだった。阿徳は鼾をたてて寝入っていた。先刻のことをまるで忘れたような憎らしい鼾である。隣りの部屋で眠っている夫婦はコソコソ話している声がきこえて、自分と阿徳のことを話してるのかもわからない。聞耳を立てたら、いやらしい養母の声がきこえた。生まれてはじめて養母のいやらしさを見出したような嫌悪の情が胸にきて吐きだしそうに腹が立った。つとめて神経がそこへいかないように、遠くで吠えてる犬の声に気をつかっていた。隣りの竹寝台のきしる音がみしみしひびいていた。いやらしい夫婦だからいやらしい息子しかできないのだ。そこへ阿徳がねがえりを打って眼がさめた。

「あれ！」

阿徳ははじめて自分のねていた場所に気がついたようである。天井の採光窓からもれてくる月の明りで阿秀がそこに坐ってるのに気がついた。

「そこに坐ってないで、ねればいいじゃないか」

阿徳は手をのばして阿秀の手をひいた。阿秀はつよくその手をはらった。むしずの走しる思いがした。するとと阿徳は先刻のことを思いだしたのかえへらえへら笑って、馬鹿！と言った。

「もうお前が怒ったっておなじことになるじゃないか」

そう言われて阿秀は一瞬に気がぬけてぐったりとなった。そうなのだ、もう駄目になったのだ、怒っても同じことなのだ、兄の阿徳が自分を犯した男になったのだ、しかし、先刻のささくれだった神経のうずきがまだ消えてなかった。

「怒らぬでもいい、秀ちゃん、可愛がってやる」

阿秀はつい阿徳のそばにひき倒されて、どうしようもなかった。

秀英のお腹はそれでふくらんで、川へ洗濯に行くたんびにつらい思いをした。たちまち隣り近所の噂になった。二人が嫁合わした話もきかないのに、秀英はいつのまにか、種子つけされてお腹が大きくなった。やはり阿徳の種子でしょう。さもなければ轎かきが黙っていやしない。と秀英を見るたびに囁やきあう女の声が秀英に聞こえるくらいである。

「あの運転手も欲が深い、帰するところ、どっちが本妻でどっちが妾になるのかな、これはむずかしくなるね」

「戸籍を先に入れた女が本妻になるに決まっている」

「話によると嘉義市の女が秀英のお腹が大きくなってるのを知って、大変さわいだという話があるじゃないの」

「それゃさわぐよ。妾をもたせるかもたせぬか本妻の心一つで決まるもの。誰も飯を人に分けないのが女の本心じゃない？」女たちははすっぱな笑い声をたてる。

「で秀英の子は私生児になるのかい」

「そんなこと、早いところ弁護士か、保甲書記にきかぬことには、あたいらにはわかりっこないよ」

川端で洗濯する女たちはそんなことを面白がって詮策するのである。

秀英はそんな女たちの視線をいつも腹のうえに感じた。季節、季節に山の百姓らが地ひびきを立てて町の市場に運んでくる山の産物が胸にこたえるくらいになった。梅仔坑庄の山の部落は竹林が多いので、金銀紙につかう竹紙製造工場が二、三か所もあった。そのため竹紙から金銀紙をつくる店も梅仔坑庄には二、三軒あった。竹紙に銀箔をはる内職もあるが、秀英は考えただけで内職をやる暇がない。そのためにふところには、お年玉以外現金をもらうすべもない。子供を抱えてふところに金がないのは考えただけでも心がめいる。秀英はこのごろはいままでとちがって、自分の身の上を考えるようになった。

梅仔坑庄は麓町であるために交通が不便である。電灯はできたが水道がまだない。山の人たちが毎日たよっているのは鍬と天秤棒だけである。単純な生活をしているだけ毎日の話題といえばどこそこの家がどうしたこうしたというほか話の範囲がせまい。場末の鶏の喧嘩まで一時間と立たぬうちに町じゅうに知れ渡る所である。町には秘密がない。すべてが筒ぬけである。新聞を取っている所は役所と保甲事務所だけで、世界じゅうの出来事はまた聞きだけでほんとのことは知るよしもない。したがって町の話題は人事の範囲を出ない。税金と人力が役所にしぼりあげられてるつらさは胸のなかにあるだけで、まかりまちがえば牢屋に入れられる恐れがあるから誰も口にはださない。台湾人の宿命は天にまかすだけである。大正十年前後に、梅仔坑庄へも民族運動の文化団体が講演にきたことがある。お祭りさわぎに聴衆があつまったが、それもいつのまにか影をひそめて、毎日戦争だ戦争だとさわぐようになった。台湾人は歴史的に見ても同族を敵として考えたことがないのでこの戦争の話もまたつらい。しかしあちこちで、天に代わりて、不義を打つ、という軍歌が歌われていた。こんな環境のときに秀英が阿蘭を産んだのである。

第四章の二

台湾の田舎の中産階級以下の家はよく養女をもらって、大きくなったら息子の嫁にあてがう習慣がある。貧乏な家庭は気心のある嫁をもらうのは、この方法が一番つごうがいい。息子が大きくなって、気心のある嫁をさがすのは容易なことではない。こっちが気にいっても、相手がイエスと言ってくれなかったら空望みだけで、やはり一番いいのは嫁は自分の家で育てあげることだ。むろんこれはひとり息子の場合が多い。秀英が王仁徳の家にもらわれてきたのは王仁徳が五つのときで、秀英がやっとよちよち歩けるころだった。二人は兄妹のように育てられた。台湾の子供は、通称、蛙ズボンをはかせられていた。前掛けにズボンのついてるような着物である。背中とお臀はまるだしで、前の下の方もあけてある。したがって女の子はしゃがんでしまえば、どんな用でも達せられる。男の子は立ったままでホースをひっぱりだせばおしっこが出来る。いちいち親の手を借りる必要がない。

「やい、お前はおちんちんがない」と兄にひやかされると、秀英は自分の股倉をのぞいて寂しくなる。なるほど桃の実を真二つに割ったようにぺちゃんこである。兄の方はホースで小便を高くとばしている。兄がときにはいたずらをして、妹をひっくりかえして泣かしてしまうこともある。兄妹のようであると同時に喧嘩相手でもある。そのために、お互いの欠点ばかり目について、養女と息子が大きくなって嫁合わせるのがうまくいかないのもある。異性の魅力を感じないで、たいていいよいよ嫁合わす日に男が逃げだしてしまうのがいる。これも貧しい家庭が嫁をもらう苦労の一つである。これとは逆に養女からもじったエピソードなのか、よく知れわたってる飯前酒後の笑い話になってる笑話が一つある。

「お母さんが、お前は僕の妻になるって」

「そんなこと、知ってるわ」

「じゃ、お前を倒すぞ」

「あら、そんなに力持ちになったの?」

「お前のズボンをぬがしてしまうぞ」

「まあ、世話好きになったこと」

これは未熟の男女が親の許しを待たずに、ままごとをはじめたことを揶揄（やゆ）した話である。

王仁徳の父王明通は、男の中の男になるならと文よりも武を選んだために、つい轎かきに落ちぶれてしまった。妻の阿媛（アルワン）は纏足（てんそく）をしていた。良家の娘だったが轎かきの妻になるとは夢にも思わなかった。王家に嫁いできた時はまだ梅仔坑庄内でも一、二をあらそう雑穀店だった。町はずれの山手の方にも一甲歩余りの畑があるし、現在の住んでる家近くにも二甲歩余りの水田があった。ひとり息子のゆえに、両親も健康であればいいとばかり祈って、息子が拳闘に夢中になってるのをとめなかった。植民地は武の方はつかい道が少ないことを計算にいれなかった。拳闘や唐手は香具師になって、薬売りをするか、大勢と兄弟分をむすんで、年中行事のときに、みんながあつまって獅子舞をたのしみながら酒代を稼ぐほか、ほとんど収入の目当てがない、香具師になるには武術だけを見せるわけにはいかない。口八丁手八丁でいかなければ商売にならない。ことに武を好むものはどうしても英雄気どりをしたがるものだ。自分のおぼえた拳をも試めして見たくなる。もっとも拳闘の師匠になれたら月謝もはいれば、打撲傷の患者の診察料の収入もあるが、師匠になるには簡単ではない。文は人の陰をくぐって生活する術をおぼえるが、武は肩で風を切って生きようとするから植民地に向かない部門である。収入がないうえに生活がはでで気まえがいい。そこへ両親が亡くなると王明通はすっかり親分気取りで、先代が残してくれた一身代をたちまちつかいはたしてしまった。喧嘩好きな男を見ただけで、誰でも心のなかで顔をしかめるものである。また兄弟分をたくさんもっているものはふところが空っぽでも肩をはって歩きたくなるものだ。そういう男の生活基礎はどうしてもお留守になるものである。そこへ拳闘グループをもっている男たちには、たえず警察の目が光っている。言論と集会に極端な神経をつかってる植民地の警察は、この頭の単純なグループは文化団体と結びつきはしないかと神経をとがらすのである。そういうグループに対しては、町の人たちは表面上、町の誇りだと言ってるけれども、内心あたらずさわらずの態度でいるのである。王明通の生活はたちまち行きづまって、夫婦二人は終日ぽつねんと、左前になりかかった店先に坐って、待ち呆けてるような顔をしていた。店先を通って行くお客はふり向こうとさえしない。五十歳前の妻の阿媛（アルワン）は、纏足した小さな足をかさね、籠に入れられた鸚鵡のようで、活躍のしようがない。彼女は口達者で、中肉（ちゅうにく）中背の魅力的な女である。檳榔（びんろう）を嚙んでる口はお歯ぐろをつけたようで、笑うと小娘のように目ぶたがほんのりと赤くなる。台湾ではこんなタイプな女を帯桃花（タイトウファ）という。いわば男好きそうな女だという意味である。いくら魅力のある女が店番をしていても、黴(かび)臭くなった雑穀店に百姓の足が向かないのは当然である。雑穀店の資金の回転がおそいうえに資本がかかる。それで夫婦が考えた結果、幸い、店が市場近くにあるから、水田を売った資本で豆腐屋をひらくことに話がまとまった。そう決めてしまうと夫婦は早速実行に移った。

王明通夫婦の豆腐屋は思うつぼにはまったように、大当たりにあたった。当時の殺風景な田舎市場に、水もしたたるような年増女が物売りをすることは、買手の山の百姓にとっては、錦上に花をそえる思いばかりでなく、町の若衆にも歓迎された。小娘ではなく五十近くの人妻であればこそ、誰も遠慮なしに口がきけた。市場近くに合わせて三軒ほどの豆腐屋があるにもかかわらず王明通の方が真っ先に売り切れにならないかぎり、お客の順番があとの二軒へまわって来ない。あと二軒の豆腐屋にとっては痛い商売仇であるが、阿媛(アルワン)の纏足(てんそく)した小さな足を見れば、もともとこんな商売をする女ではない。おちぶれたため豆腐の屋台の前に坐ったのだと思えば恨む気持にならないのである。

明治生まれの女はほとんど纏足を解いているものが多い。だから阿媛は当時としては時代おくれの姿である。しかし、五十近くの年増女がバレリーナのように踵をあげて歩いてる姿はいやがおうでも男の眼をひくものである。山の百姓たちは豆腐屋の阿媛のことを、油ぎったうまそうな雌鶏(めんどり)見たいだと批評していた。

豆腐屋の仕事は相当に忙わしい商売である。夫婦二人が夜明け前から昨夕水に漬けた豆を石臼で引き、豆腐をつくる仕事に取りかかる。梅仔坑庄市場は朝六時からにぎわいはじめて、午后三時ごろには潮がひいたように、山の百姓たちは帰ってしまう。それまでに出来た豆腐を売ってしまわないと、市場のそば屋に安く押し売りして油揚げで買ってもらわないと損をしてしまう。冷蔵庫のない時代である。しかし阿媛の豆腐はたいてい午前中に売れてしまう。豆腐の滓（かす）が豚の餌になるから、養豚を兼ねると有利である。豚小屋に五、六頭も豚を飼ってるとしょっちゅう餌をやらないと豚どもがきいきい鳴きさわぐ。養女の秀英と阿徳をあわせて一家四人だけだが、毎日追いたてられてるように忙しい。商売が順調になったので、阿媛は毎日昼寝をしないと体がもたない。朝はどうしても六時前に豆腐を屋台に出さなくてはならない。山の百姓たちは意地悪なほど朝が早い。冬などはうす暗いうちから、地ひびきを立てて市場へ急ぐ百姓の足音がきこえる。夏は、針のようなつよい陽射しで全身をあてられては、肩の荷物がいっそう重くなるから、どうしても日の出前に市場にあつまって来なくてはならない。その市場のにぎわってるあいだに、豆腐を全部売りさばかなくてはならない。阿媛（アルワン）は思い切って山の百姓たちに媚（こ）びるようになった。そのため言葉づかいも次第に存在になった。

「べっぴんのおかみさん、豆腐四ちょう」

「いろ男の兄貴、ひやかさないで」――

「ひやかすどころか、ほんとだよ」

百姓に似合わない目付きをするのである。

「おかみさん、こ奴に気をつけろよ、ほらその食べたそうな目付き、見てみ！」

そばで聞いてる百姓たちは笑いだして一斉に阿媛の顔を見る。彼女は目ぶたをほんのり赤くさせて、睨（にら）むような、たしなめるようなうるんだ瞳は、山の百姓たちにとっては豆腐の景品以上に喜ばれる。豆腐一ちょうが二銭で、他所では五銭で三ちょう買える。しかし阿媛のところだけは、二ちょうをひと包みにしてある。彼女の店先の屋台に出している豆腐は半分以上芋の葉っぱで二ちょうをひと包みに、前もって包んである。阿媛の所だけは三ちょうを買う場合一銭たかくなるわけである。一銭もちがわないし彼女の所の豆腐が新鮮に思えてみなそこで買ってしまう。それよりも阿媛の肉感的な余韻に眩惑（げんわく）されて、一銭なんぞ勝手にしやがれと言った気持であるのがほんとかも知れない。百姓ばかりでなく田舎の一銭は小さくないのである。一銭の差が儲けがいいばかりでなく彼女の誇りにもなる。思い切って男に媚びることは商売のトリックになるが、お客を喜ばしてるのを見ると自分もまたたのしい。男どもが女の乳房（おっぱい）や流し目を見れば露骨に目尻がたれさがって見えるのが面白くなる。それで逆に豆腐が景品みたいにたちまち売れてしまう。阿媛はつられるように自然と大胆になる。きわどいところまで冗談が出ると別の百姓が嫉妬する。

「阿通の拳がごっついのを知らぬ奴だな」と言うのである。それを聞くと阿媛はうれしいと思う反面、ぎくりとするものがある。事実、阿通の拳術の心得が相当なものだと知られてなかったら、夜、阿媛の家の裏の扉を叩く男が幾人でてくるかわからない。表で百姓たちの笑声があまりにぎやかに聞えると、阿通が出てきてのぞくのである。阿媛は目ざとくそれに気がつくと、あわてて夫に目くばせをする。お前さんは引っ込んどいて、という意味である。夫の顔が引っ込み、妻は奥のトイレへ行くふりをして屋台をはなれる。

「お前さんがそばにいちゃ、商売にならないじゃないの、お客を追い払うようなものじゃない？」

「………」

「しっかりしなさいよ。黙って坐ってたら豆腐が売れるとでも思ってるの？」

「それゃわかるさ、どうも阿金の野郎、出すぎてる」

「ほんとにお前さん、あきれたわ。大勢のお客のなかには、たまにはそういう人がいるのはあたりまえじゃない？そんなことおしゃったら、私知らないわよ」

　生活に困ったときほとんど妻が里に帰って融通してくれたために、阿通は二の句がつげない。とにかく、阿金の姿が妻の前にあらわれると、阿通は不安をおぼえる。彼は山の百姓ではない、町の中年男である。背丈は自分とそっくりだが歳は自分より十近くも若い。顔は芝居の二枚目くらいなうえに何かしら男としての渋味がある。それが少々気に喰わない。ところが、妻の阿媛は面とむかって、夫に阿金と名ざされると心ではっとする。夫のもたない纖細で敏感なところをこの男はもっている。町ではちょっとした物持ちの菓子屋の若主人である。この男が店先をとおりかかるとき、流し目で口笛を吹いてるようすはそよ風に託して自分を誘ってるように聞こえる。夫に言われてはっとして、自分はこの男にいかれてやしないかと気がつく。しかしこんな狭い町では浮気をするわけにはいかない。浮気をしたとたん血しぶきを見なくてはならない。その意識があるためにほのかなよろめきを押えたが、夫にはっきりそう言われると、せきとめていた堤防にひびがはいったように、阿媛の胸はときめくのである。

「ほんとに、お前さんどうかしてるよ。私が浮気するとでも思ってるの？たとえ、そんな気持があっても、こんなせまい町、お前さんの顔を思わなくても、私は私の里の顔を思わなくてもいいとお前さんは思ってるの？」

そういえばわからぬことではないが、とにかく阿通はそんな男は虫がすかない。夫は黙っているが納得したようにも見えない。妻は本心を言っているつもりである。しかし、そういう夫の顔を見ると、妻はいままで感じなかったことが脳裡をよぎった。

「お前さんは何を嫉妬してるんだよ」と阿媛は涙声になった。嫉妬は弱者の悲哀である。こんな夫は先が思いやられる。夫は商売上、妻のせっぱ詰まった気持がわからない。夫が自信を失ってしまうと、妻が八百屋と立話しても逢引の時間を打ち合わせてるように見えるものだ。夫が自信を失ったとき、妻の言葉と行動が恐わくなるものだ。それが危機の前ぶれと思わなければならない。女はそこが敏感なのである。彼女はついしのび泣いた。

「人の気も知らないで」――

阿通は黙ったまま妻をつよく抱きよせた。うまそうな真っ白いもち肌といわれた妻の体が心配なのである。妻を人前にさらけだして商売させたくない。しかし、いかんせん、と阿通もつらい。妻はそんな自信のない夫をたよりなく思った。今まで心の奥で夫は性生活のしん底の伴侶(とも)であり、人生行路の用心棒に思っていた妻は悲しくなった。女の宿命は菜種子と同じだと言われる理由がわかるような気がした。撒(ま)いた土地によって生え栄えがちがう。こんな男のところへ嫁にくるとは夢にも思わなかった。娘家(さと)の近所の人たちが陰で批評して曰く、阿媛のような美しい花を、牛の糞に挿してしまった。しかし嫁にきた当時の王家はまだよかった。要するに財産目あてと男ぶりだけに目をつけたのがしくじった。自分は貴婦人に見えても宿命が売笑の星であるのかも知れない。自分は実は夫に満足していた。ところが商売しだしてから金儲け自体も面白いが、男たちと冗談を言えるのもスリルを感じるようになった。夜、夫とたのしくすごしているとき、ふと他の男はどんなことをして妻を喜ばしてるだろうか、と考えたことがあった。そんな考えが浮ぶのは不貞のはじまりというべきだろうか。夫以外の男の顔をおきかえて考えたとき、感情がたかぶって胸がときめきさわぐ。

夫の阿通に言われてからお客と冗談を言いながらも、何かしら不安がつのるばかりで頭がさえなかった。阿通が何か仕出かさなければいいが、と思うのである。商売が絶頂から突きおとされそうで、暗い影がいつも脳裡でゆらゆらしていた。そのくせ、このごろの阿金の目付きを見ると心が糸でひかれてるようで、年甲斐もなく胸がときめいて、ついたしなめるように睨みかえす。気をつけなさいよ、うちの夫は粗暴の性質なんだからと言いたい気持である。彼女の訴えるようなその目付きはまた阿金には得がたい。それで二人は普通の間柄の人のような話ができなくなった。お互いに心にこだわりがあるから、たとえ阿金が豆腐を買いにきても不自然に見えてならない。こんなことになったのも、夫に拍車をかけられたせいだ、と阿媛は夫を恨めしく思うときもあった。二人のあいだがあやしいと近所の人たちが噂をしあった。

豆腐の商売はお盆のときが一番忙しい。年中行事のうちで、梅仔坑庄はやはりお盆祭りが一番にぎやかなのである。そのため、豆腐屋は二、三日前から、臨時雇いの女工を二、三人呼んできて、豆腐つくりの手伝いをさせなければならない。そのつぎが中秋祭りである。中秋は、春巻（ツウンチン）という料理の材料は必ず豆腐が必要なのである。阿媛はお盆祭りには、かきいれ時だと思ってはりきっていた。したがって、お盆の昼すぎになると、豆腐がすっかり売れて、やれやれと言った気持で、自分の家にもお祭りの準備をしなければならない。得意先の山の百姓の何人かを晩食に呼ばなければならない。その準備で阿媛は目のまわるような忙しさだ。夫がおそなえものを担って廟前の祭壇からかえってきたときは、早速お客を招待する晩食にとりかからねばならない。山のお客たちは町のお芝居を見に来るのである。夫の阿通は久しぶりに客たちと食卓をかこんで、盃をかちあわせ、笑い興じてるときに、阿媛ははじめて晩食のあとかたづけをしたら、二人の子供を廟前の広場へお芝居につれて行く約束をしたことを思い出した。お客の食事が終わり、夫もほろ酔い機嫌で客たちとお祭りを見に出かけて行った。阿媛ははじめて前掛けをはずし、食卓に向かった。阿徳は十三で秀英の八つのときである。大正初葉ごろの田舎の盆祭りはいまとちがって、年中行事のうちで一番大げさに行われていた。お祭りのとき父親はきまって酒にばかり気をうばわれて、子供などかまってやらない。お芝居を見に行く時にはいつも母につれて行ってもらうのである。

「母ちゃん、僕ひとりで行くよ」と阿徳は妹の秀英と食卓に体を乗りだしてねだるのである。

「母ちゃんの言うこと聞かないのね」と母は眼をすえる。

「母ちゃんに御飯食べさせないでお芝居につれてってくれというの。秀英とおとなしく表で待ちなさい」

兄妹は食卓の椅子をおりて表で母を待たなければならない。表は山の百姓たちが松明をもってぞろぞろ通って行った。阿媛は食卓をかたづけ、台所のあとかたづけがまだ終わらないうちに、夫が帰ってきた。おや?何かあったにちがいない。しかし、阿媛は夫に訊(き)く気になれない。夫はすぐ寝室にはいると気持よさそうに鼾(いびき)をたてていた。阿媛はいそいで、台所のあとかたづけをすませると、子供二人をつれて廟前のお祭りを見に家をでた。町に出ればいまさっき夫が何をしたかすぐわかるのである。案の定、廟前までいかずに、知り合いの人から、阿金は行きずりの酔っぱらいに横腹を強く打れて溝のそばに血を吐いてのびていたという話を聞いた。今さっき、助けられて家に帰ったばかりだ、という話である。酔っぱらったふりを装って、いきなり全身の力をいれて撲ぐりつける。手ごたえを感じた瞬間にかすんで知らぬ顔で帰ってしまう。ふだんの恨らみをはらすのは闇打ちに限ると阿通は思ったのである。阿通はこの手を二、三度つかったが誰にも感づかれなかったと思っていた。妻と町の人に感づかれなかっただけで、撲ぐられた人には感づかれないはずはない。阿金の場合、すぐ、阿通がふだんの嫉妬からきた仕返しにちがいないと思った。阿金が家の寝床で意識がはっきりよみがえったとき、心で畜生と呻った。焼きもちをやくなら、妻を寝部屋から出さなければいいじゃないか。まだ抱いてもいない、さわってもいないのに、こんな仕返しだ。必ず仇を取ってやると心に誓った。

阿媛はすぐその酔っぱらいは自分の夫であることがわかって、心が滅入った。阿金が気の毒に思い、夫の嫉妬は狂人としか思えなかった。芝居どころでなく、かと言って夫の顔をみるのもけがらわしくてならない。彼女はかろうじて阿徳のもってきた二つの竹椅子に母子が腰をおろし、膝に秀英を抱いていた。涙が出てきそうで歯を喰いしばった。自信を失った男のみじめさと言うほかはない。自暴自棄になった気持だがどうするすべもない。臨時的な神楽舞台をながめながら、悲劇にかこつけて泣けたらいいのだが、舞台は女侠客と山賊が大立ちまわりをしてるようである。山賊が敗けて舞台裏に逃げると、女侠客は胡弓や琴の伴奏にあわせて歌いだした。舞台の変化はことごとく目や耳に入っているが意味がわからない。心は別なところを走っていた。膝の秀英が母の胸にしがみついてねていた。阿徳はこくりこくり居眠りしはじめた。

「阿徳!かえるのよ」と母にゆすられて目をさまし、舞台の方をもう一度見上げたが、芝居に興味をうしなった。

「さあ、椅子をもってかえるのよ」と阿媛は立ちあがると片手で秀英の手をひき、片手で竹椅子をもって阿徳をせきたてた。

「あら、いまが一ばんいいところなのよ」

八百屋のおかみさんは芝居通のような言い方である。

「子供がねむくなったんで」—と阿媛は言葉をにごらせてこたえた。

家に帰って、子供の寝室に二人をねかせると、阿媛もねる仕度に着物を取りかえた。夫の手がのびてきた。むしずが走ったが、その憎らしい手を叩いたらどうなるか、粗暴な夫の性質を知っているだけに我慢しなければならなかった。ここで拒んだらますます誤解を招き、どんなことになるかわからない。虫けらに這われたようで鳥肌がたった。

「あんた、どうして罪のない人を、あんなにひどく撲ぐるの?私の手にさわったわけでもないのに、あんなに人をひどく撲って、何んとも思わない?私は町でそれを聞いて恥しくて死にそうよ」

酒のさめた夫の手はますますからんできた。阿媛は怒りを我慢して、へどが出そうだった。

「どうしてよ、言ってくれなくちゃいやっ!」

「人をなめやがるんだ。俺は単なる豆腐屋ではない。くさっても鯛だ、女房にいちゃつかれて黙っちゃいられない」

くさっても鯛だと聞いて、妻はあきれてしまった。背に腹はかえられない。夫を突きとばしたい衝動にかられて妻は身ぶるいした。しかし夫は妻の裸身をみたい欲念で気がたかぶるばかりである。それにたてむかって反抗する妻の力がない。夫ではなくこの男のみぞおちにあいくちをいれられたら溜飲がさがるだろう。とそう思っていながら阿媛はぐったりとなって、夜がふけてるのを感じられた。遠くから芝居のはやしは夜風にのせられて聞えてくる。

第四章の三

王明通夫婦の豆腐屋の客足は目に見えて遠くなりだしたので、阿媛はお客を呼ばなければならないとあせりだし、いままでのように阿媛の店をあてにしてくるお客が少なくなり、店のまえを通ってもそっぽをむくばかりである。いままでとちがって、豆腐は買わなくてもお互いに愛想笑いをしていくものがなくなり、素通りのものばかりで、阿媛は急に放りだされたような寂しさをおぼえた。

「阿丙さん、どこをむいてるんだよ」と阿媛に呼ばれて、お客は、あ、そうか、と思いだしたようにきょとんとした顔である。

「手伝ってちょうだよい、四んちょう買って！」と半分押し売りのような状態である。

「大羅(たら)さん」羅さんは三人兄弟がいる。一番上の兄を阿媛はいつも大羅さんと呼ぶのである。大羅ははっとして顔をむける。

「路を見ないで歩くと、けつまずくよ」と阿媛はうわ目づかいで大羅を見つめる。大羅と阿媛はいままで相当露骨な冗談を言うあいだがらで、山のものもちの百姓である。

「お前さんとこは大家族だから、八ちょう買ってちょうだい！」と阿媛は勝手に豆腐を芋の葉っぱに包んでわたすのである。

阿通がこっそり闇打的に、嫉妬の腹いせにつかった拳がこんなにたたるとは王明通も思ってもいなかった。嫉妬深い阿通の闇打ちのことがたちまちそれからそれへと伝わって、山の部落の評判になり、百姓たちは阿媛を敬遠するようになった。

「阿媛と口をきくんじゃないよ」

山の百姓の妻までが町へ出かける亭主に注意をするようになった。阿通は行きずりに妻とよく冗談を言う男の横腹へ拳をいれる、と噂は町から山の部落へとひろがった。自分から先に声をかけ媚態を見せなくては誰もよっては来ない状態がつづけば、やがて売れ残りの豆腐をさばくのに油揚げの商売を兼ねてやらなければならない破目になりはしないか、と心が滅入った。残った豆腐を油であげてすぐ屋台で食べられるように、醤油やねぎ、にんにくの切りきざみをそえて売らなくてはならない。とてもそこまで手がまわるものではない。阿媛はゆくすえを考えると、泣きたくなり、娘時代に抱いていた夢が支離滅裂になり、落ちぶれていく自分の姿がくやしくてならない。しかしここで敗けてはならない、歯を喰いしばってでももう一度奮起しようとするが、ことごとく夫に破壊される恐れがあると思うと呆然となるほかはない。水銀を溶かしたような夏の陽脚が影っていく町の通りを見ると、阿媛はいらいらする。百姓の足がまばらになるのが心細いのである。

「周さん、ばかに元気がないじゃないの」とそう呼ばれたお客はびっくりして、てれくさい顔をむける。

「お豆腐二ちょう手つだってよ」とお客が歩みよってきたのを見ると、二ちょうの包みのうえにもう二ちょうの包みを重ねて押しつける。

「どうしたのよ、いままでのように元気がないじゃないの、お病気?それともおかみさんにいじめられたの?」と阿媛は声を低めて、いたわり口調で色目をつかう。お客は思わずあたりに気を配って、押しつけられた豆腐を黙ってうけ取るといそいで代金をはらって立ち去るのである。男はもともと女の色目に弱い。夏の昼さがりの暑さにまけそうで、わざと襟のボタンを一つはずし団手（うちわ）をつかってるところは、いっそう、年増女の色っぽさを見せる。阿媛は毎日大立ち回わりの気持で豆腐を売っていた。どうにかつくっただけの豆腐は売れたが、骨の折れることおびただしい。それで阿媛は毎日転業しなくてはならないと思案した。

　ところが、急所を打たれた阿金は、身体がすっかり悪くなった。漢方医では膀傷と言っていた。肺病になったというのである。そのためもあって、阿金は阿通への恨みは骨身に徹した。この辺一帯の拳術は、すなわち大林街から麓町の梅仔坑庄から竹崎庄にかけて二派にわかれていた。猴拳派と鶴拳派二派は、昔から親分同志が兄弟を結んでいたので、縄張り争いはなかった。陰で子分のあいだにときどきもんちゃくを起こしたこともあったが、大抵親分の耳に入るまえに、ほとんど左手（さて）のところで解決してしまうのが多かった。阿通の師匠であり、親分である陳万生は猴拳派で大林街に住んでいた。梅仔坑庄民が嘉義市へ出入りするには大林街が必経の町である。その方が自分に有利だと阿通は思っていた。しかし、阿金は拳術の仲間にははいってはいなかった。いわば中立になるが、阿金は王明通に打たれてから、惜しまずに金をつかって鶴拳派の左手につながりをもつようになり、自分の無実を訴えて、義憤を呼びおこさせた。鶴拳派は梅仔坑庄内在住者が多い。帰するところ、派出所の手前もあるし、周囲のことや田舎町の事情を考慮して、阿金の復仇はやはり阿通のつかった闇打ちの手をつかった。阿通の場合はうさばらしの拳をつかったが、阿金は大金をつかったあとの義憤の拳だからたまったものではない。中秋の夜、すなわち八月十五日夜のお祭りのときを利用して、阿通は徹底的に叩きのめされた。店に担ぎこまれたとき、阿嬡は夫がもう駄目になったのではないかと声をあげて泣いた。泣いたのはこのむごたらしい衝撃から出た涙であって、夫が死ぬ悲みの涙ではなかった。何んの因縁があって自分はこの禍中にほおりこまれなければならないのか、この方がよっぽどくやしかった。小町娘と言われた自分がこんな態(てい)たらくになったのである。茫然と泣き崩れた阿嬡を見て、阿通の友人たちがいたわった。

「阿通嫂(あつうねえさん)、泣くときじゃないよ。はやくお医者を手配しなくては」――

そのころの梅仔坑庄は、近代的な西洋医医学校を出た正式な医者はまだいない。学校を出ない漢方医ばかりである。それも内科兼外科の万能医者である。祖先伝来の特効薬をもっている名医に出くわした患者は天運にめぐまれたものと言わなければならない。阿嬡はおなじ町の医者を呼んできたが、飛脚をとばして、大林街にいる阿通のお匠さんを轎で迎えてきた。目近くの一斗は遠方の一石にまさるという言葉があるが、全くその通りだと阿嬡は痛感した。遠方にだけ友人をもとめる夫の虚栄が恨めしい、梅仔坑庄よりも大林街に兄弟分が多い。緊急の場合は手がとどかない。向こう三軒両隣りに友情を求めず、遠方に親友がいると吹聴したい下心がすでに善意ではない証拠である。お匠さんは真夜中でも、義理をたてるために往診の轎に乗らなければならない。しかも遠方の緊急の轎の往診は、小手しらべとおなじであるからつい憂鬱にならざるを得ない。うまく治療できなかったら、自分の縄張りがぐらつくばかりでなく、猴拳派の師範の沽券にかかわる。くだらない弟子をもったものだ、と轎のなかで体がおどってるように轎かきの足がいそいでいる。打撲傷の治療方法まで、上下におどってる体のために途切れ途切れになって脳裡でゆらするので心細くなる。とにかく、入門のときから、この坊ちゃん弟子は面白半分はいってきたものだと見たのはまちがっていなかった。本人もいいかげんだが、自分も余り教えの手をいれてない。おもに左手にまかしきりであった。とにかく色男であることがわざわいのもとになったのかも知れない。本人も物語にでてきそうな、美男侠客気取りでいたのを思いだす。ますますくだらない奴がはいってきたものだ、とくいるような気持に胸がつまる。しかし、当時、自分の道場にこんなお坊ちゃんがいたことを誇りに思ったことが頭に浮んだとき、瞬間的にすべての考えが停頓した。夜中に、三時間ちかくも轎のなかでおどっていると、六十すぎたお匠さんは体じゅうのねじがゆるんだ感じである。そんなことは阿媛の知ったことではなく、お匠さんは救いの神だから、お匠さんがきてくれたからにはまかせればいいと思って、彼女は台所でみな朝食をすませてから帰さなければならない。東の空は白らみかかっていたからである。応急手当がおわって、阿通を店の卓櫃のうえから寝室へかつぎこんだときに、阿媛の準備した朝食も食卓にならべられてあった。

　みんなが朝食をすませて帰ってしまうと、お匠さんは熱いお茶をすすりながら阿媛に言った。

「命をとられるようなことはない。外傷も内傷もあるからながびくかもわからない、それだけが厄介だ」

阿媛は涙をふきながらお匠さんにこたえようともしない。彼女は手ランプを客部屋にもちこみ、お匠さんを案内した。

「すみません、お匠さんは大変お疲れでしょう」

「大丈夫、年をとってもこれくらいのことでこたえることはない」師匠もやせがまんを言って、弟子の美しい妻に同情した。

「死ぬようなことはないから安心なさい。昼ごろのぐあいをみて、私は夕方ごろにいちおう帰ってから、明日また来るから」

「お匠さん、明日お帰りになったらいかがでしょうか、それに昨夕はねもせずに、また、お轎に乗るなんて」

「いや、今度は歩いてかえります。轎よりも徒歩の方が気楽でいい」

「そうでございましょうが、それでは――」と阿媛はバレーをふむような足どりでお臀をふりながら客部屋を出ていくのである。

「ほんとにくだらない奴だ」とお匠さんはまたぐちが出て、横になると女房も纏足だが、竹のようでボリュームがない、と考えるつもりもなく頭に浮ぶ。もう一度起きて手ランプを吹き消し、横になると背骨がぽきぽき鳴る。夕方帰える時、赤包みのお礼を出されたら、赤紙だけ取って五元を添えて見舞金として弟子の嫁の阿媛にやろうと心に決めると、腹のなかでまたひどいめにあったものだとこぼすのである。

阿通は死ななかった。しかし、闘鶏（けんかとり）がいちど試合に敗けたら役には立たない。人間もそれと似ている。いままでの自尊心が徹底的に衆人のまえで叩きのめされたら、目がさめたように変ってしまう。王明通の豆腐屋はこれで完全につぶれた。水田を売った残りの金と豆腐でもうけた金は、阿通の治療費に不自由はなかったが、まるまる三か月あまり遊んだあとの生活は先の見通しがつかなくなった。阿媛は毎日阿通が体の苦痛をうったえるのを聞き、豚や鶏の世話をしたり、二人の子供の面倒を見ているうちに師走がまじかに迫ってきた。もち金をつかったあとの阿媛は、内心火の車であるが、夫は案外平然としていた。暮近くになると夫は歩けるようになった。時折、夫の手が妻の臂へのびるくらい元気になった。

「馬鹿ばかしい、死ぬつもりでいるのか」とそのたんびに夫の手を強くはらって妻は顔をしかめた。

「いや、そうじゃない。お前にずいぶん苦労をかけたから——」

「阿呆らしい。みなお前さんの身から出たさびだ。それを知ってるんだったら、これからどうすればいいか考えるんだよ。いつまでもこうしてはいられない」

妻にそう言われると夫は阿呆みたいな顔になる。その夫の顔をみると、妻の血が逆上するほど顔が赤くなるのを、阿通は知らない。

「まだ店が残ってるじゃないが、市場に近いから金になる」

「店を喰ってしまったら、あとはどうする？」

詰めよるような妻の言葉に、阿通はつい黙ってしまう。朝夕が寒くなって、通りで行き交う百姓の姿まで師走の風を感じて、さすがの阿通も妻のいうことがわかるような気がする。

夫が二、三か月寝ているあいだに、阿媛は二人の子供をつれて二度ばかり里に帰って両親と相談した。店を売って、場末の通りに面した場所に小さな日用品雑貨を売る店をひらくことである。日用品雑貨なら豆腐とちがって売れのこりがすぐくさることはない。最初からこれに目をつければよかったが、しかし、夫のような性格ではやはり成功しない。はじまりはやはり豆腐屋でよかった。もし日用品雑貨の店だったら、資本が大きいだけにもっとひどい目にあったのかもわからない。いまの夫なら大丈夫だと思い、取っておきの計画みたいで、阿媛はようやく希望に燃えた。阿徳の学校の休みを利用して父子三人に留守番をさせて、阿媛は日帰りで、里の両親と最後の手はずをきめるために、朝早くから家をでた。阿媛の纒足した脚は杖をたよって、田圃路から川沿（かわぞ）いの部落へいそぐ姿は、バレリーナが里帰りを踊ってるように魅惑的に見えた。そんな姿の阿媛を阿金は幾度か町はずれで遠くから見たことがある。阿媛が朝早く家をでたこの機会を阿金が狙っていたのか、朝の散歩で偶然阿媛がひとりで歩いてるのを見出したのか、阿金はつかつかと阿媛の前にあらわれた。阿媛もはじめはぎょっとした。阿金の病気が癒ったとは人づたえに聞いてはいたが、体がひょろひょろして健康そうに見えない。阿金に復仇されたはずである。ところが、阿金がまだ腹が納まらないのを阿媛は知らなかった。そんな男がどんな卑怯な企てをするか、もちろん、阿媛は予期していなかった。旧暦の正月をすぎた田圃は農閑期の裸のままの広野である。田圃の稲株からもちぐさが生えて、畔路には蒲公英が咲いていた。苗床と間作の菜葉はふかい露をふくんで朝陽にかがやいていた。台湾の旧正月に、子供をつれて人の家を訪ねる場合、子供にお年玉をやらねば ならない 習慣がある。そのため、松明けでも旧正月だけは子供をつれて人の家を訪れてはいけない。阿媛は市場近くの店を売る世話を里にたのんであった。せめて、旧正月だけは店ですごしたいから藪入りのときに話をまとめようという約束である。娘家(さと)方は粗暴で意気地のない婿にさじをなげだして娘に離縁をすすめたが、子供ができたし、またそんな前後を考えない男がどんなことを仕出かすかわからない。それを阿媛が踏み切れないし、里の方も手のつけようがない。娘が可哀想だと思っていながら、里の兄弟たちは梅仔坑庄にきてもめったに阿媛の家へは寄らない。再婚の条件が悪い。一生孤閨を守るわけにはいかないと計算してる妹を兄たちは心よく思っていなかった。それでも阿媛が里へ帰るたびに、口にはださなくても、母から、兄から三元や五元はいつも貰うのである。里に帰ることが無心に帰るとおなじようなことになる。

　そういう阿媛を阿金がねらっていたのか、人影のない田圃路を見はからって、阿金が阿媛の前に立ちはだかったのでさすがの阿媛も立ちすくんだ。

「阿媛姉(アルワンチェ)！ちょっと話したいことがある。あの小屋まで来てくれ」と言いすてるとひとりで先にいそいで歩いた。殺意があるとは思えない。それよりも一瞬阿媛は身のちぢかむような思いであたりを見まわした。誰かに見られたら血しぶきをあげる結果になる恐れがあるからだ。その恐ろしさで、彼女は十メートル先の阿金の後姿を見ながら、あたりに気をくばり、足をいそいだ。いまさら、阿金が何を言うのだろうか、そうしたら自分も何か言ってやらねばならない。心の奥でそういう不安定な声を聞きながら、阿媛もその肥料小屋にはいった。百姓の肥料と雨よけの二坪くらいの小屋である。小屋は空っぽだった。阿金は小屋の片すみに身をよせて阿媛を待った。黴と肥料の匂いが鼻にきた。阿媛の胸は高鳴り、阿金の目を注意ぶかくうかがった。男はおだやかな顔で阿媛を姉さんと呼んだ。

「阿媛姉（アルワンチエ）！あんたも知っての通り、あんたを好いてるのはほんとうだ。しかし、あんたの手には一度もふれたことがない。それで急所を知ってるあんたの亭主に打たれて、私は一生駄目になった。こんなに着込んでも、いっこうに、体があたたまらない。私の手にさわってみてください」と阿金は阿媛の手をにぎったが、彼女は手をまかした。たしかに男の手は氷のように冷たくふるえていた。それだからと言ってどうなるものだろうか、彼女はじっと阿金の目を見つめた。小娘のように胸がときめいて目まいがしそうである。

「あんたとは十歳も違う。私に妻子がなかったら、あるいは、あんたの夫と争ったかもわからない。しかし、妻子のある身だ、そのために片思いであんたを見ていた。それで殺されてもいいだろうか、姉さん、阿媛姉、私は死ぬまえに一度あんたを抱かなければ、瞑目できない。それで今日まで、毎日、あんたを待っていたのだ」

　阿金が一気にしゃべりおわると次第に顔が紅潮してオーバーをぬぎはじめた。それを聞いて阿媛は気がぬけて、崩れ折れそうになった。夫以外の男に抱かれてる男の体臭におののいて反抗もできない。彼女の体は宙に浮いて抵抗の力を失った。

「媛（ルワン）！このまま殺されたら本望だ。私はあんたを愛してる。接吻したいが、肺病があんたにうつるといけない。媛、私はあんたのために殺されてもいい」

　それを聞いた途端、彼女の耳がはじめて熱くなった。

彼が彼女を助け起こし、オーバーのほこりを払ってまた着込んだ。すると彼は小屋の外を覗いてから、跳びだすまえに、——阿媛、これ以上迷惑はかけない。これで私は満足してあの世へ行く——と言うとオーバーの襟をたてて走るように小屋を出て行った。姉さんから呼びすてになるまでの先刻の過程が彼女の頭にきた。〝満足してあの世へ行く〟と言った彼の言葉が、いまになってから焔(ほのほ)のように思われた。風もないのに首をちぢめて走り去った彼のうしろ姿は憐れに見えた。手に握った手巾(ハンカチ)が貞操を失なった恨みの塊のようで名状しがたい感情に胸がしめつけられて、彼女はとめどもなく涙が出てきてどうしようもなかった。小屋の片すみに体をよせて身じまいをしながら、声をあげて泣いた。一人でここで泣いても、いまの自分には誰にあやしまれることがない。身じまいがおわり、外を眺めると彼の姿は見えなくなっていた。春日和が田圃一面にひろがって、今日という日は忘れられない春日和である。急に里へ帰る気がなくなった。里に顔を合わすのがつらいのである。涙を拭いて小屋を出た。田圃には人影もない。仕合わせな人たちばかりである。今日、一人で田圃路を歩いてる人はひどく不幸に思われて、彼女はあらたにまた涙が出た。彼女は注意深く畔路をつたって牛車路に出た。まるめた手巾の塊を埤圳になげすてたら、ちょろちょろ流れてる水にまかれて、手巾は水面をひるがえっていった。それをみて彼女はっとした。この埤圳のしもの方は梅仔坑庄民の飲料水になっているのである。彼女は手巾を埤圳になげすてたのを後悔した。祟るような気がしてならない。しかし渓流は一里流れれば清められるという老人の言葉を思い出して救われた。こんな顔で里には帰りたくないが、夫に会うのはいい気味のような気がする。しかし、一時間かそこらのちがいで、自分の体をけがした感覚でやはり彼女は顔を蒼くして家に戻った。不貞をする気持はなかったが、不貞を犯したことになってしまった。ふしぎに自責の念がない。里帰りの中途でひきかえした理由だけが、水面に浮いてる紙切れのように渦まいていた。

夫はがらんとした店先で、脚を膝のうえにかさねて煙管をつかって暢気そうに煙草をふかしていた。妻がまもなく帰ってきたのを見ておどろいたように立ち上がった。

「どうした、馬鹿に早いじゃないか」

「途中でお腹が痛くなった」

阿媛はそう言いすててトイレに入った。トイレの外で、夫は、阿禄が訪ねてきたことを妻に告げた。いま、阿徳と秀英を外へ遊びにつれて行ったばかりだ。それから阿禄がお歳暮のおかえしを忘れていなかった殊勝な意味をふくんで言うのである。阿禄には阿通が撲ぐられたとき、おしまいまで世話になったので、阿媛は歳末に専売局の清酒、蝴蝶蘭二本と鶏一匹をお歳暮にもっていった阿通の友人である。トイレから出てきた妻を阿通はふしぎそうに見ていた。

「顔色がわるい」

「お腹がいたいんで……」

「どんなぐあいだ、言ってくれ、薬を買ってくるか」——

「薬なんか要らない」

「ほんとに顔色がわるいよ」と夫は詰めよるような言い方である。

「妊娠をしたような、お腹がはって……」と早口に形容して言ったが、言ってからはっとした。案の定、夫はそのような例をうけとらずに、姙娠だけが頭にきた。

「へえ！ニンシン？」

自分のものなら四か月以上だ。お腹が見えるはずである。よそからの輸入かも知れない。一度に血が頭にのぼった。

「見せてくれ」と夫はあわてたが、自業自得だ、阿媛は床に身を横たえるとなげやりな気持になって黙っていた。夫は寝室の扉をぱたんと閉めると、天井の採光窓の明りをたよってにわかに産婦人科の医者になった。産婦人科の医者がたちまち痴漢にかわった。妻は腕を額において眼をとじて、体を痴漢にまかしていた。先刻、田圃小屋での出来事が頭のなかで絵のように浮いた。

「姉さん………媛！私はあんたを愛している。もうこれで死んでもいい」と体が熱くなりかけたとき、男がはなれていった。田圃の美しい情景が目ぶたのうらにちらついた。いまがそのつづきのようだった。産まれてこのかたこんな美しい環境におかれたことがない。阿媛はふる里の男の幼な友だちの顔が阿金の顔とかさなりあって脳裡をかすめたかと思ったら、吹き上がった風にまかれた紙屑のように消えていった。痴漢は有頂天になった。うしろ手で寝室の扉をぱたんとしめる音が、ふたたび阿媛を自由にした。ふる里の籬の外でちらちらする幼な友だちの顔が笑って遠ざかって行くのが、せつなく胸にきて、涙がこめかみをつたわった。阿媛はそのまま眠ってしまった。

「母ちゃんは病気だよ」

二人の子供が帰ってきたらしい。台所で御飯を焚いてる夫の子供に言っている声が聞えたが、阿媛は起きる気になれなかった。一時間ほどのあいだに、手ごめにされた二つの男の野獣性が重なりあって、阿嬡を嘆かせた。私は妖婦になるのはいやだ。自尊心がゆるさない。阿嬡は心のなかでそう呼びながら、耳ががんがん鳴るのをおぼえた。

寝室を出ていった阿通は、竿の洗濯物を取りこむとき、見おぼえのある妻の月のものを処理する布が着物のうらにあるを見出して、北叟笑ん(ほくそ)で胸が晴れた。頭のいい妻の話と自分の考えがいつも喰いちがうのを悟ってすまないと思った。

第五章の一

陳啓敏の山の田圃小屋は東南の山の部落近くにあるが、王明通の新しい家は、ちょうどその反対側の西北の山の部落へゆく町はずれの路のそばにあった。翌年の暮れに新屋ができあがって、旧正月の二十六日の朝の黄道吉日を選んで引っ越しすることになった。市場近くにある店も同時に買主に引き渡す約束である。二番鶏の啼いたときに、阿媛が起きた。

今日からこの店が人手にわたる。もう自分の家に残った不動産といえば、百坪の敷地と二十五坪の家だけである。家の反対側の山手にある一甲歩あまりの畑は当時はあまり金にならなかった。当時の山は一甲歩三百元ぐらいであった。

雑穀を植える以外は、その畑はあまり役にたたない。台所の扉をあけてみると、空っぽになった豚小屋が、がらんとしていて胸をしめつけられる思いがした。やすく売った豚のことが思いだされた。十四あまりの鶏は昨夕から籠にいれられて豚小屋の屋根の下においてあった。おんどりだけが立ち上がって、首をながくのばし、晨(とき)を告げて啼いていた。東山のうえには星が一つ。櫛のような月。蒼んでる空で光ってるものはこの二つだけである。空っぽのような空はいやにむなしく胸に迫ってきた。そのうしろに悪魔が投げだした黒毛布のような雲がじっと浮いていた。うす気味の悪い雲である。占師に見てもらった黄道吉日の朝だ、引っ越しの朝だ、涙は縁起でもない。阿媛は家のなかに引っ込んで朝食の準備にとりかかった。

家のなかの暗さがうすらいで、親子四人が食卓を囲んだ。子供たちは新しい家に住めるというのではしゃいでいた。ここから新しい家までの路のりは一千メートルとは離れてない。それでも引っ越し人夫二人を雇った。大事なものは二つの籠にいれて夫が担いていくことにした。子供二人は父親について、阿媛は自分の身の手まわりものだけを風呂敷に包んで抱えた。纏足の足はこのごろ解いたが、竹筍のような型になった足はすぐには大きくならない。歩き方は相変わらずバレリーナのような姿である。この引っ越しは名誉の引っ越しではない。路々で出会った人々に心の中でひけ目を感じたが、ここでまけてはならない。

「喜びのお団子を食べにいくわよ」

川からの洗濯帰りの知り合いの女にそう言われると、阿媛は顔をくずして、

「もしほんとに来なかったら、私をひやかしたと思って、恨むわよ」

洗濯物を抱えた女は、口達者な阿媛のそばへ歩みよって耳打ちをした。

「あんただけのおダンゴなら食べに行く」

「阿呆いいなさんな」と二人は笑いだしてしまう。阿媛は人をそらさない女である。口八丁手八丁というところで、しかも町の人たちの評判もいい。

ひとまず新しい家におちつくと、かねてから手はずを決めていた小さな日用雑貨店をととのえなければならない。いろいろの問屋から最初は現金の約束で品物をやすくしてもらった。煙草や酒の鑑札は、家の敷地を譲り分けてもらった地主の陳さんに世話してもらうことにした。専売局の卸商を通さなければならないので、顔のひろい陳さんにお願いした。

「貴女の名儀だから、いやとは言えないやね。いい所に目をつけたな、必ず商売は繁盛しますよ」

「恩にきますよ、御願いします」

夫の名儀で申請するつもりでいたのだが、ゆきがかり上、煙草・酒の鑑札は阿媛の名前になった。さて、いよいよ開業となると、看板のない店とはいえ、やはり縁起をかつぐ気持がさきにたった。うまいぐあいに旧暦三月十五日がいいと占師に言われたので、その前日の夜、彼女は廟詣りして神の御加護を祈った。家に戻って、供物の菓子を子供二人にすこしずつわたし、豚肉や鶏肉を棚にしまいこみ、鶏の臓物だけを煮て、そうめんをおとし、おやつに食べなさい、と夫に言いつけてたかせた。台所の裏口の扉をあけると、月の光は広野を洗うように地平線まで明るくてらし出していた。田圃には、第一期作の稲穂が出揃っていた。思わず彼女は嘆息をついた。すべてがじれったくていらいらするのである。無駄の多い男の世界で女が損をしているような気がしてならない。このごろの夫は妻を信じていた。昼間は美貌と媚(こび)で生活の糧を稼いでる妻を阿通は心得るようになった。自分の腕枕にしがみついてねてる妻を疑わなかった。妻の昼間と夜が二つの姿になっているにすぎなかった。夜の時間は一日の三分の一しかない。あとの三分の二の時間は自分一人で切りひらいているみたいである。空しくひとりで大立ち回りしてる空虚を感じるのである。今まで年中行事のときだけたしなんでいた酒が、病気上がりのときから夫はちびりちびりやるようになった。たいくつしのぎと大目に見ていたつもりだったが、このごろは本格的に酒を好むようになった。闘志を失った男が酒飲みになってはかなわない。と妻は酒のことでときどき眼を光らせるようになった。

「冗談じゃありません。今度失敗したら、乞食になるのよ。私、乞食になるのはいやだ。私が病気したら、どうなると思う?お前さんの体を癒やすために、水田一甲歩あまりと豆腐で苦労してもうけた金をすっかりつかいはたしてしまった。いま、乞食になる一歩手前にあるのを、お前さんわかってくれなくちゃ困るじゃないの」と阿媛は喉がつまりそうである。

「わかってるよ、そんなことにならないように、気をつけるよ」

「これからは、店の売り上げに手をつけては承知しませんよ。酒代ぐらいはせめて自分でかせぐのよ。それも度をすぎてはいけない。稼ぎは半分あずける。晴れてる日は雨の日の糧を思うと言うじゃありませんか」

「はいよ、とにかくそうしよう」

阿媛の店は、また思うつぼにはまったようにお客があつまった。田舎は喫茶店というものがない。阿媛は店先の停仔脚（廊下）の竹机にお茶を出し放しで、喉のかわいた百姓たちが、自由に飲めるようにしていた。竹椅子や板の長椅子を十いくつもおいて、百姓たちのたまり場にしていた。店に百姓のたまり場をつくった所に阿媛のアイディアがあたったのだ。山へ帰る百姓が、ここで待ち合わせたり、弁当をだして食べる百姓もいた。無料の休憩所みたいで山の百姓たちにとってはちょうほうな所である。義理堅い山の百姓は、廊下の椅子とはいえ、毎日無料で休んではすまない。

「日用品のこまかいものなら、家で買ってちょうだいね」とやさしく言う阿媛の言葉に応ずるようになった。店の状態を見ると、夫はしめしめと思って安心した。お節句をすぎてからのある日の夕方、裏の豚小屋の屋根のうえで飛びかよっているトンボの羽が夕陽をうけて絹屑のように光りかがやいている。夫はひとりで焼酒を傾けてるのを見て、阿媛は腹が立った。その酒瓶をつかむと裏庭へ叩きつけた。夫はかっとなって立ち上がったが、妻の剣まくには勝てなかった。妻は涙声で、雑穀店が傾いたのは回転資金がたりなかったせいではなかったか、山の百姓は季節毎にしか収入がない。だから店は繁盛しているように見えても現金が足りない、資金不足なのだ。それをわきまえもせず、ひとりで酒をたしなんでる夫が憎らしい。王明通はお酒を取り上げられたうえ御託をならべたてられて、寝部屋に跳び込んだ。足も洗わずふて寝をきめこんでいた。阿媛は台所の裏口の柱によりかかって泣きつづけた。子供二人は母親のそばで困っていた。

王明通の毎日の仕事は畑へいって、薯を植えるだけである。さつまいもは四か月で取れる。いもが取れるまで、そのつるを適当にまびきして取って帰り、それを煮つめて、糠をまぜれば豚の餌になる。薯の収穫が終わったら貯蔵のできる程度の生薯を残して、あとは干薯にしてしまえばいつでも豚や鶏の餌がたもたれる。王明通の野良仕事は、豚が売れるまで現金の顔は見られない。鶏は年中行事につかわれるだけで現金にはならない。豚が売れるまではポケットはいつも空っぽである。酒代どころではない。煙草は売ってはいるが、見るだけで、敷島一個すらもらえない。きざみしか、妻はくれない。そのために市場をさけて通らなればならない。おやつを売ってるところで盃をうまそうに傾けている人たちを見ると、王明通は喉から手が出そうである。つけにまでして飲んだらさぞかし阿媛がさわぐであろう。と思えば市場のなかは鬼門である。それで王明通が轎かきになったのは開店後、三か月たってからである。仲間に誘われて補欠で轎かきになったが、タバコ代や酒代がたやすく手にはいることがわかった。最初、梶棒を肩にのせたときは、面映ゆかったが、タバコや酒はほとんどただで飲めるうえに、現金が入るので、二度目からは轎の梶棒をひょっと肩にのせることが板についた。平坦の路は王明通が前の梶棒をうけもち、坂のときは背後の梶棒をうけもった。そのため、轎かき仲間から調法がられていた。最初、坂をのぼるときに前梶棒の相棒から、阿通！腰をぐらつかせるでないぞ、お客さんを轎から吐きだしたら、俺のおまんまが上がったりだ、と教えてくれたが、轎のなかのお客はげらげら笑っていた。

夫は轎かきになったが、阿媛の小さな日用品雑貨店は檳榔店仔と言われて繁盛した。梅仔坑庄でははじめての商売法なので、町の店舗の主人たちは舌をまいて驚いた。あの女がもし男で日本に産まれていたら州知事くらいにはなっていたかもしれないと噂さをした。檳榔店仔は店員をつかわない。百姓がほしいものを勝手に棚から取ってきて、阿媛に見せてから荷物籠にいれる。そのかわり、ずるそうな百姓には阿媛は眼をはなさない。大正時代の田舎でこんな方法で商売をするのは珍しい。彼女の考案かそれとも聞きかじったことを、窮余の一策で功を奏したのか、町の人たちは感心したり詮策したりするのである。百姓の足の溜り場に檳榔店仔をくっつけたところに阿媛の智慧があった。無意識的に孫子の兵法がつかわれたわけである。魅力のある女で才覚があるからやれたのだ。誰でもやれるわざではない。お祭りまえの忙しいときなどは、暇のありそうな世話好きな百姓が臨時店員になってくれた。娯楽のない田舎は、こんな臨時店員の仕事も大人のままごとのように面白い。阿媛はそのお礼に敷島二個を無理矢理にその百姓のポケットに押しこんだ。ついでに晩食を御馳走して、廟前の芝居を見てから帰るようにその労をねぎらうのである。女の百姓たちは、一時間や二時間の路のりを遠しとせず、梅仔坑庄のお祭りを見に来る。それでふだんよく手伝ってくれた親切な百姓を阿媛は、夫に言ってお客に呼ぶのである。

檳榔店仔の商売は、朝六時から夫が起きて、窓板をはずし、その窓板をまた窓ぎわに馬の型につくった竹架のうえにならべて台をつくる。その台に駄菓子をいれたガラス瓶をおく。午后五時ごろには、その台においてある駄菓子の瓶を家の中の棚に取りこんで、窓板をまた窓にはめて店をしまってしまう。これが夫の朝夕の仕事である。阿徳は公学校に通ってるし、養女の秀英は台所で養母のお手つだいを学ぶ。まず、鶏に餌をやる軽い仕事がはじまり、豚に餌をやる要領をおぼえる。餌餿槽に餌をながしても、ずるい豚どもは鼻づらをつっこんでがぶがぶあさってるだけで、ほんとに喰ってはくれない。毎日、腹一杯に喰ってくれないと豚は痩せて大きくならない。そこへ糠をまいてやるとうまそうな糠の匂いが餌のうえに浮いて、がつがつと餌と一緒に喰ってしまう。糠がなくなると催促するように一斉に首をあげ、くんくん鼻を鳴らして阿秀の顔を見あげる。秀英はまた糠を撒く。まちがって糠が豚の目にかかっても、眼なぞかまわずに餌餿槽に首を突っ込んであらそって餌をむさぼり喰うのである。秀英は面白くなって糠を一生懸命に撒いては、豚どもをからかいたくなる。それを養母に見とがめられて叱られたこともあった。

「阿秀、そんなに糠を無駄につかってはいけない」

豚の収入も目あてがあるし、夫の轎かきの収入もある。店の売り上げはつけが多いが、ふみ倒される心配がない。やれやれと阿媛はほっとして、生活のめどがついた思いである。彼女は次第に口のきき方がぞんざいになった。百姓たちも遠慮がなくなり、露骨なことを口に出すのが好きになった。女と猥談するのは特別な妙味がある。ストリップ劇場とちがって警察も取り締まりようがない。娯楽のない麓町ではこれが最高のたのしみである。しかし、かと言って阿嬡は女同志とのおつきあいをおろそかにしない。阿嬡は女同志のあいだに気前がいいばかりではない。彼女の口にかかると町じゅうの女たちはみな姉妹みたいになってしまう。したがって、家庭婦人のあいだでは、羨望こそあれ、阿嬡の悪口をいうものはいない。男たちでは、轎かきの妻が陰でこっそり浮気をしてはいないか、と噂をしあったが、なかなかそういう男の顔を見たこともない。

「轎かきの奴、血のめぐりがわるいが、案外その道にかけてはたけているのかもしれない」と余計な気をまわす男もいる。

阿嬡は男たちが陰で、自分をどう見ているか、計算にいれていた。男という動物には、簡単に餌をやってはならぬということが身を護る鉄則である。しかし、一言半句も発せず、身をゆだねたいつかの自分を思い出す。阿金はたしかにあれっきり自分にからんでは来ない。あとになって、そのなりゆきを不安と期待でいつもびくびくしていた。ところが、翌年の夏に阿金が血を吐いて死んだことを聞いたとき、彼女はショックをうけたがすぐほっとした。すべてが過去になったのである。今はむしろあんな事があったことは、自分にとって、虹に似た美しい思い出になった。自然的な証拠隠滅は天佑というほかはない。するとやはり阿金に同情せずにはいられない気がする。口笛を吹く男の幻が愛の言葉にかわる。あなたのためなら死んでもいい。夫にさいなまれるとき、これを思い出すと鎮静剤になる。心のなかでざまあ見やがれと赤い舌を出すとすべてが冷静になる。しかし貞節な母にいたわられたときは胸に動悸を感じるくらい、つくづく人間になるのはつらいと思つた。女の体は宝玉の如く、むやみに男にさわらせないのがプライドである。ふたたび、そんなことをくりかえすことはないが、商売に身を打ちこんで、金をためて、どうなる、と考えるとまた胸が重くなる。人生の先には未知数が横たわっている、と思えば本能的な喜び以外にまた何かあるかも知れない。先がわからないゆえに、毎日、夫が窓板をはずす音を聞き、自分は山の百姓と猥談をして笑い興じながら商売をする。小犬がじゃれあって戯むれてるような生活にも見える。百姓らはもちろん、猥談による自分の反応を見たがるにちがいないから、ひどい言葉になると阿媛は顔を赤らめて、目尻を吊りあげる。たとえばある日の昼さがりに、一人の百姓が足に刺をさして跛をひいていた。とげを取るために針を借りたい、というので阿媛は壁の釘にかけた籠に針山があるのを教えて、自分で取って来なさい、と言った。百姓が足にささったとげをとってしまうと、ほっとして、もとの籠の針山に針を戻してから、出てきてお礼がわりに、

「男って意気地ない奴だ、針先よりも小さなとげにさされただけで痛がってるからね」

ふだん諧謔的なことをいうのが好きな男が何を言い出すのだろう、と百姓たちは待ちかまえていた。

「そこへゆくと、女って達者なもんだ。棒杭くらいでっかい奴を股倉に打ちこまれても、へらへら喜んでるからね」

軒下にいる百姓たちは皆どっと笑声をあげた。男は逃げ足になった。阿媛は、畜生！と立ち上がると、鶏をおどかす竹をいきなり取って男の背中を目がけて投げつけた。竹は男の背後二メートル位離れた所で音をたてておちた。その音に、男はいかにも背中に鎗が命中したように、左手をうしろへまわし、背中の傷を押えて跛をひいた。猥談がクライマックスに達して悲劇になったが、実は喜劇だったのだ。その手負

いの男の跛が板についているので、阿媛の顔は真っ赤に怒ってるが、口許は笑いをこらえていた。これは百姓らにとってはたまらないほどの名演技であった。

「女侠客！御勘弁を願いとうございます」

手負いの男は両手を合わせて阿媛を拝む。阿媛はついふきだしてしまう。すると男は竹をひろって杖がわりに跛をひいて廊上の竹椅子に戻ってくる。これで今日の猥談の幕になるのである。

第五章の二

阿媛夫婦は西保の保正夫妻とほぼ同じ年輩である。ひとり息子の王仁徳と陳啓敏は同じ年だが、陳啓敏は弟や妹の入学年齢を待ったために、おそく公学校にはいった。したがって陳啓敏が一年生のとき、王仁徳は三年生だった。阿徳の成績は中くらいで、轎かきの息子でもひとり息子ゆえに国民学校を完全に終わらせた。国民学校である当時の公学校は、毎月授業料袋に十銭玉をいれて受持教師に出さなくてはならない。当時、毎月の十銭は貧しい家庭では小さな金ではなかった。それにノートとか鉛筆、紙などの学用品は毎月の負担になっていた。今の台湾の人口は一千五百万近くあるが、当時は、また五百万にみたないから、生存競争はいまほどはげしくない。国民学校を出なくとも一生懸命に働く気があったら、喰いはぐれることはないばかりでなく、誰でも嫁がもらえる時代である。したがって、女の子が学校にはいるものは少なかった。女は男について生活をたてるものだから、今ほど女子教育を重視しない。養女の秀英は、兄の王仁徳のいない所で、そっとその教科書に描いてる絵を見るのが好きだった。

「さわるな」

ぺっと阿徳に手を叩かれたこともあった。その阿徳が柄にもなく嘉義市へ就職したので、梅仔坑庄の若者たちは羨ましがった。伝手があって、阿徳が公学校を出ると、嘉義市の自動車株式会社の給仕に紹介された。王仁徳は肯かなかった。轎かきの息子だけで終わるのがいやで、阿徳は自分の身のまわりのものをさっさっとまとめて風呂敷に包み、嘉義市からきた母方の親戚の叔父さんについて、会社線の梅仔坑庄駅へいそぐことになった。両親もあきらめて、阿徳に三元をわたした。

「食事つきだから、お金を持っていなくたって大丈夫だよ、一生懸命に働いて、これで運転手試験に合格でもしてごらん、しめたもんだ。学校の訓導は金すじで名誉だけれど、月給はといえば四十元そこそこで、そこへゆくと運転手は、最低百元で、引っ張りだこだからね」それを聞いて轎かき夫婦はやっと希望が顔にあらわれた。

「男児立志出郷関、功若不成死不還」

阿徳は十六歳だったが、先生に教えられた文句を口にだしたので、轎かきはこの名言に目を白黒させた。自分も漢文書房で聞きかじったことはあったが、流行歌みたいでぴんと来なかった。いま、息子の口から出てきた名言を聞くと、今日の門出は、高等文官をうけにゆくような大げさな門出に思われ、厳粛な気持になった。

田舎ものは都会生まれの小僧とちがって、素朴ですれてない。そのうえ骨身惜しまずに働くから阿徳は可愛がられた。心がけておれば運転手になることはむずかしいことではない。もっとも当時の運転手はいまとちがって、エンジニアの学位を取るくらいに思われていたし、資格試験もいまのように簡単ではなかった。学課試験もかなりむずかしく、自動車の性能と機械部分をくわしく読んでいなかったら、学課だけの試験でも通らない。運転技術だけでは運転手の資格が取れないのである。これらの書物はみな日本文だから、ここにも語学の障害があって、骨が折れる。ところが、いくら運転手の月給がよくても、多少ゆたかな家庭は、息子を運転手などにはさせたくない。囚人服を半分着せられてるみたいだというのである。ちょっとでも油断したら刑務所行きだと不安になる。しかし、当時大正初期ごろの台湾の運転手は颯爽たるものだった。カフェや盛り場などは運転手の黄金時代であった。

案の定、王仁徳は五年目に運転手になった噂が梅仔坑庄につたわった。同時に自動車会社の社長夫人の妹に見込まれて、その婿になったというのである。さて、こうなると王仁徳の嫁になるべき秀英が取り残されたことになるが、秀英を見ると別に悲しくも見えなかった。養父母は秀英が嫁になれなかったら、養女は娘とおなじだから、つごうのいい適当な婿を見つけてあてがったら、わが家はめでたしめでたし、と計画していた。

いくら母の阿媛がかしこくても、一人前になった息子が自分の計画をうけいれてくれなかったので、失望はしたが、社長夫人と結びつきができたところに魅力があった。嘉義市の嫁が女の子を産んだと聞いて、轎かきの夫は、女か、とこぼした。秀英が二度目の経験はちょうどお節句にあたるので、轎かき夫婦は廟前の芝居を見にいった留守に王仁徳が帰ってきた。ふだんはお節句の時は廟前はがらんとして芝居などかからないが、その年は、梅仔坑庄にも自動車株式会社が設立し、会社の主催で、廟前に三日間、男女班と言われてる乱弾調の女優をまじえた芝居が、嘉義市から招じられてきた。それが大変な人気を呼んだ。その留守に秀英が風呂に入ってるところへまた王仁徳が帰ってきて見てしまったもんだから、風呂場に押し込んで有無を言わさず秀英を手ごめにしてしまった。秀英が十七のときである。

「阿秀、お前は俺の妻だったんだ」

阿徳が風呂場から出てゆくと、自動車の爆音が遠くなって、耳もとで囁（ささや）いてる言葉だけが残った。裸のままで抱かれた恥しさがよみがえって、いそいで身じまいをすると自分の寝室に入って泣いた。胸がうずまいて、途方に暮れた。豚小屋をへだてた田圃で、しきりに鳴きさわいでる蛙は人間をからかってるように聞えた。ばかだ、ばかだ、あたりまえ、あたりまえだ、と鳴いてるようである。途絶えていた表通りの人声と跫音（あしおと）が聞えたかと思ったら、戸をあける音が静寂をやぶった。家のなかに入ってきた養父母は、ランプの薄い明りで、阿徳が机において行った風呂敷包みをみて、

「誰かきた？」と言っていた。秀英は起きてむかえる気持もない、こたえる元気もない、机においた算盤（そろばん）を押しのけて、阿徳がもってきた風呂敷包みをといてるようである。風呂敷包みには両親におくる嘉義市からもってきたおみやげが入っていた。おみやげをおいていったまま、阿徳が顔を見せないことが、にわかに不安になった。阿媛は秀英の寝室の扉を押しあけて入った。養父は外に立って見ていた。

「阿徳が帰ってきたの？」

秀英は黙っていた。ねたようすもないので養母の手は秀英の肩をゆすった。

「阿徳が帰ってきたのかい」

秀英のしのび泣きがいっそうはげしくなった。養母の予感があたったのか、手を引っ込めると入口に立ってる夫の体を突きのけて秀英の寝室を出た。

「どうした？」

「何まごまごしてんだい？」

養母は癇癪(かんしゃく)をおこして養父にあたっていた。

「お前さんに似て、前後を考えない」

「お前に似てると言う人が多いぜ、頭がよくて」

「バカ！」

隣り部屋で養父母の押し問答が聞える。

ままにならぬものだ、と阿媛は嘆いた。養女は結局息子の妾になってしまうのか、と思うと心がめいった。妾をおく身分でないのに、とくやしさがこみあげた。阿徳はやはり阿秀を愛してるのだろうか、嘉義市の嫁は阿徳に妾をもたせるだろうか、と壁にぶつかった思いである。夫はそばでもそもそして、阿徳はやっぱり阿秀をやってしまったのか、と言って手をのばしてきた。阿媛は強く夫の手を叩いた。夫は手を引っ込めた。結婚して二十数年になったが、妻は自分をさそったことはないが、さそって断わられたことがなかったことを思うと、今夜の妻はただならぬ気持でいることがわかった。そのうち阿媛は涙が出てどうしようもなかった。夫の掌(てのひら)に妻の顔がぬれてるのを感じると、バカダネ、成るようにしかならない、と慰めて妻をかたく抱きよせた。女は子供みたいだ、泣いてるところを抱いて慰めればおしまいである。轎かきの阿通は妻にはやさしいのである。

翌朝、秀英の顔はお多福のお面のように表情がかたくこわばっていた。相変わらず朝の仕事をつづけているが、口は糸でぬわれたように黙っていた。養父母を見る目がいままでと違っていた。親子がぐるになっている。自分はもらい子だから一人前の人間に思ってない。養女というつかみどころのない自分の存在がいやになった。その阿秀の立ちふるまいを見て、養父母は庄内の首吊り事件を思い出して身ぶるいをした。大工の若衆と隣りの百姓の嫁が、夜、納屋で抱いていた所を姑にみつかって、大工の若衆は逐電したが、嫁は翌日の晩に首を吊って死んでいた。家のなかで首吊りされてはたまらない。家の値打ちがおちるし、怨恨のお化けが出る。そのために、養父母は養女が憎く思われたが、万が一自殺されてはたまらないから、強くあたるわけにもいかない。傷ついていた娘は、死に対してちっとも恐く思ってない。ただ自殺したあとの恥のうわぬりを恐れていたのである。これが秀英に自殺を断念させたのである。養父母は時折の会話で、聞こえよがしに、男女のあいだにちょっとしたことで、まちがいが起こるのはよくあることだ、人間のことだから、となぐさめるつもりでいるらしい。養父母と養女は、心ではいがみあってはいるが、表面上の態度は感情的に鬼ごっこしてるようである。表通りで山からきた百姓の忙しげな跫音に、養父母はいつまでも朝食の卓で語っているわけにはいかない。朝日は東山のうえに半分顔をだして、垂れている田圃の稲穂を染めている。第一期作の収穫も間近に迫ってきたようである。

第五章の三

あとひと月でお盆になるという夜、阿徳が帰ってきた。夜の暇を利用して帰ってきたというのである。秀英を手ごめにした翌月の末ごろである。母は息子の養女に対する心情が探りたかったが、適当な言葉が出ない。一人前になった息子の感情を損ねたら、翼の生えた鳥はすぐ飛んでいってしまうと同じ気持で、不安に思っていながらもやはり言わずにはいられない。

「今晩、泊って行きなさい。お前は、阿秀に何か言ってやらなくてはいけない」

とつい息子を秀英の部屋へ手引きするような言い方である。一つはお前と阿秀のことは私は知っている。自分でけりをつけるべきだ、という意味である。まともに、母にそう言われると、阿徳は照れかくしに、梅仔坑庄自動車株式会社社長頼秀成さんに会ってからまた帰って来ます、と言ってまた表に出て、自動車の鼻先に鉄棒を突っ込んで爆音を立たせていた。息子は自動車を運転して町へ帰って行った。秀英は隣り部屋で養母が息子に言ってるのを聞いていた。はっとして、養母の親心であるのか、それとも自分をどうすべきか、胸さわぎがした。もし今夜阿徳が自分の部屋に入ってきたら、自分のとるべき態度が決められず、手先までふるえるのを感じた。彼とは兄妹のようにこの家ではぐくまれた。兄妹が仇同志になったのか、夫婦になりかかったのか、秀英は考えあぐねた。寝台に横たわって、田圃や溝で鳴いてる蛙や雨蛙の鳴き声につられて、うつらうつらしていた。寝室の扉を押しあける音に秀英はハッとして眼が醒めて、胸が高鳴った。阿徳がはいってきたのである。阿徳は寝室の扉の閂がいれてないのを見て、やっぱり待っていてくれたのかな、と阿秀の体を思いだして気がたかぶった。ランプのうすい明かりで、壁の方に向いて寝てる秀英を彼はやさしく呼びかけた。

「秀仔(しゅうちゃん)！」

秀英は向きをかえると起きて、床に坐ったまま無言で阿徳の顔を見た。

阿徳が阿秀を離したとき、豚の餌餿(えさ)のすっぱいにごった匂いが鼻にきて、阿秀の髪のこげた椿油と、汗のむれてる体のほてりが息を詰まらせた。一瞬に彼は身じまいしてる阿秀を見て、後悔した。女の取り柄は体だけでなくムードが必要だと思った。美人クラブクリームと金鶴香水のかおりとはおよそ縁の遠い世界だった。しまった、自分の見さかえのない情欲に自己嫌悪の情が胸に迫った。その自己嫌悪の情がまたはねかえって、豚くさい臭いにおいに包まれた阿秀の体にあたった。疲れてはいたが、ぐっすりとは眠れず、一番鶏を耳もとで意識からまだ二番鶏の啼くのを待ちきれずに阿徳ははね起きた。秀英もあわてて起きて、彼の着がえを手伝おうと思ったが、床から降り立ったまま手の出しようがなかった。

「お父さん、いま、嘉義市へすぐ帰らなくてはならない。今朝、製糖会社から車を予約されていたことを忘れてたのだ。いま思い出してあわを喰って目が醒めたところだ」

と阿徳は隣り部屋に寝ている両親に声をかけた。

「会社に十数台も車があると言ったじゃないか、お前の一台くらい」と両親も起きて寝室の扉の閂をはずしてる音と一緒に聞えた。

「いや、私がいないと駄目なんだ」

親子三人は、店のなかで養父の手に持った手ランプのうす明るい光のなかに立っていたが、秀英は自分の寝室の入口でまごついて突っ立っていた。昨夕、両親のいるまえで、二人が正式に床を同じくしたのがきまりが悪るく、こんな場合の出方が決しかねた。阿徳に抱かれた恥らいが、いまだ全身に残っていた。王仁徳の自動車の爆音が遠のいたときに両親は表から入ってきた。店の戸を閉めてるのを見て、秀英はまた寝室に引っ込んだ。秀英は両親の姿を見て何かしら釈然としないものを感じた。やくざな轎かき夫婦がふまじめに自分と阿徳を嫁合わせて面白がっているのではないだろうか、こういうときも自分は親子三人から、はみだされてるものに思われてならなかった。

王仁徳はそれ以後、夜に帰ってきたことがなかった。昼間、会社から正式に休みをもらって、嘉義市から大林街経由の汽車に乗り、大林街駅で梅仔坑庄行のバスに乗りかえて帰ってきたことがあった。前月、梅仔坑庄自動車株式会社社長の頼秀成に呼ばれて、梅仔坑庄生まれだから梅仔坑の会社に帰って来い、と言われたが、阿徳は態よくことわった。嘉義市にいた方がみいりがいいうえに、社長夫人とは親戚関係もあるし、出世する機会が多い。また妻も田舎に帰ってくるのは反対である。蚊が多いし何から何まで豚くさくていやだというのである。王仁徳にしてみれば田舎よりも都会にいた方が人生を面白おかしく暮せる。乗客のチップだけで、カフェという女護島みたいな所へ出入りが出来る。人生は桃色の花なのである。先般、田舎に泊ったことを妻に問いつめられたとき、王仁徳は頼社長の好意でさんざん飲まされて、前後不覚だった。夜明け前に、豚の臭いで目がさめたので泡を喰った。それで朝食前に嘉義に帰ってきたではないか、と妻に言いわけした。豚の匂いに起こされた夫の言葉が気に入って、妻はけらけら笑った。

「あんた、弁士の生まれ損(そこ)ないみたい」
と一緒に活動写真を見にいったとき、二人とも弁士の言葉のうまさに感心したことが思いだされた。妻は田舎の家の養女に警戒していた。

大正十三年の春ごろに、梅仔坑庄有志で組織した梅仔坑庄自動車株式会社が成立して、中古のフォード二台を買った。大林街と梅仔坑庄の州路の交通はこれによって便利になった。少なくとも、町から川沿いにある梅仔坑庄駅まで三十分や四十分の徒歩がはぶかれて、婦人方には大いに歓迎された。フォード二台で大林街を日に八往復も走った。梅仔坑庄に自動車が走るので、時代の波に乗る気配が町にみなぎる感じである。中古のフォードは五人乗りなら気楽に乗れたが、いつも車はすずなりに乗客にしがみつかれて、青息吐息(といき)の婆さんが荷物を背負って石ころの路をよろめき歩くような情態だった。当時のフォードはドアの外にステップがあった。そのステップに立って車の窓にしがみつくので、いつも十人近くの乗客がおくれまじと言った顔で、不平も言わず乗車料をはらっていた。警察も取り締まらないし、経営者側も乗客も面白がっていた。婦人や子供だけはいつも坐われたが、男客は自動車の横腹にしがみつくのが普通だった。会社は儲けているから、もっと車をふやせばいいではないか、大型バスにかえればいいではないか、庄民のそんな声があったが、株主総会は通らなかった。儲けたというが、人件費、車の修繕費、交際費などは相当なもので、田舎紳士の株主はまだ自信がなかった。こんな小さな会社に王仁徳がかえってくるはずがない。第一期作の稲刈りが終わって、第二期作の田植えがはじまるころは、朝夕の風が秋めいてきた。蝉の鳴き声も途絶えて、蜻蛉(とんぼ)が空中を忙しげに飛びかっていた。秀英は台所の裏でげえげえ吐いていた。かねてから秀英の身のこなしに眼をはなさなかった養母は、はっと思いあたった。すると腹の立つことやら情ないやら、心が滅入って、店のしまったあとはほとんど口をきかなかった。息子の阿徳のいたずらもさることながら、養女の阿秀もだらしなく思えて心のやり場に悩んだ。一回や二回だけですぐ孕む女を阿媛は貪欲に見えて仕方なかった。自分は何年たっても、いっこうききめがなく、いつもお腹がからっぽでいたのを思うと、いっそう阿秀が安っぽく思われた。雌豚みたいに一回種子つけしただけで何匹も産むことを思いくらべた。それで養母と養女が顔を合わせても視線をそらしてしまうのである。しかし秀英はそんなことにかまう余裕はなかった。最初はもしやと不安には思ったが、三か月たっても月のものを見ないので、背すじに悪感を感じた。死ぬのが一番仕合わせなのだ、とは思っているが、死後の有様を思うと死に切れない。衆人の目のまえにさらけだされて、笑い草になる。それよりも復仇心にかわった。社長に招待されたとか、校長にほめられたとか、自慢してる阿徳の顔を思いだして、そのいたずらの子を産んでやろう。自分が自殺したら、彼たちにはつごうがいいことばかりである。なるよりしかならない。秀英はかたい木製のお面のような表情をしている女が、心のなかにそんなたくらみをもっているとは思えなかった。雌牛のように自分の宿命にしたがうほかない鈍重な女になった。おなじ屋根の下で暮すものは同じ利害関係で結ばれてるはずだが、養父母と養女は背中合わせになって、お互いの考えが違っていた。

豚の餌餿を取るために野良へ出ても、川へ洗濯にいっても、秀英のお腹が目だってきた。磊落でなんでも心やすく口のきける阿媛に、隣り近所の女は、遠慮なく訊くのである。

「阿通嫂さん、あんたところの阿秀と阿徳は嫁合わせの御馳走もださないで、こっそり式をあげてしまうなんて、およそあんたに似合わないじゃないか」

知らせてくれなかったから御祝儀もださなかったという意味である。

「冗談じゃない。さかりがついたら、親なんぞどうでもいい、式だなんて」と轎かきの妻は腹だたしい顔を見せる。ごまかしても仕方ない。

「あら、ひどい、人間もさかりってあるの」

「おや、白らばくれるんじゃないよ、あんたなかった？……ない？嘘おっしゃい！私？……もちろんよ、だから轎かきと一緒になったんじゃないの」

と相手の女も顔が赤くなるほど、阿媛にはかなわないのである。男の前で猥談になれてる阿媛はいいが、ふつうの女はきまりがわるいから、すごすごと逃げだして、これ以上口を聞いたら、どんな言葉が出るかわからない。「まあ、やせてると思ったら、案外、いいお臀をしてるじゃないの」とうしろから阿媛にひやかされて、口をきいた女はくすぐられたような思いで足を早める。世の中を押しの一手でゆくのが阿媛の生活である。しかし彼女も女だから、外面と内面とは違っていた。やはり何の因果でこんな生活を強いられるのか、とひとりでいるときは思い悩むのである。

翌年の清明節近くに、秀英は女の子を産んだ。それが阿蘭なのである。

轎かきは、女か、と言った。彼は女孫には興味がない。女の子は大きくなったら嫁に行ってしまって、少しも家のためにならない。おまけに嫁入道具をたくさんもたせ、損ばかりする。妻と自分を例にあげてもすぐわかることである。時々、里に帰って泣きついて何かをせびってくる。女は菜種子とおなじで、あてにならない。男はたしかに家のものになるのだ。轎かきは利己主義一点ばりでものを見るのである。阿徳は毎月、いくらかずつはもって帰ってくる。お祭りのあるときは、補助金と言ってお祭りの費用を妻にあてがうことが出来る。親は働けるだけ働いて、働けなくなったら子息は両親を扶養する義務がある。女は鉄砲玉と同じ、嫁に行ったが最後だ、轎かきは常に女をそういうふうに見ているのである。しかし、息子が月々にもらう月給袋をそっくり妻に渡して、はした金しかもってかえらないことを彼は考えようとはしない。むろん、妻に対して、轎かきの息子である卑屈さから、つい妻にへつらわなければならない気持があるかも知れない。轎かきというのは、たいくつまぎれの小使銭かせぎなのだ、と王仁徳が吹聴したのかもわからない。運転手の妻は、がま口のひもを堅くにぎっているのが女の安全措置であると心得ている。したがって、親の悲鳴を聞くまでは、がま口のひもをゆるめてはいけない。

轎かきの妻の阿媛は、養女を嫁にするつもりでいたのだが、妙な型で女の子を産んだので嘆息した。謀事在人、成事在天、と宿命的に考えた。もし、養女が嫁だったら、息子阿徳の収入はそっくりそのまま家に入る。嘉義市の嫁はゆたかな家庭の娘ではあるが、そのゆたかなものがこちらの家庭に流れてくるわけがない。轎かきの息子の嫁が、いい家庭の出だ、肩身がひろいだけで実は空虚なものである。でも、人死して名を残し、虎死して皮残す、と自慰的な言葉でも応用しなければ、とりとめのない考えで閉口する。話によると嘉義市の嫁がさわぎ出してるから、阿徳が秀英をかえりみなくなったとでも考えられる。それでなくてても、嘉義市と梅仔坑庄であらそって、立てつづけに子供を産むのも困るが、これっきりで秀英をかえりみないとすれば、万一、秀英がどっかで種子つけされたら、……と考えれば考えるほど切りがない。自分にたよるほかはない。それで阿媛の商売の腕はますます冴えてきた。阿媛は欲求不満で、男と露骨なことを言って気をまぎらしている、というふうに見ているものが多かった。かと言って、うっかり手を出してもこたえるような女ではない。一寸の虫にも五分の魂がある。阿媛が不貞を仕出かしたら、王明通のような男なら一刀両断で血しぶきを見るであろう。おのおのの解釈の違いがあるにもかかわらず、ここに血しぶきという結論でいっさいを押えて、猥談で商売をしている檳榔店仔（びんろうたな）の秩序が維持されていた。政府は禁令が多いが。女は猥談をしては相成らぬ、という禁例がない、これが檳榔店仔の唯一のぬけ路になった。彼女の店はますます繁盛した。里の兄の世話で、阿明という小僧を一人雇うことになった。阿明は調法な店番である。十四歳だが、飲料水を担ぐ量は主人の轎かきとおなじである。物を売るのも上手だ。目もさとい。これがもっと年嵩（としかさ）だったら、うまく秀英と嫁合わせば、つごうのいい算盤がはじける。轎かきは夜ねるときに、こっそり妻に耳打ちするくらいである。秀英は毎日もっとめかせばいいのに、まるで乞食女みたいに、いっこうに自分の身なりに気をつかわない、と夫がしつこくいうので、妻に足を蹴られた。

秀英はほとんど店へ顔を出さず、もっぱら台所の仕事や豚の餌[illegible]（えさ）、毎日の燃料である薪などに気をつかっていた。秀英が阿蘭を背負って仕事をするときもある。野良仕事や薪取りに行くときは、竹でつくった舟型の揺籃（ようらん）に赤ちゃんを寝かせて、揺籃に結んだ片端のひもを、姑の坐ってる前の台の下の竹に結んでおく。赤ちゃんがむずかりだしたら、そのひもを引っ張っては放し、放しては引っ張る。それをくりかえしたら、赤ちゃんを抱きあげる必要がない。授乳の時刻やおむつをかえる時刻はたいていきまっている。薪取りで遅くなったときは戸棚の中に、砂糖の入ったおもゆや練(ねり)ミルクがおいてある。そのため、赤ちゃんの阿蘭はあまり世話のやけない子だった。こういう家庭の亭主は影がうすいがのんびりしたものである。したがって、轎かきの王明通はひたむきに働いてる女に反して、毎日ぼろい金儲けの夢ばかり追うようになった。ぱっとひとつかみで楽になることを考える。ばくちにすごい魅力を感じるが、女房の大嫌いなことは手をださない方が無事である。そのために毎日、轎の口を待ちあぐんでるように見えるが、実は轎のない日は、路ばたの石ころを算(かぞ)えて歩くような生活である。それでお祭りのあるときは誰よりもうれしくなる。夜は、妻や子供の分までの竹椅子を両脇に抱えて、廟前の広場にいそぎ、女たちの見る場所と男衆の見る場所に竹椅子をおく。目の直線で舞台にとどく所を占めて、膝をかさねて坐わり、煙管(きせる)のタバコを吹かしながら、太鼓や銅鑼(どら)のはやしだけで、芝居が出るまで空の舞台をいつまで眺めていても退屈しない。赤や黒に隈取(くまど)った男役者が大立ち回りをやってる所が一番気に入った。自分まで一役買って出たいくらいに気分が晴々する。ところが美人と二枚目の男役者が秋波を送り、目くばせしている所を見ると、にわかに嫉妬心が湧いて、妻の坐ってる女の方へそっと視線がゆくのである。そこが轎かきの卑屈さだとは自分も気がつかない。芝居を見ていると時間の立つのが早い。芝居のはねたときは、広場のすみで妻の通りそうなところで待ち、妻の竹椅子をうけ取ると、芝居を見た興奮(こうふん)がまだ頭にのこって、口もきけない。阿明小僧のうしろ姿が目についたとき、こ奴もきていたのかとこぼした。秀英と二人で留守番している、と言いつけたが、やはり芝居見たさに、秀英ひとりをのこして出てきたらしい。小僧を呼びとめてきめつけたかったが、理由が浮ばない。留守番は秀英ひとりでたくさんなのである。二人だけにするのは、自分に下心があると言われたくない。二人が留守番をしてるうちに、仲よくなり、あの大工の若衆と百姓の嫁のようなあいだ柄になっても、構わない意味を秀英に聞えよがしにもらしたいが、言いだす機会がない。二人の年のひらきは女が五つもうえだからまずい。これが逆ならつごうがいいが、十四歳の男の子に嫁があるのはめったに聞いたことがない。つい自分のとりとめのない空想もここで詰まって、はじめて妻に話しかけるのを思いだしたようである。

美しい星空をながめながら、明日は天気だからいいものの、竜眼林へゆく路が悪いからな、と夫は珍しく星空を仰いで言い聞かすのである。

「誰が乗るの」と妻は気のない返事である。

こうした家庭環境のなかで、五年もたつと、阿蘭は隣り近所の餓鬼たちと遊び回るようになった。女の子のくせに逆立ちがうまい。お祖母さんはこんなおきゃんでおてんばな女の子が嫌い。がむしゃらな自分を嫌悪しているせいか、お祖母さんは、やはり女の子はおとなしくしつけたいが、手のつけようがない、しかし轎かきのお祖父さんは　かえってこんな女の子の方が面白い。女俠客の芝居の影響か、女俠客ばりの方がいい。どうせ、まともに組み合わせて出来た子ではないから、冒険をする方がはりあいがあって、ゆく末が楽しみである。母の秀英は健康な強い娘に育てたい一心だけで娘をどうしつければいいか、別にいい考えも持っていない。母のおっぱいで育てあげた阿蘭は、自分の命の分身で眼のなかへいれても痛くない可愛いさである。昼間は骨のくだけるように働いて、夜母子が枕をならべて横になると、くつろいだ気持になると同時に、阿蘭の一日じゅうの出来事を聞くのがたのしい。わが子のために生甲斐を感じる。

母の腕枕ですやすや寝入った阿蘭の寝息がきこえると、秀英は甘い夢にさそわる。養母の姑は嫁よりも店員の阿明小僧に親切である。阿蘭を自分の女孫だと思っているだろうかと秀英が疑うのである。そんなことはどうでもよい、阿蘭は私一人だけの子である。と秀英はそっとわが子を抱きよせて頬ずりする。ぽちゃぽちゃした、絹のような肌ざわりが頬につたわって、つい胸が一杯になる。自分のほかにたよる者のないわが子が可哀想でならない。そのために秀英は生きようといっそう力が湧きあがってくる。たとえ、死ぬようなことがあっても、自分の魂は常に娘のそばを離れずに守ると秀英は歯を喰いしばるのである。

轎かきの王明通は、店が繁盛しだしてから小使銭を稼ぐ心構えがゆるんだ。轎かきが補欠から本業になり、また本業から補欠に戻った。心構えがゆるんだために、主家の出した酒をろはで飲むのが目的のようで、轎かき仲間から嫌われた。王明通はときどき酒を飲む度がすぎて、足もとをふらつかせるときがあるので、仲間から敬遠された。

「明通兄、今日は、あまり酒をあおらないでください。竜眼林部落の路がわるいんだ。轎には警察の鑑札がついている。お前さん、万一、轎をひっくりかえしたら、お客の傷の弁償と轎がこわれるのはかまわないとしても、轎の鑑札を取り上げられたら、わしはお前さんとちがって、おまんまがあがったりだ」

「あ、わかった、わかった。俺だって、小使銭が上がったりだ。このごろお前さんたちは一度も呼んでくれないもんだから、阿明小僧の野郎からこっそり小使銭を借りたくらいだ。奴っこさんは月三、四元の月給があるが、俺はまるで無給の長期契約雇人みたいなもんだ」

「阿呆言いなさい、妻から月給もらうって法があるかい。ただでお前さんに抱かれて、おまんまを食べさせてもらって、なお、月給がほしいお前さんの了見がわるいや」

「冗談いうな、俺ももとは金持だったんだぞ、彼女と一緒になってから、今日、この態たらくだからね」

「それゃお前さんにも責任があるよ。いまさらぐちを言ってもはじまらない」

「だからさ、夫婦って義理があるだろう、がめつくて、毎日、金、金、金だ。その他のことは考えない」

と王明通は苦しい弁解をするのである。無能な夫を恨んで、阿媛は決してがま口のひもをゆるめない。ただ、いくら無能な夫でも、夫がいるだけで世間からなめられない。夫は彼女にとっては用心棒的な存在である。たずなを固くにぎっておかないと、このごろ用心棒の役割さえもあやしくなった。彼女は店の売り上げには、一銭も手をつけさせない。地獄の沙汰も金次第と言われてる世の中である。ましてこの家は女腕一つで生活を立てなければならないから、金は彼女の命から二番目のものだ。彼女は坐ったままで目くばせをし、口をつかって山の百姓を喜ばす術を知っている。阿明小僧がお客について立ち回ってくれれば、おのずから商売が繁盛する。このごろの店の回転資金はずいぶん楽になった。ふみ倒されたつけは一件もない。事業が調子にのると、心持も、口も調子にのるから、阿媛はますます濃艶になった。農村は大方、女といえば娘とお婆さんの二つの階級しかない。年増女の美しさというのはめったに見られない。あるとすれば裕福な家庭の深窓にかくれている。この中間の年増美人が直接百姓にかかわりあうことは、何よりの魅力である。農村の娘は結婚してしまえば子供がどんどん産まれて、すぐ婆さんに見える。若い人妻とは言え、化粧はあまりしない。若い百姓妻の化粧は誰に見せるのだろう、とすぐこんな噂が立つおそれがあるから、農村は娘と婆さんしか目に入らない。にぎやかになった王明通の檳榔店仔に、リスのようにすばしこい阿蘭がひとりだけお客のあいだをくぐったりして、遊んでいる。ときたま祖母の目をかすめて、窓板の台のうえのガラス瓶にはいってる駄菓子を取るのである。駄菓子にあきると一銭銅貨をかすめてしまう。阿明小僧の目など眼中にない。阿明もこのすばしこい小娘には憎からず可愛く思っている。それを阿蘭に見すかされたのか、にやりと笑ってる小僧にへんと見返すだけで、一銭銅貨をつかむと市場へ走ってしまう。市場から帰ってきた阿蘭の口許に油がついてるのを祖母が目ざとく気づくと、祖母の目はたちまちけわしくなる。阿蘭は用心深く近よらない。すると鶏をおどかす竹を持っている祖母は、いきなり立って聞くのである。

「何を食べてきたか、どこで金を取ったか」

「もらったんだよ」とてんで相手にしないので、祖母が竹をもって追い駆けるのである。纏足の祖母は踊ってるように追い駆けるので、阿蘭は遠くで笑いながらおいでおいでをしてるようで、祖母もついそのずうずうしさにあきれて、顔は怒ってるが腹の中はもうおさまって店のうちに引っ込んでしまう。阿明小僧はこんなときの婆さんと孫は芝居のようで面白いと笑う。それを見ると婆さんは目をむきだして、ほんとに怒った顔をする。

「何をにやにやしてるんだい、お前は店番をしっかりしてないから、金をぬすまれたのかもわからない。それともお前がやったのか」

「違うよ、私は知らないよ」

こっちにあたりちらされたらたまらないから、阿明小僧は口をとがらして不平な顔をするのである。阿蘭は小僧が叱られてるのを見ると、今度は、本気に怒るかもわからないから、家にはすぐ帰らないで、遊びの方向をかえてしまう。母が野良からかえってきたとき、いくら待っても阿蘭が帰って来ないのをみると、不安になり、心細くなって、阿明小僧に訊くのである。阿明がまた針小棒大に、祖母が叩きそこなったことを説明するので、秀英は胸が痛んで涙になる。台所の入口からそっと阿蘭が帰ってきたのを見ると、秀英は走りよって、阿蘭を抱きあげて、赤ちゃんのように頬ずりして、「お母ちゃん、心配してたのよ」というのである。

「なんともなかったよ母ちゃん」と母の胸からおりて、茶腕を取って薬缶のお湯を注ぎ、母ちゃんにひと口飲ませてから、阿蘭はごくごく喉を鳴らしてお湯を飲む。可哀想に逃げかくれしてどんなに喉をかわかせたかわからない。母はほっとしてはじめて夕食の準備に取りかかるのである。夕食のあと、阿蘭を風呂にいれてから、寝室につれてゆき、いまでもちょっと添寝をしてから母がまた台所に出て、あと片付けをし風呂などに入ってから阿蘭のそばへそっと身を横たえるのである。台所のいっさいが秀英の仕事で、店のことは秀英など一度も手を出したことがない。養母の気性を知って、むやみに手を出したくないのでもあるが、養母が百姓と露骨なことを言いあって、顔を赤くしてる男たちの前へ出たくないのがほんとの気持である。また養父母が一度も手伝ってくれと言ったことがないから、店の事は秀英にはまるで他人事のようになっている。母がそばへそっと入ってきたとき、阿蘭がまだ寝ていないときがある。すぐ母に抱きついて、細い声で、母ちゃん、と呼ぶ。

「はいよ、蘭仔とてもいい子」と母は娘に腕枕をさせて、甘える阿蘭の肩を叩きながら早くねんねんさせるように、低い鼻声で、聞きかじった民謡を子守歌がわりにうたうのである。それだけに秀英は、毎日、暗い思いをしながらも母子が枕をならべるとゆとりが出るのである。

「母ちゃんは蘭ちゃんのために生きてるのよ」子守歌のなかにある科白（せりふ）のように、母が細い声で阿蘭の肩を叩きながらいうのである。

「蘭ちゃんは母ちゃんがほしくなかったら、いつでも母ちゃんは死んでしまう」

それを聞くと蘭ちゃんは恐くなって、「いやよいやよ、死んじゃいや、蘭は母ちゃん大好き」と、母の胸にしがみついて母の匂いをかぐように顔を押しつけて甘える。

「蘭がいい子だったら、母ちゃんはいつまでも生きるから」と阿蘭を抱きしめて、頬ずりしながら、さあ、早くねんねんするのよ、と母はまた阿蘭の肩をかるく叩くのであるが、阿蘭にねだられるまま、鼻歌から、昔話にかわる。昔々大昔、祖父さまが孫をつれて山へ遊びに行った。ふと大きな洞穴が目についた。なかを覗いたらすばらしい装飾がほどこしてある。二人が一緒に入ったら危険だと思って、祖父さまが先に入ってみてから孫を呼ぶつもりで、孫を洞穴の外に待たしておいて自分ひとりで入った。ところが祖父さまが洞穴に入つた途端、洞穴の石戸がしまってしまった。いくら、祖父ちゃま、祖父ちゃまと呼びつづけても石戸が開かない。とうとう孫はそこでなん日も、祖父を呼んでるうちに血を吐いて死んだ。それがほといといという鳥に産まれかわったというのである。母の話声が細くなって、阿蘭もうつらうつらとなり、可哀想な孫の幻（まぼろし）影を追っているうちに母子は静かな夢のなかに誘われていった。

第五章の四

梅仔坑庄には大正十二年に自動車株式会社ができ、昭和三年に電灯がつくようになった。昭和五年の春ごろに、梅仔坑庄の新しい床屋のおかみさんが断髪姿で店の前にあらわれた。町の人たちは目を見はった。鶉のように尻尾がなくなって、女の頭は毛がぬけたように馬鹿にまるっこく見えた。しかしそのうちにいつのまにか、国民学校の女教員までそういう頭になった。鶉みたいな女がふえてと陰口をきくものはなくなった。時代が変ったというのである。しかし秀英はそういう流行を追う気にはなれなかった。便利にはちがいないが、だいいち理髪屋へ行く気になれない。また髪は女の命くらいに思う観念が残っていた。尼姑になる機会がなかったら髪をおとす気にはなれない。阿蘭を産むまでの娘時代の秀英は、柏もち型に髪を束ねていたが、阿蘭が産まれてからほとんど髪を櫛まきにしていた。そのため、実際の歳よりも老けて見えた。阿蘭が五つで母の秀英は二十三歳である。

当時の野良仕事の女は、やはり草鞋か地下足袋をはいていた。娘の阿蘭は母が草鞋をはいてるのを見ると、その裾をつかまえてはなさない。自分もついてゆくというのである。子供にはかせる草鞋がないし、朝露のふかくなった山路を跣足で歩かせたくない。当時の国民学校の児童でさえほとんど跣足で登校していた。祭日の式のあるときだけ跣足を禁じていた。町の裕福な家庭の娘でも、家を出るときだけワシントン鞋をはいていたが、学校へ来るとぬいでしまう。そのため放課後は教科書を風呂敷に包み、小脇に抱えて手には鞋をもっていた。制服を着てカバンを肩に下げ、白いワシントン鞋をはいてるのは日本人小学校の児童だけである。台湾国民学校はまだ制服の規定もなければ鞋もはかない。服装はまちまちで貧富を見分けるには服装でなくても、風呂敷の布地だけでもすぐわかる。学校へ行かない子供が鞋をはくのはお正月だけである。まして阿蘭が薪取りについて行くのに、お正月にはく鞋をだしてはかせるわけにはいかない。そのため、秀英は娘の阿蘭を薪取りについて行かせたくない。畑へ行くときだけはよく一緒に出かけた。しかし阿蘭は畑へ行くより薪取りについて行きたい。山へ行けば薪取りの餓鬼たちに出くわすと面白い。花やら季節はずれの果実まで摘んでくれる。阿蘭があまり頑なに裾をつかんだまま離さないのを見ると、母も娘の気持を察して、三度に一度くらいはつれて行くこともあった。案の定、山の薪場で薪取餓鬼どもと一緒になって、たのしそうにきゃあきゃあはしゃいでいた。しかし、それでもときどき母を思いだしては、母ちゃん、と木霊をさせて、母が、はいよ！と木霊が答えるまで母を呼びつづけた。

「はいよ、いますぐかえるよお！」

母の返事が木霊となって、谷間でぼんぼんひびいた。それを聞くと阿蘭は安心して、山男の陳啓敏がまるで餓鬼大将のように、石のうえに坐って、餓鬼たちの遊びごとを指揮してる一隊にはいり、遊び呆けるのである。陳啓敏は阿蘭の父の運転手とは同じ歳であるが、山男だけに、老けて見えるが稚気満々である。動作がにぶいのに子供っぽく見えるため、あるいは脳たりんではないか、と思われる山男である。そのせいか、おじさんよりも餓鬼大将と言った方がいいかも知れない。大人の世界からはみだされた大人が、子供の世界に加入したみたいである。おじさんの目はいつもにこにこしていた。いつまでもおじさんに笑いかけておじさんを見つめると、おじさんの目は自信を失って別な方へ向けて、口もとだけ笑いが残る。そんなところのあるおじさんを阿蘭はすぐ気がついた。それで気のおけないおじさんだと思った。餓鬼のなかに紅一点とあらわれた阿蘭を啓敏は、なぜか目のなかへいれても痛くないくらいに可愛らしく思った。阿蘭が、みんなから、でんぐり返しを打って見せないことには、遊び仲間に加えてやるわけにはいかない、と言われた。彼女は早速弁髪を口にくわえるとでんぐり返しを打った　餓鬼たちの一斉に手を叩く音が木霊(こだま)した。啓敏はもったいなくて、もういいよ、と命令したが彼女は、大丈夫よ、と今度は足をのばして逆立ちして見せる。阿蘭が餓鬼仲間に加入した式が終わったように、餓鬼たちの手を叩く音は、いつまでもつづいた。たちまち阿蘭は伽噺話に出てくるお姫様のように、餓鬼たちから歓迎の言葉や称賛の拍手でむかえられた。阿蘭はこんなに有頂天になったことがない。餓鬼たちは阿蘭をあがめたてまつって、およそ山に出来る果実や珍しい花、また、ままごとに使える木の実まで、まず阿蘭の前にあつめた。啓敏は活発な阿蘭を見ると、心の曇りが風に吹かれたような晴々した気持になる。無鉄砲な女の子かと思ったらそうではない。啓敏が、阿敏叔(おじさん)と呼ばれたのは、阿蘭がはじめてである。男の子が逆立ちをしているときは、弁髪を地面の砂のうえをひきずってるが、阿蘭が弁髪をくわえて武装してからはじめるので、この娘の賢さをあらわしてるようで何かしらうれしくなる。女の子は本能的に髪を大事にすることは啓敏にはわからないから、いっそう阿蘭を完全無欠な女の子に見えた。それに反して、阿蘭の父である運転手を恨むようになったのは心の義憤からであるかもわからない。母子をおいてきぼりにして嘉義市の妻の所にばかりいる王仁徳がにくらしくなるのである。これはまったく余計なことだが、無口なだけ、啓敏は頭のなかでふと王仁徳を憎らしく思うことがたびたびあった。そのせいか、阿蘭がいっそう可愛らしくてならない。それで彼女が毎日山へ来ると、薪取りよりも、阿蘭が見えたら、やりたいものを森から、雑木林から、椿林からさがしだせるだけの果実や木実や花を夢中に駆け回ってさがし出すのである。それがまた一つの生甲斐にも思った。その季節はずれの果実を山芋の葉っぱで包み、木の枝にぶらさげてから薪取りをはじめ、阿蘭が来るのを待つのである。阿蘭が無邪気に眼をかがやかせて喜んでる顔を見るのが、啓敏には何よりもうれしい。これが半年つづいた。この半年は啓敏の半生を通じて一番明るい半年だった。真夏に近いある日の昼さがり、

「阿蘭、母ちゃん帰えるよお！」

と母の木霊が聞えたので、阿蘭の声はすぐ可愛らしい木霊になって答えると駆けだして行った。

「はいよお、母ちゃん待っててね」

赤いひもでゆわえた阿蘭の弁髪はトンボのお尻のようにはねていた。餓鬼たちや啓敏は阿蘭の姿が見えなくなるまで、気のぬけた顔で見送った。阿蘭は母の声がきこえる方へ走っていった。竹林から埤圳の流れてる山腹へ、薪束を背負って降りて行く母の姿が竹林のあいだに見えた。

「母ちゃん！来たよ」

「おにぎり食べた？」と母は息をぜいぜいさせて訊いた。突然、阿蘭がアッと声をあげたので母はいやな予感でびっくりして、薪束を放り出し、ふりかえった瞬間、蛇を踏んづけたのではないかという不安が胸にきた。阿蘭はうずくまって両手で足を押えていた。母は駆け上がってきて押えてる阿蘭の右足を見た。阿蘭の土ふまずのところから血が吹きだしていた。不注意に竹の切り株を踏んだのである。竹の切り株は

小刀の刃のようにするどい。それを見てとっさに、母は片手で阿蘭の傷口を押え、片手で周囲にある蔓草の葉をもぎ取って口の中に押し込み、嚙み砕しては阿蘭の足の傷口にはった。二、三回も必死に母はそれをくりかえして、くちゃくちゃになった蔓草の葉っぱを阿蘭の傷口にはった。青い草の汁が足の裏いっぱいに拡がった。そのうえを山芋の葉でかぶせてから、母は頭巾(ずきん)をはずして阿蘭の傷の足を包んだ。母の唾と蔓草の葉で応急手当が終わると、母は阿蘭を抱きあげて山の斜面を降りなければならない、母の息は強い草汁の青臭(あおくさ)い匂いがした。母の顔から体から雨に降られたように汗が流れている。ふと母の眼を見たら、汗ではなく涙が溢れていた。次第に母の顔がゆがんでみえ、しゃくりあげてくる母の悲しさのふるえが、阿蘭の体につたわった。

「母ちゃん、泣くのいや、阿蘭いい子になるから、泣くのはいや」

しかし母は阿蘭を抱きあげたまま、足許に神経をあつめて歩きながら泣きつづけていた。埤圳に降りると、阿蘭を石のうえに坐わらせて、母は両手で埤圳の水をすくいあげ、口をゆすいだ。母は口をごろごろさせて、口のなかに残った草汁をゆすいだ。それがすむと母はすくいあげた水を飲んでから、そのぬれた両手で顔を拭いた。母はやはりぬれた両手で阿蘭の顔を拭いた。母の冷い手が顔にふれて気持がよかった。

「母ちゃん」阿蘭は低い声で母を呼び、両手を母の両腕にからんだ。母はもう泣いていなかった。こんなに母を悲しませたことを阿蘭はどう言って母にあやまっていいかわからない。しかし母の悲しさはそれだけではないことを阿蘭は知らない。

「そこにじっと坐わるのよ。動くと薬がずれちまうから、母ちゃん、薪を運んでくるから」と言って、母はうしろ姿を見せると、また草叢（くさむら）をかき分けて山へのぼって行った。泣いたあとの母のうしろ姿は何かしら、幼ない阿蘭にもさびしく思われ、薄暗い森のなかはしんとして、埤圳の流れはちょろちょろ囁いてるように聞えた。また、母ちゃん、と木霊を呼びたかったが我慢をした。口一杯ににがい草を押し込んで頬ばって嚙（か）んだ母のつらさがよみがえって、阿蘭は思わず細い声で、母ちゃん、と呼んだ。ごめんね、母ちゃんと口のなかでくりかえした。母は強くて、なんでも出来る。しかし母を必要とし、愛しているのは自分だけではないか、と阿蘭は頭巾で包まれた右足を見ながら考えた。

「阿蘭、足をうごかした？」

「うごかしてないよ」

という声が聞えたので、母の顔を見上げたら、また泣いていはしないか、とはっとするくらい母の顔が汗にまみれていた。

この埤圳はここの山腹をめぐって、秀英の家近く一帯の水田の灌漑になると同時に、梅仔坑庄民の飲料水川に合流する。埤圳の畔路を西北へ五キロ歩けば、秀英の家の前の田圃路に出られる。秀英が遠回わりの畔路を選んだのは、町の通りを歩きたくないからである。竹林の山を降りずに、うしろの保甲路に出れば、梅仔坑庄と竹崎庄の州路があって、ちょうど阿蘭と薪取り餓鬼たちの遊んでいた場所はそこにある。そこを通って行けば町の表通りや町の裏通りへ出られる近路があるが、秀英は誰かに出くわすのは気おくれがした。声をかけられたり、返事するのが面倒である。気楽に歩ける路なら、一キロくらい遠回わりをしても何とも思わない。このわけのわからない身分が、可愛い娘のために人の前にさらしたくない。阿蘭が可哀想でならない。人間嫌いな気持になった。母子二人で呼びあう山の木霊は秀英には何んと言っても うれしい。母の声が、はいよ、ではなく、おォと聞えたとき、母が薪束の重さで息がせき切ってるのが阿 蘭にもわかる。自分のいどころを母に知らせたいのと、母を慰めたい気持が一緒になって、阿蘭はおぼえ ただけの童謡を歌うのである。今度の傷のことで母は阿蘭を山へつれてくるのは危険だということがわかった。

「母ちゃん」

母は答えずに埤圳の畔路のそばの樹に、薪束を立てかけてから、裾をたくしあげ、顔の汗を拭いた。母は裾をおろし埃をはたいてから、石の上に坐ってる阿蘭の前にうずくまった。頭巾で包んだ阿蘭の足をそっともちあげて訊いた。

「痛いかい？」

「母ちゃんのはってくれた薬、もう痛くないよ」

「そう？よかったね」

母がそういうと立ち上がって、また埤圳ののそばへ行って両手で水をすくいあげて顔を洗った。そしてそのぬれた手でまた阿蘭の顔を拭いた。涼しくて気持がさわやかになるので、阿蘭は母に笑いかけ、母の裾をひっぱった。母も阿蘭のそばの石に腰を下ろして、深い息をした。

「祖母（ばあ）ちゃんに叱られる」

「大丈夫よ、いたずらしたわけじゃないんだもん」

「……いいわよ、叱られても仕方がない」

母はひっそりそういうと、阿蘭に頬ずりして、おつむの髪を撫でた。

「喉かわいた?」

阿蘭がうなずくと、母は山芋の葉を摘んで埤圳できれいに洗ってから、その山芋の葉に水をいれて阿蘭の前に持ってきた。水は山芋の葉のなかで真珠のようにころがり落ちそうにゆらいだ。母はうまくその葉っぱにいれた水を阿蘭の口のなかにすべらせた。水は半分こぼれて阿蘭の胸をぬらしたので、くすぐったくて阿蘭が笑いだした。母もつりこまれて笑った。母は阿蘭をおんぶするつもりでいたが、薬草がずりおちそうで抱いて行くことにした。母は手ごろな石に阿蘭を坐らせると、また後へ戻って、薪束を背負いあげた。前進と後退をくりかえして、阿蘭も薪束と一緒に家に着いた。やはり薪取りの俗称の〝鴨母(あひる)のあとずさり〟という運び方である。家にたどりついたとき、祖母は目をむきだして見ていた。秀英の着物は夕立に降られたように、汗でびっしょりぬれていた。女孫の足が包んであるのを見ると、声を荒げて訊いた。

「蛇にかまれたのか」

「竹の切り株を踏んだ」と秀英が答えると、祖母は口をまげて皮肉を言った。

「へん、母子、山で駆けっこしてたのか」

「祖母ちゃん、ちがう、花をつもうと思って、竹の切り株を踏んじまった」咄嗟(とっさ)に母をかばう阿蘭が嘘をついたので、母はぎょっとした。祖母はそれっきり黙っていた。祖父は祖母にまかせて何んとも言わない。秀英は阿蘭を台所の竹椅子に坐らせて、足の薬がずれないように、もう一つの竹椅子を持ってきて、阿蘭の右足をのせた。それからいそいで夕食の仕度に取りかかった。

阿蘭の足の傷は薬草でまもなくなおったが、山へついて行くと言わなくなった。――ついて行きたいことはやまやまだが、母がさそってくれるまで言えなかった。母が野良へ出かけるとき、そのうしろにつきまとって母の仕度を見るだけである。阿蘭の足の傷がまだ癒らないで、跛をひいて歩いてるときに、薪取りの餓鬼たちが、阿蘭のようすをさぐりにきた。どうして阿蘭が山へ来なくなったのか、みんなが知りたかったのである。阿蘭の足が跛をひいてるのを見て納得した。祖母のこわい視線をさけながら仲間たちに、竹の切り株をふんづけちゃった、もうすぐなおるの、と阿蘭は言ったが、足の傷が癒ったら、また山へ行くとは言わなかった。それを早速、餓鬼たちが陳啓敏に知らせたら、彼はがっかりして心が痛んだ。いち急に山のすべてが空っぽになって、蒼空で旋回しながら啼いてる鳶の声まで空虚に感じるのだった。いちばん可愛らしい女の子の姿が消えて、啓敏はいままでのように餓鬼たちと遊ぶ気になれなくなった。餓鬼仲間が、主役を失って、気がぬけたために、ときたま山路で阿蘭の母の秀英に出くわすと、挨拶かわりに阿蘭の足の傷を訊いた。堅い表情をしている秀英は気のない返事ばかりである。

「おばさん、阿蘭の足の傷なおったの」

「うん」

阿蘭の足の傷はみなお前たちのせいだ、と言わんばかりの秀英の顔をみると、薪取り小僧たちは先の言葉につまった。山の薪取り仲間のあつまりがそれで自然消滅になった。啓敏はいつも独りでしょんぼりして、樹陰や石の上に坐って、手持ち無沙汰に見えるが、じつは神経が停止したのではないか、と言ったような姿でいつまでもじっとしてた。いつのまにか春がすぎてまた夏になった。薪取り餓鬼たちも新陳代謝で、新しい顔ぶれがあらわれたが、以前のようににぎやかな遊びがなくなった。まばらになって、薪場でかちあうことはあるが、集団的には遊ばなくなった。秀英の姿が山にあらわれても、口をきくものがいない。ただ啓敏だけが懐しそうな目付きで、いつまでも彼女のうしろ姿を追ってるのが見うけられた。阿蘭の母という懐しさであるかもわからない。このごろの啓敏は、山の段々畑を開墾した水田の耕作をうけもっていた。そのために野良にいることが多くなったことは、彼にとっては一つの解放的な気分になった。水田はちょうど山腹の埤圳の下にあるので、田植えから除草、稲刈り、もみ干し、このあいだはみな自主的な仕事になるので家や店にいるときとちがって、こきつかわれることはない。休みのひとときに、畔路を通っていく秀英の姿を見出したとき、彼は思わず心ゆたかなたのしみを感じた。そのたのしさが秀英の姿が消えるまでいつまでも心に残った

陳家における啓敏の地位は、養子というよりも薪取りと山の水田をうけもった長期契約の工人である。陳家の商売はますます盛んになり、保正の養父は町で一番羽振りのいい保正になった。日本語の出来ない人は馬鹿みたいに見られる環境のなかで、養父はまがりなりにも日本語が通じる。そのうえ訓導の息子がついている。植民地台湾では模範家庭なのである。しかしそんな模範家庭の雑役になるよりも、山の百姓でいた方が気楽だつた。戦争の話や店のことは、啓敏が駄菓子屋でよく聞いたが、そんなことは自分の知ったことではない。ところが、いつのまにか自分の名前が「千田真喜男」に改められたことを聞いたと

き、啓敏は胆(きも)をつぶした。日本語もろくすっぽ言えないのに、自分が日本人名前にかわり、日本人になったことは、これから唖になれ、と命じられてるのと同じことになる。これからどうすればいいか戸惑(とまど)った。それでいっそう人にあうのが億劫(おっくう)になったというよりもこわいのである。そのため、山路で日本人巡査に出くわしたときは身ぶるいするほどおびえた。

「千田真喜男、どうだ」

四十がらみの吉田巡査が、部落巡視のためによく山路で陳啓敏に出会うことがある。吉田巡査は梅仔坑庄内のことを知り尽していた。この保正の養子は、家族のなかからはみ出された存在だが、やはり日本人名前をもっているから、ちょっと妙な気持になる。海軍あがりの巡査だけあって、見聞がひろいせいか人道主義的な所があって、ユーモアもある。人間の運命は神しか知らない、と思うのも船乗り時代の影響であるかも知れない。しかし啓敏はそう呼ばれても、にたりと笑っただけで顔が真っ赤になった。巡査も気がぬけて行ってしまう。啓敏は巡査がうしろをむいたのを見てほっとした。立てつづけにやられたら、何もわからないので、ひょっとしたら、頬っぺたをはられるかもわからない。そのため、巡査と向かいあった一瞬間が一日よりも長く思われた。顔に汗をにじませて、訓導の弟がのろわしくなるのである。自分だけ改名すればいいのに、要らぬおせっかいで災難がここまで及んだ重荷が憎らしい。

戦争がたけなわになったことは、配給制度が厳重にしかれたことで、啓敏にも感じられた。黄麻(あさ)で細い糸をよって、竹鶏(やまうずら)を取るわなを作り、竹鶏はいままで一四十銭であったものが、このごろ十五銭に売れるようになった。またまとまってない小金を腰にまいた帯先に結んでいたが、店員に、いつも啓敏は金玉が三つあるね、と手が来るので癪にさわった。「僕たちの金玉は二つしかないが、啓敏は三つある」と啓敏の帯先の結びのこぶへ店員の手が来る。それで彼はミルク缶と壺を考えついてから、このごろ、地べたのなかに埋めた壺のなかに何十元たまったか、頭のなかで数えるのが楽しみの一つになった。啓敏にとっては唯一の秘密である。町ではやみの言葉が流行っていた。やみは警官の捕縄の端がつながってるような気がしてならなかった。しかし啓敏はやみの品物を売ることも買うこともない。ただ、ひそかに金を溜め、毎日、秀英の姿を幻影のように追い眺められたら、これが彼の人生の全部である。秀英は、自分の腕を枕にしている阿蘭から山の叔父さんの話が出たので、頭の中がかあっとした。

「黙ってなさい、眠るのよ、お化け恐くないの」、と母はいつもとはちがって、邪剣な声でけわしく叱かった。子供が、夜、寝ずにぺちゃぺちゃ喋べると狐に聞えてお化けがあらわれる話を、母は阿蘭に話したことがあった。髪が乱れて、大きな頭だけ梯子段からころがりおちるお化けの話を思いだして、阿蘭は母の胸にしがみついた。母は泣いてるようであった。

第五章の五

啓敏が発作的に昼さがりの夕立のなかで、秀英を侮辱したことは、幸い、町の誰にも知られていなかった。しかし、啓敏はその精神的な傷でいっそう卑屈になって、人嫌いになった。そのため、三十歳ではあるがずっと老けて見えた。薪取りに来る子供たちと遊ぶこともなくなった。その年の冬は山の切り通し坂で、日向ぼっこばかりしていた。切り通し坂の踊り場のところは夢の跡のようで、田圃小屋にいるのが退屈になると、自然に足がここへ向かうのである。ここ二十数年間の歳月がこの広場で流れていった。啓敏の日常生活が変わったことは、秀英は知らないわけではない。梅仔坑庄内は小さな出来ごとでも二日とたたないうちに知れ渡るところである。啓敏に挑みかかられたあとの数日間は秀英にとっては、毎日暗い気持にかられた。町じゅうに知れ渡るようなことがあったら、どうしよう。たとえ、なんともなかったにしろ、退屈してる噂雀たちは羽をつけ、翼をつけて、どんな話題をつくりだすかわかったものではない。そのため、野良仕事に出るのが恐い。また山路で遠くから、啓敏の姿を見つけたとき、神経がとがった。今度こそ薪束ごと、相手の体に叩きつけて、刀をぬいて、切ってやる。と心構えていた。兄王仁徳に、手ごめにされて子供まで出来たが、これはもともと嫁合わせで夫婦にするつもりでいたものが事情で妙な型になった。しかし啓敏の場合は他人である。他人との男女関係は、あらかじめ夫婦になる話をまとめずに、一緒になることは姦淫になる通念がある。虎は死して皮を残し、人は死して名を残す。その時の梅仔坑庄の女は貧しくても、そんなプライドを持っていた。ところが啓敏の姿は逆である。人間が悩むことは明日という日があるからである。絶望的になったときは、ただ今日という日をくりかえしているだけにすぎない。彼は秀英に興味がなくなった。阿蘭という可愛い娘も夢路をよぎった一駒の幻影に残っているだけである。しかし彼は彼女が自分におびえてることを知っているので、出来るだけ彼女に出くわさないようにさけていた。出くわさなければならない同じ山路を歩いていても、彼は薪束を放り出して、小坂にあがり、彼女が通ってから降りてきて薪束を背負いあげるのであった。それがかえって秀英の目をひくことになった。憐れな男である。女の一撃でおじけて目さえむけられない。夜なぞ、それを思いだすと、この気の小さい男が、なぜあのときにそんな発作的な勇気がでたのだろうか。ことに、阿蘭に山の叔父さんに逢ったことがあるかどうか、訊かれたときはいっそうそれを思いだす。いままで秀英は寝台で横になるとすぐ眠り込んでしまうが、このごろはなぜか自分が力を張って、男を撲ぐりつけたときのことが思い出されて、一種の快感さえおぼえるようになった。夜はしんとして蛙の鳴き声にさえ胸さわぎをおぼえる。隣りの養父母の部屋からはいつまでもこそこそ話が聞えてくる。今まで気づかなかったことが耳に入ってはっとするのである。六十歳前後の老夫婦が若い男女のように甘えるのを聞くと腹が立って、頭髪まで熱くなるような憤りが胸にもりあがって、この家から逃げだしたいくらいいやらしい音に悩まされた。秀英は嫌悪の情にかられて、頭が冴えるばかりである。いやだ、この家はいやなのだ、と思うが、それならどこへ行けばいいのか、先のことが考えさせられる。いままで見さげていた啓敏のことが紙屑のように脳裡に浮ぶと、彼女はわけもなくそれをとらえて考え出した。秀英は毎日悩むことになった。悩むことは明日ということが芽ばえてきたと同じなのである。それで彼女の毎日の立ち居振舞いが、かなりわがままになった。薪取りに山へ行っても啓敏を見ると、かえって心が和んだ。自分に跳びかかってくるのは、この前のことが最後になるのではないか、と考えるときもあった。しかし、山でいつもこの男に逢えるわけではなかった。そんなときはかえって見離されたような寂しさをおぼえた。夜になると、阿蘭の山の叔父さんの思い出話を聞くのがたのしく胸にこたえた。裸身の女さえ見れば跳びかかってくるのは男の習性だとばかり軽蔑していたが、啓敏だけは別のような気がしてならなかった。夜は更けて、家の前の路をへだてた向かいの溝で鳴いてる蛙の声がひとしきり聞えた。町の遠くで吠えてる犬の声は寒そうである。隣り部屋の養父の鼾(いびき)まできこえてくる。秀英は追い立てられたように、この家を嫌悪する情がますますはげしくなった。自分がこんなに不仕合わせになったのも、何かの罰あたりであったかも知れない。そばで寝てる阿蘭の寝息まで胸がときめくのはどうしたことだろうか。秀英はいつのまにか夢のなかで、山のなかをさまよっていた。

年があけて、第一期の田植えが終わり、最初の除草をしているころに、秀英は薪束を畔路の樹に立てかけてから啓敏の田圃に降りた。小屋のなかを覗いてみたら、啓敏は足をかさねて膝のうえで麻糸をよっていた。ふと人影に気づいて顔をあげた啓敏はおどろいて立ち上がったが、身をよけるような姿勢で秀英の目を見つめた。秀英はあたりに気をくばってから小屋のなかにはいった。竹寝台の前の竹椅子が啓敏のあとずさった足にけられてひっくりかえった。

「阿敏！あんたをなぐってすみません」

啓敏は黙って、秀英の顔をまじまじと見つめながら突っ立っていた。秀英はおびえてる啓敏を見て咄嗟(とっさ)にどう言っていいかわからなかった。

「阿敏、あんた女のおっぱいが見たかったんでしょう？さあ、見たかったら、見ていいの」

秀英は左胸のうえの着物のボタンをはずして、真っ白い乳房が光るくらいに啓敏の目にはいった。急に啓敏の顔がなごんだが、体は固着したように突っ立ったままでいた。秀英は彼の手を引っぱって乳房のうえに押えた。啓敏がはじめて、片手で秀英を抱きよせると顔をおっぱいのあいだにうずめてから口がきけるようになった。

「おれはお前が大好きなんだ」

秀英はこんな言葉が啓敏から聞けるとは思わなかったから、いっそう彼の真実が胸にこたえて心から燃え上がった心地に陶酔した。

「私もよ」

啓敏はただ私にも女が出来たのだ。私を愛してる女が出来たのだ。彼は心でそう叫びつづけて体を彼女にまかしていた。秀英は一人の娘の母にはちがいないが、精神的にはオールドミスとおなじく好奇心に燃えて、はじめて出来た愛人を思うままにいとしんで彼を抱いた。これがかえって二人の愛情を深くした。二人がどうしてこんな型になって結ばれたか、神様しか知らない。

二人が竹寝台から起き上がったとき、小屋の扉さえ閉めなかったことに気がついておどろいた。啓敏は小屋の外に出てあたりを見回わしたが、犬一匹さえ見えなかった。鳥だけがたのしそうに啼いてるだけである。もう一度、扉を閉めると、秀英を抱きよせて、自分の女を抱いてる気持が一杯胸に溢れた。

「私、もうお前さんを離さない」

「おれは死んでも、お前を離さない」

秀英はいつのまにか、腰に結えていた刀架をどけて竹椅子においたのを見て、帰り仕度をはじめた。その刀架を取るとふたたび腰に結えながら、目に一杯涙をためて、啓敏の肩に顔を押しつけた。

「帰るのがつらい」

と秀英はむせびながら言うのである。啓敏は聞き取れないくらい、咬みしめるような声で、必ず一緒になる、と言った。こんな強い男とは知らなかっただけに、秀英は啓敏をいとしく思って強く抱きしめた。秀英が小屋を出るといそいで裏の坂をのぼっていった。彼女の薪を背負っている姿が見えなくなるまで、啓敏は小屋の裏の軒先の陰に立ちつくして眺めた。小屋の中に戻ったとき、急に今まで感じなかった家の中に空洞が出来て、秀英のいない家はおよそ意味がないものに感じた。彼はしょんぼり竹椅子に坐って、阿秀の移り香がまだ残ってる煙のようなものを追いながら悩みはじめた。早く一緒にならなければ、誰かに二人の仲をぶちこわされそうな焦躁を感じた。誰かに、媒人(なこうど)の面倒を見て貰わなくてはならない。王仁徳は秀英を離さないわけはない。王明通夫婦にだけ話さえつければいい。しかし、貪欲な王明通はどれくらいふっかけられるかわからない。啓敏は雑木林の中に埋めてある壺を思いだしたが、あれだけの金では心もとない。やはりつきつめて考えれば金の問題だ。これには啓敏は壁にぶっつかった。弟や妹には莫大な金をつかって結婚させたから、自分は話せばいくらかたしてくれるかもわからない。要するに、親身になってくれる仲人を立てることだ。ここまで思いつめると、啓敏は始めて、夕食の仕度に気がついて、台所に立った。軒先の陽脚が遠のいて、小屋のなかは薄暗くなっていた。

ひとり、竹でつくった食卓に向かって、啓敏は飯炊きの阿春婆さんを思いだしながら、どうやって、阿春婆さんに媒人の話をもちこむべきか、その要領を考えあぐんだ。小屋の中に漲っている秀英の移り香が彼に迫車をかけた。絹のようにすべらかな彼女の体温が彼に勇気を吹き込むのである。しかし、万一、話がまとまらないうちに、噂が町じゅうにひろがったら、自分の一生はおじゃんになる。全身ひきしまる思いである。梟が闇でホレホレ見ロウ、やったぞ、とひやかしてるのか、激励してるのか、今夜の梟の啼き方までちがって聞えた。こういうときに相談相手がないのは、一生の不幸の一つであると、つくづく思った。秀英も同じである。なるがままの人生しか知らない。目標を立てて明日のために努力する方法を知らない。しかし、いまそういうわけにはいかない。明日でも二人が一緒にならなければ、も早、生甲斐がないという考えが頭を占めていた。それゆえ、明日を考えなければならなくなった。直接、阿春婆さんには言い切れない。いつも自分の金玉が三つあると手を出す店員は、わりにさばけてるが、剽軽で、うっかり他人にも言いふらしたら、人の笑いぐさになり、ことがめちゃくちゃになってしまう恐れがある。年嵩な薪取り餓鬼の一人に金をやって、こっそり、阿春婆さんに、啓敏は轎かきの家の秀英を嫁にほしい、と何んとはなしに伝えてもらえば、阿春婆さんは自分に訊くであろう。そのとき拝むようにたのめば、仲人をやってくれるかも知れない。いや、やってくれるに決まっている。轎かきの家にひと走りさえしてくれたら、万事うまく行くと思う。それなら養父母も異存はないにちがいない。それしか手だてがない。床をしいて蚊帳のなかにはいっても、頭はそれで一杯なのである。天下孤独、挙目親身なし、これが致命的になるくらい寂しく思った。森の方であいかわらず、仏法僧が喉がわれんばかりに鳴きつづけていた。禽獣の世界も人間と同じように、寂しさに泣くことがあろうか。しかし自分には女が出来た。自分を愛してくれる女が出来たのだ。二人はもうすでに結んだのだ。昼さがりの出来事が胸に浮ぶと、彼は起き上がって、秀英に呼びかけたい気持にかられた。

「私は一日も早く、仲人をたててお前を嫁にもらいたい、といまは計画しているんだ」

明日、秀英に会ったら、そう言って喜ばしたい。家のなかはしんとしているが、外の闇で蛙と梟が合唱しているみたいである。仏法僧だけが一人離れて嘆いていた。夜はだいぶふけてるようだ。早く眠ないといけない。ひとまず、年嵩の薪取りにあたってみよう。いくらか金をにぎらせればうまく行くだろう。成功したらまたお金をやると言おう、そしてうんと御馳走してやると約来をしよう。彼はせんべいぶとんを首までひきよせて決心した。そうだ、すっかり忘れていた。明日、秀英がきたら、壺の中にある一元銀貨を二つやって先に喜ばしてやろう。啓敏は生まれてこの方、こんなたのしい夢を見たことがない。

翌朝、啓敏が床をはなれて、台所へ朝食の仕度に立ったときは、お陽様が山のうえに昇って笑い声をたててるくらいに見えて、啓敏はあわてた。大事な仕事が多いにもかかわらず、こんなにおそく起きたことがなかった。朝食を竹卓にととのえてから、川へ降りて顔を洗うことにした。水鏡に映した自分の頭髪がキングコングくらいにのびた姿に気づいて、秀英に恥かしいと思った。美人とお猿ではそぐわない。少しでも秀英の婿らしい姿が必要であることを感じた。しかし、これでも昨日はうまくいったものだ、と危い橋を渡ってきた喜びが、いっそう秀英の愛情をかけがえのないものに思った。口をすすぎ、顔を洗いながら、今日のスケジュールを胸でたててみた。まず、養母の感情をやわらげなくてはならない。それには素手で家に帰ってはいけない。田圃小屋の前にたくわえてあった薪をふた抱えにして、ひと抱えは家に背負って帰る。もうひと抱えは今日、秀英にやろう。そうすれば彼女が薪を拾う時間がはぶかれる。それから弟夫婦にあまり口をきかないことだ。見すぼらしい兄を目の仇にしているかもわからない。それがすめば、年嵩の薪取り餓鬼をさがし出して、なんの気なしに話をもちかけてみる。頭髪は普通なみのハイカラにつんでもらうのがいいが、急にそんな頭をしてたらあやしまれるし、また正式に婿にもなってないのに、そんな頭髪をしたらてれくさいから、やっぱり丸坊主につんで貰った方がいい。啓敏はさばさばした気持になって、川から段々になってる水田の路を通って田圃小屋に戻って、竹卓の前に坐った。物干し竿は露が朝陽をうけて真珠を並べたように美しい。朝食をそこそこにして、薪束を背負って田圃小屋の裏の坂をのぼりながらも、今日のスケジュールがうまく片付けられることを心で祈った。

ところが他のことは片付けたがかんじんな薪取り餓鬼が除草の臨時工にさそわれて留守だった。行き先の田圃に行ってみようかとも思ったが、雑木林のなかに埋めた壺を掘りだし、一元銀貨二つを秀英にやりたい仕事が控えてるし、また彼女が訪ねてきて自分が留守だったら残念なのである。そっと市場でちまきを六個買って、阿秀がきたら二人でおやつを食べるつもりである。山芋の葉っぱに包まれた暖かいちまきを手にもって、山の田圃小屋へ急いだ。埤圳の畔路から見下した田圃小屋の屋根は強い陽射しをうけて、主と女主人を待ちあぐんでるような静かなたたずまいである。ほんとはいまごろ、田圃小屋の屋根から昼食準備の煙が立ちのぼるべき時刻である。しかしあたりはひっそりして、鳥の啼き声以外、人の気配さえ感じない。啓敏はいそいで坂をおりて小屋のなかにはいった。秀英がきたようすもない。今日は多分朝にきて昼に帰ると予想していたが、やっぱり午后になるのだな、と彼は竹卓のうえにちまきの包みをおくと台所に行って、薬缶の白湯をごくごくと喉をならして飲んだ。鍬を肩に田圃の水ぐあいをひと回り見てから小屋に帰ってきた。それなら、昼食がわりに自分は三個食べて、あとの三個は秀英に食べさせよう。二人で金のはいってる壺を掘りだすたのしさを、啓敏はちまきを食べながら想像した。ちまきを食べたあと、啓敏は秀英を待つわびしさと手持ち無沙汰に弱った。金壺を先に掘りだして待とうか、田圃にもう一度、稲の伸びぐあいや肥料の効きぐあいをたしかめようか、どっちも手につかない。軒先の陰がのびてるにもかかわらず、秀英の来る跫音（あしおと）が聞えない。そうすると悪い条件ばかり頭に浮んでくる。もう逢えないかも知れない。キングコングのような男が黙っているから、御礼返しに体当たりで試してみたのかもわからない。阿蘭を世話したとか、自分をなぐったとか、女がいたずら半分になだれてきたのかもわからない。しかしそのときの阿秀を思えば、その言葉、そのときの状態を思いだすと、そうとは思えない。家へ帰って虐待をうけたとか、病気で熱が出て、来られなかったとか悪い予想で啓敏はいらだった。夕闇が迫って、やぶ蚊が坊主頭にばかりたかってくる。彼は袋のようになった灰色の中折帽をかぶって台所に立った。ちまきはやはり秀英の分を残しといた方がいい。彼は初めて夕食の準備に取りかかった。塩魚（しおざかな）とそのおつゆを竹卓においたが、箸をつける気にならない。彼は下駄と手巾を持って小川へ降りて行った。川のせせらぎは不安を囁いてるように聞えた。いそいで水浴びをし、食卓の箸を取ったが、秀英に残したちまきが空しく目について、御飯がまずくて喉へとおらないので、また台所の鼠（ねずみ）よけにしまい込んで、床の蚊帳にもぐり込んだ。土をぬってない壁の隙間から星が見える。星を見ているうちに、環境はもとのままだが頭だけがかわって、想像だけがたくましくなった。その無数の星は神様の財産なのだ。昨日はその一つをおとしてくれたが、取り損ないそうである。遠くでまた仏法僧が啼いてる。一生伴侶を求めて、啼いて血を吐く鳥だ。いまの自分に似てるような気がしてならない。梟や蛙の合唱まで今日は地獄の管弦楽のような気がする。いや、また明日がある。彼女の体温や囁きの言葉を思いだして、啓敏は希望に燃えた。生きるか死ぬかの境に立った自分を感じた。秀英の真っ白いおっぱいの幻が、啓敏の神経をふわふわにして雲に乗ったような心地がした。

第五章の六

秀英はその翌日、野良へ早く出たい気持がいらだつほどだったが、昨日の夕方家へ帰ってきたときの空気がけわしく身に感じたので、わざと薪取りに出ないことにした。啓敏に逢いたいやるせない思いを我慢して、家で残された仕事を片付けた。急に家じゅうのものがよそよそしく感じて、いっそうこの家が嫌になった。今日、田圃小屋で啓敏がむなしく自分を待っているに違いない。彼もこんな気持でいるだろうか。そうだったら、彼が何んとかしてくれるにちがいない。

そういう秀英を轎かきの養父は見のがすはずがない。長いあいだ、お面のように固い女の表情がかわった。喜怒哀楽の表情があらわれたことは、女に男が出来たのかもわからない。夜、母子はよく山の叔父さんの話が出たのを轎かきは耳にはさんだことがあった。はっと轎かきは思いあたるものがあった。竹椅子と竹卓がつりあうように、女中と下男が似合いの夫婦になる言葉がある。それだ、秀英に男があるのなら、あの男にちがいない。彼は西保の保正の養子である。しかし養子と言っても下男とおなじなのである。突然、轎かきの頭にひらめきがあった。しめしめ、それだからつごうがいい、と心で叫んだ。かねてから養女に目を離さなかった轎かきは、その夕方、秀英がおそく帰ってきたようすを見ると、男に抱かれたような女の明るい顔が見られた。それで視線が秀英の体じゅうについてまわった。秀英も養父母のけわしい疑わしい目付きを感じて、今日のことが見破られたのではないかと用心した。さぐりあう神経が時折視線でかちあったとき、いままでと違っていた表情がうかがわれた。それで秀英はわざと薪取りに行かぬことにした。一日じゅう待ちぼうけを喰った轎かきは、さて勘ずかれたのかな、とあまり自分がむきになりすぎて、目で秀英ばかり追いまわしたのがいけなかったと後悔した。知らぬ顔で、秀英が野良へでるときに尾行すればいいのだ、と轎かきは妻にも相談せず極秘を守って、妻と家じゅうの商売のことばかり訊いて、秀英などにかまっていられないように装っていた。妻は夫がどういう気持で秀英を見ているかを知っていた。しかし彼女は成り行きを見ているだけで、夫に意見を言わなかった。ただ、阿秀の態度が横柄とまではいかないが、ぞんざいになって自信のついたふるまいが頭にきたが、目を光らせただけで、以前のようにがみがみ言わなかった。

　第三日目に、轎かきは昼食の箸をおくと、昼寝のため寝室にはいっていた。養母は相変わらず店先で、山の百姓たちと猥談をして笑い興じていた。小僧は、背のついている竹椅子に坐って居眠りを我慢して、ときどき気のない顔で百姓たちにふりかえっては、目ぶたが垂(た)れさがりそうなのを我慢していた。阿蘭は男の子のように、廊下で独楽(こま)をまわしていた。秀英は人目をかすめるように、刀架(なたかけ)を腰に結いつけると、薪取りのために家を出た。轎かきは寝室で秀英が出て行くのを感じていた。藪蛇を突ついておどろかしてはならない。彼は秀英の薪取りの時間をはかり、それから田圃小屋におりて、二人がいよいよたのしい営みの真っ最中を狙って、啓敏と秀英の脱いだ褲(ずぼん)を奪い取って証拠に派出所へもちこめば、こっちのものである。どうしてくれるか保正さん、あんたの養子が私の嫁を寝取った。轎かきの駄賃を稼ぐ馬鹿らしさが思い返えされてたのしくなる。これいっぺんだけで、十年分のお小使いどころか、店の大資本が出来るのである。その半分を私の小使い銭にして貰う計算をしてもまず妻には文句が言えないだろう。彼はおもむろに床から起きると、折角、うとうとした頭が、これから嫁を尾行せねばならないと思うと、少しむかっ腹になった。彼は草鞋（わらじ）をはいて、刀架を腰に結び、豚の餌のために野良へ出かける振りをして家を出た。およその見当をつけて、轎かきは、啓敏の田圃小屋の前の鼠小路で、待ち伏せることに決めた。あまり早すぎて、鼠小路で蚊にせめられてもつまらない。頃合いの時間を見はからって、田圃小屋の前の鼠小路につけばいい。いまごろ、阿秀は一生懸命に薪を拾って、あとのたのしみを急いでるにちがいない。とそう思いながら、人目をさけて、山路の草をかき分けて、啓敏の小屋近くになると、猪になった思いで体を折りまげて、わずか鼠茅の穂のうえから笠が見えるくらいにして、轎かきは獲物を狙っていた。

啓敏は、一日じゅう秀英を待ちぼうけた昨日が空しかったが、今日は、犬も歩けば棒にあたる思いでまた町に出かけた。町に出ると汗が出て、袋の帽子をぬいで腰にまいた帯のあいだに押し込んだ。家に帰って、台所で阿春婆さんに愛想笑いをしたが、媒人（なこうど）の話が喉にひっかかって言葉に出なかった。薪取り餓鬼の家にも立ち寄ったが、除草がまだ終わってないと、家の者が言った。町でしばらくうろついてから、早く田圃小屋に帰って、銀貨を取り出して秀英が来るのを待つことにした。もしかすると今日は早く来たのかもわからない。おやつはやはり新鮮なものがいい、と思って今日はおもちを二人分買うことにした。昼前に田圃小屋に帰ってきたが彼女がきた気配がない。路々（みちみち）に山の音に気をつけたが、薪を切る音も聞えない。鍬をもって雑木林にはいって、壺を掘り出し、銀貨二個を帯のあいだにはさんでから、また壺を埋めて、雑木林の山を降りて田圃小屋に帰ったが、相変わらず小屋のなかは空しくてやり切れない。銀貨二個を竹寝台の竹筒のなかに押し込んでから、工作褲にはきかえ、裸に笠をかぶって水田の仕事で時間をかせぐことにした。田圃ではまだ十分に除草をすませてない所を這いつくばって、雑草を泥の中に押し込んだ。今日、秀英が山へ来たら、まず小屋を覗いてから薪取りに行くにちがいない。自分が小屋にいなかったら、時間のくいちがいがあってはならない、と思った途端、彼は除草を中途半端にしてまた田圃から上がって、小屋に帰った。軒先の陰がのびて、おそらく午后一時ごろになるのではないかと思って、彼はおもちと昨日残してあったちまきを見比べた。昨日の残りを食べようか、それとも、おもちの半分を片付けようかと考えたが、やはり二種類のものを秀英にえらばせた方がいゝと思って、おもちの一人分を食べることにした。二日間、昼食も炊かずに市場から買ってきた昼食を贅沢に思ったが、今日まで、偶然に溜めといた金は秀英のためだと思えば、こんな金をつかうのはたのしい。おもちの一人分をたいらげても、秀英の影さえない。今日もまた待ちぼうけか、と台所に立って手を洗い、おもちとちまきを鼠よけの棚にしまい込んだ。真ん中の部屋に戻って寝台の枠に坐って外を見たら、太陽は田圃のうえできらきら輝いていた。まぶたが垂れさがってうとうとしてきたので横になった。夢なのか、秀英が自分の体をゆすって、やっと来たのよ、と言ってるのが聞えた。がばっと起きて見たら秀英はまる腰で自分のそばに坐って、しのび泣きで、手を自分の肩にかけていた。

「どうした？」

「私、あの家にはもう我慢ができない」

「大丈夫だ、おれはいま、仲人を立てて、お前を貰うことにしているのだ」

それを聞いて、秀英は涙にぬれた顔を啓敏の顔に押しつけて、口をほころばせて嬉しそうである。

「待てよ」と啓敏は竹筒の中から竜銀二個をほじくりだして秀英のまえにさしだした。

「お前にやる」

「おく場所ないから、あんたが持っていたっておなじ」

それを聞いて、啓敏はなるほどと思って、銀貨をまたもとの竹筒へ押し込んだ。それからおもちとちまきを竹卓にだして、阿秀にすすめたが、彼女は昼食をすましてきたから要らないと言う。あんたの晩食にとっときなさい、とおやつを押しかえした。

「あんた、金の無駄づかいをしてはいけない」と彼女は啓敏をいさめる。早くも世話女房になった口調である。彼女の心がけがうれしく、思わず啓敏は彼女を抱きしめた。

その二時間後に、轎かきが田圃小屋の前の鼠小路にしのび込んできたときは、啓敏はあらかじめ準備していたひと抱えの薪束を彼女のために背負って坂にのぼり、埤圳の畔路で彼女にわたす思いやりで、秀英がそのうしろについてるのが見えた。轎かきは啞然としてくやしがって舌打ちした。馬鹿ったれ、もうすんだのか、轎かきの時間の計算ちがいだった。薪取りをせずに、それをするために来たのか、それに気づかなかった。あのとんま野郎が、それだけの智慧があるとは気づかなかった。どれだけの無駄足を踏ませるつもりか、轎かきは一気呵成につかまえると思っていたが、もう一度、猪に化けなければならないと思うといきりたった。近路をたどって秀英よりも一足先に家に帰らなければならない。勘ずかれたら、またどれぐらいの手間を取らせるかわからない。先に帰ってひと風呂浴び、昼寝から起きたふりをして見せることだ、と轎かきは、轎をいそぐと同じ早さで、家に飛んで帰ってきた。山へ帰る百姓たちは、まばらになって、妻は昼寝にいったらしい。表では小僧と阿蘭が独楽回わしの競争をしていた。

秀英は汗だらけで薪を背負って帰ってきたが、家のなかは昼さがりの静けさに沈んでいた。阿蘭は母が薪束を裏庭に放りだすと、まつわりついてきて、母ちゃん、この次はあたいもいってもいい？と母の着物の裾をつかんで言った。

「祖母ちゃんに、鞋をはいていいかどうか訊いてから」と秀英は風呂場で水浴びしてるらしい養父にきこえよがしにこたえた。そして心のなかで、彼が買ってくれたおやつを、阿蘭にもってかえれないのが残念に思った。

翌日、阿秀は昼食のあと片付けをすませると、野良へ出る仕度をした。養父は昼寝のため寝室に入っていた。阿蘭は母について山へ行くのをあきらめて、笠をかぶって裏庭でトンボをとろうとして、ぬき足、さし足でトンボのお尻を狙ってる格好が可愛く見えた。町はずれに出たら、秀英は考えた。もし啓敏が田圃小屋にいなかったら、茶碗を二つ出して卓のうえに並べれば、自分がきたことを察してくれるにちがいない。彼は媒人をさがすことで夢中になっているのかもわからない。台湾はお節句がすぎるまでは、本格的な夏にならない。曇った日は残冬で晴れた日は夏みたいである。秀英が山腹の埤圳の畔路までいそいできたときは額まで汗がにじんだ。うしろをふりかえって彼女は警戒した。他の薪取りが見ていやしないか、誰か尾行してはいないかと気になるのだった。しかし、田圃の畔路で野良犬が二、三匹たわむれてるだけで人の気配を感じなかった。森の陰をくぐって、ひんやりした空気が顔にあたっていい気持で、啓敏の田圃小屋の屋根を眺めた。ひっそりとして、孤独な寂しい一軒屋ではあるが、いまに、自分の子供が何人もその庭で遊ぶ将来のことを思うと、胸がときめくくらい希望に燃えた。花眉鳥がいい声で鳴いていた。秀英を待ちくたびれた啓敏が庭へ出てきたのを見るとき、阿秀の足は小走りに坂を降りていった。ふとこちらに顔を向けた啓敏は阿秀の姿をみとめると駆けだして、坂をあがりかけたが、秀英の振っている手を見て足をとめた。そしていそいで小屋に入った。誰か見ているかも知れないと秀英は警戒したのである。しかし彼女とちがって、愛情に突き進んで行く気持を押え切れなかった。彼女は頰笑んで小屋に入った。

「私、媒人の話聞きにきたのよ」と彼女は腰に結えていた刀架のひもを解いて、刀架を竹椅子においた。

彼は彼女に抱きついて、早口に、その経過と計画を話した。彼女が早くも刀架をはずして丸腰になったことを彼は気にいった。彼は女王様をたちまち裸にしてしまったようなうれしさを感じて有頂天になった。

ところが、轎かきは別な鼠小路をたどって、田圃小屋の前のくさむらのなかにしのび込んで待っていたことを彼女は知らなかった。轎かきは目の前の獲物が目に入って、指先がふるえた。猪狩りの気持がした。相手は手ごわい啓敏である。彼は右手をうしろへまわして、刀架から刀を抜き取って構えた。轎かきは阿秀の女褲らしい着物に目ぼしをつけていた。田圃小屋は三つの部屋がある。真ん中の部屋は居間であると同時に客部屋である。向かって左の部屋は寝室兼倉庫である。右の部屋が台所になっていた。以前の小作人が建てた家である。啓敏は寝室をつかわず真ん中の部屋をつかっていた。独身者はこの部屋が見晴らしがよくて、なにか便利におもえる。竹でつくった壁は、冬は風がすうすうとおって寒いが、夏は扇風機をつかうよりも涼しい。真っ昼間は屋内の動静が容易にうかがわれる。轎かきは草むらで蚊の群に襲われて、いらいらしだし、頃合いをうかがって、二人の褲をいきなり、つかみ取り、庭で刀を構えてから、派出所へ連れだすつもりで、体じゅうの神経が集中した。影絵は全く玄人の役者のようで、轎かきは歯ぎしりをして、いきなり跳び出すと、扉を蹴って寝台にある褲をつかんで庭へ跳びだした。二人は不意に跳び込んできた巨漢におどろいて、体を離して起きた。外を見たら、轎かきが刀を持ち構えてこちらを狙っていた。啓敏の憤りの焔が頭にのぼって顔が蒼ざめた。自分の褲を阿秀にやり、自分は壁にかけてる工作褲を取ってはくと、刀をつかんで庭へ跳びだした。秀英は急いで身じまいをしながら啓敏に叫んだ。

「殺してはいけない、阿敏ッ！待ってください！」と言った。

秀英が庭へ出てきたとき、二人の男は闘鶏のように跳びかかって行く構えをして睨みあっていた。轎かきが狙った二人が、褲をはいてるのを見ると、しまった、目についた阿秀のズボンだけしかつかんでなかったことに気がついて、啓敏の剣幕におじけていた。

「やるか」

と轎かきは切り込んで行く口調で啓敏を睨みつけた。殺気だってる啓敏はかるくうなづくだけで、足先にじりじりよって行った。轎かきは一歩あとずさって、啓敏の隙を狙う目付きをした。

「阿敏ッ！殺し合いしなくてもいい、勝手にさせたらいい」

と秀英は走りよって啓敏の裾をつかんだ。彼女は轎かきの養父が、二人を殺しにきたのではないことを早くも見て取った。しかし啓敏の憤怒は押えようがない。轎かきの左手につかんでる彼女の褲を見ると、ただでは轎かきをかえさない、と轎かきの顔に針金のような視線をすえていた。

「ズボンをおいていかないか」と啓敏は叫んだ。

「派出所でかえす」

秀英はいきり立つ啓敏のどうにもならない憤怒を知って、ここで殺し合っては、いっさいが水の泡になる。彼女がはじめて叫んだ。

「行きましょう、阿敏ッ！行きましょう。派出所へ一緒に参りましょう」

それを聞いて轎かきの王明通は、啓敏の緊張がゆるんだのを見て、あとずさるように用心しながら先に歩きだした。

「どんなけりをつけるか、行くところまで行かねばわからないでしょう」

秀英は啓敏を慰めて言った。彼女はいつのまにか左手で彼を抱きとめてるのに気がついて、あわてて彼をはなした。

「こうなったら、もうしかたない」

彼女はそう言って、彼の怒りにふるえている神経を呼びさまさせた。そうだ、こうなったら、とことんまで行かねば解決がつかない。保正の養父の面子(めんつ)など考えるときではない。轎かきは歩きながら、いきなり背後から襲われてはかなわないから、また、啓敏にふりかえって言った。

「千田真喜男！おれは殺し合う目的できたのではない。男なら、出る所まで出て話すんだ」

「それなら、秀英のズボンをかえせ！」

「だから、派出所で返すと言ったではないか、そのために取ったズボンだ」

「よし、行ってやる」

轎かきが先頭に、二人はそのあとにつづいて歩きだした。轎かきは心のなかで北叟笑(ほくそえ)んだ。これなら、うまく行きそうだ。もし二人が派出所まで行ってくれないで、すっぽかしてしまったら、女のズボンだけもって、派出所に出ても、片方の証拠だけではお話にならない。しかも女は自分の養女であり、半分は嫁のような型になっていた。女の方が家でいつのまにかズボンが一枚なくなった、と言ってしまえば、警察も調べようがない。うまく一緒に派出所に入ってしまえばこっちのものだ。轎かきは、やはりとんま野郎は馬鹿正直で、かえってお多福のような秀英がずるかしこそうに見えた。轎かきは女褲(おんなずぼん)を左の脇にはさんで、右手はやはり刀をにぎったまま身軽く埤圳にあがる坂をのぼって行く、そのうしろ姿を見ると、秀英は極端な憎悪の情におそわれた。お父さんと呼びつづけてきた二十数年、それでなくても同じ釜の飯を喰い、下女のように働いてきた二十数年間。それをもかえりみず、利得のために、自分を衆人の前で裸にする養父の下心が憎らしく、秀英は顔が蒼ざめ、唇まで真っ白になって憤怒にふるえた。ここで轎かきを殺し、自分と阿敏が心中できたらどんなに溜飲が下がるかわからない。しかし、阿蘭の顔が脳裡にちらついて、阿敏にそうさせるわけにはいかない。彼女は歩みよって彼の手をつかんだ。彼の手もふるえていた。彼女の褲が轎かきの小脇にはさまれてるのを見るのが憎らしくてどうにもならない。

三人がものものしい姿で、町の通りに現われたとき、退屈してる田舎町の野次馬がたちまち山ほどあつまって、そのうしろにつづいて派出所の前にもむらがった。先頭が轎かき、そのつぎが啓敏、うしろが秀英の蒼ざめた顔、真っ白い唇、眉までが逆立って見えた。見せものの三人は群衆を眼中にないようで、落ちついていた。一人は獲物をつかまえた処理にせっぱ詰まって、二人は憤怒に燃えていた。

　退勤時刻の前なので、派出所のなかには、吉田取締巡査と台湾人巡査のほかにもう一人の日本巡査が揃って話をしていた。三人がぞろぞろと入ってきたとき、吉田巡査は大事な話の穂先を折られてあきらかに一瞬不愉快な表情をして眉をよせたが、あと二人は、おやっ、と顔を向けるとすぐ納得がいった。台湾人巡査は椅子から立ち上がると、轎かきと啓敏に歩みよって、二人の手から刀を取り上げた。轎かきは派出所で一番偉い取締巡査に、体を折りまげて深く敬礼してからしゃべりだした。田舎町の事情は、警察には詳しい。吉田巡査はじっと目を轎かきの顔にすえて、その捉姦の理由を聞きいっていた。

「大人（だんな）！千田真喜男は私の娘を寝取ったんです。いたずらに寝たのです」

「王明通！この女はお前の娘か、嫁か、それともお前の息子の王仁徳の妾か」

　轎かきはそう言われて、喉がつまり、うろたえたようである。

「どっちか、はっきり言え！」

「よ、よめです」

「嫁なら、お前の息子が毎日抱いているのか」

「ないんです」

　台湾人巡査の通訳まで怒った口調である。轎かきは心であわてた。改姓名者の肩をもっていると判断した。

「ない？それなら妾か」

「いいえ」

「馬鹿野郎！ないなら、なんで捉姦したと言うんだ？」

吉田巡査の声があらあらしくなり、通訳の台湾人巡査まで、轎かきの頰っぺたをはらんばかりの怒った声である。

「娘をいたずら半分に、もて遊ばれてはたまらないと思ったからです」

「それなら仲人をたてて談判すればいいではないか、非常手段を用いなくても」

と言われて、轎かきはつまって、直立不動の姿勢のままで吉田巡査の眼色をうかがっていた。吉田巡査の目が啓敏に向けられたのをみて、轎かきはほっとした。啓敏の顔がひきしまった。

「千田真喜男！お前は、この女をいたずらに抱いたのか、妻にもらうために抱いたのか」と台湾人巡査がはっきりと通訳したので、啓敏はきっぱりと妻にもらうために抱いた、と答えた。それなら、仲人をたてればいいではないか、という質問に対して、彼は、いまその仲人をさがしてるところだ、と吉田巡査と台湾人巡査を見比べるようにして話した。

「いつからこの女を抱いたのか」という通訳を聞いたとき、啓敏は、抱いた意味だけが頭にこたえて、拒絶されて鼻血が出るまで打たれたことを計算にいれなかったから、日時ははっきり覚えないが、去年の夏頃の山の東屋で、はじめて抱いたと言った。これには轎かきも啞然となったが、怒りに燃えていた秀英はそれを聞いて、しのび泣きに両手で顔を被って肩をふるわした。

「婠媒（おんな）！お前はほんとに、この男と夫婦になるつもりで、去年から抱きつづけてきたのか」

秀英は頭をふかくうなづいて、両手で顔を被ったまま、胸にこだわっていたものが、急に堰を切ったように涙になった。彼女は泣き崩れんばかりである。吉田巡査は給仕を飛ばして、西保の保正を呼びに行かせた。保正が来るまで、三人は巡査の机の前を五歩さがって待つことにした。轎かきは心のなかで、保正がきたら、どういう条件をぶっかけるか胸のなかで算段した。畜生！去年から抱いてたのか、そのうかつな自分はさておき、敏感を売りものにしている妻の阿媛もまぬけだった。野次馬は秀英の切ない泣き方を見て、喜劇から悲劇にかわったと見ていた。轎かきはそっと野次馬の群衆に目を配った。馬鹿野郎奴、一年間も抱きつづかれた女は、値打が下がる。ここで売り損なったら、もっと安くなるに決まっている。こんなよい買手は再びとあるはずがない。父女の手切金を一千元ふっかけてやるつもりでいたものが、漠然となった。そこへ西保の保正の悠然たる姿が現われたので、轎かきは心で迷った。

「保正さん、御足労じゃ、どうぞかけて下さい」と今度は通訳せずに、吉田巡査が保正に言ったので、台湾人巡査が立って、藤椅子を押しすすめた。保正は腰かけるまえに、片手で藤椅子を押しやるように、三人の巡査にいちいち頭をさげて、面目のない次第でございます、と言ってから、また椅子をすすめられて、やっと腰を下ろした。保正は三人の顔をふりかえって見もしない。

「保正さん」

と吉田巡査は、顎をしゃくって、啓敏の顔を見てから言った。

「呼びたてしてすまないが、御覧の通り、あんたの養子のちんぽが活躍しだしたんだ」

吉田巡査はユーモアをふくんだ言い方ではあるが、西保の保正には風刺的に聞えた。これには通訳を通じてないが、野次馬のなかに日本語を知ってるものがいるので、群衆のなかに笑い声が上がった。台湾人巡査はすぐ立ちあがって、野次馬を追っぱらったが、野次馬は波のようにひいてはよせてくる。

「はっ」と保正は吉田の顔色をうかがった。

「あの二人が夫婦になりたいと言って、去年から抱いてたそうだ」

吉田巡査はそう言って顎をまたしゃくったが、保正はかえり見もしなかった。

「おい、王明通！こっちへ来い」

台湾人巡査は取締巡査のあとをうけて、台湾語で轎かきを呼んだ。

「お前、直接、保正さんと話し給え！」

保正は始めて、轎かきと向かいあった。

「王明通！お前はどういうつもりでいるのか聞かしてくれ」

保正の語気はやはり轎かきには押しつけがましく聞えた。王明通は急につまった。保正の養子の嫁になるのは光栄だとして、ただでもらうとは違うか、と轎かきは保正の目を見つめた。

「すなわち、どういう条件だと私が訊いているんだ」

「領清二百四十元」と轎かきはきっぱり言った。領清とは、いっさいをつけず、ただそっくりそのまま二百四十元をもらうという意味である。

「よろしい、今夜、その金をお前の東保の保正さんの家にとどけておくから、取りに行き給え、そのほかに言うことはないな……お前が妻をもらったとき、どれくらいの聘金を払ったか」

「十二元、しかしいまとは金の相場が違うからな……いまは…」

「もういい、嫁入道具があるのと、処女とは、これも相場が違う。よろしい。どうもすみません」と保正は椅子から立ち上がると、三人の巡査にあやまって、煩らわしそうに養子たちの顔も見ず、派出所を出て行った。野次馬はあっけない顔で三三五五と散って行った。轎かきは手にもった秀英の褌を投げかえすように秀英に渡した。秀英はズボンを丸めて手にもつと、うつむいて派出所の裏口から出て行った。啓敏は取り上げられた刀に目をすえて突っ立っていた。轎かきは歩みよって自分の刀を取りかえそうと思って、手を出したので、台湾人巡査に怒鳴られた。

「馬鹿野郎！黙って派出所のものに手を出す奴がいるか」

　轎かきはおどろいて手を引いた。そしておろおろして巡査の顔を見くらべた。

「刀は武器につかおうとしたのだから没収するつもりでいたが、このごろ刀も高価になったようだから、明日取りに来給え！」と巡査にそう言われて、二人は派出所を出た。啓敏は町の表通りをさけて、家の裏通りの渓沿（かわぞ）いの路をたどって台所から帰ることにした。轎かきは、やはり近路の町の通りをいそいで帰った。言い値のままで保正が承知してくれたので、いささか悔いの念が胸の奥で渦（うず）まいた。媳の奴、文句を言うにちがいない。いや、きっと怒る。お前はやはり轎かきの頭しかないのだ、二百四十元なら、話合いでも取れる。捉姦の方法を取らないでもいい。媳のふくれた顔と喰いつきそうな目付きは苦手なのだ。去年から抱いて、黙ってるから、万一、秀英のお腹がふくらんできて捨てられたら一文も取れやしない。それだから安く値ぶみして、手を打つことにした。轎かきの頭のなかには、媳と押し問答で一杯になって、町の人たちの視線など顔に感じなかった。

妻の阿媛(アルワン)は目をむいて、店のなかの背のついてる竹椅子に坐って、夫が帰ってくるのを待っていた。秀英はすでに帰ってきて、阿蘭と荷物をつくっている音が聞えた。台所は店の阿明小僧が火を起こして夕食の準備をしているらしい。一瞬間のあいだに、阿秀はもう他人になったのか、せめて最後の勤めとして、夜の御飯を炊いてくれるべきだと思ったが、阿秀のいままでかつて見なかった蒼ざめた顔と、けわしい目付きを見ると養母はつい口に出せなかった。衆人の前に女の下半身の裸体を見せる手段を取ったと思えば、無理もないことだと思った。二百四十元と聞いて、妻の阿媛の腹の虫が納まらない。二百四十元と言えば偶数の百二十元の二倍である。めでたい数字だ、しかし、町じゅうの人たちにおかしな芝居を見せて、二百四十元の聘金を取る夫のぐうたらなやり方が気に喰わない。腹の虫を押えて、息をぜいぜいさせて夫の帰りを待ちかまえていた。轎かきは店に入ってきた途端、妻の顔色を見て早口に腹だたしく言った。

「ちえっ、一年前から抱いてるとさ、もうお腹に野郎の種子がはいってるんだ。ここで捨てられた日にゃ、ただでも貰い手がない、だから安く言ったんだ」と轎かきは先手を打って言った。夫が帰ってくるまえに、近所の野次馬から、秀英が間男の啓敏と派出所へ突きだされて、二百四十元で手を打ったことは聞いたが、一年前から抱いてることと、もう孕(はら)んでることは聞かなかったので、妻の阿媛の癇癪玉が不発になった。それを見て轎かきはほっとした。種子が入ってるのと妊娠してるのとは意味が違うので、妻は言葉のあやにひっかかったと轎かきは、自分の言葉の妙を得たつかい方が気に入った。秀英のような女の体に種子をしょっちゅういれられたら、孕んでくるにちがいないと妻が早合点したのに轎かきはたすけられた。

寝室で、今宵からこの家を出る解放感に酔って、秀英は養父母のそういう問答は聞いてたが、心の波は静かだった。

「お前も従いて行くのかい、阿蘭はここが嫌いなの！」

と祖母に訊かれた阿蘭は、ここ嫌いじゃないけれど母ちゃんと一緒に行く、時々ここに帰ってきて祖母ちゃんとお話しするわ、と答えるので、祖母は心でこのへらず口奴、小狐みたいだ、どうせ、こんなギャングみたいな女の子は、大きくなってもたよりにならない。阿徳も嫌いだと見えて、一度も抱いて頬ずりしたことがないと思えば、阿媛も黙って、母子がどうやって家を出て行くか注意した。秀英は蚊帳とふとんと母子の身のまわりのものしか荷物にしなかった。缶詰類や食物、家具などに目をつけて注意したが、彼女はそんなものに目もくれなかった。家のものと言えば、三尺くらいの桂竹に石油をつめて、お祭りの行列につかった松明がわりの竹筒だけである。その竹筒は店のすみに立てかけてあった。それを母子は、夜、人目をさけて山小屋へ荷物を担って、嫁に行く時の松明につかうことになった。それがこんなときに利用されるとは阿媛も思ってなかった。母子は夕食も食べずに屋外が暗くなったのを見ると、阿蘭に松明を持たせ、秀英は天秤棒で荷物を肩に担いあげた。

「街を出てから、母ちゃんが火を点けてあげる」と母にいわれて、阿蘭はお祭りの行列に参加するように、まだ火のついてない松明を高くあげて前に立って家を出た。養父母や店の小僧が目で見送ったが、誰も口をきくものがいなかった。阿蘭だけははしゃいで、またくるわね、と小僧に手を振っただけである。母子は暗闇のなかへいそいそと出て行った。

第六章の一

金源成商店の裏路から帰った千田真喜男こと陳啓敏の最初に出くわした人は、やはり阿春婆さんだった。阿春婆さんは、先刻(さっき)、家に帰った養父から聞いて知っていた。

「阿敏、うまくけりがついたそうだね」と阿春婆さんは訊いたが、啓敏はうなづいただけで、店員宿舎の方へ行ってしまった。しばらくたってから、店員がにやにやした顔で啓敏を呼びにきた。啓敏はやはり家を出る荷物をつくっていた。

「阿敏、お前のお父さんが呼んでるよ」

養父母は大庁(ひろま)の神壇の前の机をはさんで相談していたようだった。弟もその嫁も養母のそばに立って相談に加わっていた。啓敏が入ってきたのを見ると、何かを言っていた弟が急に口をつぐんだ。今日の養父は保正を兼ねた威厳が目に映って、啓敏は堅くなって、机の前に突っ立った。

「お前に、適当な嫁を物色しようと、かねてから思っていたが、なかなか見つからない。はからずも、今日のような恥をかかされたが、それがお前の望みなら、叶(かな)えてやるから、あの女と嫁合(めあ)わせてやることにした。あの山の水田と、竹林と雑木林はお前にやるから、今日から分家して、各々(おのおの)の生活を立てろ。しかし、武章に恥をかかしてはならない。もし恥をかかすような事を仕出かしたら、お前にやった上述の不動産はみな取り上げてしまう。そのつもりでいてもらいたい。お前の生活がこれでいいと認めた時に、はじめて上述の不動産の名儀書きかえをして、お前の所有に登記してやる。それまで上述の不動産の税金のいっさいは、お前が負担せねばならない。その意味で、水田の収穫の半分をわしに納めなくてはならない。これは小作料ではなく、わしがお前にかわって税金を納めるためだ。わかったか」

「はい」

啓敏は未だかつて陳家の不動産がもらえるとは思ってなかったので、これはまた天から降ってきた恵みのように、彼は養父の、文語体まじりの言葉をありがたく聞いていた。啓敏はただ田圃小屋を当分借りたいと願っていただけである。小作料に似た収穫の半分を取り上げられるとどれぐらい残るか、彼は考えてもいなかった。このごろのように、肥料不足状態では、山の水田は、一甲歩の収穫がよくて、一期が三千斤で、二期合わせて六千斤になる。一斤が百六十匁である。その半分を米に換算すれば、約三割を引いて二千百斤あまりの米が残ることになる。夫婦と娘合わせて、三人家族の要る毎月の米は、四十斤以上はかかる。年に五百斤内至六百斤の自家用米が要る。当時の米代が十一斤十匁だから、一斤は七銭余りになる。年収一千五百斤が生活費から生産費用にあてられるわけだ。毎月に割当てれば、十五元の収入にもならない。生産費用を引いたら、自作農とは言え小作人以下の貧農である。しかし、啓敏は、阿秀とさえ一緒になれれば、と希望に燃えていた。こまかい計算など出来もしないし、ただ二人が一生懸命に働けば、人生の血路がひらかれるとしか頭になかった。養父はまたつづけて言った。

「結婚準備金として、お前に五百元やる。二百四十元は、ただいま、番頭に、東保の保正さんの所へ届けさせて、お前の妻になる女の聘金だ。ここにまた二百六十元が残っている」

と養父はその紙幣を啓敏にわたした。望外の収入である。弟が十二元の赤包を出した。養母が二十四元、阿春婆さんまで、一元二十銭の赤包を啓敏のポケットに押し込んだ。半生働いてもらった金が五百三十六元とは思ってなかった。虎の子である。壺のなかの百元たらずの金をつかわないで済むだけでもありがたい。

「いいか、わかったね、それなら、田寮(たんぼこや)へ行く準備をしてよろしい」

啓敏は公学校でおぼえた最敬礼を養父母にしてから、回われ右をして、店員宿舎をさしていそいだ。夕食の時間近くである。養母から阿春さんに、啓敏の持って行きたいものをもたせればいいと吩咐(ことづ)けられた。三斗入りの竹籃二つに入るものは、たかが知れている。啓敏が一等先に手つけたものは、自分の身の回わりものと蚊帳とふとんである。あと、一番大事なのはマッチだ、臘燭だ。塩だ、そのほか、今夜は阿秀母子も来るだろう。山神及び土地公様を拝まなくてはならない。ほんとの意味の華燭の夜である。派出所で妙な結婚式をあげてから、今宵が華燭の夜である。彼は手近なものをまとめて籃に入れた。片方の籃のうえに蚊帳とふとんを重ねた。俗語が言うには、乞食と言えども、川を渡るときだけは荷物が多すぎる、と言われてる。啓敏はこの際、もって行かねばならぬ荷物が多すぎて頭を痛めたが、所詮、籃二つだけではどうにもならない。晩食に、と阿春婆さんに呼ばれたが喉(のど)へ通りそうもない。店員たちから、あらためて御祝儀を出すとも言われた。そんなことはいまの啓敏にとっては耳に入らない。荷物を担いあげて、台所にきたときに弟に呼ばれた。訓導になってから、兄さんと呼ばれたことがない。今夜に限って、兄さん、と呼び止められたので、啓敏はすぐ返事もできず、また体をまげて肩にのせた天秤棒を下ろした。

「兄さん、ここに印をおしてください。印がなかったら、拇印でもいいんです」

弟の訓導は右手に何か書いてある紙と左手には印肉をもっていた。啓敏はすぐ右手の拇指（おやゆび）を突きだした。何を書いてあるのか覗くように首を長くしたが、読めるはずがない。武章は早口に読んできかせた。日本語の候文（そうろうぶん）で、啓敏はただがたがた耳にひびいて意味がわからない。以上異存コレナク承諾致シ候、だけ耳に残った。かいつまんで武章が台湾語で説明してきかせた。山の水田八分九厘、竹林一甲歩三厘、雑木林一甲歩一分三厘、それから地番を述べて啓敏に拇印を押させた。同意した誓約書である。啓敏は財産をもらった手続きだと思った。しかし武章は、将来、誰かに智慧をつけられて、法院沙汰にならぬように予防するためである。こんな誓約書は法律的に役だつか否かは別としても、精神的に押えつけておく必要があるのは、知識人の猿智慧である。啓敏は拇印をおしてから、拇指についた印肉を竹籃の縁にこすりおとして、天秤棒を肩にのせると、台所の裏口から、田圃小屋をさして足をはやめた。宵闇が迫って、路が白く浮いて、竹やぶには早くも梟（ふくろ）が鳴いていた。

啓敏が田圃小屋にたどりついたときは、あたりは闇の底に沈んだように真っ暗になったが田圃の水面だけ星空を映してきらきらと見えた。肩から荷物を下ろし、まず竹籃から臘燭をだして、火をつけ、小屋の三つの部屋の要所々々に立てた。それから荷物を真ん中の部屋の竹寝台に出し、いそいで灶（かまど）に火を起こした。御飯を炊き、塩肉をゆでて、お菜をこしらえる順序を考えた。灶から火がもうもう燃えて、薪のはじける音までにぎやかに聞えた。灶の神様が爆竹を鳴らしてるような、にぎわいを感じるのである。壁の竹の隙間をとおして、たえず小屋の上の埤圳の畔路に気をくばった。そのとき、空から落ちた火の子のように、松明がゆれてるのが見えた。啓敏は灶から燃えさしの薪をぬき取って庭へ跳びだした。

「あたい、来たのよお！」

小屋の庭に現われた火を見て、阿蘭が叫んだ。木霊が闇をゆすって、啓敏の胸はその声で高鳴った。「蘭仔！待ってたよお！」と啓敏は木霊の響きがもっと低くかったらいいと思った。何かしら山奥の方の部落まで木霊がひびきわたるような気おくれを感じた。やっぱり阿蘭がついてきてくれたのだ。阿蘭は自分にとっては福の神であると啓敏は思った。阿蘭がいなかったら今日の自分がないと啓敏はかえりみるのだった。庭へ降りてきた阿蘭を啓敏は火のついてる燃えさしを投げすてて、抱きあげて頬ずりしたら、涙がでてきてとまらない。長いあいだ、阿蘭に会わなかった。その間が自分の危機に瀕してるときであった。秀英は荷物を真ん中の部屋に下ろすと、台所の灶の火が燃えてるのを見て、いそいで台所に立った。松明を高くあげて啓敏に抱かれてる阿蘭を見たとき、秀英の目からも涙があふれた。彼女が台所に立ったのを見ると、啓敏は阿蘭を真ん中の部屋の竹椅子に下ろし、松明を吹き消して、台所にとびこんだ。「蘭ちゃん、いまにご馳走をたくさんこしらえてあげるから待ちなさい」と啓敏は言いすてて、秀英と何か話していた。ひとまず、御飯や御馳走ができたら、拝んでから、親子三人で食卓をかこむ話である。阿蘭は竹椅子から跳び降り、台所に行くと、母は鍋の蓋を取ると湯気が立ちのぼった。鍋のなかから箸で塩肉を突きさして皿のうえにのせた。山の叔父さんは七輪にのせてる釜の湯気ぐあいを見て七輪から真っ赤に燃えてる炭をとっている。大人たちは台所の仕事を急いでいる。阿蘭の入る余地がないので、小屋の庭へ出て見た。山々は蒼んでる空の下で、くっきりと曲線を描いて、握り飯を斜めにおいたようなお月様が出ていた。旧暦の四月十日ごろと言えば、台湾は夏に近いのだが、御節句をすぎるまでは気候は激変するのである。この山あいにある農家は、まだ冬のすごもりからすっかり出きらない。渓(かわ)のせせらぎは寒そうに聞えるのである。あるいはここ二、三日来、夜中に雨が降ったせいかも知れない。夜中だけ雨が降ることは、農家にとって、堯舜の気候と言われてる。すなわち、風調雨順、という快適な気候である。阿蘭は梟の鳴き声なら聞いたことがあるが、仏法僧の鳴き声はまだ一度も聞いたことがない。梟以外、夜寝ずに鳴く鳥がまだいるのか、この小屋へ来てはじめて発見した新しいことがらだった。彼女は星空を眺め、空中に描いてる黒い山の曲線を見ながら、闇で鳴いてる鳥の鳴き声に聞き入った。そのうちに啓敏は真ん中の部屋に置いてあった食卓代わりの竹卓を庭の真ん中にもちだした。秀英は出来た御馳走を卓のうえにならべた。香炉がわりに空の牛乳缶に米を入れ、卓の前に置いて、両方に臘燭をたてた。親子三人がそれぞれ三本の線香をもって、食卓の供物を前にして立った。秀英は三人の真ん中に立ったが、啓敏が黙っているのを見ると、秀英は神様に祈る言葉を言わなければならない。三人はしばらく黙ってから、秀英が言いだした。

「神様！私たち三人を無事であるように護(まも)って下さい。私たちは天国へ行けるなどという大それたことを望んでいません。ただ無事でさえあればいいんです」と言ってるうちに秀英の声は押しつぶされて、涙が頬をつたわった。人生行路があまりにも紆余(うよ)曲折が多く、けわしい峠にさいなまれ通しである。今日ようやくここまでたどりついた。

「神様、私たちは、神様のために、何も出来ません。私たちは、悪いことをした覚えもありません。だから、ただ無事でさえあればいいのです」と秀英は拝んだ。

そばで聞いてる啓敏は同感だと思った。妻がズバリ自分の願いを言いあてたので、彼は妻になる女を偉いと思った。阿蘭はわけのわからない鳥の鳴き声以外、蒼んでる空から、神様が降りて聞いてるような気がしてならなかった。阿蘭はただ家じゅうが無事であればいいという母の願いを一生忘れなかった。

やがて、親子三人はたのしそうに食卓を囲んだが、阿蘭はすぐ塩肉を頬ばりながら居眠りをはじめた。秀英は箸をおいて、阿蘭を台所へつれて顔を洗ってから、寝室になってる部屋に吊るした蚊帳のなかに寝かせた。夫婦がはじめて食卓をはさんで向かいあった。今宵は華燭の夜である。また生まれてこの方はじめて解放された夜である。しかし、ふしぎにいままでの男女間のような神経のたかぶりを感じなかった。神聖でおごそかな気持が二人のあいだに流れていった。彼は彼女を観音様の使いのような気がしてならない。それで彼は明日からの生活計画を述べて、彼女に意見を求めた。

まず筧で水を台所に引いて来なくてはいけない。犬を飼わなくてはならない。猫を一匹もらって来なくてはいけない。鼠が多くて、猫にたよらなくてはならない。鵞鳥の糞は蛇よけになるから、鵞鳥を飼わなくてはならない。鶏は晨をつげるから、塒をさきにつくらなくてはならない。それには秀英はいちいちうなづいて賛成したが、明日、ひとまず物干し竿を立ててほしいとつけ加えた。食卓のうえの御馳走は塩肉とその塩肉をゆでたおつゆに、野生の芹をおとしたもので、塩魚は油で狐色にいためてある。あとは南京豆をフライしたものだが、食卓はひどくにぎやかに思われた。花嫁は遠慮してるのか、箸がいっこうに塩肉のお皿へ来ないので、啓敏は塩肉を二切れも一度にはさんで、妻のお碗のうえにおいた。秀英ははじめて頬笑んで、ひと切れをもとの皿へもどしてから言った。

「私はひと切れでいいから、あんた食べなさい」

とお皿にもどした塩肉を箸ではさんで夫のお碗にのせた。

「食べてしまっていいんだ。明日、新鮮な豚肉と魚を買ってくる」

「あんた、そんな無駄づかいをしてはいけない。まだおかずのあるうちは、何も買わない方がいい。苦しんできたのだから、倹約して、みなを見かえしてやりたい」

秀英が涙ぐんでいる。養父に裸身(はだか)にされそうになったくやしさがよみがえった。致命的な一瞬間と羞恥の恐怖におののいていたことが胸につまって、秀英の手にもった箸がそのままとまった。その恐ろしい経験を乗り越えて、今夜のようになったことが、つい先刻(さつき)の出来事だったが、ひどく長い困難な路程(みちのり)をへてきたように思われた。

「もういいんだ、すべてすぎ去ったことだから」

啓敏は彼女の胸中を察して言ったが、彼自身も涙になりそうである。二人は奇跡的にいいお巡りさんに出くわして、数年間苦しんだ希望がとげられた。彼や彼女は、キリスト教も仏教も誘われたことがない。宇宙間の不可思議を神のしわざだと思っているだけである。神様に救われたのだ、彼や彼女は心に余裕ができて神に感謝した。華燭の夜は、やはりにぎやかに感じたが、夕食をそこそこにすませて、食卓を片付けてしまうと、床に入るのは惜しく、二人は庭に椅子をだして、向かいあって坐った。媒人(なこうど)も必要なかったことを、彼はさもたのしそうに彼女に語った。握り飯のような月が中天にかかって、空間に描いた黒い山の曲線は、天国と娑婆を区切ってるようなおごそかさを感じた。彼は彼女に、今日一日の出来事を言わなければならない。そして腰にまわした帯先に結んだありったけの金を彼女に出して保管してもらうことにした。以後、彼女が現金係りで、金庫をあずかる役割になってもらう相談をした。仏法僧の鳴き声も、梟の鳴き声も、二人の耳に入らない。あちこちに飛ぶ螢だけが目に入る。今年のもみの収穫の半分も自分たちのものだ。昼ごろ見た稲の穂がそろってるのを見ると、肥料不足だが、豊年になりそうだ。戦争がたけなわになったことは二人にとっては、天意にまかすことで、語るにたりない。夜露が肩に冷めたく感じた。彼女が立ち上がると同時に竹椅子を手にもった。二人はおごそかに夫婦のちぎりを結んだことを神に報告した。彼女は真ん中の部屋の蚊帳を吊る手伝いをすませると、あんたはゆっくりやすんでください、朝の仕度ができたら、私が呼ぶから、と言って彼女は阿蘭のやすんでる寝室へはいって行った。啓敏は台所の部屋から真ん中の部屋の灯を吹き消すと、自分の床にもぐった。妻が子供と隣り部屋でねている、と思うと心がゆたかになって、今日一日の疲れがどっと体じゅうにひびいて、ぐったりと寝込んでしまった。

夜明けごろに、台所でかたことする音に、啓敏は目をさました。目がさめた途端、あわてて起きあがろうとしたが、妻がきてくれたのだ、と気がついて、頬笑むともう一度横になって台所の音に聞きいった。幸福感が胸にあふれて、やはり寝てはいられなかった。彼は床を離れると、妻にまけず庭へ跳び出し、鍬を肩に田圃へ行った。稲穂は露を一杯ふくんで、西へ傾いた月の光をやどしていた。東の空は白らみかかって、啓敏は田圃に流れる埤圳の水加減を見回わった。田圃に水が溢れたら肥料が流れるからである。

「御飯よぉ！」

小屋の戸口で秀英の声がした。はいよぉ！とすぐ口には出ず幸福感が一杯に胸をみたして、彼は足を小屋に向けていそいだ。そしてはじめて声をあげて妻に言った。

「蘭ちゃん起きた？」

妻の声は聞えなかったが、彼女は小屋のなかに引っ込んで、おそらく蘭ちゃんの部屋に行ったにちがいない。跣足で朝露に足をぬらしたが心地よく感じた。

食卓を囲んだときに朝陽が東山のうえから出て、部屋じゅうに光がおちて、風までがしたしまれる暖かさである。お節句が近づいた気候だ。夫婦二人は今日の仕事の手分けを相談する。阿蘭が、自分も叔父さんと街仔（まち）へついて行きたいと言いだしたが、秀英はしばらく迷ってから同意した。昨日の出来事は昨日とは思えないような気がした。かまうものか、みなに私たちが一緒になったことを見せたっていい、派出所で決めたことだ、秀英はそう思うと、

「今日は鞋（くつ）をはいて行くのよ」と言った。

「朝露はひえるから」と母はつけ加えたが、阿蘭が鞋をはいて町に行くことは別な意味があった。

「はい」と阿蘭は母に答えて、竹林で足を傷つけたことを思いだした。山の家へ引っ越してきたそうそう足に傷つけてはいけないと阿蘭は思った。啓敏はまず飯炊き婆さんを通して、養父から倉庫に残ってる針金をもらわなければならない。この頃、町では針金さえなかなか手に入らない時代になったのである。啓

敏は箸をおくと、彼女が阿蘭に鞋をだしてはかせているあいだ、竹林に入って、季節はずれの竹筍をさがした。本家へ手みやげに持って行きたいのである。いつも、田圃小屋から帰る時何かをもって帰らないと、弟嫁がいい顔をしないことを知っているからである。昨日は恥を衆人の前にさらけだしたが、今朝になってみると、二人が結婚する一つのコースであり、人生の峠でもある。かえって問題が解決されて、大っぴらになった胸のかるさをおぼえた。桂竹の竹筍は五、六本もあった。啓敏はそれを空籃の二つを重ねた上の空籃にいれた。天秤棒を通して、それを背負うように前の片方の天秤棒を押えて、先に駆けだした阿蘭のうしろを追って、裏の坂をのぼって行った。秀英はうれしそうに二人のうしろ姿を見送って、追っかけるように阿蘭に言った。

「むやみに物を買ってはいけないよ」

「はいよお！」

と木霊がするくらいに阿蘭はいたずらっぽい声をだした。埤圳を横切って雑木林から竹林をくぐると保甲路から州路に出た。山から梅仔坑庄の町が見える。

「蘭ちゃん、そんなにいそいだら、ころんでしまうよ」

と啓敏はくだり坂を阿蘭が弁髪をおどらせて降りて行くのをあわてて呼びとめた。

町には国旗をもって、お祭りのように街道の両側に、国民学校の生徒や街（まち）の人たちが並んでいた。阿蘭をつれて、その行列のうしろを通り、派出所の前まできた時、啓敏は胸がどきどきして、もしここで吉田巡査に出会ったら、どう言えばいいかとまどった。しかし、行列の国民学校の生徒がいっせいに歌をうたいだしたので救われた。

天に代わりて、不義を討つ、忠勇無双の我が兵は、歓呼の声に、送られて、今こそ出立つ、父母の国、歌声につられて、阿蘭まで歌いだした。しかし啓敏は見てはいられなかった。彼は阿蘭の手を取ると引っぱるように、早く店に行かねばならないと思った。

昭和十三年からの台湾は、田舎街でも、ほとんど毎日のように、出征軍人の見送りがあった。軍人から志願兵、志願兵から徴兵制度が施行された。台湾の情勢が刻々と変わって行くような状態だった。軍夫の歌は流行歌になり、台湾人兵を見送る時は、日本人兵なみの軍歌をうたうようになった。最初、軍歌を聞いたとき、啓敏は、男と産まれて、銃をもって勇ましく広野を駆け回わることが出来るのを、羨ましく思った。しかし、妻をもった今日　それが恐わくてならない。罪のない人を殺し、わけもわからず殺されることは恐ろしいことだと思った。歌につられて、面白く思っていたことが、冷静になって見ると恐わくなった。しかし、自分は兵隊にとられる心配はないが、火事が隣りまで燃えてきたようで不安になった。彼は阿蘭の手を引いて街の裏路を通って、店の裏口から入ることにした。手先が小きざみにふるえるのはどうしたことだろうか。昨日まで轎かきを殺そうとした自分ではないか、と自分のおびえてる理由が解せなかった。あまりに幸福すぎて、不吉な予感におびえているのだ、と三十を越えた自分は兵隊にとられる心配がないと思いかえしたとき、ほっとした。啓敏は国民全体をくり出して殺しあう戦争の意味がまだわからないからである。これも無学のせいだと啓敏は自分でもそう思っていた。その戦争の必要性を説明してくれる人もいないし、また説明してもらう必要もないように感じていた。啓敏はこうしてまがりなりにも結婚が出来たのは昭和十三年の春先であった。

彼が阿蘭をつれて、店の裏口にきたとき、気おくれを感じた。早すぎた、まだ阿蘭をつれて来るときではなかった。阿蘭を喜ばしたい一心で前後を忘れていた。彼はおろおろ庭の裏門の扉を押しあけて、台所の裏口にくるまで阿蘭に言った。

「おとなしく、行儀よく、みんなにほめてもらうようにするんだよ」

阿蘭は元気よく、ハイ、と言った。台所の裏口から阿春婆さんがいきなり現われて、啓敏ははっとして顔をあげた。

「おや、可愛い娘じゃないの」

阿蘭は婆さんに頭をこくりさせて挨拶したので、婆さんは機嫌がいい。そして若奥様を呼んで、見に来なさいと言った。弟嫁が寝室から櫛をもったまま跳びだしてきた。阿蘭もまたコクリと頭を下げた。

「腰にひもさえまわしてなかったら、田舎の子には見えないじゃないの」

阿蘭の髪はきれいに梳いてあり、前髪をのこした丸っこい顔が可愛い。眼をぱちくりさせて若奥様を見上げた。阿蘭の弁髪の尻尾は赤い毛糸で結わえてあった。台湾着物の上下は木綿の藤色で無地なのを見ると、大人の着物をつくった残り布だと想像された。白のワシントン鞋は着物とはそぐわないが、大人のように腰をひもでまわしてあるのは、跳ね回わるのにつごうがいい。田舎者はみんな腰に帯なり、あるいはひもを回わすのは仕事上の一種の武装である。したがって、阿蘭は田舎っぽく見えるが、リスのようにすばしこく感じさせた。

「いくつなの、八つ?あら、九つくらいに見えるわよ、阿蘭というの?」

弟嫁はしゃがんで、阿蘭の腰にまいたひもを解いて、阿春婆さんに見せるのである。

「この方が、もっと可愛いじゃないの」

「この子、お利巧だよ、私を見てすぐお辞儀したからね」

たちまち養母から店員まで、阿蘭が見せものになってしまった。啓敏は最初、いささか得意に思ったが、阿蘭がいい見せものになったようで、心の中でくさりだした。阿蘭のことはしばらく放っといて、自分は、住屋をよくするために、もらうべきものと買わなければならない物にいそがねばならない。

「蘭ちゃん、ここからどこへも行ってはいけない。じっと待っているんだよ、私は早く用を片付けなくてはならない」

阿蘭はおとなしくハイと言った。そこへ店員の一人が、みなからあつまった御祝儀の赤紙に包んだ金を啓敏のポケットに押し込んだ。

「昨日結婚したばかりなのに、もう八つの娘が出来た。早いもんだ」と皮肉にも聞えるくらいもう一人の店員がひやかしたので、みなが笑った。啓敏はいまいましく思った。やっぱり連れてくるんじゃなかった。しかし、弟嫁は阿蘭を気に入った。そしてそっと姑に耳打ちした。この子なら、家のいい子守になるから、たのもうかしらと言ったのである。

「もう少しおちつかせてから、お前からたのんでごらん」と姑が嫁に答えた。それにはまず慣らしておく必要があるので、弟嫁が自分の子供に食べさせる米粉でこねた菓子を阿蘭にやった。阿蘭は手にもったままロへもって行きそうもなく、澄みきってる瞳は家じゅうのものを見回わしていた。しかし意地悪そうな言い方をしている店員に顔をふくらませてうわ目をつかった。それがいっそう可愛く見えた。

「あら、それ怒ってる顔なの」と弟嫁は面白そうに笑った。阿蘭は早く山小屋へ帰りたいと思って、叔父さんが来るのを待ちあぐんでいた。


街へ出て必要な買物をあつめてる啓敏を、人たちは陰で、ヒヨコと鶏母（めんどり）をそっくり抱きかかえて行く、馬鹿げた嫁のもらい方をしたとそしってるものもいた。しかし、啓敏はそんなことにはかまっていられなかった。彼は必要な品物を揃えると、二つの籠が一杯になったので金源成商店の店先において、阿蘭を連れに店の奥に入っていった。阿蘭は待ちあぐねたように跳んできて、二人は表に出た。市場前を通り、街のメインストリートを通って帰ることにした。街は、山の百姓の出入りでにぎわってる最中である。山小屋へ帰って、三人で昼食を取ることにした。街はずれへ来ると、あたりに人がいないのを見て、啓敏は阿蘭に言った。

「籠のなかに、お前に食べさせるものがある」と言って、肩から天秤棒を下ろした。糯米（もちごめ）を蒸（む）した甘いもちのようなものである。田舎の子供はこれが大好物であることを啓敏は知っていた。しかし阿蘭の手には、先刻（さつき）、叔母さんにもらった米粉をねった菓子があったので、それを啓敏に見せて、これがあるから、それは家で母ちゃんと一緒に食べる、と言った。啓敏はまた体をまげて天秤棒を肩にかけて荷物を担いあげた。想思樹の並木の梢には、太陽が輝いて、山鳩が鳴いていた。阿蘭はおやつを頬ばりながら、列をつくって軍歌をうたってる情景を思い出しつつ、あたいも学校へ入りたいな、と啓敏にふりかえった。

「学校?ええ、来年の入学期にね」と額の汗をふきながら言った。

「ほんと?うれしいな、あたい、きっと級長になってやるわ」

「女の子の級長ってないいな」

啓敏は学校にいったことがあると言いたかったが、口をつぐんで阿蘭に笑いかけただけである。

田圃小屋は見違えるほど、また家のなかもきれいに整頓されて、啓敏は満足だった。

小屋の屋根が見えると、阿蘭が大声をあげて、母を呼んだので秀英が庭へ出てきて、二人の帰りを迎えた。荷物は真ん中の部屋に下ろされて、籠のなかから、新家庭を建設するために、さしあたり必要なものが揃っていた。生まれてから、秀英の懐中はこんなにたくさんの金をもったことがないうえに、これらすべてのものが、自分ら二人のものだと思えば、急に花嫁気分が胸にきて、顔まで紅潮するのをおぼえた。

「昼食をすましてからにしようよ」

秀英はあたたかい御飯を啓敏に食べさせたかった。昼食をすませると、啓敏は休む暇もなく、雑木林から壺を掘りだして、なかみ全部を秀英にわたしてから、竹林に入った。まず鶏小屋をつくることである。竹を切って塒をつくらねばならない。明日は、店の裏庭でうろうろしてる痩せ犬一匹をもらってくることだ。猫の子一匹を街の誰かに分けてもらおう。犬をあちこちへうろつかせたら。留守番にならないから、軒先の桂と塒のあいだに、針金を電線のようにひいて、犬の首につないだ輪と縄の片方の端の輪を針金に通せば犬は一定の所へしか行かれない。啓敏が竹を切ってる音は小屋にまで聞える。小屋の庭にもって帰ってきた竹を、秀英は三尺くらいの鉄棒を竹の片方に押し込んでから竹を立てて、片方をとんと地面を叩たけば、竹の中に入った鉄棒は竹節をつきぬけてがらがらと地面に落ちる。筧の竹にするのである。埤圳から田圃に流れる水を、だらり坂の真ん中から台所まで十五メートルとは離れてない。筧の竹が十本あれば、埤圳の水が台所の瓶のなかに入るのである。秀英はそれがうれしい。街にいれば飲料水を汲まなければならないが、ここは筧の水でいくらでもぜいたくに水がつかえる。竹を立てて、竹の中でがらがら地面におちる鉄棒の音までうれしい新家庭の音楽にきこえる。夕陽が向かいの山を染める頃、啓敏が筧を引く工作で背中まで汗をかいていた。筧の水があると、瓶から溢れる水を溝に流して庭の脇の水溜りに引かなければならない。鴨や鵞鳥には水が要る。暇な時は鴨や鵞鳥を渓へ追いだすが、忙しい時は竹の囲いをつけてこの水溜りにおけば安全である。収穫期前まで鴨や鵞鳥を飼っておかなくてはならない。稲刈り後の田圃におちたもみを拾わせると、餌差がはぶかれるし、鴨や鵞鳥は肥える。思えばひかえてる仕事が山ほどある。筧の水が台所の瓶に流れた時、秀英は歓声をあげて、阿蘭を呼んだ。

「蘭ちゃん来てごらん、水がきたよ」

阿蘭が埤圳の水が音を立てて瓶におちてるのを面白そうにいつまでも見ていた。そとは夕闇が迫って、食卓には夕食がならべられてあった。啓敏はかわいた手巾で汗を拭い。秀英の着物も汗にぬれていた。やれやれ今日一日で筧が出来たし、明日は鶏や鵞鳥の小屋の竹が庭のわきに積んであるから、二人でかかれば、鶏どもの塒もすぐ出来る。阿蘭がすぐ居眠りをはじめるから、まず彼女の体を洗わなければならない。それで秀英は夫に夕食を先にすすめて、自分は阿蘭の体を洗ってから御飯を食べさせると言った。阿蘭は渓の水遊びから田圃の蛙を釣る遊びで疲れていた。啓敏はゆっくりと箸を取りながら母子が来るのを待った。妻の炊く御飯からおかずまで申し分がない。ようやく三人が食卓をかこむと、啓敏は、阿蘭を来年学校に入れると言った。それを聞いて、阿蘭はお碗を食卓において、手を叩いた。

「母ちゃん、僕、級長になってあげるよ」と男の子のような口のきき方である。秀英の笑ってる顔を見るのが、啓敏には何よりもうれしい。いつも妻の笑ってる顔を見たい。まるい阿秀の笑ってる顔が家じゅうを明るくするのである。阿蘭はうれしそうに御飯をかき込んでいた。

「あなた、台所の壁に神壇(かみだな)をつくらなくてはならない」と彼女が箸をもった手を食卓において、夫の顔を見た。

「私、明日、町へ行ったら板一枚買って来よう。大工の家なら一枚譲ってくれるでしょう」

「板さえあれば、私だってつくれるわ」

壁に板をつけてつくった神壇は、通称〃油虫の羽〃と言われて、簡単なものである。いきなりこんな幸福感にみたされる反面、不安を感じる。神に護ってもらわなければ、悪魔がいつしのび込んでくるかわからない。これはこの夫婦だけではない。台湾人のすべては絶えず不安におびやかされているからである。そのために、山奥のすみずみまで人が住んでいる。虎がいようと、蕃人が首を切ろうと、この人たちは絶えず開拓者の役割を果たしている。山高かく、皇帝遠し、これが一番気楽な生活である。漢民族はそれで至る所に流れて行く。夫婦二人は、出来得る限り目だたない生活をしたいと願っていた。そのため啓敏が阿蘭を国民学校に入れる、と聞いて、阿蘭は手を叩いている。妻は笑ってはいるが不安をおぼえるのである。ひっそりした静かな生活が安全なのである。阿蘭が学校とつながりをもつことは、自分の家が隙(すき)を狙われる機会が多いような気がしてならない。しかし、その不安は夫婦二人とも具体的に口に言い出すことができない。ただぶっつかって来そうな社会的なつながりに身をよけたい気だけである。阿蘭を学校に入れたい、阿蘭を喜ばしたい、自分は学校の経験がちぐはぐだったから、阿蘭にはもっと勉強をさせたいという意地がある。所が、すべてのことをよけたい気持と阿蘭をもっと勉強させたいという気持が矛盾しているので、赤い糸と黒い糸がよりあってるようで、人間になるつらさがこれではないかと、神にすがらなければ、誰もたすけてくれないし、慰めてもくれない。こんな悩みをもちながらも、自分の養父が保正であることは、たとえ養子でもその七光りにあずかる所がないでもないが、啓敏や秀英の半生は人間を信用することが出来ず、孤独に慣れてきた。しかし、二人が夫婦になり、子供がついてると孤独では生きるわけにはいかない。そのため、この一家は誰に出っくわしても、退屈な愛想笑いを見せなくてはならなくなるのである。この一家だけではなく、貧しい家庭の者が這い上がろうとするには、つい金持よりも貧乏人の方が気前がいいのはそのせいではないかと思うのである。

啓敏夫妻は田圃小屋を家庭らしくするためにその建設にいそいでいた。お節句もすぎて、稲穂が色づき、収穫期が近づいて、庭で鶏の啼き声も聞けるようになった。農家に必要な買物で、店に立ち寄ったら、弟嫁から、阿蘭を子守にほしいと言われたとき、啓敏は喉がつまった。

「いいでしょう？叔父さん」と弟嫁が叔父さんと来た。

「はっ、帰ってあの子と相談して見る」

「子供と相談するだってえ？」

「……つとまるかどうか」

「つとまるよ、あの子はとても利巧だから、きっとうまくつとまるよ」

「学校へ入りたいと言ってるんだよ」

「学校だってえ？へん……」と弟嫁は、身分不相応と言わんばかりである。無理もない、自分の財産はこの家がくれたものだ。財産を返そう、だからかまってくれるな、とも言い切れない。

「帰ってから、相談してみます」

と啓敏は弟嫁の顔を見ることが出来ず、逃げるようにして帰途についた。想思樹の木陰の石に腰を下ろして、しばらく息をととのえてから坂にかかる路をいそごうと思った。梢で鳴いてる蟬は、耳鳴りのようで、啓敏は途方にくれた思いである。阿蘭を子守にやらなければ、保正の本家とは縁が遠くなるばかりか、切れてしまうかも知れない。子守にやったら、阿蘭は学校へ行けなくなるし、阿蘭はいつ自分や母のような環境におちてしまうかも知れない。自分の家はいまでも人手が足りないのだ。涙が出そうな所へ、人影が見えたので、荷物を担いあげて坂をのぼりだした。三人で相談をしよう。と路々そう考えながら田圃小屋に帰ってきた。秀英はすぐ夫の顔がさえないのを見てとった。

「どうかしたの？」

「いや、本家が阿蘭を子守りにほしいと言うんだ」

妻は口をつぐんだが、そばで聞いてた阿蘭はすぐイヤョと言った。

「あたい、学校へ入るんだ。子守はいやッ！もし子守になったら、赤ちゃんのお尻をしょっちゅうつねってやるから」

夫婦二人は啞然として顔を見合わせた。啓敏は思った。こうなったら仕方がない。一難去ってまた一難。彼の暗い顔を見て、妻が慰めた。

「心配しないでください、私たち二人が気を合わせて働けば、餓死することはありません」

妻のその言葉を聞いて、啓敏は俄然悟りをひらいた。

「蘭ちゃん、お前が私について、あっちこっち歩くからこんな話が出たのだ。あの人たちに会わなかったら、こんな話も出ない」

阿蘭もそれを聞いて、わかったようである。あっちこっちを歩いてはいけない。うるさいことがふえるばかりである。母の秀英も考えた。娘は自分のような境遇にさせたくない。三人はようやく、昼食の卓のそばの三脚の椅子をそろえて腰を下ろしたのである。

親子三人は希望に燃えつつ、牛以上に働きぬいて、第一期作の収穫が終わったときは、思った通り、田圃や庭には鵞鳥や鴨、鶏などはさも十年前から飼い慣らされていたように餌をあさったり、雄鶏と雌鶏が喧嘩をはじめていた。農家らしい庭となった。年中行事のうちで梅仔坑庄はお盆祭りが一番大げさに行われていたが、戦争があるために、芝居をさせないという噂が二か月ほど前から立った。今年は以前のようにお祭りまえの浮き立った気分はなかった。当時のお盆祭りはいまと違って、旧暦の七月一日から月末まで、庄によってはお祭りの日が違っていた。初一日が、地獄の門を開けて、鬼全部を出す日で、月末の日が地獄の門を閉める日である。その門、街によっては供養の日が違うので、収穫後の暇な人たちは、街から街へ流れて役者のお尻を追っかけたり、他の街の供養状態を眺めたりしてたのしんだりするにぎやかな季節である。当局が芝居をさせなくても、お盆の供養をさせないわけにはいかない。娑婆に出てきた大勢の鬼は、やはりそれぞれの街々の縁故を訪れると考えているからである。啓敏は結婚後、最初のお盆でなければ、家畜類を売った金で、相当な現金が入るのである。人からもらった御祝儀は、御馳走をしてかえさなければならない。また媒人をしてもらった派出所にも御礼をもっていかなくては気がすまない。みんなを御馳走する場所がないし、また正式な宴会料理をこしらえてくれる人がいない。阿秀ひとりではまにあわない。それを料理屋にたのんだら、たちまち明日から生活に困ってしまう。それで考えた結果、お盆に、家畜類をもってお返しすることにした。店員は番頭と阿春婆さんを合わせて七人、派出所のお巡りさんが三人、それから本家と取締巡査は特別余計にあげないといけない。幸いなことに、啓敏は雑木林につくっておいた罠に狢が一匹かかった。それで狢一匹と鵞鳥二羽、鶏三羽を本家へ先に持って行くことにした。狢汁、ことに塩漬の芥菜と煮込んだ狢汁は、陳家では天下一品料理とされていた。啓敏はその朝、狢をつかまえてから、本家へもって行くものを早速妻にととのえさせた。竹筍二束を合わせたら、肩にこたえるくらいの重い荷物になった。これくらいの贈物なら、弟嫁の阿玉もいくらか顔をやわらげるであろうと、街に近い坂を降りながら、やっと心がはずむようになった。

案の定、本家に入ったとき、養父母も阿玉なども素気ない顔をしていたが、肩から荷物を下ろした途端、鵞鳥二羽が悲鳴をあげたので、三羽の鶏もコッケエとさわぎだした。小枝を咬わえさせて嘴を縄で結えてる狢まであばれだそうとした。台所で、大変な荷物が入ってきたことを皆が知った。一家じゅうはよってきて啓敏の荷物を囲んだ。啓敏は荷物を放ったらかして、阿蘭をつれてくることが出来なかったことを顔じゅうの汗をふきながら弁解した。

「私、あの子には困ってしまったんです。おちゃっぴで剽軽ときているから、ときどき茶碗をこわしたりするし、万一、赤ちゃんでも抱きおとしたら、どうなることか、心配です。それで、家内……阿秀と相談した結果、やはり子守にはむかない。前から言おうと思ってたが、仕事に追われてすみません」

もみはちゃんと半分納めたし、お盆祭りに一番な必要な家畜類をこんなにもってきたし、養父母は顔色を和ませて、

「よく狢がとれたね」

と養父に訊かれて、啓敏は謝りの穂先を折られたので、あわてて、雑木林の藤の実がちょうどうれて真っ赤になってるので、狢がくると思って、罠をかけたら、うまくかかった。啓敏はやっと体をこごめて、籠から、ありったけのものを出した。今朝、ちょうど豚のあばら骨を買ったので、竹筍をもってきたのは、いいあんばいだ、と弟嫁の阿玉が言った。啓敏は籠から鶏を出しながらも、なお、阿蘭の子守にこだわって、阿蘭が子守にむかないことを話していた。鶏が阿蘭に代わって、いやいやを言ってるように、羽をつかまれた鶏は悲鳴をあげた。籠の外に放り出された鵞鳥は離してもらえると思って、首を長くのばして、英語で、ゴオウエを言ってるようにいくらか啓敏の胸が静んできた。阿春婆さんが出したお茶を飲みながら、啓敏はまるで先を急ぐ姿勢で椅子にも坐らなかった。

「子守はいくらでもあるから、気にするな」

と養父に言われて、啓敏は茶碗を卓におくと、阿春婆さんに言った。

「私、みなさんに御馳走出来ないので、明日は、みなさんに鶏を一羽ずつもって来ますから、御願いします」と啓敏が言ったので、ようやくみなが笑い顔になった。かわった披露宴もあるものだ、鶏を一羽ずつやるとは、生まれてはじめて聞いたので、阿玉はとうとう声を出して笑った。啓敏は逃げるように、空籠を天秤棒の両端にかけて本家を出た。昼食という言葉を背中で聞いたか、心で、とんでもない、逃げるにしかず、と足を早めながら、

「私、いそいでいる用があるんです」

なるほど、彼にもお盆がある、とみなは啓敏の背中を見ながら感にたえた顔をした。しかし、啓敏のお盆は、供養のそなえものをととのえるに忙しいのではなく、お礼がえしに追われていた。翌朝の出勤前に、啓敏は早くも警察宿舎の吉田巡査の家の戸口に立っていた。吉田巡査の奥様は台湾語がよくわかるので、啓敏は救われた思いがした。前日は、これは台湾語をつかい、ありがとうございますは日本語をつかった。千田真喜男さんはつとめて日本語をつかう心得があるのを見て、奥様は笑顔で迎えた。啓敏は肥えてる鶏をひとつがい葦袋から引っ張りだした。吉田巡査の奥様は、先日の媒人(なこうど)の御礼であることはよくのみこんだ。

「あら、千田さん、こんなにいただいてすみませんわ。一羽でいいのよ」と押しかえすのを啓敏はいそいで押しかえした。サヨナラ、ドウモアリガトウゴザイマシタ、と言って立ち去ると、あとの二羽を、日本人巡査一羽、台湾人巡査一羽にくばるために、言いつけられた宿舎の軒先を首をながくして覗いた。最初

はうまくくばったので、あとは間違っても同じ一羽だから、気にすることはないと気持がおちついた。

やっと義理をつくして、お盆を迎える朝となった。自分の家が、山神、土地公様を拝むために、鶏を一羽と鵞鳥一羽をつぶしたから、庭がからっぽになって、埘はがらんどうになったようで、寂しさが胸にこみあげた。まだ鵞鳥がひとつがいと鶏がひとつがいいる。そのうちにまたふえるよ、と自分で自分を慰めて、阿蘭の手を引いた。

「渓(かわ)にすっぽんがいるよ、行ってみよう」

二人は段々になってる田圃わきのだらだら坂を降りながら、啓敏はまた言った。

「もう、子守に行くことはない。来年は学校だ。学校と家を往復すればいい、あちこちへ立ちよらない方がいい、うるさくなるばかりだ、いいね、いい子になってくれるんだね」

「そうよ、他所へ立ちよるもんか」

「そうか、それでいい、食べたいものなら、家に買っておけばいいからな」

二人は渓辺(かわべ)に立ってたのしい。すっぽんの足跡が渓辺の砂場にあるが、すっぽんがなかなか見つからない。

「渓上(かわかみ)か下の方へ逃げたのかも知れない」

渓辺で待ちくたびれた阿蘭がじれったそうに言った。しかし啓敏はなお一生懸命に、手を石の陰に突っ込んでさがしている。

「そんなにしたら、すっぽんに咬まれるよ、すっぽんに咬まれたら、雷が鳴るまで離さないって」

「そんなことはない。水の中ではすっぽんは咬みつくことはない」と叔父さんは自信たっぷりである。そのうち庭で母の呼ぶ声が聞えた。神様を拝みに帰って来い、というのである。二人は素手で笑いながら、すっぽんをあきらめて、だらだら坂を笑いながら上がった。

「見つかったときに、捕えておけばよかった。今日捕った方がつごうがいいと思ったから放っといたのがいけなかった」

「今日、すっぽんもお休みでどっかへ遊びに行ったかも知れないわ」

阿蘭はすぐ伽話のような言い方をするのが、啓敏にはまたとない可愛さを感じた。すっぽんに未練はあったが、庭に竹卓を出した。卓上に供物が一杯並んでいるのを見ると、啓敏は急いで阿蘭と台所に入り、顔や手を洗い、拝むために、神壇においてあるお線香や金銀紙を取り下ろさなくてはならない。妻を真ん中に、三人が手に三本のお線香もってならんだとき、向かいの山の竹藪が夕陽に朱かく染まって、竹鶏が巣へ帰る啼声を立てていた。空は夕陽でほてっているようである。きっと今日お盆なのでその御馳走とお酒で赤らんでいるのかも知れない、啓敏は妻のみことのりを待った。

「神様！私たちは貧しいながらも、供物をととのえました。山の神様、土地公様、私の家の近辺の仏さま、来たりてうけよ、そして、私たち一家が平安と無事であるようにお護り下さい。来年はもっと供物を盛大にいたします」

夫は妻の祈りを聞いて、感謝の念が胸に溢れた。彼女はお面のような顔だったが、山小屋へ来てから、お面が取れて、きわめて表情ゆたかな主婦になった。そして彼女は経済博士のような頭をもっているんだと夫は思った。

「石頭公様も拝みに参りましょう」

小屋に向かって右の竹林山から傾斜した丘の先に、三十屯くらいの大きな石がある。その石は鯰の頭に似ている。その鼻先に銀紙をのせて、小石をそのうえにおいた。そして三人はまたその前に並んだ。

「石頭公様、私たちの頭も石のように堅くなるように御願いいたします」と妻が両手を合わせて拝むのを見て、啓敏も阿蘭もいそいで拝んだ。三人はまたもとの所に戻ると、阿蘭に、供物の番をさせて、啓敏と秀英は台所の仕事をしなければならない。阿蘭は猫の居所を目でさがした。猫はまだ食卓の供物に目をつける暇がない。台所の裏で魚を洗ったこぼれをひろっていた。

第六章の二

大地から自然に生まれた石は風雨にさらされても平然無事である。人間の生命力もそれにあやかりたい。お盆がすぎると、田植えの済んだ田圃の稲は蒼々としていた。畔路に立っていると、お盆に拝んだ石の鼻先においた銀紙は雨のために絆創膏のように石にはりついてるのが見えた。妻も私も、阿蘭も石のように強くなってほしい。今朝、妻が台所でげえっげえっと吐いてるのを見ると、心配でならない。

「大丈夫だよ、心配しなくてもいい」

と妻は自信ありげに言うのである。しかし啓敏はやはり心配でならなかった。秀英は八年前のあれのくりかえしだった。妊娠と言いたかったが、口に出せなかった。阿蘭は庭で、電線のような針金につないでいる犬の首の輪をはなして、犬の首縄を持って駆っこをしていた。家に帰って、妻の体のぐあいを詳しく聞いてから、街へ行って薬をもらって来たいと思った。お盆のあとに買った鴨の雛はあらい羽が出来て、庭先でうようよしているから、それを渓辺（かわべ）に追いやってから街へ行くことにした。朝陽はまだ向かいの山の峰を離れたばかりである。

「大丈夫だよ、薬なんか要らない。むやみにお金をつかってはいけない。すっかり金がなくなりそうなのよ」と妻はそう言いながら、もっていた金と、もみを売った金を何々につかったかと夫に言いきかせるのである。そういえば懐（ふところ）中は空っぽになりそうだ。田植えを手伝いにきた百姓の工賃や水牛を借りた賃金などをはらえば、第二期の収穫があるまで、ほとんど現金がなくなりそうである。しかし、そんなことにくよくよする秀英ではない。彼女はお産に必要なものを少しずつ夫に準備させることにした。秋風が吹く頃になると、妻のお腹が大きくなったことに啓敏は気がついて、胸がわくわくした。阿蘭の弟か、妹が出来るのだ。いまに阿蘭は犬と遊ばなくてもよくなる。しかし、お産の費用を考えると、啓敏は体じゅうがひきしまるのである。彼は山から、畑から、金目になりそうなものを街へもつて行って売った。竹鶏や狢を売るときだけ骨が折れるのだった。本家のものに見つけられたら、そんなものを本家へもって来ないで売るのか、と養父母や弟嫁たちが目玉をむいて怒るに違いない。

「せかなくてもいいよ、間にあうよ」と妻は夢中に稼ごうとして、毎日、休む暇のない夫を見てそう言って慰めるのである。秋が深くなり、稲刈りの終わったときに、阿蘭が夜中にはげしい熱を出した。妻が寝室でばたばたする音が聞えたので、啓敏も起きて、手ランプに火をつけて妻の寝部屋に入って見たら、阿蘭が高い熱を出して口で息をしていた。啓敏は目がくらむほどあわてた。夜が明けるのを待ち切れず、塒に首を突っ込んで、鶏を一匹つかんで鶏の足を縄で結い葦袋に入れて、お医者の手みやげに持って行くことにした。彼は兵子帯で阿蘭を背負い、ぼろオーバーで阿蘭をすっかり包んだ。阿蘭の二つの足が啓敏の臂のうえでぶらんぶらんするので、靴下をはかせた。背中は炬燵を背負ってるようにぽかぽかするので啓敏はいっそう不安にかられた。熱のある体が風にあたると病気がいっそう重くなる。癒りかけてる病気がぶりかえすとたすからない。これが農民にもわかる治療の常識である。啓敏は朝ぼらけの薄暗い山路を注意ぶかく急いだ。街に着いたとき、梅仔坑庄唯一の西薬医院はまだ戸が堅くしまっていた。戸を開けるまで待ち切れないで、扉を叩いた。薬局生が眠むそうな怒った顔が扉を開ける音と一緒に現われた。啓敏は鶏の入ってる葦袋を突きだし、お医者さんに子供の病気を見てもらいたいと言った。薬局生が葦袋をうけ取って家の中に引っ込むと、医者の奥様が出てきた。啓敏は招じ入れられて長い板椅子に腰を下ろし、両手を背後にまわして、阿蘭の両脚をまげさせて坐った。夜、往診のないときのお医者は早くやすむので、もう起きていた。手みやげをもってきた千田さんの顔を見て、医者は別に不機嫌な顔をしないので啓敏はほっとした。先生の挨拶の言葉も耳に入らず啓敏は一気に阿蘭の病状を話しながら、兵子帯を解き、肩から阿蘭を下ろした。阿蘭は熱でくたくたになり、診察の椅子にも坐っていられないほどで、背後から啓敏が抱きとめて、先生に見てもらった。

「たいしたことはない。はしかだよ」と医者が言った。

「幾歳になったかね、八つか、おそいね、はしかが出るのは――」と言いながらカルテを書き、薬局生に

カルテをわたすと注射液のアンプルを小さなやすりでぎりぎり切りながら、

「注射するから、動くんじゃないよ。早く癒らないと、毎日お父さんに背負って貰っては大変だ」と先生が阿蘭に言った。阿蘭は始めて街の人たちが、叔父さんを自分のお父さんと言っていることを聞いた。阿蘭は病気が癒るならどんな痛い目にあってもかまわないと思った。お父さんと言われた叔父さんは夕立に降られたように顔じゅう汗びっしょりである。注射がすみ、薬も薬局の窓口から出て、薬局生が、二日分だと言い、水薬は食前、粉薬は食後に飲みなさいと言った。

「堅いものを食べてはいけない。外に出てもいけない。」と先生がいろいろと注意したあと、

「千田さんは大部金持になったそうだね」と言われた。啓敏はきまりわるそうな笑いをして、阿蘭を兵子帯で背負い、前と同じようにぼろオーバーで包んだ。そして薬をもらうために薬局の窓口に立って、イクラデスカ、と言ったが、先生は要らないとうしろから薬局生をとめた。しかし、それでは困るので、啓敏は帯先の結びを解いて五元札を出した。

「それなら、二元でよろしい」と薬局生が三元のつりを窓口から押しだした。

「先生!どうもありがとうございました」

啓敏はいそいで医院を出て、ちょっとの買いものを思いだし、市場の方へ足を向けた。阿蘭の病気を早く癒したい一心で恥も外聞もない。米一斗が一元足らずの二元は大きい。台湾斗の一斗が日本斗の五升になる。千田さんこと陳啓敏は梅仔坑庄では甲級の患者さんになるわけである。彼が金持と言われたのは、結婚前の頭は剃刀(かみそり)で坊主がりにし、袋のような帽子をかぶって蚊よけにして、頭髪はいつも山荒しのよう

にもうもうしていたが、結婚後の彼は五分刈りにして、着物はいつもさっぱりしていて、腰をまわしてる帯先の結びのこぶが大きく見られた。以前はいつも跣足でいたものが、結婚後は大方草鞋（わらじ）をはいて笠をかぶっていた。草鞋をはくのは妻秀英の命令である。姿がかわったために、啓敏は金持と見られていた。また秀英にしても、顔が表情に富んでいかにも物持ちの百姓のおかみさんらしく見られた。啓敏が買物を終えて、市場を出るとき、ぱったりと、三嬸婆（さんばんめのばあさん）と言われてる六十近くの婆さんに出くわした。三嬸婆は梅仔坑庄で一番古い産婆さんである。若い産婆さんが二人も出てきたために、三嬸婆のお産が古い方法をつかってるんだと言われてこの頃あまり産婦がつかないという噂である。婆さんは啓敏を見て歩みよって、背負ってる阿蘭の顔を覗いた。

「阿敏、これゃハシカだよ。ハシカなら鼠茅（ねつみかや）の根っこを掘って、それをきれいに洗い、煎じつめて、お湯がわりにのませたらいいんだよ。腹腸（はらわた）の熱がすっかり取れるからね」と言われた。三十なん年も産婆をしてきた婆さんの経験診断である。

「そうですか」

「そうだよ、まちがいあるはずがない。それから、この前、私の倅がお宅の稲刈りの手伝いに行ったら、おかみさんがおめでたですってね。それや産気づいてから、産婆さんを呼ぶのはお前さんとこは不便だよ。私は二、三日前から泊りがけで待ってあげるから」

「それゃいい」と、啓敏は思わず口をすべらした。そう言ってから、帰り路、古手の産婆をつかってはどうかなと不安になった。政府規定の新しい試験をうけた産婆を呼ぶつもりでいたが、妙なことになってしまった。とにかく阿秀と相談して見よう、まず鼠茅の根が効いたら、三嬏婆を呼ぶことにしよう。

「阿蘭、苦しいか」

首にかかる阿蘭の息は湯気のように熱い。冬と言っても、天気の日は暖かい。啓敏は汗をかいた。阿蘭は返事をせず首の所で頭を横にふってることだけ感じた。森の梢で山鳩が鳴いていた。鳥だけはぜいたくだ。暢気そうな不平ばかり言ってるような感じだった。田圃小屋のうえの圳埤の畔路にくると、庭でもみを麻袋に詰め込んでる阿秀の姿が見えた。当時の供出米は、田圃の積数によって決められていた。一積や二積の田圃は状元田と言って甲歩当たりが一万斤近くの収穫がある。山手の水田はどんなによくても、十一積か十二積になる。これも風頭(かざかみ)と水尾(かわしも)によって収穫が違っていた。しかし、政府当局は風上とか川下とこまかく決めるわけにはいかない。見積りだけである。啓敏の水田は川上になるから、推肥さえ一生懸命にやれば、甲歩当たりは三千斤を保持することが出来る。家族数によって、食料米を残した他の分はみな供出しなくてはならない。地主はあまり影響はないが、小作人になると、致命的である。ぎりぎり一杯に食料米しか保持することが出来ない。千田真喜男の一甲歩近くの水田は二千斤と割り当てられていた。実際、三千斤近くの収穫があるので、天佑というほかはない。啓敏は夫婦でうまくその供出あまりのもみをかくした。庄役場の産業課の職員やお巡りさんは虎視眈々(こしたんたん)として農家の供出米に注意していた。総督府が州庁に、州庁が郡役所に、郡役所が街庄役場に、その水田の耕作面積数によって、供出米数量を割り当てられていた。千田真喜男は、梅仔坑庄で唯一の日本人姓名をもっている農民である。だから模範農民にならなくてはならない。彼は割り当てられた二千斤のもみを忠実に供出した。あまったもみをかくすのに、びくびくしていたが、妻が言うには、馬鹿だね、言われた通りやればいいじゃないの、あとは知らないよ、万一見つかったら、そう言えばいいと妻に言われたのでほっとした。

「ハシカは風にあたってはいけない」

と阿蘭を床に下ろすと、もみを放ったらかして入ってきた妻に、啓敏は汗もふかずに言った。秀英は台所からおもゆをもってきて阿蘭に飲ました。啓敏は妻に、三嬸婆の言う鼠茅の話から、家に泊りがけで、お産の世話をする話をもちだした。妻はほっとした顔で賛成した。彼はやれやれと思った。もみさえあったら、鶏や鴨にやれば肥ってくれる。彼は妻のお産の準備と、金さえ出来れば、水牛を一匹買いたいと思った。耕作するには水牛がなくてはならない。このごろになってから、千田さんと呼ばれるのは、護身用の言葉のような気がしてならない。いままで、千田さんと呼ばれるとひやかされてるようで不快な感じがした。阿敏と呼ばれた方が親しまれる。千田真喜男というのは、柄にもない博士号を送られてるようで、お尻がくすぐったくなる。この頃、千田さんと呼ばれると、役場の職員やお巡さんが家へ来やしないか、とはらはらする。千田さんなら準日本人だから、忠君愛国に決まっている。家を捜すことはない。しかし、万が一、あまったもみが出たら、もっとひどい目に逢うのではないかという不安がないでもない。その不安のせいか、この頃になってから、啓敏はあいそうがいい。人に出会うたんびに、先に挨拶する。お早うございます。今日は。などをかかさない。それを百姓たちは、啓敏が日本人かぶれになったと言うようになった。そう言われたからには、いっそう、気前をよくしないといけない。身なりもちゃんとしないといけない。そういうとんちんかんな百姓が目だたぬわけがない。これには、啓敏のあらたな悩みとなった。目だたない生活を願いながらも、目だつ百姓になってしまったのが憂鬱なのである。それでも収支をつぐなうために、家に帰ってくると、外出着をぬぎすてて、夢中になって働いた。そんな夫を秀英は満ちたりた目で見ていた。大きなお腹を抱えても、彼女は夜寝しづまってる所を夫の寝台の蚊帳にもぐって、掌（てのひら）で夫の顔を撫（な）でまわし、体に気をつけるんだよ、あまり働きすぎて、体をこわしてはならない、と慰めるのである。そう言われると、啓敏は涙が出るほどありがたい。考えてみれば、たのしいこともあったが、たしかに結婚前よりもつらいことが多い。

阿蘭はお医者へ二度おぶって、診てもらっただけで、ハシカがなおった。ハシカのことで喜ばしいことには、阿蘭がハシカの病気がなおってから、啓敏を、父ちゃん、と呼ぶようになった。叔父さんよりも父ちゃんと呼んでくれた方が親身に感じる。性急な阿蘭は、ハシカにかかって、毎日、私はもう癒らないよ、と泣いてるのを聴くと、啓敏は胸が痛んだ。ほんとにこの子は大人をおどろかすよ、と妻が言うのである。

「じれったいから、ああ泣いてるんだよ」

と妻は夫を慰める。はればったい顔がなおって阿蘭はだいぶ痩（や）せた。第二期作の田植えが終わって、旧暦の正月近くなると、第二期の収穫も終わってしまう。秀英はお腹が大きくなったが、いつもの通りに働いていた。

旧臘に産婆さんが見にきて言うには、清明節をすぎてから赤ちゃんが産まれるというのである。戦争がはげしくなって、街へ行くたびに、戦争の話でもちきっていた。陰で、戦争はいつ終わるかわからない、困ることになったと街の人たちはそう言っていた。しかし、啓敏は戦争などにはかまっていられない。百姓の仕事は尽きないからである。収穫が終わったら、間作を植えなければならない。間作はあまった分は売る、残りの分は家畜の餌饉に取っておくために干さなければならない。間作はおもにさつま薯が多い。第二期作の収穫後だけ、芥菜を植える。年末の漬菜をあてこんでいるからである。妻を迎えてからのはじめての正月だ。野良仕事も間作の収穫も一段落して、田植えの終わった田圃には、水が十分にゆきわたっていた。妻のお産に取っておくために、鶏は売らずに鴨だけは全部売った。鵞鳥はひとつがいのほかにまだ四羽残っていた。鶏は派出所に二羽、産婆さんのおみやげに一羽、本家には鵞鳥を二羽持っていった。家の周囲を掃き清めながら、今年は壁に土をぬらないといけないと思った。大晦日の夕方、神壇の前に、供物をテーブル一杯に並べた。神様を拝んでから卓を庭へ出し、山神、土地公様を拝むことになっていた。石頭公の鼻先に銀紙を新しくおかなくてはならない。台所の仕事がようやく片付けられ、親子三人が、神壇の前に立ち並んだ。大きなお腹を突きだしてる妻は、おちついて、両手に三本の線香をもったまま、壁に打ちつけてる神壇を凝視めた。神壇には、神位、と書かれた赤紙は新しい赤紙に取りかえられて、いかにもお正月を迎える前夜のあらたまった気持になる。

「神様！私たちは神様にいいこともしてないので、天国になどへ行けることは望みません。しかし私たちは悪いこともしていないから、地獄へおとされる理由もありません。神様！私たちは無事でさえあればいいんです。去年が無事であったように、今年も無事であるようにお願いいたします」

妻が朗々と神様に願っている言葉が、啓敏にも聞えるので安心とうれしさが胸にこみあげた。切実な神への願いが胸にこたえて、聡明な妻を恵んでくれた神様に、啓敏は感謝した。

表の庭へ卓を出しても、神様と話の上手な妻にまかして、啓敏はやはり三本の線香を手にもったまま、妻の祈りを待った。今度は、阿蘭が真ん中に立って、母の顔を見上げた。母は空中に目をすえて、まだ祈りの言葉が出ないので、阿蘭は、父親の顔に目を移した。

「今度は父ちゃん言いなさいよ」と阿蘭が言ったが、啓敏はよこから妻の顔を見て、やはり祈りの言葉が出ない。

「山神、土地、衆神」と妻が口をもらしたので、啓敏はほっとして妻の祈りの言葉を待った。彼は神妙な顔で、山のうえの空を眺めた。

「どうか善良な貧乏な私の家を護って下さい」

妻はそれだけ言って、拝むと線香を香炉がわりの米を入れてるブリキ缶にさした。啓敏も阿蘭の手にもってる線香を取って香炉にさした。親子三人はまた庭を降りて大きな石の前に立った。今日の石頭公は霊験あらかに見えてならなかった。拝んだあと、三人が食卓を囲んで、よもやま話に花が咲いて、晩食はこよなくたのしかった。晩食後、阿蘭は父親にお年玉をもらってから床に就いた。

お正月は新しい着物には着かえたが、親子三人が見あってるだけで、山小屋へは誰も来ない。山はひっそりとしてるが、山は山なりのにぎわいを感じるものがあった。竹林は色があせて、雑木林の葉はほとんど霜風におとされていた。草木は行儀よく立ち並んで、竹鶏や花媚鳥が鳴いていた。山の奥の方の部落から獅子舞いの太鼓や銅鑼を鳴らしてる音がかすかに聞えた。三人は掃き清められた庭で手持ち無沙汰であった。阿蘭は手に小さな風車をもって犬と駆けまわっていたが、太鼓や銅鑼の音を耳にすると、行ってみたい、と啓敏にからみついてきた。

「つれて行ってやりなさい」と妻が言うので、啓敏は阿蘭の手を引いた。秀英が犬の首縄の輪を電線のように引いてある針金にかけた。

「クロお前は私と留守番するんだ」秀英はそう言ってたのしそうに父娘(おやこ)を見送った。山の部落は街へ行くよりも近い。太鼓や銅鑼の音はそこから流れてきたのである。

「どこの家へも寄ってはいけない」と坂をのぼって行く二人に秀英が背後から注意した。お正月はむやみに子供をつれて、人の家に行ってはいけないのである。ものもらいに行くようなものだからである。

　静かな山の部落は、農閑期を利用して、若者たちが獅子舞いをするので、部落中が浮き立ったようなにぎわいを感じさせた。獅子が体をのばして農家に跳び込んだかと思ったら、またあとずさって、背中のノミをがたがた嚙んでからまた体をのばし、農家にどうやって入ろうかな、と言ったように首を高くあげた。太鼓や銅鑼のリズムに乗って、獅子が舞うのは、いかにもお正月らしい、おめでたい感じである。部落中の子供たちは、獅子舞いの一隊に加わって、この家の戸口からあの家へ回って行く。爆竹は鳴らされ、太鼓や銅鑼が乱れて、獅子がいきり立つ。獅子舞いの勢いにのまれて、阿蘭は父親の裾をかたくにぎって眺めていた。母牛(めうし)を売ってくれる阿寿爺さんに出会ったので、啓敏はこっそりと阿蘭に、昼飯に帰ろうと言った。しかし阿寿爺さんは、千田さんの袖を引っ張ってはなさない。

「いや、ほんと、家内ひとりが留守番をしているので、昼飯に帰ると言ったんだから」

やっと袖をはなしてくれたので、啓敏と阿蘭は帰り路をいそいだ。

「父ちゃん、獅子舞い、どうして家へ来ないの？」

「一軒屋だから、紅包を一元や五十銭そこらの御祝儀を稼ぐために、あんなに大勢来ることはないよ」

阿蘭は部落の百姓の庭先にある花の種子をもぎ取って、ふところに入れたのを出して父親に見せた。父親は黙って見ただけで、何んとも言わなかった。

「新しい家を建てたときに、呼べば来るんでしょう」

「呼べば来るよ、しかしみんなに御馳走しなくてはならないからね」

クロは阿蘭たちの話声を聞いて、針金の線からすうっと走ってきたが、片方の柱の結び目の所でとまって尾をふっていた。

お正月はまたたくまにすぎてしまう。普通の家なら、迎えにきたり、迎えに行ったりして、姑母の来客でにぎわってお正月をすごしてしまうが、啓敏一家はひっそりとお正月がすぎて行った。山小屋へきてから、年中行事としてやはり家で神様を拝むので、人間らしい生活に追いついた感じで、親子三人はたのしい。旧正月の十五日は元宵と言って、街の子供たちは、元宵灯に火をつけて、街を練り歩くが、山小屋では歩きようがない。それでも啓敏はお舟の型をした元宵灯を阿蘭に買ってやった。元宵灯は子供にとっては、年中行事のうちで、一番きれいな玩具がもらえる祭りである。阿蘭は元宵灯の中についてる小さな臘燭に火をつけて、庭でひとり遊んだ。それにあきると、元宵灯を壁の釘にかけて部屋の飾りにした。いつのまにか、清明節がきて、啓敏は本家のお墓場掃除に参加せねばならない。毎年のように、お墓詣りのお供物を啓敏が担ってゆくことになっていたからである。戦争前は、お墓場掃除を見にきた牛飼いの子供には、供物の赤いおもちをやらなくてはならない。もちのあんこは南京豆を粉にしたものが一ばんうまい。貧しい牧童たちは、清明節には家でおもちをつくらなくても、墓場掃除を見に行けば、誰でもお墓詣りの家族からもちがもらえる習慣であった。しかし戦争が始まってからは、糯米が高くなったために、かわりに五銭銀貨や銅貨を牧童にやることになった。阿蘭が陳家すなわち千田家の姓になっていないので、父親についていけなかった。啓敏は今朝、着物を着かえてくる暇もない。夜明け頃に起きて、田圃の最後の除草をし、本家へ行かねばならない時間になってしまったので、そのまま天秤棒をもって家を跳び出した。天秤棒はやはり肩に慣れた棒が担い良いのである。着物さえ着かえて来ない啓敏を見て、養父は顔をしかめたが、夫婦二人で一甲歩近くの水田を耕作し、そのうえ間作や竹林の仕事などを考えると口に出して咎める気にはなれなかった。啓敏は晴着を着てる人たちと自分の姿を考える余裕がなかった。もうひと月で阿蘭が学校へ入らなければならない。阿蘭の戸籍はまだ王明通の家にある。轎かきの王明通は、人を通して、阿蘭の戸籍をどうするつもりか、また王仁徳の娘になっているとすれば、王仁徳は自分の娘をどこへでも嫁がす権利がある。啓敏はよその娘たちがたのしそうに、墓詣りにきているのを見て、阿蘭の戸籍をこのまま王家にほうっておくわけにはいかないと思った。もちろん、轎かきは、啓敏の羽ぶりがよくなったのを聞いて、金がほしいと言いだすに決まっている。阿蘭の戸籍を自分の養女として貰うためには、どれくらいの金を吹っかけられるか不安でならない。弟の訓導にたのんで、派出所にあっせんしてもらったらつごうよくいく、と啓敏は墓場でもうもう立ち昇る線香の煙や銀紙を焼いた焰が赤い蝶のように舞い上がってる紙に見惚れながらそんなことを考えた。朝陽は山の峯を出て、大きなマンゴー樹の梢まできていた。帰り途、養父は途中で出会った牧童にも五銭銀貨をやった。啓敏は本家の大庁（ひろま）のお供物の荷物を肩から下ろして、田圃小屋に急いで帰ってきたのは昼飯前の時だった。本家から十二個の赤いもちを分けてもらった。妻の阿秀は一昨日の夜に産まれたばかりの子豚にお粥の餌をやっていた。阿蘭はそばで子豚を十四まで算えていた　おもちと聞いて阿蘭は母のそばを離れて、小屋の真ん中の部屋に跳んできた。真ん中の部屋はやはり大庁（ひろま）と言われていた。妻の秀英は家畜類の世話で手が一杯である。秀英のお腹を見て、啓敏は野良仕事まで手伝ってもらいたくなかった。

阿蘭の戸籍のことは、派出所の御厄介にならず、思いがけなく口の端に出たために、産婆さんの三嬸婆のお世話になった。結局、二百四十元の養育費をやることにして、阿蘭の戸籍が啓敏の養女になった。妻の秀英は二百四十元をふんだくられて口惜しがった。

「養育費だって、私がもらうのがあたりまえだよ。お前さんは人がいいから、ぶんどられたんだ」

「まあ、いいじゃないか、これで納まるのなら」と啓敏は妻をなだめた。

三嬸婆と呼ばれてる産婆さんは六十近いと言われてるが、五十前後にしか見えない元気なおばあさんだった。彼女はやはり若い時分に纏足（てんそく）を解いたから足は大きくないが、歩き方は普通の百姓婦と違って足許がぴたっと大地に着いてるように見えた。それでも時折、田圃小屋へ秀英のお腹を見に来る。五キロに近い路程をから傘をさし、杖をついて、山へ登ってくるので啓敏夫婦にはありがたかった。そのため、おばあさんの帰るときは、必ず鶏一羽をおみやげにもたせるのだった。鶏の入ってる葦袋（あしぶくろ）の耳を腕にかけて、から傘をもち、杖をついて気軽に坂をのぼって行くのを見て、秀英はいつまでも庭先に出て見送った。

「おばあさん、足許に気をつけてね」

「大丈夫だよ、阿秀、こう見えても足だけは若いものにはまけない」とふりむきもせず答えるのである。

阿秀は清明節あたりには臨月だろうと産婆さんが診断したので、清明節の翌日に、産婆さんが泊りがけで、手荷物を国民学校六年生の孫にもたせて田圃小屋へやってきた。お墓場掃除の日は晴れていたが、翌朝は小雨がしょぼしょぼ降っていた。婆さんの布鞋には檳榔皮でつくったシューズカヴァーをつけられていた。真ん中部屋の啓敏の寝台を産婆さんにあてがって、夫婦と阿蘭三人が一つの寝台で寝ることになった。雨期に入ってうっとうしくはあるが、雑木林の木が新しい芽を吹きだして春をつげていた。啓敏は、ミノをつけて野良仕事に追われてるし、秀英は家畜の世話でゆっくり産婆さんをもてなす暇もない。婆さんの孫が帰るとき、秀英は鴨の玉子を十個も持たしてやった。

「まあまあ、いつもおみやげばかり貰って、すまないよ」

「百姓屋だから、つまらない出来合いのものばかりで、珍しいものがないから」と秀英が如才なく産婆さんと言いあってるのを聞くと、啓敏はうれしくて妻がたのもしく思われた、産婆さんは手持ち無沙汰のようすもない。阿蘭と女孫でも話してるように、語りあったり、家のこまごましたことまで手伝ってくれる。
　二、三日たったが、秀英がお産する気配もないし、雨は相変わらず降りつづいていた。清明節にしょぼしょぼ降る雨を詩人はよく歌うが、啓敏は詩意よりも草木の新芽ばかり目について、季節々々に追われる仕事で頭が一杯である。二畳くらいの寝台に、三人の枕を並べるときゅうくつで寝がえりも出来ない。と思ってる所へ、真夜中に眠ってる妻が、夫の耳許で言った。

「私、とてもくやしかったのよ。二百四十元ぼられなかったら、この隣りにもう一棟増築出来たのに」

「気にしなくたっていいよ。どうせ雨期の竹はつかえないから、いずれ今年の年末には増築をしよう。二、三百元出せば出来る。また、壁にも土をぬらないと冬はすきま風がすうすう入って寒いし」

夫は眠むそうな声で言うので、秀英はこれ以上言いたいとは思わない。竹ぶきの屋根やバナナの葉に雨がばらばら音を立てていた。本降りになったようである。

啓敏は妻の呻なる声と一緒に産婆さんに叩き起こされた。早くお湯を沸かすんだ、こうだああだ、と産婆さんはきつい号令口調で啓敏に命じた。啓敏は命じられたままに台所と妻の寝室を立ち回った。産婆さんはお産用の七つ道具を箱から出し、赤ちゃんの服はどこにおいてあるかと妻に訊いていた。啓敏はただ胸がどきどきして、口で念仏をとなえていた。

「まごまごしないで、手を阿秀につかませなさい」と産婆さんは啓敏をとがめてる口調である。妻は学校で綱引きするよりも力を出して夫の手を引っ張ったので、啓敏は足をふんばった。妻の顔は風船をふくらますくらい頬までまるくなっていた。おぎぁと赤ちゃんの声を聞いたとき、啓敏がはじめて産婆の手許を見た。妻の手はぐったりとゆるんで、風船がしぼんで眼には涙がたまっていた。彼は袖で妻の涙と顔の汗をふいてやった。産婆さんは赤ちゃんの耳に水が入らないように、片手で頭をもちあげて体を盥のお湯に入れてやった。

「阿敏！おめでとう、男だよ」

啓敏は産婆の声が耳に入ったが、胸が高鳴って、男も女もなかった。産んでくれただけでありがたい。ふと寝台のフトンが動いたが阿蘭はまだ気がつかないようである。やがて、妻の寝台には四つの枕を並べることになり、そして、産婆さんは自分の寝台にもぐったような気配を隣り部屋に感じた。妻にお腹をあたためさせるために、鴨の玉子に胡麻油と酒で炊いたものを食べさせた。その余分を産婆さんと自分とが食べたために、啓敏はお腹がぽかぽかして頭が冴えて寝つかれなかった。明日は鶏を二羽つぶして、麻油鶏をつくらなくてはならない。産婆さんがいるから、麻油鶏を余分につくらなくてはならない。産婦には麻油鶏が一番の料理である。これは金持でも貧乏人でも同じしきたりで、産後に食べる料理である。金持は麻油鶏を毎日余分につくり、また食べている時間が長いだけの差がある。台湾人全体が、麻油鶏を愛好してると言ってもいいのである。啓敏は明日のことを考えながら耳をすましていた。妻は疲れて軽い寝息をたてていた。雨はなおつづいていていた。まだ暗いが鶏が晨をつげて啼いた。一番鶏のようである。啓敏はいつのまにかまた眠り込んでしまった。時を告げるけたたましい鶏の啼き声に目が醒めて、台所にとんで行ったら、産婆さんが自分にかわって鶏をつぶしていた。

「おばあさん、すみません、晩く起きて、二羽つぶしたいんです」と啓敏はそう言いすてて塒に走って行くと、もう一羽つかまえてきた。

「一羽でたくさんですよ」と婆さんは遠慮しているようである。

「いや、みんなが一緒に食べるんだ」

「もったいない」

啓敏と産婆さんが台所で立ち回ってるときに、阿蘭が起きて、赤ちゃんに気がついたと見えて、手を叩いて喜んでる声が台所に聞えた。

「あたいを姉ちゃんと呼ぶんだよ」

その阿蘭の声に産婆さんも声を立てて笑った。

「ほんとにおしゃまさんだけれど、可愛い子だね。あの子は母ちゃんに似て頭がよさそうだね」

産婆さんにそう言われて啓敏はうれしい。母親に似てる。もし父親に似てると言われたら、産婆を憎む啓敏である。妻のお産した朝は、啓敏にはお正月を迎える以上にせわしい。御飯と麻油鶏を妻の部屋へもって行き、うんと食べてくれ、と妻に言いつけて、阿蘭をまず産婆さんと一緒に朝の食卓につかせた。麻油鶏が冷えるとまずいから、先に食事をすすめたが、産婆さんが遠慮するのを啓敏は無理矢理に食卓の椅子に坐らせた。啓敏は食事の用意をしながら、一方で豚小屋でさわぐ豚どもに餌を先にやらなくてはならない。鴨や鵞鳥、鶏にも餌をやらなくてはならない。家畜が餌にうえて鳴きさわぐ声を聞きながら御飯を食べるわけにはいかない。今朝は犬のクロや猫にも餌をふんぱつした。毎朝、妻の仕事だったことを片付けるとミノをつけて、田圃をひとまわり見てまわってから、家に帰ってミノをぬぎ、軒下の壁の釘にかけた。清明節の雨は粛々（しゅくしゅく）と降って、故人をしのぶ、断腸の思いがすると詩人が暢気なことを言う天気である。啓敏は家に入ってくるとまた妻の部屋を覗いた。妻は床に坐ったまま食事をおえて、阿蘭に手巾をもたせて貰って口についた油を拭いていた。

「うんと食べて、空っぽになったお腹を押えなくてはならない」

と夫が言うので、妻は顔をほこらばせて夫の顔を見た。

「山もり二杯も食べたのよ。麻油鶏をドンブリ一杯」と秀英が言うので、入口に立って見ている産婆が笑った。

「ドンブリ一杯とは大げさだね、阿秀の食べる分だけ、私は少し余計にお酒を入れただけだ」

どおりで妻の顔がサクラ色になっていた。啓敏はお酒が飲めないよりも、お酒を憎んでいた。また麻油鶏は阿蘭も食べるから、お酒をたくさんつかってはいけない。恐らく阿秀の食べる分だけでなく、産婆さんの食べる分もお酒を余計に入れたのだろうと思う。麻油鶏の一品料理の材料は、鶏、胡麻油、萋、酒などの組み合わせで煮込んだものである。啓敏は、私は酒が飲めない、と言ったもんだから三嬸婆の産婆さんには、うすい麻油鶏と感じたに違いない。啓敏はひとり食卓に向かって、匙で麻油鶏のスープを掬い、口にすすった途端、我が意を得たりと満足した。自分の一生、あるいは自分の生まれた里の一家は、父親の酒でみんなが不幸になったのである。杯をもってる手を宙におよがせて、ホラを吹き、千鳥足で前後を忘れてしまう父親を思いだすたんびに胸がつまる。父親に負ぶられて、父親の背中でかいた酒臭い匂い、最後に自分の頬に口をつけたときの息の詰まるような酒臭い匂い、自分の背中にぴしっと鞭が鳴ったとき、いつもその酒の臭い匂いが鼻にくるのである。それで生家と縁が切れた。二十数年間顔を合わせたことがない。ときたま路で出くわしてもそっぽを向いて、他人よりもひどい。そのため、神様を拝むときにつかう酒も、啓敏は惜し気なくすてた。そういう夫の気持を妻は理解が出来るばかりでなく、同じ気持をもっていた。夫婦二人は絶望のドン底にあったが、神の恵みで、いまの二人は仕合わせである。だから人間は人事を尽して天命を待つほかはない。これが啓敏一家の人生観である。また事実人生にはよかれ悪しかれ思いもよらぬことに出くわすときがある。派出所当局は、常に異民族統治する神経をゆるめない。西保の保正の陳久旺は日本語も多少は通じる。そのうえ梅仔坑庄内での多額納税者である。実子が訓導で娘が女学校出である。妻は日本語は出来ないが、庄内で屈指の教養ある婦人である。日本人名前に改姓名する資格は十分にある。しかし彼がもしりっぱな日本人であるならば、小使につかわれてる養子が果たして、日本人名前に改姓名することが、適当であるかどうか思い至らなければならない。もしも、日本人になってくれるなら、まず、養子を分家させて、りっぱな千田家を創立しなくてはならない。小使まで、日本人名前に改姓名されては、日本人名前の名折れである。こんなことはまさか派出所から嘴(くちばし)を入れるわけにはいかない。陛下の一視同仁の大御心が問題にされてはたまらない。そのせいもあって、派出所は、保正へのあてこすりがないでもない。偽善的な行為のある保正を心のすみで批判していたのかもわからない。産婆さんは孫が迎えにきたので、秀英や啓敏に赤ちゃんの入浴を教えてから、秀英の産後三日目に帰って行った。赤紙に六元を包み、オス鵞鳥一羽と鶏二羽、それから農家によくある乾菜を籠に入れて、孫に担(か)つがせた。産婆さんは宝島から引きあげるような顔をしていた。

第六章の三

新緑かおる四月に啓敏は盛装した阿蘭を、梅仔坑庄国民学校の入学式につれて行った。草鞋をはいて式場の来賓席に坐ったのでは、阿蘭の体面にかかわるので、式の始まる前、啓敏は体をまげて阿蘭に耳打ちした。父ちゃんは校門前の竜眼樹の下で待っているから、学校が終わったら、どこへも行かず、そこへ来るのだよ、と何度も阿蘭に念を押した。阿蘭はいく度もうなづいてから新入生の列へ走って行った。この間、啓敏は市場で用をたしてから、いそいで校門前の竜眼樹の所に戻って、陰の石に腰を下ろして、阿蘭が出てくるのを待った。生徒が式場に吸われるように入ってしまうと校庭は空しく、太陽だけが美しく輝いていた。十数年前の自分の入学時のことが脳裡に浮かんで、今日とは違った身分で学校の前に現われた自分が夢のように思われた。公学校の看板が国民学校に書きかえられた。街では戦争だ、戦争だ、と言う気分が濃厚で、学校のことなど、ややもすると閑却されている情態である。しかし、啓敏は、自分の決めてる人生のコースの仕事で頭が一杯になっていた。戦争のことは海のはて、そして地平線の向こうにあることである。とても頭がそこまでとどく余裕がない。牛を買った代金を半分しか払ってないし、そのあとの半分はいつでもいいと言われたが、いつ取りに来るかわからない。恐らく、第一期の収穫後には取りに来るだろう。学校から風に乗って、生徒たちの合唱が聞こえてくる。その声の中に阿蘭の声も入ってるだろうか、いや、まだ歌など習ってないから、阿蘭も黙って聞いてるにちがいない。そのうちに阿蘭も歌えるだろう、とそう思ってるうちにうれしくなる。路を通る人に声をかけられたり、いろんなことを考えてるうちに、校庭には生徒があふれて、啓敏は立ち上がった。阿蘭を見のがすまいと目を見はったが、なかなか阿蘭は出て来なかった。いらだっていると、いきなりそばから手を引っ張られておどろいた。阿蘭だった。そしてほっとして荷物を肩にかけて、阿蘭の手をひいた。

「帰りましょう」

「とても面白かった。あたい歌をうたったよ」

「だって、お前、まだ習ってないだろう」

「ううん、あたい聞きながらついて歌った」

「そうか、お前も歌ったのか」

陽射しは背中にじりじりするくらい暑く、夏に近い気候だった。想思樹の並木もいっせいに新緑で緑の色がしたたるように輝いていた。父娘（おやこ）が田寮（たんぼこや）に帰ってくると、秀英は早速庭へ跳び出してきて迎えた。入学式がうまく行ったかどうか、訊（き）くのである。阿蘭が言うのには、みなの名前と違っていたのは少しきまりが悪かったと言った。千田蘭子と呼ばれて、返事を忘れたというのである。日本語が出来ないくせに、と小さな声で言ってるのが聞えたが、かまうもんか、いまに出来る、とあたいが思った。そんなことを聞いて、秀英は暗い顔をした。啓敏は阿蘭の報告を聞いて、荷物を中部屋に置くと、急いで枕もとにおいてあるブリキ箱から、保甲書記からわたされた紙片（かみきれ）を阿蘭にわたした。これは一家じゅうの人名を片かなをつけて書いたものである。千田真喜男、千田秀子、千田蘭子、千田祥吉、と四名とも日本人名のかたかながついてるが、阿蘭はまだ五十音を習ってないから読めない。啓敏は阿蘭や妻の秀英に説明した。赤ちゃんを産（う）んだとき、おめでたいから、お正月、壁にはってある、吉祥、の二字を息子の赤ちゃんの名前につけた。ところが、保甲書記が言うには、吉祥という日本人名前はない、祥吉ならいいと言われたので、吉祥が祥吉になったと説明した。ショウキチ、と言うんだ。阿蘭はその紙片を取って暗記しなくてはならない。啓敏はかたかなが読めるので、阿蘭に教えた。父、センタマキオ、母、センタヒデコ、弟、センタショウキチ、自分は、センタランコ、というふうに阿蘭は日本語で言えないといけないから、これだけは先に覚えることにした。

阿蘭の求学心は、油紙に火がついたように早い。ちょうど、啓敏と秀英が自由な身になって、張り合いが出たように、毎日の努力をおこたらない。山で金目になるものは、片端から取って金にかえたい気持と同じである。朝、阿蘭は早く起きて、朝食をすませ、弁当をかばんに入れて通学しなければならない。啓敏が毎日阿蘭をつれて通学するわけにはいかない。だから山のうえまで一緒に坂をのぼってから、梅仔坑庄へ行く州路を見おろせる所までのぼってから、阿蘭がひとりで坂を降りて行くのを見ながら、ドラ声をあげて、……気をつけるんだよ、学校が終わったら真っ直ぐに帰ってくるんだよ……と啓敏が注意してから田圃小屋に帰ってくるのである。野良仕事が一杯ひかえてるからだ。阿蘭は、ハイヨオ、とはずむような返事をする。静かな山路を音楽的な声が響(ひび)いてくるのである。

田圃に稲刈りの時期が近づいて、稲穂は金色に輝いていた。庭先には、いつか阿蘭がまいた鶏頭の種子が花をつけていた。可愛い子のままごとに花が咲いたのである。妻の阿秀は赤ちゃんを負ぶって、家畜の世話をしている。啓敏は牛小屋から、牛を引っ張り出して、渓辺(かわべ)の草原へ降りて行く。三回も小牛を産(う)んだと言っているけれど、婆さん牛と呼ぶのにしのびない。せめてもう一度か二度、子牛を産んでほしいと啓敏は心に願った。そのためこのめ牛の水牛の名前が、嬢や、というのは台湾語の緞仔(トアナ)とほぼ似てる音なのでそうつけられた。実はお姉ちゃんの意味が入っている。犬のクロはオスなので、この頃、春のせいか、きわめて神経質になって、四丈もする針金のあいだを往き来して、ちょっとのことで吠え出す。犬が素頓狂に吠え出すと鶩鳥までいっせいに首を長くして周囲を警戒する。鶏もコッケエと、注意の声をあげる。四里も匂おうと言われてるめ犬の匂いを感じたかも知れない。この近辺は、急ににぎやかな農家が一軒ふえたので、啓敏は羽振りがいいと言われのも無理がない。妻の阿秀は、いままで髪を櫛まきにしていたものが、頭のうしろにのりまきのように結えて、顔も春風に吹かれてるように明るい。彼女は床を離れると、まず髪を結い、身づくろいをしてから台所に行く。決して台所から寝室、寝室から台所と言ったような不精なまねはしない。床を離れた途端、彼女の一日の戦いが始まる心構えである。神壇の前に、主婦が髪を乱して現われることは、一家不運の兆である。だから彼女はいつ見てもきちんとしていた。夫婦が精を出して、夢我夢中で働いているから、稲の収穫を半分取り上げられても、まだ余裕があるように見えた。ある夜、犬が声を低くめて呻ってるのを啓敏は夢うつつに聞いて、床からはね起き、かねてから準備していた弓を取って庭に出た。こう言うときの犬の呻り声は喰いつく態勢の声である。啓敏は塒近くの黒い塊に弓を引いて矢を放ったら、黒い塊は山の草むらのなかにとび込んだのが見えた。

翌朝、狢が鶏を狙いにきたのがわかった。弓を離れた矢にたしか手ごたえがあったが、暗夜ではあるし、犬がそのまま静かになったので、啓敏はほっとしてまた床に戻った。朝起きて、昨夕のことが気にかかって、塒のうしろから調べたら、血がついていた。その血の跡をたどって山へ登ったら、狢が死んでいるのを見て、啓敏は喜んだ。狢汁がうまいのである。しかし、妻は売った方がいいと言うので、その朝、啓敏は狢を葦袋に入れて、登校する阿蘭と一緒に家を出た。当時の狢の値段は鶏の五倍にも売れた。狢が矢に当たったために、たちまち街では啓敏が、家の周囲に流れ矢の罠をこしらえてるデマがとんだ。流れ矢の罠は危ないのである。そのため、派出所に呼ばれて、訊かれたが、啓敏はその実情を述べて、無事に帰された。収穫が近づいたので、稲株のあいだに、さつまいもの苗を植えつけておかなくてはならない。稲刈りの終わった途端、田圃に、いものうねをつくらなくては、いもが収穫出来ないのである。妻と二人だけでは手が足りない。部落の百姓にたのんで、かわるがわる手伝ってもらわなくてはならない。間作の収穫も終わり、第二期の田植えもすんだときのわずかのあいだが農閑期である。しかし除草をすぐはじめなくてはならない。農閑期を利用して竹林の仕事がある。竹細工につかう竹を切って街に背負って行かねばならない。したがって、家で一番暇(ひま)なのは、阿蘭だけである。阿蘭が学校から帰ってくると、弟の頬に接吻し、姉ちゃん帰ってきたわよ、とわかりもしない赤ちゃんの頬っぺたをなめて、赤ちゃんを背負いたい、と母にねだるのである。阿蘭は、赤ちゃんを背負いながら、おさらいをするのが得意のようである。お盆も近い頃、雑木林と桂竹林のあいだに植わっている孟宗竹にりっぱな竹筍が取れた。孟宗の竹筍なら、日本人が食べることを知って、啓敏は初竹筍を媒人(なこうど)をしてくれたお巡さんに持って行くことにした。父娘(おやこ)二人とも額に汗をにじませて警察宿舎の前に立った。宿舎はがらんとしていた。吉田さんは朝風呂で、奥様は台所にいるらしい。阿蘭は学校があるから、いつまでも立って待っているわけにはいかない。

「御免下さい」と阿蘭は元気よく日本語をつかった。台所から、どなた?という奥様の声がきこえた。

「あたし、千田蘭子と申します」

奥様はすぐ台湾人の子の日本語だとわかったので、台湾語でいますぐ行くからちょっと待っててね、と言うやさしい返事がきこえた。奥様はまもなく、前掛けで手を拭きながら玄関にあらわれた。

「あら、千田さん」

「あたし、千田ランコと申します。竹筍あげます」

「まあ、もう国語出来るのね」

「コトシ、一年生デゴザイマス」

「千田さん、よかったわね、こんな可愛い子があって」と奥様は阿蘭が玄関に竹筍をおいて行こうとするのをうれしそうな顔で見つめるのである。啓敏は少し得意に思った。

「ちょっと待っててね、蘭ちゃん」と奥様は奥に引っ込んで行った。前髪と弁髪はきれいに梳いてあり、丸顔にぱっちりした眼は、百姓の娘には見えない。日本へ連れて行っても恥しくない可愛い娘である。奥様は、嘉義市の親戚にあずけている子供の着古くした雨衣と小さくなったゴム長鞋に、絵本や子供世界の雑誌を一杯抱えて出てきた。そして空になった葦袋に詰め込んで、雨衣だけ阿蘭にもたせた。阿蘭の顔は喜びに溢れた。

「ドウモ、アリガトウゴザイマス」

「千田さん」と奥様は日本語で呼んだが、あとは台湾語で、蘭ちゃんはとても可愛くて、私も大好きだから、物をもって来なくていいから、時どきつれて遊びにいらっしゃいと言われた。啓敏は頭をぴょこぴょこ下げるばかりで、答えられない。

「あたし、学校へ行きます」と阿蘭は急いでるようである。

「あら、そうだったわね、早く行ってらしゃい」

「サヨナラ、アリガトウゴザイマシタ」

吉田まで半裸で跳びだしてきたときは、ちょうど父娘が最敬礼して宿舎を出て行くところだった。

お巡さんの奥様にもらったものを、父に託して、阿蘭はかばんを肩にさげて学校へいそいだ。今日は早く家に帰って、絵本や雑誌を見たくてしようがない。

啓敏は胸がさばさばした。三十年前、自分が学校を中途退学した。そのときも、第一次世界大戦の話を耳にはさんだことがある。大正十二年、啓敏が十六歳で公学校に入学し、十三年の春に退学した。欧州大戦が暴発したのはその一年前である。しかしその戦争の話は風のように消えて行った。三十年来、虐待の鞭の下で生きのびてきた。今日のように良い妻を持ち、可愛い娘の父親になれるとは夢にも思っていなかった。そのために、夫婦とも精出して働いてるが、たえず不安な影におびやかされるときがある。独りで泣くことは出来るが笑うことが出来ない。いまは、阿蘭のお蔭で、家のなかはいつも笑い声が絶えない。戦争の話も、昔のように風とともに消えるだろうと期待したが、今度の戦争は身近に迫ってるような気がしてならない。公学校にいたとき、軍歌を歌ったり、聞いた覚えがない。しかし、いまは街じゅうが軍歌にどよめいてる状態である。お節句がすぎると台湾は本格的な夏の気候に入る。第一期作の稲刈りの終わったときには、国民学校も夏休みに近い頃である。啓敏は分家してもらってから、二年間立てつづけに豊作だから、天佑というほかはない。庭先には、いつか阿蘭のまいた花の種子が生えて、山小屋の庭を色どってる所は、いかにも余裕が出た農家に見える。夕立の去ったあとのすがすがしい農家の庭に椅子をだして、阿蘭のおさらいを聞くのは何よりたのしい。しかし、今日、出征軍人を見送ったとか軍歌を歌ったなどということを聞くと、啓敏はなぜか、不安にかられる。目の前のたのしい生活が崩れやしないか敵機が爆撃に来るときの訓練を街ではやっているというのである。灯火管制の訓練もしている。阿蘭はゴム長靴をはいて、雨衣を着て学校へ行けるので、朝の雨なんか、もう心配はないと喜んでいた。啓敏はただ一途に、どうか阿蘭が無事に嫁に行けるまで、生活に変化がないように祈るばかりである。娘や息子には自分のような生活をさせたくないと願った。

夕焼けが山を染める頃、阿蘭は弟をおんぶして、庭先で歌をうたってるのを聞くと、啓敏は仕合わせで胸が一杯になる。

通りゃんせ、通りゃんせ、ここはどこの、ほそみちじゃ、てんじんさまの、ほそみちじゃ、とうたってるかと思ったら、雨ふりお月さん、くものかげ、お嫁にゆくときゃ、だれとゆく、一人でからかさ、さしてゆく。

その阿蘭の歌声は、啓敏にとっては世界一の声学家が歌ってるぐらいに聞える。夜、母が弟の祥吉のそいねをしてるときに、阿蘭も疲れて、一緒に床に入る。祥吉は、このごろ、あちゃんと呼ぶようになった。しょうちゃんよりも、母音の最初の一句の阿と祥ちゃんの最後の一句のちゃんを組み合わせて呼んだ方がよみ易いのである。日本人名に改姓名した台湾人の赤ちゃんらしい呼び方である。あちゃんらしい呼び方である。あちゃんオヤスミナサイと阿蘭が毎日そういうのでつい祥吉はみなから、あちゃんと呼ばれるようになった。阿蘭も阿ちゃんも休んでしまうと、夫婦がはじめて話し合う時間になる。米が配給制になったとか、街では物価統制の話、戦争が次第に拡大し、アメリカとも戦いだした噂、面白くない話ばかりである。

「そんこと、心配しなくてもいいよ、すべて神様が決めるんだから、人間がどんなにあくせくしたところで、神様が許さなければどうにもならない」

秀英は啓敏にくらべて、宿命論的で、暢気そうに見える。絶望のどん底から這い上がってきた自分である。彼女はただ夫に、家畜類の餌餿の保存から、一家の食糧を保つには、一石入れの甕がほしいと言った。螢がすいすい自分たちの坐ってる椅子の下まで飛んでくる。星空は蒼んで、仏法僧はまた向かいの山の森で鳴いている。露がふかく肩にしみるので、秀英が先に立って、椅子を家のなかに持ち込んだ。ほんとうに暇なときしか夫婦は枕をならべて寝ることが出来ない。夫婦はこのうえない仕合わせを感じて、昼間のいっさいの苦労を忘れてしまうのである。

貧乏をしていても自由がある。朝は仕事に追われて、くよくよ考える余裕がない。阿蘭を学校に送ると、秀英は家畜の世話や、夫の野良仕事の手伝いで、揺籃の赤ちゃんが泣くまで手を休める暇がない。阿ちゃんに乳房を口にふくませると、秀英はうっとりとなって眠くなるくらい、骨まで溶けてしまいそうな疲れをおぼえる。また豚の餌を煮込まなくてはならない仕事がひかえてるから眠るわけにはいかない。たれ下がる目ぶたを無理にあけて、堆肥小屋から堆肥を担いでくる夫に呼びかける。

「め豚の種子つけは、阿蘭の学校へ行ってるあいだに、来るように言付けて下さいな」

種子豚を専門に飼ってる奥の方の部落の百姓に言ってもらいたいのである。種子つけは子供には見せたくない。啓敏もそう思っている。

「わかったよお」と啓敏は顔じゅう汗だらけで、堆肥を今日じゅうに田圃に撒いてしまいたいのでいらだった声で答えるのである。鉄でつくった人間でも休まないとねじがゆるむと言われている。妻は阿ちゃんのまるまるふとってる顔を見ながら、夫を休ませたいと考える。やはり仕事の多いときは、臨時人夫をやとわなくてはならない。一家を差配している秀英は、夫の仕事のプランを立ててやらなくてはならない。秀英が口を出さない以上、夫は黙々と牛のように働いている、夫が体をこわしたら、一家はもともこもない。彼女は再び阿ちゃんを揺籃(ゆりかご)にもどすと、台所の炉に火を起こし、さつまいもを鍋に一杯入れて水をみたしてから、夫の堆肥をかつぐ手伝いをする。さつまいもは、納屋に山ほど積んである。肥料を田圃全体にばら撒いて、水をみたし、第二期作の田植えを準備しなくてはならない。これが終わったら、売れ残りの生(なま)のさつまいもを細くして乾してから、家畜の飼料に貯蔵しなくてはならない。真夏の陽射(ひざ)しは、背中にじりじりと感じる。蟬はあちこちで炒(い)るように鳴いている。鳶は中空で、ヒヨコを狙っている。この頃針金の線を一本ふやして庭先へ引いて、犬も一匹ふやしていた。山の農家で一番厄介なのは鳶が家畜類の雛を狙うことである。そのため、鶩鳥の雛でも鴨の雛でも渓辺へ放すわけにはいかず、庭先の竹で編んだ籠のなかに入れる。塒のそばに、猿を飼っておくと、鶏が疫病にかからないという迷信があるので、啓敏は街から十五元で一匹買ってきた。竿につないであるが、めす猿のため、月のものが竿を真っ赤によごすので、秀英は猿をきらったが、鶏の疫病を防ぐと思えば、我慢しなくてはならない。清潔好きの秀英は、このめ猿を一ばん厄介に思った。

親は子供に期待と希望をかけてるから、秀英夫婦は普通なみの親よりも子供を可愛がる。阿蘭の学校へもって行く弁当を見てもわかるのである。豚肉や、お魚、もしくは鶏をかかさない。弁当に梅ぼしを一粒入れると、御飯がわるくならないということを知っているので、いつも弁当箱をあけると、母が自分でつくった梅ぼしが入れてある。毎日食べものがいいので、阿蘭は田舎学校の子供に似ずがつがつしない。学校の成績が抜群と言ってもいいので、訓導叔父さんまで、阿蘭をみると、蘭子！お父さん元気か、と日本語でいかめしく訊くが、親しみを帯びた声である。日曜日に街の通りで私服の千田訓導に出会ったときは、叔父さんお早ようございます、と阿蘭は呼ぶが、学校で制服の千田訓導に出会ったときは、先生お早ようございます、とちゃんとわきまえている。それで本家の千田訓導は、養子の兄のこの養女に特別好意をもっていた。学校で唯一の日本人名の女の子で、成績も平均点全校一番ときているから、宇谷校長は、夫婦で嘉義市から帰ってくるとクレオンを蘭子のおみやげに買ってかえるくらいである。しかし、阿蘭が、学校で一番人気があることは、啓敏夫婦にとっては不安の種子なのである。貧しい家の女の子が人目を引くことはいいことではない。美人薄命というのはそれである。みんなから虎視たんたんと狙われていてはいいことにならない。貧しい家の女の子に安全な垣根をつくるすべがない。啓敏夫婦は、娘が途方もない玉の輿に乗る夢を見てはいない。自作農のまじめな息子のもとにとつぎ、りっぱな母になって、将来、医者か、弁護士の孫を産んでくれたら、わが家の前途は洋々たるものだと望んでいた。阿蘭が学校へ行ってから、目だつほど背丈がのびて、物事に対するわきまえかたが急に大人びてきた。そういう阿蘭を慕って、日曜日など学校の女の先生が田寮へ訪ねてくるときがある。どうもてなしていいかわからないので、出来合いの豚の餌のために煮込んださつまいもをお皿に盛って卓に出す。阿蘭はお茶を入れる。まるで大さわぎである。しかし啓敏は田圃から家のなかを眺めるだけで、街で一番先端を行く女性である女教員の前には、てれくさくて出られない。阿蘭を嘉義市の官立の女学校の試験をうけるように、校長からすすめられたが、女学校を出たら一〇〇％特種看護婦にとられる可能性があるから、阿蘭自身もうけたいとは思わない。男の先生はすすめるが、女の先生は黙って阿蘭の顔ばかり見つめるので、阿蘭も別に女学校へ行きたいとは思わない。子供世界や少女雑誌を読んで、いろいろと夢を見ることもあるが、街では戦争の危険にさらされてる噂が表向きには静かに見えるが、裏では、日本帝国の興敗をかけていると陰でささやきあっていた。ここ十数年来、嘉義市の官立女学校の試験に合格した女の子がいないので、一つ母校の名声をあげようか、と校長先生にすすめられたとき、阿蘭もふとそんな名誉欲にかられた。お父さんと相談してみます、と校長先生に答えたのがやっとである。

阿蘭が女の先生を見送るために坂をのぼり埤圳の竹林のなかへ見えなくなったとき、啓敏は田圃からいそいで家のなかに跳び込み、妻に訊いた。

「学校の女の先生、何しに来た？」

「阿蘭を見に、遊びにきただけだよ」

妻の話を聞いて、啓敏はほっとした。それから、いい按配に日曜日でよかった。と妻から、娘の阿蘭の初潮が今朝きたことを聞かされて、啓敏は暗い気持になった。彼は可愛い娘が一人まえの女になることを恐れていた。妻の顔をじっと見たが、妻は別に心配もしてないようだった。至極あたりまえの顔をしている妻の秀英が、無感覚に見えた。しかし啓敏はあせり気味である。夫がまごついてるのを秀英にもわかった。女はだからつまらないよ、と独り言をいって夫の顔を見た。

「学校を出たら、早く嫁にいかすことだ」

「………」

それが一番安全である。夫婦とも同じことを考えてるが、言い方が違うような感じなので二人とも黙っていた。啓敏は十二月八日に、日本が真珠湾を奇襲して成功したことを知らない。山小屋には新聞もなければラジオもない。街で人の噂を聞くだけである。家で一番消息通なのは娘の阿蘭だけである。阿蘭は、明日、日本がアメリカに大勝した旗行列があると言ってるだけである。夜の提灯行列には山から通学する子供は参加しない。街の子供と有志や各戸から狩り出された人たちだけである。阿蘭からそんなことを聞いて、啓敏は妻を誘い、自分は阿ちゃんを背負い、妻は阿蘭の手を引き、松明をもって、埤圳を横切り竹林をぬけて、山から街の提灯行列を眺めた。

「これで、戦争がおしまいになるのか」

火の玉が街を流れてるのを見て、啓敏は独り言をいった。

「父ちゃん、違うよ、これから、アメリカと戦うことになるって」

「だって、勝ったじゃないか」

「違うよ、父ちゃん。第一回は勝ったって」

「またこれから、何回もやるのか」

「そうよ」

「帰ろう」と啓敏は言った。秀英は、ただにぎやかだね、と言っただけである。星空は平和に見えるけれど、地上はごったがえしのような気がした。家に帰ると、阿ちゃんを妻にわたし、阿蘭と三人が寝室に入って行ったのを見ると、啓敏は椅子を庭へ出して、星空を眺めることにした。道理でこの頃労務が多い。農繁期をもかまわず、州路を修繕するために、多くの百姓が狩り出されて、泣き笑いで州路の労務に出なければならない。物価統制がきびしくなり、これからの生活はますますきゅうくつになって行くことだろう。頭が冴えてきてならない。ようやくうとうとしたと見えて、戸口でする妻の声に気がついた。

「外は寒いじゃないの、露がおりて体に毒だよ」

啓敏は立ち上がると椅子を手にもった。

「馬鹿だね、おまえさん、戦争を心配してんの」

「………」

「人間って、成るようにしかならない。私らの知ったことじゃないよ。ほしいものだけもって行けばいいじゃないの。まさか山や畑までもって行かれるわけはないでしょう」

妻にそう言われれば、なるほどその通りである。女はお産のようなことがあるから、男と違って、あきらめが早いと啓敏は思った。妻の愛の言葉を聞いてると、皇帝の喜びも場所こそは違うが、これに越すことはない。啓敏は結婚してから実子が三つになり、阿蘭も十一歳を越えた。昼間の心労で、人間は、生きても死んでも同じことだとときどき思う。妻子がなければむしろ死んだ方が気楽だ。仕事に追われるだけなら、まだしもいいが、人間の縦横の関係が煩わしい。仕事、人間の相互関係、税金、兵隊、病気、これに追われて死ぬだけである。

阿ちゃんと遊んでる阿蘭の胸がゆたかになったことに気がつくと、憂鬱になる。すべて自分から遠ざかって行く感じである。男の子だってこれから兵隊にとられるという。植民地の人間だから、人間らしいたのしさがないのだ、と街で聞いたことがある。植民地の人間でなくなるためには、どうすればいいのか考えがつかない。日本人の生活を見て、自分たちよりたのしいことはよくわかる。かと言って、台湾人のなかに、自分より楽なものもいる。階級だとは、はっきりした意識よりも、釈然としないだけである。であれば、自分は梅仔坑庄で、どの階級に属しているかこれもちぐはぐである。改姓名者、植民地人の最高階級になるが、啓敏にはむしろ余計な精神的な負担があるだけである、分家してもらってから、よかれあしかれ、生活の自由がある。しかし、いまは自分一人だけのことを考えるわけにはいかない、家庭という一つの単位がある。生活の自信がついたと同時に、この単位を維持するために、絶えず神経をつかわなくてはならない。このごろ心よくつきあってる百姓仲間から、啓敏兄、と呼ばれると親近感をおぼえる。自分を呼ぶ呼称で感じ方が違う。台湾語と日本語をちゃんぽんにまぜて、阿田さんと呼ばれると、自分以下の百姓だなと背中に感じる。百姓は千田さんを全部日本語で呼ぶのはむずかしい。またこの男を全部日本語で呼ぶのは気の毒で、気がひけるのかもわからない。陳さんと呼ぶわけにもいかないので、半分々々になってしまう。千田さん、と背後で呼ばれたときは、ぎくっと感じて振りかえるのである。こんな呼び方をするのは、必ず派出所、学校、庄役場関係の人たちである。真喜男さん、と呼ばれたときは必ず養父と同じ年輩の人で保正仲間が多い。跣足階級の百姓がこんなにたくさんの名前を持っているのは、啓敏には因果者だと思うほかはない。と啓敏は自分で思うときがある。本家で虐たげられてはいたが、紳士とか君子の正体を見てきている。そのために、啓敏は土にだけたよって、彼はわき見しないで一心不乱に働くのが人生を開拓する唯一の路だと心得ている。このごろ、めっきりと市場で家畜類を売る百姓が少なくなったので、本家にお客が来たときは、よく店員を使いによこして、鶏や鴨を一羽や二羽をもって帰る。そういうとき、秀英は笑顔で、気前よくやってしまう。しかしその翌日には必ず、阿蘭に、学校の帰りに本家へ立ち寄って、砂糖だとか塩などを取って来させるのである。それを聞くと啓敏は憂鬱になる。算盤づくめで考える妻のやり方が不安になるのである。しかし、家計を守る妻はお金をたいせつにするのは当然だから、啓敏は嘴をいれる余地がない。そんな決断力と智慧はどこから出てきたのか、彼は妻の顔をまじまじ見ているだけである。翌日の夕方になると、阿蘭が汗をかいて、母に言われたままの物を持って帰ってくるのを見ると、啓敏ははらはらして、本家の感情を害しはしないか、また阿蘭の人気を利用して、こんなことをしていいのか、と心で迷う。女の頭は男と違ってよく神経が働く。そこへ母牛を呼んでる子牛の甘えるような声を聞いて、啓敏は阿蘭が持って帰った品物を妻と一緒に見る暇もなく、いそいで庭先へ駆けだし、坂を降りて行った。母牛を見失った子牛の鳴き声とわかったからである。

　母牛が産気づいた夕方、秀英はひと晩じゅう寝ずに牛小屋の前に立ちつくした夜を思いだす。万が一のときに、母牛のお産を手伝うつもりである。神経がふとくなったり細くなったりするのが女であるような感じがした。また、妻が阿ちゃんを抱き、裾を阿蘭につかまれたまま、母牛の種子つけを見ていたときの不快な情景が目に浮ぶ。いやな気持だった。せめて、阿蘭を家のなかに呼んで見せないでほしかった。妻の神経はやはり太いと思った。しかし、いまになって、牛小屋の前にひと晩じゅう頑張ったことを思い出せば、女は本能的に産婆になるために、何んでも見ておきたいのかも知れない。そのとき、妻も牛の種子つけを見ていることを獣医の手前、啓敏はこころよく思わなかった。いまは何か知ら、次第に女を理解することが出来た感じである。子牛は母牛を見失ったのではなく、くぼ地におちて、ふちに立ってる母牛を呼んでいたのである。小牛を引っぱりあげ、母牛の手縄を引いて牛小屋に帰ってきた。牛を小屋に入れて秣(かいば)を母牛の前に放り出し、小牛が母牛のおっぱいをすっているのを覗いてから、軒下の壁の釘に笠をかけた。阿蘭は庭にしゃがんで、阿ちゃんの頬っぺたに頬ずりしてから、

「阿ちゃん、姉ちゃんの頬っぺたに接吻してちょうだい」というので、阿ちゃんは口を大きくあけて、姉ちゃんの頬っぺたをなめた。くすぐったいと見えて阿蘭は声をたてて笑った。妻の秀英は台所で、本家からもらった砂糖や塩を瓶に入れていた。啓敏は炉のうえにおいてある薬缶から茶碗一杯にお湯を注ぎ込んでごくごく飲んだ。妻はわき見もせず一心不乱に生活を守っているのだ。彼女が毎日神壇の前で祈ってる言葉がよくわかるような気がした。神様、私たちを憐れんで、無事であるようにお護りください。啓敏も、実は心でやはりそう願っていたが、口にはっきり出して言い表わせない。やはり、女の方が切実に、物事に対する理解力が強いと啓敏は思った。

第六章の四

日常品が日を追って、欠乏しだし、歯みがきや石けんさえ配給を受けるようになった。戦争は海の向こうであったことだったがいまは目の前に迫ってきたような実感が胸にこたえた。嘉義市に相当な地震の被害があったとか、やがて敵機が台湾の上空に現われたとかいう話が伝わり、街では不安の色が濃くなり、山奥の部落に、嘉義市から疎開してきたものが随分ふえてきた。石けんがないのは、啓敏にはむしろ大あたりといいたいくらいだった。雑木林のなかに二本のもくのみがあった。もくのみは石けんがわりになるので飛ぶように売れた。疎開者から着物の布地と鴨の玉子と取りかえた。日常品は物々交換で、百姓には間にあったが、マラリヤにかかったが最後、薬がないために恐怖を感じた。キニーネやプラスモニンの特効薬がほとんど手に入らないというので、啓敏はいよいよ行き詰まるような感じをもつようになった。だいいち労働力の不足で、耕作面積を維持するのに骨が折れた。柄の大きい阿蘭は大人びてきて、言葉づかいまできびきびしてきた。彼女は父や母の心配している必需品を学校から帰ってくると、カバンから出した。街の雑貨店に、阿蘭のクラスメートがあるから、たやすく手に入ったと言うのである。マラリヤにかかってはたまらないと言っては、予防のために、プラスモニンを何十個もカバンから出したときは、啓敏夫婦は驚いた。高雄や台北、嘉義市にも空襲があると伝えられた。空の爆音を聞いても、敵機か味方機か、啓敏には見分けがつかなかった。しかし敵機の掃射音を聞いてから、啓敏はもはや油断できないと感じるようになった。昔話に戦争と饑饉（ききん）は聞いたことがあったが、まさか、昔話が目のまえに現われるとは思わなかった。供出米がはげしくなり、物価統制が全面的になった。あちこちで闇の品物を売って、経済警察に血を吐くまで叩かれた話でもち切っていた。啓敏は日本人改姓名者ではあるし、また役場に命じられた供出物資を忠実に守った。一般の百姓よりも、警察に引っぱられて、叩かれるパーセンテージが少ない自信があるので、本家とは出来得る限り感情を害してはいけないと妻に話した。街では三国同盟の日本の戦友の一人である親玉のムッソリーニが吊るし上げにされて、イタリアが敗けた噂がまた啓敏の耳に入った。三人の友だちが二人になり、二人が一人になったら、袋叩きにされはしないかと啓敏はにわかに不安になった。そのため、彼は、この頃野良仕事にばかり頭を突っ込むわけにはいかず、ほとんど毎日のように、本家や街のふだん心やすくしてる店に立ち寄り、配給物はないか、買えるものはないか、ということもあって、ついでながら、戦争の情況をさぐりに出かけた。帰りには阿蘭と一緒になるときもあった。そのために、啓敏が街の日新雑貨店の主人夫妻は阿蘭とは仲良しであることがわかった。

日新商店はこの街で唯一の水車による精米所を持っている店である。店主は林大頭と言って、五十がらみの男で、妻は街でも有名な良妻賢母で、教育はうけていないが、人づき合いがよく、やさしい婦人である。阿蘭がこの林婦人に見込まれたのか、プラスモリンもこの婦人が阿蘭にくれたのがわかった。帰りの路で、阿蘭が学校をやめて、この店の店員になりたいと言いだして、啓敏は驚かされた。父娘（おやこ）とも学校を中途退学になるのかと啓敏は釈然としなかった。

「だって、私、学校の女子のうちで一番せいが高いのですもの」と阿蘭は寂（さび）しげに独りごちて、父の顔も見ないで、かるい嘆息をもらした。

「おまえ、全校一の成績といわれて、先生たちがやめさせるかね」

「仕方ないですもの」

阿蘭の話を聞いて、啓敏は暗い気持にとらわれ、家に帰りつくまで口をきかなかった。日新精米所をもっている日新商店は健実な店で林大頭は地味な人で、梅仔坑庄の名誉職には何一つついてない。店はほとんど愛想のいい林婦人がきりもりしていると言ってもいいくらいである。長男の林貴山は体が弱そうでおもに精米所の世話をしている。その嫁は肥満症で、おめでたく出来てるから、店番さえたよりにならない。坐ったとたんに居眠りを始めるから、姑はあまり嫁を表へ出さない。話によると、女の子一人産んでから太りだしたというのである。太ってるのと居眠りするのが欠点で、別に親不孝な嫁ではないから、姑も長男の宿命だと思うほかはない。次男の林貴樹は、スマートで好かれる青年である。役場につとめる必要はないが、父親があまりおとなしいので人づき合いが少ないから、自分は箔(はく)をつけるため、役場の職員になり、結婚後、ころあいを見て、店経営の本職に戻るつもりでいるようである。国民学校を出て、中等学校の入学試験をうけたがらなかった。それで梅仔坑庄役場の給事になってから何年も立って書記補になった。警防団の幹部で、号令をかけてる所は、男らしく勇ましくも見えた。窓から校庭で訓練してる所を、阿蘭はよく見惚(みほ)れていた。そのため、昼食時に、日新商店で買物している阿蘭が、彼を目近(まぢか)に見たとき、なぜか顔が赤くなるのを覚えた。しかし彼が阿蘭を店で見たとき、喜びに溢れて、頭をこくりとさげて、今日は、とあいさつするので、阿蘭が戸惑(とまど)ってしまう。

「阿蘭ちゃんが、とてもマラリヤにかかるのが恐いって」と母親がいうので、林貴樹はすかさず、

「お母さん、予防にプラスモニンを二十個あげなさいよ」というのである。

プラスモニンの由来にそんなことがあるとは、啓敏は思ってもいなかった。ただ、夜になって、啓敏夫婦が、結婚してから五年間この方、口争いらしいことをしたことがないが、今夜に限って、夫婦二人はかるい言い争いを始めた。

店員になるなら、本家の店がある。弟の訓導が、この頃、啓敏に会うたびに、気持の悪いほど阿蘭を褒めちぎっている。他人の店の店員になったら、本家が気を悪くするではないか。しかし、いつか、日曜日に阿蘭が街へ行ったとき、秀英が阿蘭のカバンから若者の写真を出して、啓敏に見せたことがあった。それが林貴樹の写真である。啓敏が真っ赤になって、妻にその若者の名前とその日新商店を説明した。女の子が男の写真をもっているとは由々しいことではないか。妻が、娘に、牛の種子つけを見せたから、まだ十三、四にもならない娘がませたのだと責めた。

「おまえさんはあの子の性分を知らない。見せないとなるといっそう反抗的になる子だ。だから自然のまま、何んでもないように放っといた方がいいと思ったから。おまえさん、そんなむきにならないで、あの家の次男坊なら悪いことはないじゃないの」

「知ってるよ、結婚するなら、話がわかる、店員は困るじゃないか」

「それならそれでいいじゃないか」

「馬鹿言いなさい。十四歳の花嫁ってあるかい。また出来るわけはない」

「だから、しばらく店員として、それを本家に説明すればいいじゃないか」

「おまえ、娘を店員にだして、万一間違えばどうするんだ」

そう言われると妻は迷って、何んとも答えようがない。自分が娘から女になったいきさつを思いだしたのである。夫婦はそのまま行き詰まってしまった。久しぶりに目に涙をうかべた妻の顔を見て、啓敏はこれ以上言いようがなかった。

阿蘭が学校をやめたい理由は両親には言えない。林貴樹と恋愛をはじめたことも一つの理由には違いないが、おもな理由は、このごろ学校で、先生の視線まで自分の胸にあつまってくるような気がする。柄の大きい阿蘭は十四とは言え、おっぱいは女の先生よりも目だつ。ブラジャーのない時代で、肌着には袖なしの薄着で肌をかくして、胸は隆々ともり上がって、均斉のとれてるうえに、顔が美人型とくるから、男の視線があつまらないはずがない。阿蘭は毎日、そんな気をつかって学校にいるのがつらい。また学校の学科はこれ以上学ぶことはない。古雑誌などばかりあさって、学科よりもその方が面白い。学校で抜群の成績をとっても、所詮、女は嫁に行くだけである。無邪気な子供たちにまじって、いままでのように遊べないことがつらいのである。いつも裁縫室にとじこもって、女の先生がいたら話し相手になるが、独りでいるときは、針をつかいながら校庭で遊び興じてる子供たちを眺めるか、あるいは警防団の訓練を見なければならない。思いが乱れて、これ以上、学校にいることはないと思った。

あしかけ五・六年間で、啓敏の田圃小屋は農家らしくなった。阿蘭が大人になったし、阿ちゃんが腕白になって、姉が日曜日、街へ出かけるのを見ると、その裾をつかんで離さない。妻が去年の暮れに女の子を産んだ。妙子という名前をつけたが、誰もタエコと呼ばず、妙子と呼んでいた。姉の阿蘭まで、メヨちゃんと呼んでいる。仕事がふえただけで、最初の年と同じで金まわりが悪くなった。しかし生活の回転が上手になったおかげで、自作農らしいゆとりを見せていた。鯰のひげが地震を予感するという。山の猿でも気候の急変を予感したときは、夜鳴きをする。まして、善良な百姓が一心不乱に働きつめて、生活を立てようとするものが、時勢の乱脈を感じないわけがない。あちこちで経済警察に半殺しにされたとか、どこかの高等商業の生徒が、教科書にある支那の字を消して、中国に書きかえたために、憲兵に知られて、叩き殺された話が、闇で木の葉を叩きおとす風のように聞えてくる。裁判にかけず、軍が国民を殺すことが出来るとすれば、軍が国法を否定することになる。国法がなければ国民のよりどころがなくなって、世の終わりだと感じるのは必然的なものである。それではどうなるのか、善良な農民は天を仰いで嘆息するばかりである。空からアメリカが落下傘ニュースをおとす噂が、この山麓町にも伝られるようになった。阿蘭の話では、本家へ行って、叔父さんの部屋に入ったら、叔父さんはひそかに英語と北京語を自習しているようだと父親に告げた。

「そんなことを、他人に言ってはいけない。叔父さんが叩き殺される」

「わかりますよ、ただ父さんに言っただけだよ、そんな危ないこと言うものですか」

啓敏は暗然とした顔で、野良に一杯ひかえてる仕事も手につかない。土でも呼吸していることがよくわかる。絶えずたがやかさなければ穀物は出来ない。しめ木にかけられる思いである。明けての四月から六年生になるが、阿蘭は一日でも早く学校をやめたいと言いだして肯かない。戦争のおかげで、田舎街でも女店員というのが出てきたが、啓敏の場合、娘を店員に出すことはない。思いつめて、妻と相談した結果、産婆さんの三姉婆に相談することに決めた。二度もお産にきてもらったから、啓敏一家とは親戚のようにつきあっていた。あの婆さんは口八丁手だから、うまく取りもってくれるかもわからない。嫁にくれと媒人(なこうど)を立てずに、阿蘭をそそのかして、店員にきてくれという林婦人がずるいような気がする。

本家の叔父さんが、そんなに、阿蘭に関心をもっているんなら、叔父さんとも相談しなくてはならない。

叔父さんと相談しなくてはならないとなると、問題が複雑になりそうだ。戦争前と戦争中の台湾は、いまのように、男女間が自由恋愛と言って、勝手に出て歩くわけには行かない。二人が恋仲であると感じた親たちはいそいでお互いが似合いかどうか調べて、変なうわさが立たない前に話をまとめてしまう。近代的に言えば自由恋愛だが、また野合(やごう)という観念がある。市街(まち)でさえそれくらいだから、まして梅仔坑庄のような辺鄙(へんぴ)な麓街はいっそう堅苦しい。お互いに恋し合っても、人の見えないときに、目くばせをして心を伝え合うだけである。そのとき男がそっと自分の写真をやって、あんたのもくれよ、と言って、相手が写真を受け取ってくれたら半分は成功したことになる。再びあったときに、彼女がそっと自分の写真をくれたら、これで二人の一生の黙約が出来たことになる。こうなったら、お互いの家に縁談をもち込まれたら、破壊工作をすればいい。縁談のときに、必ずお互いの生年月日と名前を書いた赤紙を祖先の位牌の前に十二日以上置くことになっている。赤紙をおいてるあいだに、神壇の茶碗を取りおとしたり、これでもまた赤紙をおいておくなら、人の見ない所で、鶏の首をねじり殺して放っとけば、家じゅうが縁起が悪いとさわぎ出して、この縁談はおしまいになる。時間をかせいで、何んとか自分の思う彼女の名前と生年月日の赤紙が自分の神壇の前へもってくるように取り計らえばいい。戦前の娘は戦後の娘と違って、彼氏の写真をそっと胸に抱いただけで、顔が赤くなるのである。善意で苦労してきた百姓だけあって、彼の神経は鯰のひげのようにするどい。まかりまちがえば、娘のかばんに入ってる写真が他所へもれたら大変なことになる。啓敏は自分の評判娘が、万が一虫がつけば取りかえしがつかない。彼は妻と相談して決定してしまうと、葦袋を取って、渓辺へおりて、鴨の玉子を五個ひろって、産婆さんの手みやげに持って行くことにした。

昼間は空襲のおそれがあるので、啓敏は用心ぶかく、耳をそばたてて、産婆さんの三嬸婆の家へいそいだ。空襲警報が鳴ったら街の通りの両側の溝に跳び込むつもりである。産婆の家は街の場末にあった。孫を世話してる三嬸婆が啓敏の顔を見ると、顔をくずして、いそいで啓敏を大庁に招じいれながら、嫁に早くお茶をいれなさい、と奥に声をかけた。

「お茶はいいんですよ。今日はお願いがあってきたんです」と嫁がまだ出て来ないまえに、婆さんの耳近くに顔をよせて、お願いの用件をかいつまんで言った。

「どうも、娘を店員にきてくれというのは困る。それなら、いっそのこと縁談をまとめた方がいいと思ってね」

「同感だ、同感だ、阿蘭という花嫁なら、願ってもないことだ」と産婆さんはすっかり心得えた顔である。善は急げというので、空襲の来ない前、ひと走り行ってくると婆さんは早速身仕度を始めた。嫁がお茶をもって出てきたときは、婆さんは孫のことを嫁に言い付けて、出かけるところだった。

「私は……」と啓敏が迷って言いかけたのを婆さんは、お前さんは、外へ出て歩くよりも、私が帰ってくるまで、家で待っていてください。うまく打診して、その答えを聞いてからお前さんにつたえるから、と啓敏の言葉をさえぎった。それもいいだろう、その答えを聞いてから、弟の訓導と相談をした方がいいかも知れない。と啓敏は思ったが、爺さんのいない家に、息子も外に出ているし、嫁と孫の家で、手持ち無沙汰で婆さんを待つのが気おくれを感じた。それを見て取ったのか、秀英の年と同じくらいの婆さんの嫁が、姑の言葉をついで、

「それがいい、うちの母が帰ってくるまでここでお待ちなさい」と言った。それを聞いて、啓敏は心で弱ったなと思った。婆さんに頼んだことを嫁が知ってるかどうか、もし媒人を頼んだことを知ってたら、困ってしまうのである。女の口はふたが出来ないんだから、たちまち街じゅうにわかってしまう。啓敏は、困った顔で、このごろ人手が足りなくて、牛二匹の秣だけでも大変だよ、子牛を手離そうかと思ってね、と心にもないことが口をついて出た。婆さんにたのんだのは子牛のことだとは言い切れない。

「ほんと、このごろ、うちの主人も公工（ろうむ）のことで、あれやこれや、と二匹の豚にやる餌餅だけでも大変よ、でも阿田（あでん）さんの所は山奥だから、のんびりしてていいですね。それはそうと、いつも鴨の玉子やら、いろいろともらうばかりで、うちではあげるものがなくて申しわけありません」

おしゃべりらしい嫁で、啓敏はいちいち答えようがない。

日新商店の夫婦は、実は次男坊の林貴樹の嫁の候補をうの目たかの目で捜している最中なのである。店へ来る阿蘭にかねてから目をつけていたが、息子とは年が七つも違うし、それに兵隊適齢期でもある。評

判のいい自作農の長女とあれば、簡単に口には出せない。また相手が西保の保正の本家がひかえている。阿蘭を嫁にほしがってる所は、一か所や二か所ではないことを、日新商店夫婦がよく知っている。そのために、阿蘭が店へ来るたびに御機嫌ばかり取って、買物も、ほとんど原価よりも安く売っている。次男坊は、阿蘭に惚れていることがわかるが、肝心な阿蘭は体が大きくても、立ちいふるまいが、まだ子供っぽくて、果たして承知してくれるかどうか判断がつかない。だから、一番簡単なのは、

「阿蘭ちゃんみたいに、成績がよくて、算盤も上手ですってね、うちの店員にきてくれたら、役場よりも月給を高くあげるよ」と言うのがいちばん言いやすい。街で一番高い月給を払う所は庄役場である。阿蘭も心やさしい日新商店夫婦に心引かれていたし、自分は林貴樹に写真こそやってはいないが、何か知ら、〝若草〟の雑誌の挿絵に似てるような若者である。おめでたい兄嫁の店なら、本家の店よりも働きやすいことがよくわかる。学校には居にくいから、かえって毎朝、一時間あまりの山路を歩いて、こんな店に通うほうが面白いかも知れない。役場よりも退勤時間が早いし、ついつりこまれて、両親に店員になりたいと言いだした。そういう所へ、三嬸婆が跳び出したのだから、日新商店夫婦は喜びの顔をかくすことが出来ない。

「三嬸婆！あんたが媒人になってくれるのはありがたいけれど、阿蘭ちゃんの両親が承知してくれるかしら。小町娘といわれて、叔父さんの訓導先生は、学校で大得意だと聞いていますから。むずかしいかもしれない。成績も全校一だときいてます。それゃ、年の開きはずいぶんあるけれど、体格がいいから、それほどにも見えない。私にそんな嫁がきてくれたら、店をまかすことも出来るし、まあ、非の打ち所のない

娘と日頃、店へ来るたんびに私は見ているんですよ」

「大丈夫、私は媒人専門じゃないから、才子佳人を見込んで、御意見をうかがいにきたわけですよ」と婆さんは、媒人専門ではないと言いながら、わかりもしない、文語をつかうから、林大頭夫人も笑顔になる。

「うちの貴樹は才子ではないけれど、自分でいうのもおかしいが、まじめ一徹な子で……」

「わかりますよ、奥様！梅仔坑庄一の若者ですよ。そう見込んで、私が来たんです」と二人はほほと笑いだして、それでは三嬸婆お願いします、と婆さんの待っていた言葉が出た。

「縁談というのは、すべて縁ですから」と日新商店の夫人がつけくわえた。

「じゃ、私、話をすすめてみます」

それで三嬸婆さんは羽が風に吹かれてるような気持で、家に帰ってきた。家に帰ってきてみると、嫁がさかんに、啓敏にしゃべりまくっているのをさえぎって、お前はお茶が冷えてるのもかまわずに、お客さんとおしゃべりばかりして、と嫁を奥へ追い込んだ。そして喜びを一杯ふくんだ目付きで啓敏を見てから、声を低めて、大喜びですよ、と言った。

「それでは、そのつもりで話をすすめるから、あんたは、あんたの方でうまくまとめてください」と婆さんは啓敏の肩を叩いた。啓敏は肩にくすぐったいような婆さんの手を感じて立ち上がった。

「それでは、また連絡しますから、これで……」と啓敏はそばの椅子においてある笠を取って、婆さんの家を出る所へ、嫁が熱いお茶を持ったまま、啓敏を留めようとしたが、今日は街に用があるから、といいすてて軒先へ出た。冬のやわらかい陽射しが、レールのうえできらきらした。これなら、弟の訓導と、ひとまず相談してもいいと思った。ちょうど日曜日だけれど、学校の作業に出てるかどうか、啓敏は本家へいそいだ。この頃の街は、百姓でもゲートルをまかなければ、役所のものに、何かと文句を言われるので、啓敏は街通りに出てからゆるんだゲートルのひもを結びなおした。

本家の店は相変わらず繁盛していた。このごろ店の店員まで、啓敏を見る目がかわってきた。店員ばかりでなく、街の人たちが百姓を見る目がかわっていたのである。食糧の源をつかさどってる百姓と親しくすれば、何か欠くときは融通してもらえるからである。千田武夫は黒の文官服にゲートルをまいて下駄をはいていた。頭が五分剪りで見た所、将校のようで、戦時中の標準的な日本人である。思い詰めている啓敏は、武夫さん、と呼ぶのを忘れて、台湾語の武章が自然に口をついて出た。武章は寝室兼書斎から出るところだった。

「武章、あんたと相談したいことがあるんだ」

「ナニかね」と武章は日本語で言ってから、啓敏の緊張した顔を見て、書斉に招じ入れた。天井の光線を入れる窓の下の机には辞典が何冊もおいてあった。啓敏を坐らせてから、言葉をやわらげて、台湾語で、なにか重大なことでもあるんですか、と言った。

「うむ、阿蘭のことで」——

「阿蘭がどうした？」

「嫁にいかせたいんだ」

「どこへ？」

「林大頭の次男坊だ」

　それを聞いて、千田武夫はかるく呻った。いますぐ嫁に行かせるのは惜しい娘である。姪でも、ほんとうは陳家の血統をうけていない。梅仔坑庄にこんな美しく頭のいい娘は見あたらない。嫁に貰うには、自分の息子は小さすぎる。かと言って、こんないい娘をみすみす他の嫁にやってしまうのももったいなくて、言いようがない。自分はいま頭がこんがらがって毎日悩んでいる。ひそかに英語や北京語を独習して、来たるべき時代にそなえようと苦心している。日本が敗けたら、自分のような日本人ではなく、また戸籍上、日本人名前になっている者はいったいどうなるかわからない。千田武夫はすっかり頭を抱えて、考えつかなくなった。自分のこと、姪のこと。あまり武章が考え込んでしまったので、啓敏はつい自分の考えをぶちまけた。

「小町娘と言われたり、見られたりするから、私はいっそう心配なんです。虫がついたら、あの子は一生だいなしになります。それでまだ年はいかないとは思うが、ちょうどそういう話を持ち込まれたので、ついそう言う気持になったんです」

　なるほど、と千田武夫は心で呻った。このまのびした養子兄貴も、福至れば智慧が生まれてくるもんだな、と感心した。思慮ぶかくなったもんだと思った。林貴樹なら、たしかにつりあいが取れると、千田武夫は思った。

「それもそうだ、鰹節は猫のそばには長くおけないな」と啓敏は弟の新しい言葉を聞いて、あらためていらだった。千田武夫は考えあぐんだあげく、これと言った意見も言わなかった。

「たしか、林貴樹とはいいつれあいだ。青年もしっかりしているし、家庭もゆたかだ。しかし、林貴樹なら、いつ兵隊にとられるかわからないぞ」

それを聞いたとたん、啓敏の顔は固着してしまった。沈黙がつづいて、啓敏は千田の机のそばの椅子に坐ったままミイラになってしまったようである。千田武夫は養子兄貴の顔を見ていると、にわかに不安になった。兵隊にとられることを理由に、この縁談をことわったら、役場に務めている林貴樹がさわぎだすかもわからない。問い詰められて、この言葉が、自分から出たとわかれば、非国民という声が、自分にかぶさってきたら大変なことである。それで、千田武夫はあわててつけ加えた。

「兵隊になったからと言って、必ずしも死ぬとは限らない。金鵄勲章をもらって　生きてる軍人は一杯ある。要するに人間って、運命だよ。阿蘭の亭主が金鵄勲章を持っていたら、梅仔坑庄の庄長になれるよ」

それを聞いて、ミイラになった啓敏がようやく息をふきかえしたように、立ち上がると、

「とにかく、あんたと相談したいのはそれだけですよ」

「どうもありがとう」

「もう学校へ行きたくないと言っているんでね」

ちょっと千田武夫は息詰まったが、しばらく考えてから言った。

「本人がそう考えているなら、仕方がないでしょう。国民学校を出た所で、……しかし、蘭ちゃんなら、女学校出ぐらいの国語の力があるよ」

勝手にしゃがれと投げやりに言った千田の言葉は、啓敏の気持をやわらげた。街の表に出ると陽射しが軒先にのびてきた。養母や弟嫁に昼飯を食べて帰りなさい、といわれたが、昼飯どころのさわぎではない。先刻、産婆さんに言いだした言葉が馬のように駆けだしたので不安でならない。まだ子供と言ってもいい年頃の娘が果たして嫁になれるかどうか、父親として自信がない。この娘は自分にとっては福の神である。可哀想でならない。娘にも訊かず、勝手にこの話をすすめてもいいかどうか、とまた不安になる。市場に入って、何か買って帰るものはないか、とあさってみるのも気をまぎらすことになるので、啓敏は屋台をゆっくりと覗いて歩いた。

阿蘭が、林家との縁談を知ってから、学校をやめて街へも出なくなった。一日じゅう、家で妹をおぶったり、弟の阿ちゃんと遊んでいる影まで寂しく見えた。今まで、両親にはおしゃべりだった娘がきゅうに黙りがちになった。これがでんぐり返しを打って見せたり、逆立ちをして見せたりした娘だったのか、と啓敏は見るに堪えない気持である。阿蘭は縁談の話を聞いて、最初に感じたことは、自分にばちがあたった、と思った。両親が倹約してくれた御馳走ばかり食べているから、誰よりも体格がよく、早く大人になってしまったことである。雑誌に出てくる小説を台湾語に訳して両親に聞かせたいときの希望の影が失ってしまった。女の先生になって、ピアノを引きながら、子供を教えたかったが、いまは別な路を走らなければならなかつた。挿絵のような若者の林貴樹には別に不足はないが、彼の妻となると、どういうことになるか、考えただけで顔が真っ赤になる。梅仔坑庄一の店になって、金を儲け、梅仔坑庄にはまだ幼稚園がないから、それをやろう、といろいろ空想して自分を慰めた。妹の赤ちゃんを母にわたし、弟が昼寝してるときは、派出所の奥様にもらった古雑誌をばらばらと頁をめくって、挿絵だけに目を通す。しかし母の秀英は明るい顔をしていた。娘がいい所へ嫁に行けるので、やれやれと言った気持である。早速、夫に言いつけて、このごろ木材が欠乏してるが、出来得るかぎり、嫁道具をつくらせるようにたのんだ。貧しくても娘に肩身のせまい思いをさせたくない。

女は菜種とおなじだ、撒いた場所によって生え栄えが違う。なるようにしかならない。自分も王仁徳に手ごめにされなかったら、阿蘭が産まれて来ない。阿蘭がいなかったら、今日の自分があるかどうか疑問である、と秀英は思うようになった。いまとなって、阿徳は憎いが、恨めない気持になった。

阿蘭の縁談はとんとん拍子にすすめられていた。日新商店夫婦は心で手を叩いて喜んだ。長男の嫁のデブはこれから子供を産めそうもないし、次男は兵隊にとられる心配がある。兵隊へ行くまえに、せめて男の子一人でも産んでくれたら、将来、家継ぎのことがうまく行くのである。また家の主婦にふさわしい嫁が必要である。縁談の話がはじまってから、一か月も立たずに、結納の吉日が決められた。それが昭和十八年の正月ごろで、ちょうど、よりによって、その日、啓敏の大きくなった子牛が徴用になった。啓敏は断腸の思いである。日新商店から二人担ぎの籠が二つ担ぎ込まれて、媒人と合わせて、六人のお客が、啓敏の農家の食卓を囲んでいた。戦争中のことだから、すべてひかえ目にやった方がいい、というのは双方で決められたことである。役場へ引っぱって行く牛は人にたのんで、啓敏は家で結納の人たちを応待しなくてはならない。知らない人に引っぱられて行く牛の尻尾がお尻にくっついて振らないのを見ると、啓敏は涙が出た。これが兵隊のビフテキになるかと思うと声をあげて泣きたい気持である。しかし妻の秀英は牛などに目もくれず、六人のお客に出す御馳走で、絶えず台所と中部屋のあいだを立ち回っていた。

阿蘭は寝室にかくれて、表に出ない。阿ちゃんはお客が一杯ものを運んできたので、はしゃいでいた。お姉ちゃんの結納のお菓子を見て、そっと母に、お姉ちゃんのお菓子いつ食べられるかと訊いた。母がたしなめるような目付きで、お客さんがみな帰ってからあげると言われた。こんなににぎやかにお客があつまったのもみな自分のためだ、と思えば阿蘭はひとりで涙が出た。学校の卒業式の〝螢の光り〟を思いだして、自分はそれに送られもせず、学校と縁が切れて、これでお嫁に行くのか、家とも別かれなければならないのかと思うと切ない涙が止めようもない。啓敏は重たい胸を抱いて、媒人に言った。

「みなさん、どうぞ御自由にやってください。家内がまずい料理をこさえてるし、私が入ったら、食卓の人数が奇数になるから」

おめでたい時、とくに結納の場合は、食卓が偶数でなくてはならない。媒人からみんなにそうつたえたので、お客は遠慮なく食卓を囲んだ。啓敏はただみんなにお酒をついだり、給仕をする役をつとめていた。それでときどき、堪え切れずに阿蘭の寝室に跳び込んで涙を拭いた。娘が泣いてるのを見ると、声をあげたいくらい胸が詰まってくる。

第一期作の田植えのはじまる頃に、阿蘭を迎える楽隊が爆竹を鳴らして山路を越えてきた。戦時中なんだから簡単にしよう、と言いながらも、一隊が三十人くらいだから、これだけのお客に出す御馳走は、秀英一人ではまにあわない。三日前から、余分に見て、啓敏は街の料理屋に四卓を請け負わせることにした。食卓や椅子の運搬費用いっさいをふくめて、一卓五十元に請け負ってもらった。里帰りは、二卓だから合わせて六卓になる。啓敏は阿蘭の嫁入りで、家じゅうのありったけの現金をつかい果たしたが、別に惜しいとも不安とも思っていない。山路から迎えの楽隊が聞えてきたときは、啓敏の庭には食卓がならべられて、庭先に設けられた臨時の炉からぱちぱち薪がはじけて燃えてる音までにぎやかにきこえた。花嫁の轎と媒人（なこうど）の轎が二つ庭のあき地にならべて置かれた。田舎コックは腕によりをかけて忙しそうである。昨夕から、食事をしない阿蘭を母は気になるので、お客の応待は夫にまかして、母はせめて、鶏のスープを少しでも娘に飲ませたいと思った。花嫁の食事は水っぽいものは禁物だが、路程が短いから、母はかまわないと思った。しかし阿蘭は母に心配させないために、ほんに唇をぬらすくらいしか飲まなかった。花嫁の衣裳はかねてから、部落に疎開してきた都会の女たちから、物々交換でかなり取りかえてあった。この頃はミシン糸まで配給になったので、街の裁縫屋さんから、このたびのミシン糸の配給はみな千田さんのお嬢さんのためにつかったよ、と言われたので、啓敏は裁縫屋にまで鴨の玉子をおみやげに持っていった。

阿蘭は、縁談があってから、街へ行ったのは、せいぜい朝早く、裁縫屋の店に行って直ぐ引きかえしたくらいである。そのときは必ず弟の阿ちゃんを連れて行った。阿ちゃんは折角街へきたからには、裁縫屋だけでは物たりないので姉を手こずらせた。

「姉ちゃんの言うことを聞かなかったら、いいわ、あとは連れてきてやらないから。お菓子は帰り路の廟前の駄菓子屋で買えばいいじゃないの」と姉は弟の手を小牛のように引っぱって歩きだした。口を尖（と）がらしてる阿ちゃんは白い眼で姉の顔を見上げた。菓子の問題ではない。にぎやかな市場のなかに入って見たいのだ。しかし、姉はそんな弟の気持を理解出来ないわけではないが、こういうとき、街でちらちら見られるのはいやなのである。姉は駄菓子屋の前へ来ると、サッサッと菓子を買い紙袋に入れてもらった。街はずれに来ると、紙袋から飴玉を取り出し、姉は体をこごめて、弟の口に入れてやった。食べてやらないつもりでいた顔が、甘い汁が舌のうえでとろとろと溶けて、気分がよくなったので、お尻に力を入れて、姉に抵抗する気持がなくなった。

「うふふ」と姉は笑って、阿ちゃんは食いしんぼねえ、と言った。

「違うよ、にぎやかな所を見たいだい！」

「あら、そうなの？じゃ、今度お祭りのとき、姉ちゃんつれてきてあげるわ」

その姉が、今日お嫁に行くので、阿ちゃんはその約束を思いだして、今度、姉ちゃんの家に泊る腹である。そのため轎に乗せられて行く姉のいない家を寂しいとは思わない。街に姉ちゃんがいることはつごうがいいのである。そのために、にぎやかな家のなかから庭を跳び回ったり、寝室に入ってきて姉ちゃんの顔を覗いたりする。姉ちゃんが泣いてるのを見るとすこしは不安になったので、阿ちゃんは、姉に抱きついて、

「僕、姉ちゃんの家に泊っていいんでしょう？」と姉をゆすって訊いた。無邪気な弟にこう見据えられると阿蘭はいっそう悲しくなって、弟の手をにぎった。涙がぼろぼろと頬をつたった。

「ねえ、いいんでしょう。姉ちゃん！なぜ泣くの」

あまり姉にからみつくので、母が入ってきて、阿ちゃんを引きはなした。

「阿ちゃんッ！外へ出て遊びなさい」

　姉と弟のこんな情景を見て、秀英は胸が一杯になった。みな宴蓆につくころに、訓導の弟がはじめて、この辺鄙(へんぴ)な農家の庭にあらわれた。啓敏はあわてて寝室に跳び込んできて秀英を呼んだ。

「武章がきたよ、お前は嫂(あね)ではあるが、先(さき)に挨拶に出ないといけない」

　夫にいわれるまでもなく、秀英はそれを聞いて、妙ちゃんをゆり籃に入れ、身をととのえて真ん中の部屋に出て来るとぱったり武章と顔を合わせた。秀英は少しうろたえた。しかしすぐ、叔父さんきていただいてありがとうございます、と言ったので啓敏は妻に感心した。訓導はそういわれて、心でおやっと思った。案外養子兄の妻はいい女だ。

「いや、晩れてすまない」とイヤは日本語、あとは台湾語で言った。

「嫂さんも大変忙しかったろう」

「お蔭さまで、どうにかやっています」

　啓敏はさらに妻に感心し、肩身のひろくなった思いで、顔が明るくなった。宴蓆がはじまって、千田武夫は養子兄と主人側になって、お客をもてなしたので、啓敏はいささか、自分たちの真価がたかめられて、ようやく、今日は良き日だと思った。やがて、爆竹が鳴り、花嫁が轎に入る時刻となった。谷間での爆竹の音は爆弾のように、啓敏の胸に応えた。花嫁姿の阿蘭は媒人ともう一人の老人に手を引かれて、寝室から出てきたとき、両親に膝跪(ひざまず)いてから叔父の前にも膝跪いた。叔父はあわてて、両手で彼女を扶(たす)け起こすと、阿蘭は体をこごめてそばで見ている阿ちゃんに頬ずりし、ゆり籃に坐わらせてる妙ちゃんの頭を撫(なで)てやった。阿ちゃんは顔についた姉の涙を手でこすった。訓導の武夫まで目がうるんでいるほどだから啓敏夫婦の顔じゅうが涙にぬれていた。阿蘭はしゃくりあげてくる悲しさを押えても、化粧した顔が涙でくずれた。先頭の厄払(やくばら)いの竹と花嫁の轎と媒人の轎のあとに一隊がつづいて山路を登ったころに、千田武夫は養子兄夫婦の家を辞して、自分も早く帰らねばならぬ用があると言った。

「嫂さんもたまに、子供をつれて遊びにきてはどうですか」

親戚とはいえ、秀英がこんな紳士と口を聞いたのははじめてである。

「御覧の通り、とても手が離せないのです」

とこたえながらも、爆竹の音が遠のいて行くのが耳に入ってくる。百姓夫婦は涙でぬれた顔を拭きながら、本家のあとつぎである若旦那を引きとめて、先刻のあわただしかった食事をもう一度しなおすために、食卓の椅子に坐ってもらいたかった。にぎやかだった庭のあとに、コック人員のほか、主人が見知らぬ人と話してるのを見て、籠に入れられた二匹の犬が思いだしたように吠えた。その犬の吠え声に訓導は用を思いだしたように、長く立ち話をするわけにはいかないので、爆竹の一隊を追うように坂を登って行った。今夜、日新商店の披露宴には、花嫁の里の親戚としての席に坐らされるのか、友人の席に坐わらされるのか、訓導はそう考えながら、昔自分の家の田寮(たんぼこや)だった養子の農家を離れて、山路を急いだ。時世は変わるに決まっている。こういう時、うまく立ち回わる条件として、人の恨みを買ってはいけないことだ。彼は日本国内に政党があることを知っていた。選挙の票数をかきあつめるのに、ひそかに大変な金をつかってることも知っていた。しかし百姓夫婦はそんな忙しい頭をもっている本家の後継者のつらさをも知らず、暢気なお坊ちゃんのうしろ姿として、いつまでも見送っていた。弟の姿も見えなくなり、爆竹の音も聞えなくなって、啓敏は独りだけ庭に立っている自分に気がついた。ふりかえって、二、三人のコックが食卓について食事をしているのを見て、

「明後日も、また二卓たのみます」

「わかります。残菜はみなバケツに入れてあるから、私たち食事終わったら、ひとまず帰ります。明後日の朝早く来ます」と請け負ってくれたコックが、使ってる箸をおいて、立ち上がって、啓敏に説明した。秀英は台所で、コックに言われたままの食べ残りのお菜をいくつかのバケツに入ってるのを調べて、もう一度大きな鍋に入れて炊きなおさないと、わるくなるので、その後仕末で、彼女は前掛けをかけてうしろ手でひもをゆわえていた。コックの帰った後、啓敏は急に家ががらんどうになった思いでやりきれなかった。庭先に咲いてる鶏頭や鳳仙花は、娘のかたみを物語っていた。彼は吸われたように、草花のそばにうずくまって、涙が出て胸をしめつけられた。福の神が行ってしまったようで、花からかもしだされた色彩が娘を思い出させて、彼は妻の呼び声も耳に入らずいつまでも草花に見惚れていた。

占師に里帰りの吉日を見てもらったら、三朝をすぎた朝がいいと言われたから、阿蘭の里帰りの日は結婚してから三日目の朝と決まった。軒下にたたみ式の卓や椅子をおいてなかったら、啓敏は三年もながい期間をへだてたような気がするのである。だが、軒下にたてかけてあるたたみ式の卓や椅子は、娘の里帰りをすませてからひとまとめに運んで帰ると請け負いのコックが言うのである。庭はコックたちが帰りぎわに掃いてくれたので、家のなかを早く片付けなければならない、と妻にいいつけられた。彼は家のなか

を片付けてしまうと、針金をまた電線のようにひいて、二匹の犬を籠から出して首輪につないでる鎖を針金にかけた。二匹の犬は電線で制限されてる距離で走りまわってたのしそうである。夕陽は山を染めて、啓敏は台所から、人間の食べ残りの御馳走を犬桶に入れて、二匹の犬のまえにおいた。親子四人が食卓についたときは、夕焼けがまた庭に映えていた。

「お前さんはいつまで、くよくよしないでもいいよ、………つらいけれど、我慢しなくてはね」

今日という日に、言葉はそういうけれど、生離、死別、死の字が口にしてはいけないので、夫は妻の顔をまじまじ見つめた。妻は自分の知ってる熟語の一句を言いたかったが、縁起をかつぐ夫を不快にさせまいと思った。秀英はいそいで言いたした。

「私たち、悪いことをしてないから神様が護ってくれます、気にしないでね」

両親がむずかしそうな話をしているが、阿ちゃんはようやく、姉のいない食卓を思いだして、母に訊いた。

「姉ちゃん、いつ帰ってくる?僕、姉ちゃんと一緒に行って、街に泊まってもいい?ねえ母ちゃん!」

と阿ちゃんが返事をしてくれない母をせきたてる。

「うるさい子だね、黙ってなさい。泊まってもいい時に行かせてあげるよ」

秀英はふさぎこんでいてる夫を慰めたい気持である。

「私はやれやれとほっとしたのよ。いい家へ嫁に行けたし、女は帰するところ、生家を離れなくてはならない。ただ、早すぎたとは思ったが、早かれ晩かれおなじなのよ。まかりまちがって、機会を逸したら、姑婆（オールドミス）になってしまう」

　そういえばそうだ、と啓敏もやっと心がなごんだ。屋外（そと）は暗くなった。啓敏は、今夜は出来るだけ、貴重な臘燭ではあるが、家のなかを明るくしたかった。秀英は竹でつくった風呂場で、子供二人をお湯で体を流してるのが聞えた。秀英のいう通りだ、いつまでくよくよ考えても仕方ないことである。ふくろが陰気くさい声で、裏の柿の木で鳴いてるのを聞いて、啓敏は塒の扉をもう一度見回わらなくてはいけないと思った。牛小屋の母牛は、自分の子牛がどうなってるだろうか、彼女は静かに反芻しながら主人の顔を見ていた。鴨、鵞鳥などを見回わり、田植えの終わった田圃の水ぐあいを見に行った。秀英の呼んでる声が聞えたので、彼は星空に反映している暗い畔路をいそいで家に帰った。たら腹喰った二匹の犬は尻尾を満足そうにふっていた。

　ひと風呂浴びてから、戸じまりをし、床に入って横になると頭が冴えて眠れそうもない。そこへ妻が蚊帳をもちあげて床に入ってきた。

「疲れたんでしょう？」

「うむ、それほどでもない」

「気にしないでもいいよ、人間は成るようにしかならない」と彼女はそういいながらフトンのなかにすべり込んできた。妻の匂いはいつでも心をなごやかにさせると啓敏は思った。

第六章の五

阿蘭の里帰りの日、朝早くから街のコックが三人やってきた。今度は、軒下に一卓と大庁に一卓をならべることにした。人数はあらかじめ媒人から知らされてある。朝陽は山の峯を越えて、森があざやかに見えた。竹鶏が森でにぎかに啼いていた。雑木林はいっせいに新芽を吹きだして、春らしい日和である。啓敏は一番鶏が啼いたのを聞いてから、床を離れて、犬の針金をたたみ、犬をあいかわらず籠に入れてやった。犬は鼻を鳴らして不平を言っているようだった。秀英も早くから起きて、灯を点け、鏡に向かってから台所に出た。台所の神壇は灯火で、紅紙に書いた神位の金字が輝いて見えた。夫婦は万端ととのえて娘の里帰りを待ちあぐんだ。三人のコックが見えたとき、秀英は彼らに朝食の有無を問わず、従来の竹卓の椅子に坐るようにすすめた。コック頭が相好をくずして言った。

「私たち三人は、朝食をせずにやってきたのは、お宅にたくさんの食べ残りの御馳走があることを知っているからだよ。千田嫂さん、食べ残りの御馳走の煮込みは、新しいのよりもうまいですよ」

それを聞いて啓敏夫婦までたのしそうに笑うのである。啓敏とコック三人と阿ちゃんを加えて五人が食卓についたが、秀英だけは妙ちゃんと台所で朝食をすませた。朝陽は軒先まで延びてきたので、部屋じゅうは明るくなって、箸を忙しそうに動かしてるコック頭が言った。

「ふしぎだね、山に来ると、すべてのものがうまくなる」

阿ちゃんは大人たちの言うことがわからないから、茶碗と箸を持ったまま食卓の椅子を降りた。庭先の風景を眺めながら食べるのは、食卓で食べるよりもうまいのだ、と阿ちゃんは言いたくなる。籠に入れられた犬のクロやシロは、若主人の小僧を見て不満の鼻を鳴らしていた。阿ちゃんは食べるのがめんどうくさくなって、犬の籠に歩みよって、籠のなかにお碗ごと御飯をおいた。犬はあらそって呻っているのを見ると、阿ちゃんは御飯が足りないのかな、とまた入れてやるつもりで台所に入った。もう犬にはすでに餌をやってるのに、阿ちゃんは余計なことをするのである。子供はこういうときが自由に立ち回われるから、家のなかがにぎやかになるのが大好きなのだ。と啓敏は思った。

　朝陽（あさひ）が庭先の干竿にかかったときに、山の坂でにぎやかな話声が聞えた。里帰りは爆竹を鳴らさないから、里帰りの轎が、いきなり現われたような形である。近いから轎に乗ることはないと啓敏も思っていたが、媒人の話によると、親爺（おやじ）は、お前は歩いてもいいが、嫁さんの里帰りを歩かせるわけにはいかない、と花婿は父親に叱られたと言う。それで嫁の轎と媒人の轎二ちょうが呼ばれた、と媒人の婆さんはたのしそうに、啓敏夫婦に報告するのである。阿蘭は媒人の手も借りずに、すぐ轎から出てきて、弟の阿ちゃんが立って見てるのを見つけると抱きついて頰ずりし、大庁（なかべや）に入った。それから母に抱かれてる妹の顔に接吻してから、そばで笑顔をしてまごついてる花婿にふりかえって、

「貴樹！あんたの風呂敷包みを、母ちゃんの部屋へ持ってきて！」と呼びすてにしたので、啓敏ははっとして花婿の顔を見た。

「お父さん、お母さん御機嫌いかがですか」と婿は頭をふかくさげた。秀英は得意な顔をしたが、啓敏はすっかりまごついた。七つも年のちがう男を小娘がその名前を呼びすてにしている。三日だけ家を離れた

娘とは思えないほど、娘が遠い所から長いあいだ帰って来なかったような気がした。しかし妻の秀英は夫と違って、大得意な顔で、娘の背中を押すように自分の部屋へ入って行った。阿ちゃんも姉の裾をかたくにぎった。啓敏は婿の背後について秀英の部屋に入り、一家団円とはこのことを言うのだ、と啓敏はその実感が胸にきた。型やぶりの里帰りの情景である。媒人の婆さんも笑顔で主人側に代わって来客を応待し、婚家から持ってきた物を出し、花嫁の里から婚家へ持って行くようなものを二つの籃にひとまず入れてから相談することにした。親子六人は秀英の寝室で、婿の個人的なおみやげを見て、笑い声を立てていた。

「岳父さん、この懐中時計は実は中古だけれど機械はたしかです。このごろ新しいものはほとんど手に入らない。うちの父と相談して、腕時計はもう一つあったけれど、やはり仕事をするには懐中時計がいいと言われましたので、中古ですまないけれど持ってきましたから、つかっていただけますか」

うなづいてる岳父に、婿は時計のつかい方を教え、胸の小さなポケットに入れて、銀鎖をボタン穴に入れた。勲章を胸にさげられたようで、見慣れない夫のしゃれたいでたちに、秀英が笑った。啓敏もてれくさそうな顔をした。阿蘭はうれしそうに、とても似合うわ、と言った。

「保正さんみたいだ」と妻がひやかしたので、啓敏はとてもこんなものをさげて街へ行けるものではないと思った。保正は庄の下の細胞組織の最末端の頭である。それから、岳母には髪に挿すアクセサリをうちの母に買ってもらったことをつげた。

「お母さんの分は新しいんです」その次が子供二人の玩具である。阿蘭はみちたりた顔で婿の説明を聞いていた。秀英が思いだしたように娘を呼んだ。

「阿蘭、貴樹と神様を拝みましょう」

秀英が先頭に立って、寝室を出た。いつのまにか、弟の訓導がきて、代わって来客を応待しているのをみて、啓敏夫婦はすっかり恐縮してしまった。しかし、阿蘭は親しみをこめた声で、

「叔父さん、恐れ入ります」と日本語で言った。阿蘭の礼儀作法や知識は、大方日本の婦人雑誌に負うところが多い。それゆえに訓導叔父はこの甥御さんには一目も二目もおいていた。田舎には珍しい娘である。母の秀英は娘の結婚がうまくいっていると見込んだ。わずか一日や二日で、娘がすっかり世帯じみて見えるからである。花嫁にきてそこそこではあるが、姑夫妻に見込まれたとおりの嫁である。阿蘭は里の母が、食卓から台所の棚にまで毎々木賊(とくさ)できれいにみがいているのを見慣れていた。貧しいながらもわが家はたのしいすっきりしたムードがあった。しかし婚家の台所の空気は濁ってるようで、まだ年いかない花嫁ではあるが、器用に台所の手伝いをして、デブの兄嫂に笑われながらも、あれやこれやと卒先して御飯炊き婆さんに範を示してるようなふるまいをした。

「阿蘭仔(あらんちゃん)！」と姑は親しみをこめた声で呼ぶ。

「お前は、台所なぞかまわないでいいから、私を手伝って表を見てもらった方がいい」

「はい、でも態勢をととのえなくては、表だけでは」――と言う戦時言葉を嫁はつかった。戦時言葉だが姑は感心する。なるほど、内部が乱れては、表はいくら働いても駄目だ、しかし、内部は別に悪いことはないが、この娘の母親はよほどきれい好きな母に違いない、と姑は国民学校に通っていたときの阿蘭の身

なりを思いだすのである。いつも清潔できちんとしていた。娘が婚家でどういうふうにすごしていたか、婿の態度や、媒人婆さんの話、弟の訓導がきてくれたことで察せられた。親子六人が台所の神壇の前に立ったとき、感謝で胸が一杯になるのである。嫁入りの朝、まさかみなを台所につれて来るわけには行かないから朝早く、娘と五人で拝んだが、今度は婿を加えて六人で拝むことが出来たことは、百姓夫婦には満足である。婿の家ほど金持でりっぱな家ではないが、娘は梅仔坑庄一の花嫁だという自負心があった。背(せ)丈(たけ)の高い啓敏がみなの手に持ってる線香を取って、香炉にさすと、妻に抱かれてる妙ちゃんを阿蘭にわたし、啓敏は妻と一緒に庭先の小路に降りて、左手の丘の鼻先にあるような大石の石頭公様に、夫婦は肩を並べて拝んだ。わが家が石のように、風雨に堪え得るように祈った。夫婦二人が家に戻ったときは、みな食卓を囲んでいた。大庁(なかべや)の一卓は、花婿と花嫁に近しい人たちが坐ることになっていた。阿蘭に抱かれていた妙ちゃんはいつのまにか婿に抱かれていた。人見知りする子が婿に抱かれているのを見ると、秀英は笑いながら、やっぱり、姉夫(にいさん)と知っているのだねえ、と抱きかえして、みなと椅子に坐った。訓導叔父さんは顔をほころばせて、

「さあ、時間の制限があるから、はじめようじゃないか」と酒瓶を持ちあげたので、啓敏はあわてて、弟の手にある酒瓶を受け取って、私がつぎましょう、と椅子から立ち上がった。こんなに大勢と食卓を囲んだのは、秀英には生まれて始めてである。ふしぎに気おくれを感じない自分に、母として、岳母として、自信がついたようでうれしい。たのしい昼食が終わると、みんなが帰る時刻だ、と媒人の婆さんが言うのでそろそろ里帰りのおみやげを点検して、四人の人夫が二籠(ふた)の花嫁のおみやげ籠に棒を通して肩にのせ

た。今度の阿蘭は自信がついたのか、嫁入りの朝のように泣かない。花婿は岳母に、

「お母さん、御閑のときにお出で下さい。お待ちしています」と言われたので、秀英はうれし涙が出てきそうである。今日、ただ困ることは阿ちゃんが姉の裾を堅くにぎって離そうとしない。婿は岳母に、いいんだよ、お母さん、ついでに阿ちゃんをつれていって二、三日遊ばしてから、私がつれて帰ってきます。と阿ちゃんの頭をなでたもんだから、阿ちゃんはいっそういい気になる。秀英はつい手をやいて、怒った顔で体をこごめて阿ちゃんに耳打ちした。

「阿ちゃんがそんなに母ちゃんの言うことを聞かないんなら、馬戯団に売ってしまおう。姉ちゃんがいい時に迎えに来るまで待たないんなら、母ちゃんはこんな子は要らない」

阿ちゃんの姉の裾をにぎってる掌がゆるんだ。馬戯団のことは、姉のよんでる雑誌の写真を見て、姉に説明してもらったことがある。虎と一緒に眠ることは面白いが、絶えず鞭で撲ぐられるのは堪らないと思ったからである。姉の裾を離して、口を尖んがらし、涙がぼろぼろ頬をつたった。姉はうずくまって阿ちゃんを抱きよせ、頬をすりつけて、

「とても阿ちゃんはいい子よ、姉ちゃん大好き、今日、母ちゃんがいけないと言うから、この次、姉ちゃん迎えに来るわ」と阿蘭は弟を慰めた。阿ちゃんはじっと突っ立っていた。里帰りの一隊は動きだして、山の坂を登って行った。訓導叔父さんも、私もそろそろ失礼をしよう、と彼も一隊のあとについて行った。

「叔父さん、重ねがさね御苦労かけてすみません」と養子兄嫂はなかなか如才ない。

「いや、全く目出度し、めでたしだ。戦争がこんなになっちゃ、やっぱり娘は早く落ちつかせた方がいい」と言って、阿ちゃんの頭を撫でてから、だらり坂をゆっくりと登って行った。弟訓導の口から、戦争がこんなになっちゃ、と聞いたのは始めてなので、それだけに近く感じたと同時に不安がつのった。春もたけなわになって、やがて収穫期に入るが、田圃の出来は、一年一年と悪くなった。人手が足りないため堆肥も不足がちなのだ。圳頭の田圃はこれだから水尾の方はおして知るべしである。

昭和十八年になると、アメリカの基地が近くなってきたようで空襲に対する恐怖が毎日の生活のなかに切実にせまってきた。軍艦よりも商船がいつも撃沈されてる噂が街に立った。聯合艦隊はどこにかくれてるのか、どうしてこうもアメリカの潜水艦の跳梁にまかしてるのか、その作戦に理解が出来ない気持で、毎日空襲を恐れていた。国民は大日本帝国の無敵艦隊を堅く信じていた。去年台湾人にも、日本国民なみに徴兵制度が施行されたが、今度は海軍も台湾人にその資格を与えられたと報じられていた。ここ七年間、街は戦争の雰囲気にまきこまれていたが、息子や弟が兵隊にとられていくのを、心ひそかに悲しんだ。わけのわからない戦争に子弟の命は風前の灯となった。全面的に物資が統制されて、配給制になり、街の老人でも、一生を通じてこんな生活に出会したことがないと老人同志で耳打ちして、嘆息しながら、天を仰いで、どうなるでしょうか、孫が生きて帰れるでしょうか、というような顔をしていた。出征する若者の送別会の席で、応召の台湾人兵が言った。吾々の流した血潮によって、台湾人がりっぱな日本人になれるなら男児の本懐であります、と言って、見送る台湾人の知識階級の涙をさそったが、日本人をも感動させた。ここ数十年来の教育がこんなりっぱな青年をつくり出した、と日本人の在郷軍人が褒めそやした。台湾人の年寄りは駄目だ、あんな亡国的な胡弓を聞きたがってるのを見てもわかる。これからの台湾は若者にたよらなくてはならない。とおおやけの席上で叫ばれていた。胡弓が亡国調なら、尺八はどうですか、と警務局の課長が台湾人の知識人に突っ込まれたことがあった。偏見が台湾人と日本人のあいだにわだかまって、寺廟廃止から、台湾服までいけない。軍国調があふれて、日本の着物に着慣れない台湾人は乞食のような姿で、街のあちこちで見られるようになった。勝って帰るぞ、と応召軍人の叫びに拍手を送った。結婚後二か月で応召をうけた青年もいた。そばではらはらしてやきもきして見ているが本人同志は案外けろりとしていた。いかなる時代でも青年に頼らなければならないのは事実なのだが、盲目的な青年の行動に警戒しなければならないのも確実だ、と老人たちは痛感した。十五歳で結婚しなければならないのも、田舎の戦時花嫁と啓敏は思った。きびしい物資統制と日常品欠乏が、いままでめったに現金（げんなま）を持ったことのない百姓が、今度は現金を持っても物が買えなかった。そのうえ若者は兵隊に取られるし、中年男はいつも公工（ろうえき）で、耕地面積を保つことがむずかしくなった。皇民奉公会の分会で、青年劇をつくりだして、農民を慰めるつもりでいたが、あきたりない芝居で、村はさびれていくばかりである。ただ昼間に、もし村の集会所で、集まりがあるといままでの灰色な集まりではなく、都市から疎開してきた婦人たちで色どって、役場の職員の目をたのしませた。そのかわり、灯火管制の真っ暗な夜の百姓屋に、都会から疎開してきた水商売の女はあやしげな生活をしていた。百姓もこの刺（とげ）をふくんだような時世の波に痛めつけられて、いままでのように精を出して働くのが馬鹿らしくなった。啓敏もすこし手がすくと、街へ出てみたくなった。ひとつは娘の婚家に立ち寄って、阿蘭を見、市場の屋台をあさって何か家にひとつ買って帰るのが息ぬきのひとときである。

「阿ちゃん、父ちゃんがいいというまで、姉ちゃんの家に泊ると言わないなら、つれていって姉ちゃんに会わしてやる、いいか、もし姉ちゃんに会って、無理を言うなら叩くから」

父親にそう言われて、阿ちゃんの顔が輝やいた。毎日、姉が植えていった草花をつんでは花婿の真似をし、胸にさして、独りで庭を歩きまわっているのを見ると、父親が、空襲の心配があるにもかかわらず、阿ちゃんに姉を会わしたい気持になった。父に手をひかれてだらり坂を登りつくしたところに、姉におそわった歌を唄いだしてる阿ちゃんの声が、台所の仕事をかたづけてる秀英に聞えた。夕焼け小やけに陽が暮れて、と阿ちゃんの声が可愛く思った。背中に負ってる妙ちゃんまで手を叩いている。第一期の収穫も終わり、まがりなりにも第二期の田植えがすんだ。真夏の蟬は仕合わせもので戦争などわからない。毎年のように、耳鳴りするほど鳴きつづけていた。空には爆音が聞えるし、昼食までには、父子が帰ってくるだろうと思っていたが、帰って来ないので、秀英は気をもんだ。ようやく軒先の陽影がのびた時に、父子の声が坂から降りてくるところで聞こえた。

「母ちゃあん、姉ちゃんの家で御飯を食べたよお」と阿ちゃんの声が聞えた。秀英はなぜかうれしくなって庭へ跳び出して父子を迎えた。犬が阿ちゃんにからみついて、おみやげをせがんでるような声で尻尾をふった。阿ちゃんは犬の頭をかかえて、懐しがってる犬を撫でるあいだに、啓敏は妻に耳打ちした。

「姑の話によると、阿蘭が、入門喜だそうだ」

すなわち阿蘭が林家の門に入ってそうそう妊娠したというのである。阿蘭のおめでたを聞いて、秀英は顔が赤くなった。

「それで、姑が大変な御機嫌で、ぜひ阿ちゃんに姉ちゃんと一緒に御飯食べさせたいと言って、離さないんだ」

夫婦は阿ちゃんを庭に残して、中部屋に入ると、夫は葦袋から、阿蘭の姑にもらったおみやげを一杯出した。阿ちゃんにやると言って、無理に阿ちゃんのポケットに押し込んだ赤紙で包んだ袋を、帰りの途中で取り上げた。その赤包みを妻に解いてみせた。百二十元が入っていた。大金である。阿蘭の姑の喜びようを現わしてることにもなる。秀英は、うれしさをかくすことが出来ない。啓敏も、これでほんとに目出度し、めでたしだと思った。金額の問題ではなく、娘が姑に可愛がられてる分量がわかったからである。ひととき戦争など忘れていた。ところが、第三期作の収穫が不出来でありながらも、ようやく落ちついて、さつまいいもの間作の田圃のうねをつくってる秋頃に、林貴樹が応召をうけた赤紙が来たことを、林家が圳頭村へ帰る百姓に託して、山腹の埤圳の畔路で、木霊（こだま）がするほど伝えている声に啓敏は腰がぬけそうに驚いた。早速、鍬をすてて、街の日新商店に走って行った。店にきて見ると、見舞客や武運長久の幟（のぼり）を持ってきた客でにぎわっていた。娘の阿蘭に会ってみると、やや顔は緊張していたが、悲しんでいるほどでもない。かねてから覚悟していたようである。教育がそうさせていたのかもわからない。日本の雑誌ばかり読んでいたから、改姓名した自分よりも、半分は日本人になってるのかもわからない。それを見て、啓敏は戸惑って、どう言っていいか、わからない。きょとんと娘の前に立ちつくして、まごまごしていた。舅や姑がきて、かえって啓敏をなぐさめる破目になった。阿蘭は父親の気持が手に取るほどわかるから父を慰めた。

「お父さん、大丈夫ですよ、武運長久がかなえると思います」

娘にそう言われて、いつか、訓導弟に、金鵄勲章をもらう話を思いだした。

「お父さん、心配しないで下さい。お母さんと体を大事にして下さい」と出征する婿まで岳父の手をにぎって言うのである。

啓敏はそういうほかはない。ここでいたたまらないのである。泣けて来そうである。出征する婿に泣いて別かれるのは縁起でもない。婿の両親や阿蘭などに言われた食事云々の言葉は耳に入ったが、答える余裕がない。彼は逃げるように、街の通りを夢うつつの思いでいそいで街はずれまで足をゆるめなかった。相思樹の並木は金砂を撒いたような花が咲いていた。啓敏は顔じゅう涙にぬれていた。身代わりが出来たら、婿にかわって行きたい気持である。

婿の林貴樹が応召をうけて、出征してから阿蘭の願いを啓敏夫婦は聞き入れることになった。弟の阿ちゃんを街に呼んで一緒に住みたいというのである。朝夕の暇のとき、姉が弟に、学校へ入るまでの学課を教えることが出来るし、弟がそばにいると思うと心強いというから、姑の意見はどうだかなと言ったが、姑も同意どころか大賛成である。姑からじかにたのまれたこともあったから、啓敏は秀英に同意を求めた。この頃、嘉義市にいた王仁徳の家族も梅仔坑庄の家に疎開してきた話も秀英の耳に入っていた。王仁徳の大きい娘は嘉義市の家政女学校に入って、次女は梅仔坑庄国民学校の六年生に転校してきたことも、秀英は聞いていた。そういうことで、阿蘭が学校にいるのがいやになった原因の一つになっているのかもわからない。おくれて入学したために、国民学校四年生で女教員に見まちがえられるほど目だつ。十歳が国民学校の一年生だから、おくれて入学したのがいけなかった。これを思うと、秀英の恨みはあらたになる。王仁徳は相変わらず、嘉義市に勤めていたが、一週間に一度か二度、梅仔坑庄に帰って家族を見るが、ときたま、日新商店に立ち寄って、阿蘭に口を聞いたことがあるそうである。しかし、阿蘭は他人（よそ）の叔父さんと口を聞くような態度をくずさないから、一度切りで阿蘭を訪ねなくなったことも秀英は知っていた。やはりさすがは自分の娘だと心強くなる。阿蘭は、母が口で薬草を嚙（か）んで自分の足の傷をはってくれた日を忘れることが出来ない。母の泣き声はいまでも耳の底に残ってるくらいである。王明通はすっかり猫背になって、老けてるが、妻の方は老いてますます盛んと言ったようなことも、秀英は聞いていた。そんな姑と嫁の仲がうまく行くかしら、とは思ったが、神様の罰を恐れて、秀英は努（つと）めて、自分のこと以外は何も考えないことにした。阿ちゃんの着がえを風呂敷包みにして、蒸し暑い夕方ごろ父につれられて、姉の家へしばらく寝泊まることになったから、阿ちゃんは、外国へ留学に行くような喜びようである。

「姉ちゃんにおそわったことを全部おぼえて、学校に入ったら、級長になるんだ」

阿ちゃんのそれを聞いて、啓敏は暗い顔をした。級長という言葉は胸くそが悪くなるほど嫌いなのである。母は何かしら、小さな兵隊を見送ってるようで心もとない。

「いい子でいるんだよ、いたずらしたら、すぐ父ちゃんにつれて帰って来てもらおう」と母は阿ちゃんのうしろを追い駆けるように言いつけた。

「大丈夫だい、姉ちゃんの言うことを聞くから、日曜日には、母ちゃんにおみやげもって帰るよ」

ばかばかしい。日曜日も月曜日もあるもんじゃない。生意気な阿ちゃんの言葉を聞いて、秀英は急に疲れをおぼえた。どうして自分はませてる子ばかり産むのか、いやになってしまう。山の影が濃くなって、父子は坤圳を横ぎって、竹林に入って行った。

昭和十八年の暮から空襲がはげしくなった噂が、この山奥の部落にもつたわってきた。その噂を聞くたびに、兵隊に行ってる婿の身のうえが案じられて、胸が針にさされる思いである。それでも百姓は季節の仕事に追われなければならない。闇の言葉が流行って、物価統制の目が狂気じみていた。公定価格で売るのがばかばかしくなって、市場へ出る百姓もまばらになった。にぎやかになった家もいつのまにか、また寂れていくようで、啓敏夫婦の毎日は胸が重たい。またいつ一家のだんらんが戻るのかおぼつかない。婿が戦場から帰り、阿ちゃんが学校へ入学するまでは、一家だんらんにはならない。戦争がいつまでつづくかわからない。話によると街では男女青年団まで、竹鎗で敵兵を突き殺す練習をしているという。敵兵に踏み込まれるまで戦争をやめないとなれば、いったいどうなるかもわからない。秀英は思いつめたことを、神様に訴えるほかはない。彼女は毎朝、欠かさずに、線香をもって神壇の前に立って祈った。

「神様！私達は一生、悪いことをしたおぼえがありません。娘の阿蘭も子供のときから、私が苦労して……私の夫が苦労して……今日まで、お蔭様で結婚しましたが……婿はすぐ兵隊にとられました。神様！婿林貴樹の命をたすけてやって下さい。夫と私と娘を憐れんで下さい。私の夫陳啓敏に同情して下さい。陳啓敏は改姓名して、千田真喜男になっております。……惨々に苦労して……」

秀英は涙が出て喉がつまった。そばで線香を持ったまま、妻の祈りを待っている啓敏まで目に涙をうかべた。閻魔王の名簿に乗ってる名前に、まちがいがあるといけないために、妻は注意ぶかく二つの名前を名のりあげたこまかい心づかいに啓敏は感動した。神壇には朝夕線香を立てるが、石頭公様には、旧暦の毎月の初一日と十五日だけ拝むことになっていた。百姓は神に訴え、神にたよるほか、心に余裕がない。心に余裕のないときほどつらいものはない。夫は手のすくときにだけ、街の娘や息子を見に行って、その生活状態を妻に話して聞かせるのである。秀英は夫の話を聞きながら、心のなかで、やれやれとほっとする。人間は宿命的にできていると彼女は思うのである。自分は運転手の妻よりも百姓啓敏の妻になった方が仕合わせであることを、神に感謝しなければならない、とつくづく思うのである。あんなモダンな職業をもっている夫よりも、地味な百姓の夫が自分にふさわしいのである。誰が世話してくれたわけでもなく、自然に自分が今日のようになった。したがって、いつもがっかりしている夫を秀英はいろんなことを考えだしては慰めるのだった。そのため、供出だ、税金だ、小作米だ、空襲だ、物価統制だ、公定価格だ、闇だ、労役だ、とさまざまなことに追い立てられながらも、新暦のお正月から旧暦のお正月を迎えた。

正月の二日に、阿蘭が弟をつれて、里に帰ってきた日は、この農家には正月らしい気分が溢れていた。ひと晩泊って、阿蘭はまた弟をつれて、街に帰って行った。娘の阿蘭のお腹が突きだして見えた。母は娘のお腹を見ないふりをして、いろいろと娘に注意をした。だらり坂を息切れのするような重たい体でのぼって行く娘のうしろ姿を母はいつまでも庭に立って見送った。歩みのおそい姉の手を弟がひっぱってるのが見えた。腕白でいたずらばかりする阿ちゃんではあるが、思いやりのある子だと母は初めて、息子の良い半面を見いだした思いで眺めた。夫はやはり茫然と立ちつくしていた。妙ちゃんは姉や兄に、舌のまわらない声で呼びつづけていた。朝陽をうけた山は透きとおるほどである。竹鶏が森で鳴きさわいでいた。母牛はのんびりと反芻してるし、鶏は庭で啼いていた。鴨母は台湾語で、ウムタアツ、ウムタアツ、すなわち日本語のツマラン、ツマランとこぼしているようである。庭先に阿蘭が植えた草花は真紅に咲いて目にしみる。谷間の農家は飛行機の爆音さえ聞えなければ平和そのままである。第一期の稲は伸びて、田圃には青地毯をしいたようである。晩春のころ、阿蘭が男の子を産んだ知らせがあって、啓敏は喜びいさんで街へ跳んでいった。

　昭和十九年の夏近くには、高雄ははげしい空襲があったことをこの山の麓街にもつたわってきた。また台北の大直にある皇太神宮の鎮座祭に、大陸の広東から飛んできた友機が落下して、皇太神宮を全焼してしまった噂も街につたわってきた。啓敏はそんなうわさを耳にしながらも、娘が安産したことで、大だすかりだ、と心で拝みながら、阿ちゃんの手を引いて、山の百姓屋に帰ってきた。(一説では護国神社)「姉ちゃんが、赤ちゃんを産んだからお前は邪魔をしてはいけない。もうしばらくしてから、また行かせる」と父は阿ちゃんをなだめてつれて帰ってきた。そういえば、家じゅうは姉ちゃんの赤ちゃんに気を取らわれて、自分はひと朝、誰も御飯の世話をしてくれなかったことを思いだして、父の言うことにしたがった。それでも姉の部屋に入って、赤ちゃんを覗き、姉ちゃんに帰る挨拶をした。姉はぐったりと天井を見つめてるだけで、いい子だから、またきてね、と独り言のように言った。

　街に住み慣れた阿ちゃんが、山の農家に帰ってくると、三つになった妹の妙ちゃんと遊ぶほか、全くの手持ち無沙汰な気持である。妙ちゃんが独りでつまづいてひっくりかえっても、母が自分を叱る。妙ちゃんにしつこく、兄ちゃん、歌うたう、とまつわりつかれると、癪にさわるから、おうおほつほお！と木霊させても、妙ちゃんはこれが兄の新しい歌なのかとふしぎそうな顔で見あげる。何遍も、おウおウとくりかえすと、妹が真似する。

「妙ちゃん！これゃ歌じゃないんだ、これはお猿さんをおどかす掛け声だ」

　あまり妹が真剣な顔で真似するので、つい阿ちゃんもそう言わざるを得ない。歌っていうのはこうだ、とほんとに歌をうたってきかせる。夕やけこやけで、陽がくれて。と阿ちゃんは歌いながらも、山奥はつまらないと思った。街にいれば、にぎやかで、いろんな人の話が聞ける。またいろんなことが見られる。山にいると、単調な森と渓以外、目だつ色彩といえば庭先の草花だけである。しんとして、心のより所がない。家畜の啼き声はでたらめなことをこぼしてるようで、面白くもなければおかしくもない。もう一つで七つだから学校に入れると阿ちゃんは思うが、そのもう一つがじれったくてならない。ときたま妙ちゃんの歌がおもちがくっつきあってるような歌い方をするので、妹が可愛いく思うときもある。そういうとき、妹を先頭に、兵隊ごっこをする。前へすすめ、一二、一二と両手を妹の肩にかけて庭を歩きまわる。止まれ！と妹の肩を押える。敬礼！と妹の頭を前へ押して礼させる。妙ちゃんはうれしくてならない。なんと兄は偉いことか、と体をうしろへ回わされて、兄に敬礼をさせられる。兄は挙手の礼で妹の顔を睨みつけるように見つめる。笑ってはいけないと言われたので丸っこい妙ちゃんの顔は神妙である。百姓夫妻は庭で遊んでる兄妹たちを見てるうちに、第一期作の収穫も終わり真夏になった。空の爆音を聞きつけると、森の陰へよけなければ掃射されることになったので、親子は森の陰から空を眺めて、銀色の飛行機を好奇心と憎しみがごっちゃになって胸に湧いた。人殺しのために、あんなりっぱな飛行機をこしらえた人間の気持が理解できない。いやな予感をした翌日の昼ごろに、埤圳の畔路から、奥の部落へ帰える百姓の声を聞いた。

「千田さん！お前さんの婿の戦死の電報が庄役場にきたとよ！」

それを聞いて、千田真喜男こと陳啓敏は体ごとに地べたへめり込んでしまいそうである。聞きちがいではないか。

「何んですか、もう一度……」

「お前さんの婿が、戦死した電報、役場にきたというんだ」

一家じゅうの人たちがみな庭へ跳びだした。啓敏は取るものも取りあえず、そのまま坂を駆けあがって、街へ走った。体が宙に浮いて夢中で走ってる夫の姿を見て、妻はあわててうしろから声をかけた。

「まだはっきりしたことではないから、足もとに気をつけなさい」

啓敏は息をつくひまもなく足をいそがせながら、頭に浮いたことは、自分の一生は騙(だま)されどおしだ。無学であるゆえに、自分の一生が苦労つづきだ。金鵄勲章と言った弟は、学問があるために、いろんな災難をまぬかれる。彼は時勢の危険を感じると、すばやく身をかわして、難をよけることが出来るのだ。街の通りまでくると、わき見もふらず日新商店へ駆け込んだ。啓敏の顔が蒼白となって、汗にまみれてる姿を見て街の人たちは同情の目をいっせいに向けたが、啓敏には気づかなかった。店の奥の大庁(おおべや)の隈の黒リボンのついてる貴樹の写真の下に、阿蘭の途方にくれた蠟人形が赤ちゃんを抱いてる姿になったのを見て、啓敏は娘のそばにうずくまったが声も出ない。阿蘭はふりむきもしない。二、三日見なかっただけで、娘がこんなに変わり果ててしまったのか、啓敏はも早、娘が息を絶えてるのではないか、と娘の顔をのぞいた途端、啓敏は卒倒してしまった。

家で夫の知らせを待ちあぐんてる秀英は椅子に尻もちついて、そのまま固着してしまったように、目が空虚を凝視めていた。かつて見なかった母の姿に、兄妹は手をつないだままおびえて、母のそばに立っていた。澄みきってる空には鳶が旋回しながら鳴いていた。蟬の鳴き声か耳鳴りか、見当もつかない。家のなかは蒸れてるが、ただならぬ空気で、顔に汗がにじんでくる。一時間後、軒先の陽影が垂直になったとき、埤圳の畔路から、また千田さんのおかみさん、と呼ぶ声が聞えた。秀英は椅子から跳び上がって、庭へとびだし、上の埤圳の声を仰いだ。

「千田嫂！早く、早く行きなさい！あんたの亭主が、婿が死んだのを聞いて、霊前で卒倒して息絶えたよ」

夫が息絶と聞いて、秀英は気が転倒してしまいそうである。いっときに二人が死んでしまうのか、秀英は寝室にとび込み、兵子帯をつかむと、妙ちゃんを背中にまわしておぶった。そして阿ちゃんの手をひいて家を出た。もう留守番も家畜も家財道具もあるものではない。盗みたかったら、勝手にしたらいい。秀英は家のことは念頭になかった。早く夫の顔を見たい一心で、足がばねをつけられたように、坂を上がり、埤圳を渡って竹林にはいった。近路を取って、街を目ざしていそいだ。心が先に走って、足がなかなかついて来ない。母につかまった手が痛いので、阿ちゃんは母の手を振り切って、先に跳びだして走った。

「神様！私たちは地獄へおとされる理由がない。私たちは地獄へおとされる理由がない」

秀英はそう念じながら、阿ちゃんを追い駆けるように走った。山路は森閑として、母子の足音が聞こえるだけである。遠くでまた飛行機の爆音がうなっていた。

一九七四年十一月二十日。

著者略歴

張文環（1909年～1978年）

台南州嘉義郡梅山庄大坪村に生まる。昭和七年東洋大学に学ぶ。昭和十年帰省。台湾映画株式会社に入社。昭和十八年台中州大屯郡大里庄庄長に就任。戦後台中州が台中県に変更し、その参議員に当選。爾後、能高区署長、台湾生命保険会社嘉義支店長、彰化銀行霧峯支店長等歴任。銀行定年後（五十五歳）、中美企業股份有限公司総経理、日月潭国際大飯店を直営。

地に這うもの

一九七五年（民六十四年）十一月初版一刷
二〇一四年（民一〇三年）十二月初版二刷
本出版社經行政院新聞局核准登記
登記證字號　局版臺業字一二九二號

著　者　張　文　環

發行所　鴻儒堂出版社
發行人　黃　成　業
門市地址　台北市中正區漢口街一段35號3樓
電　話　02-2311-3810／傳　眞　02-2331-7986
管理部　台北市中正區懷寧街8巷7號
電　話　02-2311-3823／傳　眞　02-2361-2334
郵政劃撥　01553001
E-mail　hjt903@ms25.hinet.net
定價　三五〇元

鴻儒堂出版社設有網頁，歡迎多加利用
網址：http://www.hjtbook.com.tw